16.05.20

Inge Barth-Grözinger
Geliebte Berthe



PIPER

Zu diesem Buch

Berthe ist zierlich, zielstrebig und sehr rothaarig. Eine junge Frau, die sich nicht unterkriegen lässt. Früh trennt sie sich von ihrem rauen Elternhaus und zieht nach Stuttgart. Sie arbeitet in einer Fabrik und später bei Professor Fabricius, der ihr die französische Sprache beibringt.

Dann hat Berthe die Chance, in Offenburg nahe der französischen Grenze als Kindermädchen anzufangen. Am 14. Juli 1925, dem Nationalfeiertag der Franzosen, fährt sie ins Elsass zum Tanz – und trifft die Liebe ihres Lebens: Armand. Doch dieser muss zurück nach Südfrankreich. Sehnsüchtige Briefe werden ausgetauscht, bis Berthe es nicht mehr aushält. Beherzt macht sie sich auf ins Nachbarland, heiratet Armand und gründet eine Familie. Da erobert Hitler Paris, und die Menschen in Villeneuve begegnen Berthe, der Deutschen, zunehmend feindlich, bis die Situation eskaliert …

*Inge Barth-Grözinger* wurde 1950 in Bad Wildbad im Schwarzwald geboren. Sie unterrichtete bis zu ihrer Pensionierung am Peutinger-Gymnasium in Ellwangen die Fächer Deutsch und Geschichte. Sie veröffentlichte mehrere sehr erfolgreiche Bücher, unter anderem die Schwarzwald-Familiensaga »Beerensommer«.

Inge Barth-Grözinger

# Geliebte Berthe

PIPER
München Berlin Zürich

*Mehr über unsere Autoren und Bücher:*
*www.piper.de*

Von Inge Barth-Grözinger liegen im Piper Verlag vor:
Etwas bleibt
Stachelbeerjahre
Beerensommer
Geliebte Berthe

FSC
www.fsc.org
MIX
Papier aus verantwortungsvollen Quellen
FSC® C083411

Ungekürzte Taschenbuchausgabe
1. Auflage Juli 2014
2. Auflage Januar 2017
Piper Verlag GmbH, München

Umschlaggestaltung: semper smile, München
Umschlagabbildung: Susan Fox/Trevillion Images, Yellowj/Shutterstock
Satz: KCS GmbH, Buchholz/Hamburg
Gesetzt aus der LTC Italian Old Style
Druck und Bindung: CPI books GmbH, Leck
Printed in Germany ISBN 978-3-492-30367-5

*Für Bertha.*

»Deutsche und Franzosen sind nicht dazu bestimmt, einander bei der Gurgel zu packen, sondern einander die Hand zu reichen.«

Mit großer Wertschätzung für
Jean Egen und seinen wunderbaren Roman
*Die Linden von Lautenbach,* der eine andere
deutsch-französische Lebensgeschichte erzählt.

*Sensation*

Par les soirs bleus d'été, j'irai dans les sentiers,
Picoté par les blés, fouler l'herbe menue:
Rêveur, j'en sentirai la fraîcheur à mes pieds.
Je laisserai le vent baigner ma tête nue.
Je ne parlerai pas, je ne penserai rien:
Mais l'amour infini me montera dans l'âme,
Et j'irai loin, bien loin, comme un bohémien,
Par la Nature –, heureux comme avec une femme.

*Arthur Rimbaud*

# *Brot*

Der kleine Marienkäfer kroch mit winzigen trippelnden Schritten über ihren Arm, schob sich über den hellen Flaum der Härchen und verharrte kurz in der Armbeuge.

Er ist müde, so wie ich, dachte sie und stellte sich vor, dass er jetzt von den kleinen Schweißperlen trinken würde, die ihren Körper überzogen wie ein klebriger Film. Sie hielt den Atem ganz ruhig und ließ sich von der Menge schieben, die in kleinen Wellen nach vorn drängte, eine graue Schlange, in der sich die Gesichter auflösten. Bertha packte die Henkeltasche fester, man musste aufpassen, vorsichtig sein, auch wenn das knisternde Papier in der Tasche tatsächlich nur noch Papier war und kein Geld mehr, wie noch vor einiger Zeit. Wenn sie Glück hatte, bekam sie nachher ein Brot dafür und bei Stollenmaier um die Ecke etwas Mehl, Salz und – Höhepunkt des Glücks – ein paar Eier. Man musste schnell sein, sonst war dieses Papier noch viel weniger wert und man bekam gar nichts mehr.

»Was ist denn los da vorn, warum geht's nicht weiter?«, rief plötzlich jemand und die Schlange gab ein dumpfes Echo zurück: »… weiter … weiter …«

Vielleicht kaufte einer da vorn das restliche Brot auf, das taten manche, um es dann noch teurer weiterzuverkaufen. Oder man tauschte etwas ein, ein Schmuckstück vielleicht oder eine Uhr … Züge fuhren am Wochenende hinaus aufs Land, Züge, an denen Menschen hingen, hungrig und hoffnungsvoll, um den Bauern ein paar Lebensmittel abzubetteln. Sie hatten Silberbesteck dabei, Teppiche … wertvolle Dinge und man bekam vielleicht ein Stück Wurst dafür und war glücklich, für den Moment jedenfalls.

Es waren schwere Zeiten in diesem Sommer des Jahres 1923, in dem die Inflation das Geld auffraß – so schnell wie die heiße Julisonne die Spuren des Platzregens wegdampfte, der am Morgen niedergegangen war.

Bertha Merkle hatte keinen Schmuck und kein Silberbesteck, sie hatte zwei fleißige Hände, die unverdrossen arbeiteten, aber mit dem, was sie jetzt dafür bekam, konnte sie unmöglich überleben. In der Tasche befand sich ihr Wochenlohn. Die vielen Scheine passten in keine Lohntüte mehr, man stopfte das Geld in die Tasche und dann rannte man los, zur Bäckerei Eisele beispielsweise, um noch irgendetwas zu ergattern.

»Jetzt kostet's schon 11 000 Mark«, flüsterte jemand aus der Schlange.

»Wer sagt das?«, fragte eine heisere Stimme ungeduldig zurück.

»Hab ich gerade gehört …«

»Ja Himmelherrgottsakrament … und wenn's nicht langt, steh ich umsonst da. Kauft da wieder einer zu viel?«

»Kauft zu viel …«, kam es als dumpfes Echo zurück und dann erhoben sich einige Stimmen, kreischend, fast überschnappend. »Weiter … weiter … für jeden nur ein Brot!«

Was passiert bloß mit einem, wenn man Hunger hat, dachte Bertha müde. Die Sonne brannte unablässig und sie musste aufpassen, dass sie keinen Sonnenbrand bekam mit ihrer milchweißen Haut. Weiße Haut und brandrote Haare – Feuer und Schnee – hatte der Vater immer gesagt.

»Bist eine ganz hitzige und trotzdem so kühl im Denken und Handeln.«

»Ist das gut, Vater?«, hatte sie als junges Mädchen ungeduldig gefragt. Wenigstens etwas Gutes musste sie doch von diesen vermaledeiten roten Haaren haben. Die anderen Kinder hatten sie immerzu gehänselt: »Rotfuchs, Rotfuchs …!« Und manchmal schossen sie mit Papierkügelchen nach ihr und schrien: »Der Fuchs ist tot, der Fuchs ist tot«, und hatten gebrüllt vor Lachen.

Aber der Vater hatte sie immer wieder getröstet. »Das ist das Allerbeste, Bertha, hörst du, das Allerbeste! Ein heißes Herz und ein klarer Verstand … müssen sich nur immer die Waagschale halten.«

Die Tränen schossen ihr in die Augen, als sie jetzt an diesen Moment dachte, als sie das letzte Mal mit ihm gesprochen hatte. »Meine Bertha, Feuer und Schnee …« Er war schon so hinfällig gewesen, hatte müde und abgekämpft auf dem alten durchgesessenen Sofa gelegen … Sie würde diesen Moment nie vergessen, wie er zärtlich über ihre Haare gestrichen hatte. Ihre Feuerhaare.

Murrend schob sich die Schlange vorwärts.

»11 000 Mark für ein Schwarzbrot … und das Weißbrot ist nochmals 2000 Mark teurer …«, murmelte es dumpf. Wer konnte sich das schon leisten?

»Weißbrot«, flüsterte Bertha und ließ das Wort nachhallen, als wollte sie noch einmal den Geschmack beschwören. Wie oft in ihrem Leben hatte sie Weißbrot gegessen? Das konnte man an einer Hand abzählen. Das letzte Mal war es bei der Konfirmation von Paula, der Stiefschwester, gewesen.

Zwei Jahre war das jetzt her und der Vater war schon sehr krank gewesen. Das duftende Brot war zerkrümelt unter den zitternden, gichtigen Fingern und nur wenige Krumen hatte er genießen können.

Wie gern würde ich ihm jetzt ein Weißbrot kaufen, dachte Bertha. Sie mühte sich, die Tränen zurückzuhalten und ließ sich willenlos vorwärtsschieben, wie ein Tier, dessen Wille aufgefressen worden war von einer unbestimmten Angst und das nur noch eines wollte: leben, überleben um jeden Preis.

Eine kleine, schmale Frau mit müden Augen, die hinter ihr in der Reihe stand, zupfte sie am Ärmel. »Das ist Ihnen gerade heruntergefallen, als Sie Ihr Taschentuch herausgeholt haben.«

Bertha starrte auf das weiße Kärtchen, das ihr die Frau entgegenstreckte. Du lieber Himmel, wenn sie die verloren hätte … Andererseits wusste sie aber die Adresse auswendig. Aber es wäre ein schlechtes Zeichen gewesen. Schnell glitten die Hände in die Tasche des grauen Arbeitskleides. Gott sei Dank, der Empfehlungsbrief von der Tante war noch da. Das war das Wichtigste!

Sie bedankte sich herzlich und steckte die Karte wieder zum Brief.

Die Frau musterte sie neugierig. Für einen Moment blieb ihr Blick an Berthas Haaren hängen. »Sie müssen aufpassen, mit der Sonne, meine ich.«

Bertha lächelte etwas gezwungen. Die Frau meinte es ja gut. »Ja schon. Aber was bleibt einem anderes übrig?«

»Schlimme Zeiten sind das.«

»Ganz schlimm«, bestätigte Bertha. »Wir haben halt den Krieg verloren.«

»Und unsereins hat ihn doppelt und dreifach verloren«, ergänzte die Frau bitter. »Mein Mann kann nicht mehr richtig sehen, das Gas, wissen Sie. Und jetzt kriegt er kaum etwas vom Staat. Und dafür hat er seinen Kopf hingehalten. Eine Schande ist das.« Sie hatte etwas lauter gesprochen, und man konnte zustimmendes Gemurmel hören. Die Frau schien gewillt, ihr Schwätzchen mit Bertha fortzusetzen. »War von Ihrer Familie auch jemand im Krieg?«

»Mein Bruder«, antwortete Bertha einsilbig. Darüber wollte sie nicht so gern sprechen.

Aber die Frau ließ nicht locker. »Und – wie geht's ihm?«

»Ganz gut so weit. Ist unverletzt zurückgekommen.« So ganz stimmte das nicht, dachte sie, äußerlich war wirklich nichts, aber es war trotzdem etwas passiert mit Georg. Doch das konnte sie nicht sagen.

»Dann hat er Glück gehabt. Wo war er denn?«

»In Frankreich. Bei Verdun.«

»Da war es am schlimmsten.«

Wieder das Gewisper der Umstehenden, das wie ein Echo die letzten Worte zurückwarf: »… am schlimmsten …«

Eine aufgeregte Stimme rief dazwischen: »Die verfluchten Franzmänner!«

»Halt's Maul«, sagte ein älterer Mann, der einen Henkelkorb fest umklammert hielt, »das waren genauso arme Schweine wie wir.«

»Schon. Aber was hocken sie jetzt im Rheinland? Und unser Geld ist nichts mehr wert und wir haben nichts zu fressen.«

Für einen Augenblick war es still, vielleicht hatte das Wort »fressen« den Menschen wieder ins Bewusstsein gerufen, warum sie hier standen. Prompt schob sich die Schlange ein kleines Stückchen nach vorn. Der Krieg war auf einmal vergessen, man wollte dem Brot näher kommen, dem ersehnten Brot, das war jetzt wichtiger.

»Sie kommen aber nicht von hier?«, fragte die Frau nach einer Weile.

Bertha blinzelte. Einige Schweißtropfen waren in ihre Augenwinkel geflossen, das brannte. Dennoch musste sie lächeln: »Hört man das immer noch?«

Die Frau sagte ausweichend: »Wie lange sind Sie denn schon hier?«

»Ungefähr anderthalb Jahre. Ich komme von der Alb, aus einem kleinen Dorf. Der Vater ist gestorben und … die Stiefmutter bewirtschaftet das Gütle.«

Die Frau lächelte pfiffig. »Da kann's eng werden.«

Bertha schämte sich. Warum erzählte sie einer Wildfremden das alles? Vielleicht weil es guttat, wenn jemand zuhörte. Hier in der großen Stadt interessierte sich niemand für die Geschichten, an denen einer trug. Da zählten andere Dinge. So dachte wohl auch die Frau, denn sie fragte gleich nach: »Wo schaffen Sie denn hier?«

»Beim Bosch.«

»Da haben Sie's gut erwischt.«

Berthas Hand glitt wieder in die Kleidertasche. Alles war noch da, das Papier knisterte schon ganz vertraut. Als ob's Eintrittskarten wären, dachte sie, Eintrittskarten für etwas Neues in ihrem Leben. Aber das konnte sie nicht sagen, denn niemand würde es verstehen.

Die Schlange schob sich wieder vorwärts. Die Frau fiel wieder in ein dumpfes Schweigen zurück, genauso wie die anderen. Je näher man dem Ziel kam, umso drängender war der eine Gedanke, der alle beherrschte: Hoffentlich bekomme ich noch ein Brot.

# *Das fremde Land*

Endlose Stunden später stand sie vor einem hohen grauen Haus in der Olgastraße. Hier wohnten bessere Leute, das sah man gleich. Hinter spiegelblanken Fenstern hingen Spitzengardinen, die Straßen waren sauber gefegt. Staunend ließ Bertha ihren Blick über die Fassade gleiten. Seltsame, gemeißelte Gesichter traten in regelmäßigen Abständen aus dem Stein hervor und durchbrachen seine Kühle und Strenge. Als ob das Haus einen anschauen würde, mit so vielen Augen.

Sie erinnerte sich gut daran, wie sie zum ersten Mal durch die Stadt geschlendert war, gleich nach ihrer Ankunft, und dass sie gestaunt hatte über diesen Schmuck, der so vielfältig war. Dass man solche hohen Häuser bauen konnte … und sie dann auch noch kunstvoll verzierte. In ihrem kleinen Heimatdorf auf der Alb gab es meist nur einstöckige Häuser, hatte eines zwei Stockwerke, gehörte es schon jemand Besserem, dem Pfarrer beispielsweise oder dem Förster, aber solchen Schmuck an der Fassade hatten die auch nicht. Am besten gefielen Bertha die kräftigen Männer, die an manchen Häusern die Erker trugen. Mächtige, aus Stein gehauene Mannsbilder, oder halbe jedenfalls, denn meist hörten sie am Bauchnabel auf, aber sie waren ganz lebendig und echt. Was das gekostet haben musste!

Sie riss sich los von der Betrachtung des Hauses und trat näher, um die Klingelknöpfe mit den dazugehörigen Namen zu studieren. Es gab nur vier Namensschilder. Das musste man sich einmal vorstellen, so ein großes Haus und nur vier Parteien. Da ging es in der Altstadt, wo sie wohnte, viel enger zu. Man musste froh sein, wenn man überhaupt noch einen Schlafplatz bekam. Es herrsche Wohnungsnot in Stuttgart, erzählten sich die Leute. Nicht nur die Lebensmittel wurden jeden Tag teurer, auch die Mieten stiegen so schnell an, dass einem schwindlig wurde.

Frau Bullinger, ihre Wirtin, hatte vor ein paar Tagen davon gesprochen, dass sie noch ein viertes Bett in der Kammer aufstellen wollte. »Mit dem, was ihr mir zahlt, komm ich nicht mehr aus, alleweil steigen die Preise.«

Ein viertes Bett – und es war schon jetzt qualvoll eng und die Miete würde die Frau Bullinger wohl trotzdem erhöhen. Wenn das so weiterginge, würde sie sich vielleicht nicht einmal mehr ihr Bett leisten können. Dabei war es kein richtiges Bett, nur roh gezimmerte Bretter mit einer klumpigen Rosshaarmatratze darauf, die muffig roch so wie alles dort: nach ungewaschenen Kleidern und dem säuerlichen Schweiß, der eingesickert war in die Dielen und die Betten, der Schweiß der Arbeit, der Verzweiflung und der Hoffnungslosigkeit.

Nein, sie wollte weg und es war Zeit, dass sie etwas dafür tat.

Entschlossen griff sie nach dem Zettel in ihrer Tasche und zog ihn heraus. »Professor Fabricius, Olgastraße, 2. Stock« stand da in der zittrigen Handschrift ihrer Tante. Auf der polierten Messingplatte neben der Tür wiederholte sich der merkwürdige Name, sie stand also vor dem richtigen Haus.

Bertha atmete einmal tief durch und schluckte die Beklemmung hinunter, die in ihr hochgekrochen war. Was wollte sie denn in einem so vornehmen Haus, und gar bei einem Professor, einem richtigen, leibhaftigen Professor? Aber sie drückte entschlossen die Klingel und erschrak vor dem schrillen Scheppern. Sie strich sich glättend über die Haare, ein paar vorwitzige Locken hatten sich aus dem streng geflochtenen Knoten gestohlen, und sie hoffte, sie würde nicht allzu erhitzt aussehen. Dass sie noch ihren grauen Arbeitskittel trug, war nicht zu vermeiden gewesen, aber darüber würde der Herr Professor wohl hinwegsehen, denn die Tante hatte ihm geschrieben, dass sie beim Bosch arbeitete. Bertha fasste den Henkel der Tasche fester, in der nun das Brot lag, das kostbare Brot im wahrsten Sinn des Wortes. Als sie endlich im kleinen Verkaufsraum der Bäckerei gestanden hatte, verlangte die Bäckersfrau plötzlich 800 Mark mehr!

»Wucher!«, hatte die Schlange hinter ihr gemurrt, »Wucher …«, aber es war nichts zu machen gewesen.

»11 800 oder du kannst gleich wieder gehen«, hatte die feiste Frau Eisele ungerührt zu Bertha gesagt und die hatte dann zähneknirschend die Scheine auf den Ladentisch gezählt.

Bertha lauschte mit angehaltenem Atem, lauschte nach sich nähernden Schritten, aber nichts rührte sich. Sie hob zögernd die Hand, um noch einmal den Knopf zu drücken, als auf einmal die Tür aufgerissen wurde. Eine dünne, große Frau stand vor ihr, die Haare waren unter einem graubraun gemusterten Baumwolltuch verborgen, das so fest im Nacken verknotet war, dass nicht ein einziges Haar zu sehen war. Sie hatte eine merkwürdig kleine spitze Nase und als sie den Mund aufmachte, konnte man zwei hervorstehende Schneidezähne sehen. Irgendwie erinnerte sie Bertha an ein gehäutetes Kaninchen.

»Was willst du?«, schnarrte die Frau und ließ ihre wässrig blauen Augen abschätzig über Bertha gleiten. Flinke Augen waren das, Augen, die schnell prüften und einschätzten. Deshalb wohl auch das »Du«.

»Frau Professor Fabricius?«, fragte Bertha beklommen. Im gleichen Moment wurde ihr bewusst, dass sie Unfug redete. Die Frau Professor war doch tot, das hatte ihr die Tante erzählt. Aber sie war so durcheinander, das lag an den Augen der Frau, diesen Wasseraugen, die jetzt feine Blitze sprühten, man konnte sie förmlich spüren, wie kleine Stiche in der Haut, so fühlte es sich an.

»Seh ich so aus?« Die Frau lachte kurz und verächtlich auf. »Die Frau Professor ist seit drei Monaten tot.« Zur Bekräftigung ihrer Verachtung vor so viel Nichtwissen und Unverstand schüttelte sie missbilligend den Kopf. »Ich bin die Hausmeisterin und heiße Aldinger, also, was willst du?«

Erst jetzt sah Bertha, dass sie eine Kehrschaufel und einen Besen in der Hand trug und außerdem eine große blaue Arbeitsschürze vorgebunden hatte.

Bertha räusperte sich: »Ich … möchte zu Herrn Professor Fabricius.«

»Und was willst du von dem?« Wieder dieser abschätzige Blick. Die Hausmeisterin wandte sich ab und zog mit dem Fuß die Tür hinter sich zu, sodass nur noch ein schmaler Spalt offen stand.

Bertha spürte, wie Wut in ihr hochkroch. Sie war doch keine Hausiererin oder Bettlerin! Dieses eingebildete Weibsbild … die war doch auch nichts Besseres.

»Das geht Sie nichts an«, hörte sie sich zu ihrem eigenen Erstaunen sagen. Aber dann fasste sie Mut. »Ich bin angemeldet«, fügte sie triumphierend hinzu. Das klang gut, richtig vornehm klang das. Wenn du mir weiter dumm kommst, dann sollst du mich kennenlernen, dachte sie und wusste im gleichen Moment, dass sie gewonnen hatte. Der Blick der Frau verlor an Festigkeit, blieb noch für einen Moment an ihren Haaren hängen, aber dann ging sie achselzuckend einen Schritt zurück und stieß die Tür auf, sodass Bertha in den Hausflur treten konnte, der dämmrig und wunderbar kühl war.

Verstohlen sah sie sich um. Die Wände waren bis zur halben Höhe mit Fliesen bedeckt, die letzte Reihe bildete ein Fries, auf dem tanzende Kinder abgebildet waren, weißhäutig wie sie, aber ansonsten pausbäckig und dicklich. Sie sahen aus wie die Engel auf dem Altar in der kleinen Kirche in Empfingen. Nobel, dachte Bertha, das ist nobel, so ein Haus. Mit Engeln im Hausflur und einer Eichentreppe und das schmiedeeiserne Geländer war auch nicht billig gewesen. Aber wo sollte ein Professor auch sonst wohnen?

Zögernd betrat sie die ersten Stufen. Der Sieg war noch nicht endgültig errungen, denn die Hausmeisterin blieb wie angewurzelt unten stehen und die Wasseraugen folgten ihr. Es roch nach Bohnerwachs, wahrscheinlich hatte sie gerade erst die Treppe geputzt. Die Stufen knarrten leise unter Berthas Tritt. In der Mitte waren sie auch schon etwas abgelaufen, da half auch kein Wachs. Wie viele Menschen mochten schon vor ihr hier gegangen sein? Und jeder hatte einen winzigen Teil der Treppe abgetreten, so wie sie jetzt, die sich einreihte in den unendlichen Reigen derer, die hier gegangen waren. Wie viele von ihnen waren so voller Erwartung und Hoffnung gewesen wie sie, Bertha Merkle aus Empfingen, die einen zerknitterten Brief und eine Visitenkarte in ihrer Tasche trug?

»Zweiter Stock«, rief es von unten, dann fiel krachend eine Tür ins Schloss.

Aufatmend setzte Bertha ihren Weg fort. Vor einer hohen dunkelbraunen Tür blieb sie stehen, sie war angekommen. »Professor Ludwig Fabricius« stand auch hier in fein geschwungenen Buchstaben auf dem Messingschild. Sie packte entschlossen den Ring, der aus dem Maul eines bronzenen Löwen wuchs, der in der Mitte der Tür angebracht war. Der Schlag hallte so laut, dass Bertha erschrak. Hoffentlich dachte der Professor nicht, sie sei eine Vorlaute und viel zu keck, so wie die Stiefmutter immer schalt. Aber auf der anderen Seite der Tür rührte sich nichts. Bertha lauschte mit angehaltenem Atem. Wenn er nun gar nicht daheim war? Aber die Tante hatte doch gesagt: »… Punkt drei bist du da. Der Herr Professor erwartet dich.«

Die Uhr der Stiftskirche hatte halb drei geschlagen, als sie auf den Marktplatz eingebogen war und länger als 20 Minuten brauchte man von dort nicht, hatte die Tante gemeint. Und sie hatte doch nur einmal kurz angehalten, um nach dem Weg zu fragen. Vielleicht war sie zu früh? Sie beschloss, sich auf die oberste Treppenstufe zu setzen und zu warten, wenn es sein musste bis zum Abend. Aber da hörte sie plötzlich Geräusche, ein dumpfes Klatschen, als sei etwas heruntergefallen und dann das knarzende Geräusch eines Schlüssels, der im Schloss umgedreht wurde, und leise quietschend ging die Tür auf.

Der Mann, der vor Bertha stand, war nicht viel größer als sie selbst, sehr schmal und die Schultern hingen leicht nach vorn. Er hielt in der linken Hand ein dickleibiges Buch, in das er seinen Zeigefinger geklemmt hatte, wohl um die Stelle zu markieren, an der er aufgehört hatte zu lesen. Sein Gesicht war rund und erstaunlich glatt. Es passte eigentlich gar nicht zu diesem schmächtigen Körper. Eine Brille hing mit dem Bügel an einem Ohr und das verlieh seinem Aussehen doch etwas Gelehrtes, wie Bertha fand.

Sie nestelte in ihrer Tasche und förderte schließlich den schon recht zerdrückt aussehenden Brief zutage.

»Herr Professor.« Bertha knickste. »Herr Professor, ich bin die Bertha, die Bertha Merkle und meine Tante …«

»Aber liebes Kind, so kommen Sie doch herein.«

Der Professor hatte eine ganz tiefe Stimme. Passt nicht, dachte Bertha. Die Stimme passt nicht zu dem kleinen Männle da, irgendwie passt nichts richtig zusammen. Aber er wirkte sehr freundlich, geradezu herzlich, als er neben die Tür trat und sie mit einer einladenden Geste zum Eintreten aufforderte.

Bertha knickste noch einmal, dann betrat sie den dunklen Flur. Gleich links neben dem Eingang stand eine mit Schnitzereien verzierte Garderobe, in deren Mitte ein Spiegel eingelassen war. Zwei Mäntel hingen dort, der eine hatte einen Pelzkragen und gehörte unzweifelhaft einer Frau. Vielleicht eine Erinnerung an die Frau Professor, vielleicht hatte er es nicht übers Herz gebracht, ihn wegzugeben. Bestimmt freute er sich, wenn er heimkam und noch etwas von ihr vorfand. Mich würd's eher traurig machen, überlegte Bertha. Im Übrigen merkte man deutlich, dass keine Frau mehr im Hause war. Auf zwei Stühlen, die an der anderen Seite der Wand standen, türmten sich Stapel von Büchern, als ob man jedes Mal im Vorbeigehen noch einmal eins draufgelegt hätte. Einige lagen sogar auf dem Boden verstreut, der Professor hatte wohl vorhin im Vorbeigehen einen der Stapel aus Versehen heruntergerissen. Das war das Geräusch gewesen, das sie gehört hatte. Und Bücher gab es auch in dem Zimmer, in das der Herr Professor sie jetzt führte. Bücher ... Bücher, überall Bücher! Im Regal, das eine ganze Seite des Raums bedeckte, auf dem großen Schreibtisch, der an einem der hohen Fenster stand, und selbst auf dem rotsamtenen Plüschsofa gegenüber. Daneben befand sich noch ein wuchtiger Ohrensessel, den bot ihr Professor Fabricius höflich an, gleichzeitig die dort ebenfalls liegenden Bücher auf seinen Schreibtisch befördernd.

»Ich arbeite gerade an einer wissenschaftlichen Abhandlung«, sagte er erklärend und quasi entschuldigend zu Bertha.

Bertha nickte. Sie wusste zwar nicht genau, was eine wissenschaftliche Abhandlung war, aber dass ein Professor Bücher zum Arbeiten brauchte, leuchtete ihr vollkommen ein. Nicht ganz so leicht zu verstehen war allerdings die übrige Unordnung. Überall standen benutzte Kaffeetassen und Wassergläser herum, ein einzelner Schuh lugte unter dem Schreibtisch hervor und ein offensichtlich benutztes Taschentuch krönte einen der Bücherstapel. Und über allem lag eine feine graue Staubschicht. Die rötliche Sommersonne schickte wie zum Abschiedsgruß ihre goldenen langen Finger in das Zimmer, die das Staubgeflirr in der Luft aufleuchten ließen. Und wie es roch! Das war Bertha gleich beim Betreten der Wohnung aufgefallen. Ein undefinierbarer Geruch hing schwer in der Luft. Es roch nach ungelüfteten Kleidern, Zigarrenrauch und nach altem Papier.

Der Professor hatte wohl Berthas prüfenden Blick gemerkt, denn etwas verlegen meinte er: »Meine selige Frau fehlt an allen Ecken und Enden. Ich habe, wie soll ich sagen, ich habe für das Praktische gar keinen Sinn. Deshalb bin ich auch so froh, dass sie jetzt da sind, mein liebes Kind.«

Bertha war verblüfft. Das ging ja viel leichter, als sie gedacht hatte. Sie hatte gefürchtet, man wolle Referenzen sehen, Zeugnisse ... Dabei hatte sie gar nichts vorzuweisen. Wie denn auch? Vielleicht später nach der Kündigung ein Arbeitszeugnis vom Bosch. Und dann eben den Brief der Tante, aber was besagte der schon. Der Herr Professor schien nicht nur ein unpraktischer, sondern auch ein sehr gutgläubiger Mensch zu sein.

Entschlossen streckte sie ihm den Brief hin. Er schien für den Moment gar nicht zu verstehen, aber dann klemmte er sich umständlich den linken Brillenbügel hinter das Ohr und begann zu lesen. Dabei nickte er mehrmals mit dem Kopf und murmelte »so ist's recht«, wobei sich Bertha nicht genau vorstellen konnte, worauf sich das bezog. Schließlich kannte sie den Brief. Tante Hedwig hatte ihn in ihrem Beisein geschrieben, in der kleinen schmalen Kammer, die sie mit einer der anderen Küchengehilfinnen teilte. Es war die Rede davon, dass Bertha anständig, ehrlich, fleißig und geschickt sei, familiäre Gründe hätten sie dazu gebracht, nach Stuttgart zu gehen, wo sie jetzt beim Bosch schaffen würde.

»Und wenn der Herr Professor wissen will, warum ich vom Bosch fort möchte? Vielleicht denkt er, ich hätte dort etwas angestellt und müsste gehen?«, hatte sie besorgt gefragt und Tante Hedwig hatte nachdenklich genickt. In der Tat waren die jungen Mädchen von heute nicht mehr leicht dafür zu gewinnen, »in den Dienst zu gehen«. Das passte nicht mehr in die Zeit. Die jungen Dinger arbeiteten lieber in der Fabrik, wo man mehr verdiente – obwohl die Inflation jetzt den Lohn genauso auffraß wie das bisschen Geld, das man als Dienstmädchen verdiente. Aber man war eben unabhängiger.

Also hatte Tante Hedwig noch einmal die Feder in die

Tinte getunkt und mit schwerer Hand hinzugefügt: »Meine Nichte würde lieber in einem Haushalt arbeiten, so wie sie es von daheim gewohnt ist. Die Fabrik liegt ihr nicht und sie hat sich dort nichts zuschulden kommen lassen, sondern es ist vielmehr ihr freier Wille.«

Das hörte sich gut an, hatte Bertha gefunden. Überhaupt war ihre Tante Hedwig, die Schwester des Vaters, eine ganz patente Frau. Küchenhilfe im Hotel Marquardt, dem vornehmsten Hotel in der Stadt, das war schon etwas. Keiner in der Familie hatte es so weit gebracht. Wenn sie auf die Alb kam, um die Verwandten zu besuchen, trug sie immer einen imposanten Hut mit Bändern, Spitzen und Federn, und das ganze Dorf hatte etwas zum Gaffen. Den Hut legte sie nie ab, auch nicht beim sonntäglichen Mittagessen oder Kaffeetrinken. Wie ein gerupftes Huhn schaue sie aus, pflegte ihr Schwager Straub, der Mann ihrer Schwester, jedes Mal zu sagen, kaum dass sie sich verabschiedet hatte. Aber Tatsache war und blieb, dass sie im Marquardt in der Hauptstadt arbeitete und bald in den Rang einer Kaltmamsell aufsteigen würde.

Endlich hatte der Herr Professor den Brief gelesen und blinzelte mit seinen kurzsichtigen Augen sein Gegenüber an. »So ist's recht«, sagte er noch einmal. Und der Sinn dieser Worte blieb abermals im Dunkeln. »Ja, mein liebes Kind, dann wollen wir noch ein bisschen miteinander plaudern, schließlich müssen wir uns ja kennenlernen. Sie wollen doch auch wissen, mit wem Sie es zu tun haben«.

Bertha nickte beklommen. Herrje, mit einem so gescheiten Mann reden … Ihr Blick streifte die vielen Bücherreihen.

Der Professor folgte ihrem Blick und lächelte. »Ja, ich war fast 30 Jahre Professor in Tübingen, da sammelt sich einiges an. Ich bin sehr stolz auf meine Bibliothek, auf jedes einzelne Buch.« Er zog einen Band aus dem Regal und schlug die erste Seite auf. »Hier steht verzeichnet, wann und wo ich es gekauft habe. Hier, sehen Sie.«

Bertha machte einen langen Hals. »Straßburg, den 12. Juli 1891«, murmelte sie.

»Straßburg war damals noch eine deutsche Stadt. Der alte Bismarck hatte nach dem 70er Krieg den Franzosen Elsass-Lothringen weggenommen. Beliebt waren die Deutschen nicht, obwohl die Elsässer doch Deutsch sprechen. Zu arrogant, zu überheblich, vor allem die Beamten und Offiziere. Die Menschen diesseits und jenseits des Rheins sind immer gut miteinander ausgekommen. Man hat miteinander gelebt und voneinander gelernt und sich gegenseitig gegeben … das Essen, den Wein, Wörter und Gedanken und auch Menschen, wie es halt so ist bei Nachbarn. Nur die verfluchte Politik, die hat uns immer eingeredet, wir seien Feinde. Und jetzt ist da wieder so viel Hass …«

Er nahm die Brille ab und fuhr sich über die Augen. Dann klappte er entschlossen das Buch zu, zog ein anderes heraus und studierte die Eintragung. »Und das hier habe ich in Paris gekauft, es gab da ein wunderbares Antiquariat auf dem Boulevard Haussmann. Wie oft sind wir dort gewesen, meine liebe Frau und ich. Ach ja!«

Bertha hatte keine Ahnung, wovon er sprach. Straßburg, diesen Namen kannte sie und natürlich auch Paris und das mit dem Hass hatte sie auch verstanden. Man hatte ja Krieg geführt gegeneinander und die Franzosen waren der »Erbfeind«, wie die Leute sagten, und dann gab es da diesen »Schandvertrag«, der schuld daran sei, dass es den Deutschen so schlecht ging. Aber warum regte das den Professor so auf?

Blitzartig kam ihr eine Idee. »Sie haben das Französische studiert, nicht wahr? Und es dann Ihren Studenten beigebracht?«

Über das Vollmondgesicht des Professors glitt ein Lächeln. Hatte sie etwas Dummes gesagt?

»So in etwa. Das Fach, das ich gelehrt habe, heißt aber Romanistik, und es geht nicht nur um die Sprache, vielmehr auch um die Literatur und die Philosophie. Ja, mein liebes Kind, ich habe versucht, meinen Studenten die Kultur Frankreichs nahezubringen, habe es mit großer Begeisterung getan, denn ich liebe dieses Land. Aber jetzt bin ich froh, dass ich pensioniert bin, denn ich fürchte, dass diese Liebe momentan nur von sehr wenigen geteilt wird.«

Bertha nickte. Sie konnte das gut nachvollziehen. Wenn einen die anderen nicht verstanden, das machte einsam. Manchmal wurde man sogar ausgelacht und verspottet. Sie wusste das von Georg, ihrem Bruder. Den konnte nicht einmal sie verstehen, aber sie liebte ihn trotzdem. Ob der Professor noch jemanden hatte, der ihn mochte? Sie wollte ihm gern helfen, mit dem, was sie konnte. Aber sie wollte ihn auch verstehen. Wenn er doch einmal etwas auf Französisch sagen würde … Aber sie traute sich nicht, ihn darum zu bitten.

Stattdessen meinte der Professor: »Aber jetzt müssen Sie etwas über sich erzählen, mein Kind. Bertha heißen Sie, nicht wahr? Ich darf Sie doch so nennen? Auf Französisch heißt das übrigens ›Berthe‹.«

Berthe … wie das klang! Das »T« schwebte förmlich in der Luft … und dann hatte der Professor ein ganz kurzes »E« anklingen lassen … Wie ein leise verklingender Hauch hallte es nach, wie eine Frage und eine kleine erwartungsvolle Freude. Berthe … Unfug, schalt sie sich im gleichen Moment. Was für einen Unfug spinne ich denn da zusammen? Und da sie bemerkte, dass der Professor sie erwartungsvoll ansah, fing sie an, von der Heimat zu erzählen, von dem kleinen Dorf auf der Schwäbischen Alb.

»Wir haben eine Landwirtschaft gehabt, eine ganz kleine nur, davon konnte man nicht leben, nur ein paar Ziegen und Hühner. Und dann haben wir noch Gemüse angebaut und es gab eine Obstwiese mit Äpfeln und Birnen, die der Vater im Herbst in der Kelter pressen ließ. Sauer war der Most, wir Kinder haben nur wenig davon trinken dürfen, denn er machte einen schweren und dummen Kopf. Der Vater hat ab und zu einen Löffel Zucker ins Glas geschüttet, dann schmeckte er gut.«

Der Professor lächelte sie an. »Die raue Alb, sagt man. Kärglich ist's bei euch oben und sicherlich schmeckt nicht nur der Most sauer.«

Bertha wusste nicht genau, was der Professor damit sagen wollte, aber das Wort »kärglich« weckte ihren Widerspruch.

»Es ist aber auch schön bei uns. Im Sommer, wenn der Wind durch die Getreidefelder streicht, dann leuchtet es golden. Unsere Wälder sind so grün wie überall, aber bei uns gibt es diese weißzackigen Felsen, die dazwischen aufblitzen, der Kalkstein ist das, hat der Vater erzählt, und als Kind habe ich immer geglaubt, dort in den Wäldern wohnten Zauberer und Feen, die diese Felszacken aus dem Boden wachsen ließen, wie Türme, die ihre unterirdischen Paläste bewachten.«

Sie musste schlucken und für einen Moment versagte ihr die Stimme. Damals war die Welt schön gewesen, trotz allem.

»Aber ich glaube, ich weiß, was Sie meinen, Herr Professor. Der Vater hat gesagt, dass der Boden bei uns nur dünn auf dem Stein liegt, deshalb gedeiht das Getreide nicht so gut wie anderswo.« Ihr war plötzlich eingefallen, was der Professor mit seinem »kärglich« gemeint haben könnte. »Es stimmt schon, die Leute auf der Alb sind arm, weil die Sachen nicht so gut wachsen. Wir haben auch kalte Winter.«

Der Winter auf der Alb war ein böser Feind, der über die Ebenen fegte, die Schneeflocken vor sich hertrieb und unerbittlich durch die Ritzen und Fugen der Häuser drang. Selbst in der Erinnerung daran fröstelte sie.

»Und was hat der Vater gemacht, neben der Landwirtschaft?«

»Er hat beim Stumm geschafft in Thailfingen. An den großen Webstühlen hat er gearbeitet, die von selbst gingen, mechanisch nennt man das. Man muss sie eigentlich nur noch beaufsichtigen und neu bespannen. Früher hatte fast jeder Bauer auf der Alb einen Webstuhl im Haus stehen, aber den musste man mit der Hand bedienen und das fertige Tuch dann in der Fabrik abgeben. Aber das ging sehr langsam und der Stoff war oft nicht fest genug gewebt. Dann gab es weniger Geld.«

Bertha wurde ganz rot. Wahrscheinlich interessierte es den Professor gar nicht. Was sie da alles zusammenschwatzte. Aber er nickte ihr freundlich zu und so erzählte sie schüchtern weiter.

»Die Familien haben abwechselnd den ganzen Tag und oft auch in der Nacht am Webstuhl gesessen, so hat der Vater immer wieder erzählt. Ohne die zusätzlichen Groschen für das Tuch hätten manche nicht überlebt. Und jetzt gibt es diese riesigen Hallen mit den Webstühlen, die die Arbeit fast selbst machen, was für ein Wunder!«

Sie hielt inne, nicht so sehr um dieses Wunder genauer zu bedenken, sondern um das Bild des Vaters zu beschwören, wie er abends von der Fabrik nach Hause gekommen war.

Eine schmale, gebückte Gestalt, auch der Schnurrbart im hageren Gesicht hing verdrießlich herunter … Eigentlich hat er immer traurig ausgesehen, überlegte Bertha, aber das ist auch nicht verwunderlich gewesen, so viel Arbeit und so wenig Freude und das noch mit der Mutter … Nur wenn sie auf seinem Schoß gesessen hatte, als sie noch ganz klein gewesen war, dann hatten seine Augen gestrahlt und dann hatte er ihr eine Geschichte erzählt, die von der schönen Lau beispielsweise, die hatte ihr immer am besten gefallen.

»Jaja, die Menschheit schreitet unaufhörlich voran«, drang die Stimme des Professors in ihre Gedanken, und sie war für einen Moment ganz verwirrt. Was meinte er denn? Ach ja, das Wunder der Maschinen … aber es hatte nicht so geklungen, als ob der Professor wirklich meinte, was er sagte.

»Wir können uns sogar schon umbringen, ohne viel dafür tun zu müssen, wie der letzte Krieg ja gezeigt hat.«

Bertha sah ihn fragend an.

»Beispielsweise das Gas, das man dort eingesetzt hat.«

Das Gas … jetzt fiel es ihr wieder ein. »Georg hat mir davon erzählt«, sagte sie ganz aufgeregt.

»Georg?«

»Mein Bruder. Er war im Krieg. Im letzten Jahr haben sie ihn noch geholt. Wir haben so gehofft, dass der Krieg vorher aus ist.«

Gebetet hatte sie, jeden Abend auf dem schmalen Bett in der Kammer. Lieber Gott, bitte mach, dass der Krieg aus ist, bitte, bitte. Aber es hatte nichts genutzt, er hatte fortmüssen, im Frühjahr 1918. Der Krieg würde jetzt entschieden werden, hatte es geheißen. Alle Kräfte würde man jetzt ins Gefecht werfen … alle Kräfte, und dazu gehörte Georg, ihr großer Bruder, zwei Jahre älter als sie.

»Er war so gescheit, der Beste in der Schule. In der letzten Klasse hat ihn der Lehrer sogar die Kleinen unterrichten lassen.«

Sie bemerkte, dass die Augen des Professors erwartungsvoll auf sie gerichtet waren.

»Stellen Sie sich vor, er sollte sogar auf die Höhere Schule. Das hatte der Lehrer dem Vater gesagt. Aber wie sollte das gehen? ›Wir haben das Geld nicht‹, hatte der Vater gemeint, ›womit soll ich die Bücher bezahlen, und das Schulgeld … und bessere Kleider bräuchte er auch! Nein, nein, so leid es mir tut.‹ Würdest du gern auf die Höhere Schule gehen?, habe ich Georg manchmal gefragt. Wir mussten abends immer die Ziegen füttern und dann sind wir noch eine Weile unter dem alten Apfelbaum bei der Hütte gesessen, das war unser Lieblingsplatz. Er war schon ganz morsch, trug aber jedes Jahr noch viele Äpfel. Dort haben wir über alles geredet.«

Sie hielt für einen Moment inne. Wie gut es tat, jemandem davon erzählen zu können. Und der Professor, dieser gescheite Mann, hörte doch tatsächlich ganz gespannt zu.

»Georg hat immerzu gesagt, dass er es selbst nicht genau weiß. Aber ich habe genau gemerkt, dass er es wollte. Er wollte nämlich etwas wissen von der Welt und vor allem wollte er aus unserem Dorf herauskommen, davon hat er nämlich auch gesprochen, und er wollte mich dann nachkommen lassen. Aber so, hat er nur gemeint, dass es nicht geht und dass es deshalb keinen Sinn hat, darüber nachzudenken. Wahrscheinlich habe der Vater recht, hat er gemeint: Man soll nützlich sein, so wie der Apfelbaum da, das muss genügen.«

Gedankenverloren sah Bertha zum Fenster hinaus. Noch immer füllte ein rötlicher Schimmer den Raum. Sie konnte nicht verhindern, dass ihr jetzt doch die Tränen über die Wangen liefen.

»Das hat der Vater oft gesagt: ›Nehmt euch ein Beispiel an dem Baum, alt und morsch ist er und trägt immer noch Früchte. Wahrhaft nützlich ist er. Was kann es Besseres geben!‹«

Teilnahmsvoll fragte der Professor nach einer kurzen Pause: »Aber er ist doch wiedergekommen, Ihr Bruder, meine ich?«

»Gott sei Dank. Sogar gesund und unversehrt. Wie froh wir waren! In jedem Dorf gab es mindestens eine Familie mit einem Toten. Und als dann nach und nach die Verletzten kamen – der Wieser Jakob hatte nur noch ein Bein … Das war unser Nachbar, wissen Sie.«

Sie hielt inne und beschwor für einen Augenblick das Bild des großen, kräftigen Burschen, der ihr früher immer die Zopfschleifen aufgezogen hatte. Wie er zum ersten Mal mit seinen Krücken auf dem Hof gestanden hatte, ganz schmal und verloren. Aber er hatte den Weg zurück gefunden. Mühte sich und machte sich nützlich. Reparierte Handwerkszeug, flocht Körbe … Er hatte ihr vom Krieg erzählt, viel mehr als Georg, der einsilbig war und manches nur angedeutet hatte. Oft war es ihr vorgekommen, als ob er nur äußerlich unversehrt sei und im Innern viele Wunden hatte. Ein deutscher Professor hatte dieses Gas erfunden, das einem den Atem nahm und blind machte, und ihr Bruder hatte angedeutet, wie schlimm es in den Schützengräben gewesen war. Aber Genaueres wollte er nicht sagen.

»Man findet keine Worte dafür … die Männer sind krepiert, schlimmer als die Tiere. Und nun lass es gut sein«, hatte er gemurmelt.

Kurz vor Weihnachten 1918 war er zurückgekommen aus

der französischen Kriegsgefangenschaft. Bleich und hohlwangig hatte er vor dem Kachelofen gesessen, hatte gefroren, als ob kein Feuer der Welt die Eiseskälte in ihm schmelzen konnte. Und sie hatte immer wieder tröstend die braune Haartolle aus seiner Stirn gestrichen. Ein hübscher Bursche sei er, sagten die Leute, aber jetzt war er nicht mehr hübsch, sah aus wie ein Gespenst und die hellen Augen waren erloschen, waren granitene Steine in dunklen Höhlen, als ob sie gestorben seien beim Anblick des Schrecklichen.

Durch Jakobs Erzählungen hatte sie begriffen, vielmehr versuchte sie, zu begreifen, aber sie verstand nur, dass es unsagbar war, was geschehen war, was die Männer hatten ertragen müssen. Und deshalb war Georg auch gegangen, an einem Tag im gerade erwachenden Frühling, fast genau ein Jahr, nachdem er in den Krieg hatte ziehen müssen. Er war einfach fortgegangen, hatte alles verlassen, die Arbeitsstelle beim Stumm, wo er schon lange nicht mehr an den Webstühlen arbeiten musste, sondern im Kontor sitzen und den Lohn berechnen durfte, weil er so klug war. Er hatte auch sie zurückgelassen, hatte nicht einmal Lebewohl gesagt, nur ein paar Zeilen geschrieben, aus denen keiner recht schlau wurde. Das hatte den Vater endgültig niedergeworfen, hatte ihn fast noch schlimmer getroffen als der Tod seiner ersten Frau, Georgs und ihrer Mutter. Bertha hatte fast gar keine Erinnerung mehr an sie, sie wusste nur, dass sie immerzu gehustet hatte und immer kleiner geworden war, so kam es ihr damals jedenfalls vor. Als sie dann nur noch im Bett gelegen hatte, schien es ihr, als würde sie eines Tages einfach verschwinden, würde sich auflösen wie ein Bild im Spiegel, das von der Dunkelheit verschluckt wurde. Nur der Husten wurde stärker, der nicht enden wollende Husten, vor dem sie als kleines

Kind geflüchtet war, ohne ihm in dem engen Häuschen zu entkommen. Aber das alles wollte sie dem Professor nicht erzählen, er sollte sie nicht für aufdringlich halten.

»Was macht ihr Bruder jetzt?«

Der Professor stand auf und ging hinüber zu einem Tischchen, auf dem ein Zigarrenkistchen stand. Er zündete sich unter heftigem Paffen eine dicke Zigarre an und für einen Moment leuchtete das Streichholz auf in brennendem Rot, rot wie die Sonne, rot wie ihr Haar, das Feuerhaar. Feuer … Zerstörung … das dumpfe Echo der Granaten, Männer, die im Schützengraben stehen, bis zu den Knien in Schlamm, Pisse und Blut, so hatte es Jakob erzählt. Vor diesen Erinnerungen war Georg geflohen und vielleicht auch vor dem Frühling, der Neues und Hoffnung verhieß. Aber dem konnte man doch nicht entfliehen, egal, wo er hingegangen war. Wenn sie ihn nur wiedersehen könnte …

»Ach, Georg«, würde sie sagen, »man kann doch nicht davonlaufen.«

Der Professor war zurückgekommen, eingehüllt in eine Wolke aromatisch duftenden Tabaks. Sie zupfte ganz aufgeregt an den Nähten des Sessels, der schon etwas ausgefranst war, und mahnte sich zur Ruhe.

»Wir wissen es nicht, Herr Professor. Er ist fortgegangen, im Frühjahr 1919, und seitdem haben wir nichts mehr von ihm gehört. Das heißt, ein paarmal kamen Postkarten, erst aus Berlin und dann hier aus Stuttgart. Die letzte vor knapp einem Jahr. Er hat auch an einen Kriegskameraden aus unserem Dorf geschrieben. Es müsse alles anders werden, der Jakob hat es mir vorgelesen, und dass man die Welt verändern müsse, damit es keinen Krieg mehr gäbe. Jakob meint, er ist zu den Kommunisten gegangen.«

Bei diesen Worten sah sie scheu zu dem Professor auf. Daran hatte sie gar nicht gedacht. Vielleicht wollte er mit der Schwester eines Kommunisten nichts zu tun haben?

Aber der Professor schien nichts Anstößiges dabei zu finden. Er zog kräftig an seiner Zigarre und setzte sich ihr gegenüber auf das Sofa, das bedenklich ächzte.

»Von seiner Warte aus hat er recht. Bloß dass Anspruch und Wirklichkeit meistens sehr auseinanderklaffen. Aber das muss er noch lernen. Für junge Leute sind das schwierige Zeiten, woran soll man sich halten? Der Krieg hat alles zerstört, woran man glaubte. Und jetzt stehen wir da mit unserer Demokratie, die auch nicht so richtig funktioniert … weil man sie nicht funktionieren lässt.«

Er räusperte sich und sah Bertha an. »Keine Angst, er kommt wieder. Sind Sie deshalb nach Stuttgart gekommen, um ihn zu suchen?«

Plötzlich meinte Bertha die Wärme der Sonne viel deutlicher zu empfinden und auch das Aroma des Tabaks ganz anders zu riechen. Hier konnte man sich wohlfühlen. Ihr Blick streifte wieder die langen Reihen der Bücher, Bücher in dieser fremden Sprache aus diesem fremden Land, das so viele Leute hassten, weil ihre Söhne dort gestorben waren. Georg hatte es nicht gehasst. »Warum soll ich denn die Franzosen hassen?«, hatte er gesagt, als sie ihn einmal danach gefragt hatte. »Die haben mir nichts getan. Der Kaiser hat ihnen den Krieg erklärt, nicht ich. Waren doch genauso arme Schweine wie wir. Weißt du, was schlimm war? Wenn ich die Kinder gesehen habe, in den Dörfern, durch die ich gekommen bin, auf dem Weg an die Front. Und ich sollte ihre Väter totschießen … Warum?«

Das würde der Professor verstehen, das wusste sie genau.

Überhaupt verstand er sie sehr gut. Ihr wurde ganz leicht ums Herz. Sie nickte ihm zu. »Irgendwie habe ich mir eingebildet, ich könnte hier eine Spur von ihm finden. Aber in einer so großen Stadt … mit so vielen Menschen. Ich war in der Geißstraße bei den Kommunisten, ich meine, wo sie ihr Büro haben. Aber dort hat man mir auch nicht helfen können. Sie kennen ihn nicht, haben sie jedenfalls gesagt.«

»Das tut mir leid. Aber wie gesagt, ich bin überzeugt davon, dass er sich wieder meldet. Sie haben doch ein gutes Verhältnis zueinander gehabt. Man schickt Ihnen doch sicherlich die Post nach, von der Alb, meine ich?«

Zögernd nickte Bertha. Diese »man« – würde sie die Post wirklich nachschicken? Versprochen hatte sie es.

»Gibt es überhaupt noch Verwandte von Ihnen dort? Ihr Vater ist ja tot?«

Bertha schluckte und bekam den dicken Kloß nicht hinunter, der mit einem Mal in ihrem Hals festzustecken schien. »Die Stiefmutter. Und die jüngere Schwester, Halbschwester, meine ich.«

»Da hat der Vater also wieder geheiratet?«

»Zwei Jahre nach dem Tod der Mutter. Wir seien noch so klein, hat er gemeint, und die Großmutter sei schon alt und krank. Dabei sind der Georg und ich gut zurechtgekommen. Aber der Vater hat sich nicht davon abbringen lassen.«

Sie starrte auf ihre Hände, die fest verschlungen in ihrem Schoß lagen. Arbeitshände, fleißige Hände. Bilder zogen an ihr vorbei. Diese Frau in ihrer Küche, die sie von oben gemustert hatte. »So, du bist also die Bertha.« Wie kalt die Stimme geklungen hatte, kalt und leblos, so, als sagte sie einen einstudierten Vers auf. »Ich bin die neue Mutter.« Das Kind hatte nur die dünnen Lippen gesehen, den gerade gezogenen

Scheitel und die kalten Augen und hatte die leblose Stimme gehört. »Ich bin die neue Mutter.«

»Nein!«, hatte sie geschrien und der Frau einen Stoß versetzt. Dann war sie hinausgestürzt, hinüber zum Ziegenstall, wo sie sich heulend im Heu verkrochen hatte.

Später war der Vater gekommen, hatte sie in den Arm genommen und das Heu aus den Haaren geklaubt. »Das wird schon, mein Schätzele. Sie ist ganz gut, ist fleißig und ordentlich, bin froh, dass sie einen wie mich nimmt. Ich brauch doch jemanden, der sich um euch kümmert, wenn ich beim Stumm bin. Das wird schon …«

Aber es wurde nichts mit ihnen, gar nichts, um Vaters willen rissen sie sich zusammen, aber mit Gertrud Felbers Einzug kam der Hass mit, der sich wie ein langsam wirkendes Gift ausbreitete, bis er in jede Ritze eingedrungen war.

Der Professor mochte wohl ahnen, was in ihr vorging, denn er sagte leise: »Armes Kind. Also eine böse Stiefmutter, wie im Märchen.«

Bertha versuchte zu lächeln. »Bloß im Märchen geht es immer gut aus. Aber bei uns wurde es immer schlimmer, vor allem als die kleine Schwester gekommen war. Und dann nach dem Tod des Vaters … Sie hat ihn beschwatzt, dass er ihr alles hinterlässt, und er war so krank und schwach und hat dann nachgegeben. Viel war es nicht, aber es war doch unser ›Gütle‹, unser Zuhause. Sie hat gleich klargemacht, wer jetzt das Sagen hat … und dass nach ihrem Tod die Paula alles bekommen soll. Das ist die kleine Schwester.«

»Und das war wohl auch ein Grund, warum Sie weggegangen sind, nicht wahr? Mit dem Hass kann man nicht leben. Das war ganz gescheit, dass Sie gegangen sind, Bertha. Es ist so viel Unfrieden in der Welt, dann sollte wenigstens im

Haus der Frieden herrschen. Und hier bei mir sind Sie willkommen, also probieren wir's miteinander, mit Gottes Hilfe. Aber jetzt habe ich noch eine Frage, wenn Sie gestatten. Die meisten Mädchen wollen ja nicht mehr in den Dienst, sondern gehen lieber in die Fabrik. Bei Ihnen ist es gerade andersherum. Das schreibt auch Ihre Tante. Ich hab mich damals schon gewundert, als mir die Kinder von Ihnen erzählt haben. Also warum, Bertha?«

Die Kinder, das waren seine Nichte und deren Mann. Die hatten dem Oberkellner vom Marquardt erzählt, dass der Onkel dringend eine Haushaltshilfe bräuchte, und der hatte es wiederum Tante Hedwig erzählt und so saß sie jetzt hier. Die Tante hatte erst nicht verstanden, warum sie vom Bosch wegwollte, und wie sollte sie das nun dem alten Herrn erklären, der inmitten seiner Bücher saß, eingesponnen in seine eigene Welt?

»Ja, viele denken so«, antwortete sie in gedehntem Ton, »und die meisten sagen auch, dass beim Bosch gut schaffen ist. Aber wissen Sie, Herr Professor, mir liegt das einfach nicht so. Ich steh an einem langen Tisch, zusammen mit vielen anderen Frauen, und jede macht jeden Tag das Gleiche, immer die gleichen Handgriffe, und ich weiß nicht, warum und was am Ende dabei herauskommt. Die anderen sagen, ich soll mich nicht so anstellen, schließlich zahlt der Bosch gut und wir müssen nur acht Stunden am Tag arbeiten – darum beneiden uns die anderen, die oft noch zehn Stunden und länger arbeiten müssen. Sehen Sie, Herr Professor …« Bertha hielt inne und sah ihr Gegenüber fast beschwörend an. »… dann komme ich heim, und es ist ja gar kein Heimkommen, und ich komme in die Kammer am Fleischmarkt, wo wir zusammengepfercht hausen wie die Kaninchen im

Stall. Ich gucke aus dem Fenster und sehe bloß die Mauer vom Haus gegenüber, kein bisschen Himmel, und stinken tut's erbärmlich.«

Sie schwieg für einen Moment und beschwor die Bilder und die Gerüche. Und im Erdgeschoss saßen an den Fenstern die Mädchen mit Bubikopf und knallroten Lippen und rauchten.

»Schön blöd, Bertha … in die Fabrik zu rennen … wir verdienen unser Geld leichter …«

Von wegen, dachte sie dann, und sah schaudernd zu, wie die Herren scheinbar interesselos vorbeidefilierten, die schmerbäuchigen und die dürren, die mit und die ohne Bart …

Von wegen, dachte sie dann. Das ist schwer verdientes Geld. Aber davon wollte sie dem Professor lieber nichts erzählen. Stattdessen sagte sie: »Deshalb würde ich viel lieber zu Ihnen kommen. In der Fabrik bin ich zu nichts nutze, trage keine Früchte, wie es der Vater immer wollte. Aber bei Ihnen könnte ich nützlich sein. Und …«, wieder glitt ihr Blick verstohlen über die hohen Regale, »ich würde so gern noch etwas lernen. Die paar Jahre Volksschule … mein Bruder hat immer viel gelesen, auch wenn er nicht auf die Höhere Schule konnte. Und er hat sogar ein paar Brocken Französisch gelernt. Es sei eine schöne Sprache, hat er gesagt, und wie Sie vorhin meinen Namen … ich meine …«

Jetzt verhedderte sie sich und wurde puterrot. Meine Güte, was redete sie denn da? Sie war ja richtig aufdringlich. Als ob sich der Herr Professor mit einem Dienstmädchen abgeben würde. Da ging wieder einmal der Gaul mit ihr durch …

Aber zu ihrer Überraschung lachte der Professor laut auf. »Das ist gut, Bertha, da kann ich mich ja auch noch ein bisschen nützlich machen. So haben wir beide etwas davon.«

»Aber, Herr Professor, so hab ich das nicht gemeint …«

»Schon gut. Ich freue mich doch, liebes Kind, wenn wieder etwas Leben um mich ist und wenn sich gar jemand für mein geliebtes Französisch interessiert! Was hat er denn gekonnt?«

»Das weiß ich nicht mehr«, antwortete Bertha. »Ich hab's vergessen. Es war halt nicht viel. Aber an eines erinnere ich mich noch.«

Der Professor blickte sie aufmunternd an.

»Es ist ein Lied. Die Kinder dort hätten es ihm beigebracht. Ich kann es aber nur summen.«

»Nur zu.«

Bertha begann etwas wacklig, wurde dann aber immer sicherer.

Plötzlich sprang der Professor auf, ging hinüber zum Klavier, er nahm die Melodie auf und begann dann laut und vernehmlich zu singen.

»Ja«, rief Bertha enthusiastisch, »genauso hat es geklungen!«

Der Professor ließ die letzten Töne verhallen und kam wieder herüber. Er sah ganz erhitzt aus und die Augen hinter den runden Brillengläsern funkelten.

»Das ist ein altes französisches Lied. Es heißt: *Au clair de la lune …*«

»Genau das ist es!« Bertha kam es so vor, als sei sie unvermutet auf ein Geheimnis gestoßen, das sie nun mit dem Professor teilte und das, lange verborgen, mehr und mehr offenbar wurde.

»Genauso hat es geklungen«, setzte sie noch einmal bekräftigend hinzu.

»Ja, Bertha, und damit fangen wir an.« Der Professor streckte seine Hand aus. »Einverstanden?«

Bertha sah ihn fragend an.

»Mit der ersten Lektion Französisch«, fügte der Professor erklärend hinzu. »Ist es Ihnen mit dem Lernen nun ernst oder nicht?«

Ohne sich zu besinnen, legte Bertha ihre Hand in die seine. »Einverstanden!«

Kurze Zeit später stand sie wieder auf der Straße und wusste für einen Moment nicht, wohin sie gehen musste. Es war noch sehr warm und trotz der Dunkelheit waren viele Menschen auf der Straße. Aus der Wirtschaft an der Ecke drang grölendes Gelächter. Am liebsten wäre Bertha hinübermarschiert und hätte ein kühles Bier getrunken, hätte ganz allein mit sich gefeiert, denn irgendetwas Gutes war jetzt in ihrem Leben geschehen, das fühlte sie genau. Von der Stiftskirche herüber wurden Glockenschläge getragen, neun an der Zahl. Sie musste sich beeilen. Noch nie war ihr der Weg zum Fleischmarkt so leicht gefallen. »*Au clair de la lune* …« hallte es in ihrem Innern wider. Sie hatte sich die Worte genau gemerkt, obwohl sie nicht wusste, wie man sie schrieb und was sie bedeuteten. Aber der Professor würde es ihr erklären.

Sie blieb an einer Litfasssäule stehen, um die Straße zu überqueren, da fiel ihr Blick auf ein Plakat, das sich zur Hälfte gelöst hatte und in der nun aufkommenden Abendbrise flatterte. Halb unbewusst streifte ihr Blick die fett gedruckte Überschrift: »Boykott.« Sie seufzte unwillkürlich auf. Das gehörte zum Alltag – Boykott, Drohungen, Hetze … auf Plakaten, in den Zeitungen, in den Köpfen. Es schien, als sei das ganze Land zerfressen vom Hass, diesem zähen Gift.

Gerade wollte sie sich abwenden, da sah sie das Wort »Frankreich« auf dem Plakat und jetzt wollte sie doch wissen, was es mit diesem Boykott auf sich hatte. Sie trat näher, hielt das flatternde Papier fest und las. Die Stuttgarter Hotelbesitzer und Wirte hatten beschlossen, »bis auf Weiteres keine Franzosen und Belgier mehr aufzunehmen, ihnen keine Verpflegung mehr zu verabreichen und französische und belgische Erzeugnisse nicht mehr zu führen«.

Zornig riss Bertha das Plakat herunter, knüllte es zusammen und warf es in den Rinnstein. Georg hatte ganz recht: Der Krieg war zwar vorüber, aber es hatte sich nichts geändert. Der Wind frischte auf und trieb das Papierknäuel vor sich her, bis es ganz verschwunden war. Wenn man doch den Hass genauso hinausfegen könnte, dachte Bertha. Der arme Herr Professor … diese Welt verstand er bestimmt nicht mehr. Aber sie freute sich auf dieses Land und seine fremde Sprache, in der ihr Name klang wie eine Frage und eine kleine, erwartungsvolle Freude.

# *Au clair de la lune, mon ami Pierrot*

Bertha starrte hinunter auf die regennasse Straße. Grau glänzte der Asphalt und der unablässig fallende Regen trommelte gegen die Scheiben. Ab und zu fuhr ein Auto durch die Pfützen und Fontänen spritzten zur Seite, sodass die wenigen Passanten schimpfend auswichen, die Schirme schräg gegen den scharfen Ostwind gerichtet, der durch die Straßen tobte und die Regenschauer vor sich hertrieb.

Missmutig wischte Bertha den runden Fleck weg, den ihr Atem auf der Fensterscheibe gebildet hatte. Was war das heute wieder für ein trübsinniger Tag, ein richtiger Novembertag eben. Am Morgen war sie einkaufen gegangen … Aber das war kein Einkaufen, das war anstehen, sich von Geschäft zu Geschäft schleppen, in der Hoffnung, noch etwas zu bekommen. Einen Liter Vollmilch hatte sie kaufen wollen, eigentlich ein unerhörter Luxus, aber der Professor hatte eine schwere Erkältung und sie musste ihn unbedingt wieder auf die Beine bringen. Heiße Milch und ein weiches Ei, das war ihr Plan für das heutige Frühstück gewesen, und sie hatte tatsächlich nach einem langen Marsch in einem kleinen Geschäft in der Innenstadt noch Milch und Eier bekommen – aber zu welchem Preis! 20 000 000 000 Mark kostete der Liter und für die kümmerlichen vier Eier hatte sie sogar 40 000 000 000 Mark bezahlt. Das gab die Pension des Professors bei Weitem

---

*Das Pierrot-Lied ist auf den Seiten 406–407 abgedruckt.*

nicht her und Bertha wusste, dass er heimlich den Schmuck seiner Frau versetzte, trotzdem reichte es gerade für Kohlsuppe und Margarinebrot. Aber jetzt sollte und musste er etwas Besseres haben, und was sie für den Rest der Woche machen würde, das musste sich ergeben.

Als sie mit ihren kostbaren Schätzen heimgekommen war, hatte er nur erstaunt gesagt: »Liebes Kind, so feine Sachen …«, und nicht weiter nachgefragt. Er lebte eben in seiner eigenen Welt, seinem geliebten fremden Land. Von drüben, vom Arbeitszimmer hörte sie seine Stimme, er arbeitete an seinem Buch und ab und zu deklamierte er laut Gedichte des Mannes, über den er dieses Buch schrieb. Rimbaud hieß der Dichter, Arthur Rimbaud. Bertha konnte sogar schon den Namen richtig aussprechen. Das war das Verflixte an dieser Sprache, dass man die Wörter ganz anders aussprach, als man sie schrieb. Aber die meisten Regeln wusste sie schon, konnte jetzt auch das Lied auswendig und wusste, was die Wörter zu bedeuten hatten:

*»Au clair de la lune, mon ami Pierrot*
*prête-moi ta plume, pour écrire un mot.*
*Ma chandelle est morte, je n'ai plus de feu.*
*Ouvre-moi ta porte, pour l'amour de Dieu …«*

Die Gedichte dieses Rimbaud waren viel komplizierter. Der Professor wollte sie ganz neu übersetzen und behauptete, der Mann sei ein Genie gewesen und er wolle versuchen, in der deutschen Sprache »diesen genialen Funken« aufleuchten zu lassen, wie er es nannte.

»Passen Sie auf, Bertha, eines Tages wird meine Übersetzung einmal maßgeblich sein. Alle werden sie Fabricius zitieren und sagen, dass ich Rimbauds Sprachfeuer richtig verstanden und übertragen habe.«

Er hatte die Brille abgenommen und die Augen in dem runden Gesicht hatten geleuchtet. »Nicht wahr, Bertha, ich bin ein eitler Gockel, das gebe ich zu, aber man braucht Ehrgeiz, mein Kind, um etwas zu leisten.

Das mit dem »Sprachfeuer« hatte Bertha nicht so ganz verstanden und überhaupt schienen ihr die Gedichte dieses Rimbaud überaus kompliziert. Der Professor hatte ihr schon einige vorgelesen und auch seine Übersetzung. Am besten hatte ihr ein Gedicht gefallen, in dem der Dichter an einem Sommerabend über ein Feld oder eine Wiese ging und seinen Kopf »im Winde baden« ließ. Das fand sie sehr schön. Im Arbeitszimmer hing über dem Schreibtisch ein Bild von Arthur Rimbaud. Es zeigte einen ganz jungen Mann, der sehr traurig aussah. Seine Lippen waren zusammengepresst, als plage ihn ein dumpfer Schmerz, der nicht aus ihm herausdurfte, und die Augen waren in eine Ferne gerichtet, aus der wohl nichts Gutes zu erwarten war, so schien es ihr jedenfalls. Er erinnerte sie ein wenig an Georg, vor allem der dichte Haarschopf, der aus der Stirn gestrichen war, und diese leidvolle Erwartung im Blick trugen zu dieser Ähnlichkeit bei. Georg. Ihre Finger tasteten sich zur Tasche der Arbeitsschürze und fanden dann den Brief, der vorhin mit der Post gekommen war. Sie hatte ihn kurz überflogen, dann aber rasch wieder weggelegt. Aber es half nichts, er musste genau gelesen werden, weil er eben Nachrichten über Georg enthielt.

Sie versuchte, sich von den Überlegungen über Arthur Rimbaud loszureißen, der sogar eine Zeit lang in Stuttgart gelebt hatte, so wurde der Professor nicht müde zu erzählen. Als Hauslehrer habe er gearbeitet.

»Sehen Sie, Bertha, das ist doch ein schönes Beispiel dafür, wie sich die beiden Völker immer wieder ausgetauscht haben. Wir haben voneinander gelernt, viel mehr als den meisten Menschen bewusst ist. Was wären unsere jungen Dichter, zum Beispiel unser Georg Trakl, ohne Rimbaud gewesen, und auch er hat sicher vieles von unserer Kultur mitgenommen. Das will ich zeigen, das muss ich zeigen …«

Von drüben her klang immer noch der melodische Singsang des Professors: »… *un soldat jeune, bouche ouverte, tête nue* …« – »… mit offenem Mund, die Stirn unbedeckt, schläft ein junger Soldat …« Der Soldat war tot, das wusste sie aus der Übersetzung des Professors. »… *les parfums ne font pas frisonner sa narine* …« – »… den Duft spürt er nimmermehr …« Und dass er den Duft der Wiese, der Sonne nicht mehr riechen konnte, das hatte sie am meisten beeindruckt.

Wie gut es dieser Rimbaud verstand, mit wenigen Worten die Grausamkeit und die Endgültigkeit des Todes darzustellen. Das Gedicht sei im 70er Krieg entstanden, als sich Deutsche und Franzosen schon einmal bekriegt hatten. Es ging wohl immer nur um Krieg, Krieg und Hass. Was wäre beispielsweise gewesen, wenn dieser Arthur Rimbaud einige Jahre älter gewesen wäre … Hätte er dann vielleicht im Schützengraben gekauert, so wie auf der anderen Seite ihr Bruder Georg und einer von beiden hätte den anderen totgeschossen? Dabei hatte Rimbaud doch sicher Deutsch gesprochen, wenn er als Hauslehrer in Stuttgart gewesen war, und Georg wiederum hatte seine Sprache geliebt, hatte sich sogar ein französisches Lied beigebracht. »… *prête-moi ta plume, pour écrire un mot* …« Nicht nur die Menschen, auch ihre Gedanken und Ideen hatte man in den Kriegen getötet. So viele Bilder, so viele Gedichte, die nicht mehr geschrieben werden konnten.

Aber Schluss jetzt, ermahnte sich Bertha. Sie faltete den grauen Papierbogen auseinander und begann die krakeligen, ungelenken Schriftzüge ihrer Stiefmutter zu entziffern.

»Liebe Bertha«, stand da. Von wegen, dachte Bertha und ließ den Brief sinken. Immer dieselben Vorwürfe, Klagen … Sie zwang sich weiterzulesen. Die Stiefmutter schrieb, sie arbeite ja jetzt nicht mehr beim Bosch, sei vielmehr im Dienst, da sei doch nichts verdient, auch wenn Kost und Logis frei waren.

*»Dann kannst Du auch nach Hause kommen und mir helfen. Warum bist Du weggegangen? Lässt mich hier im Stich und ich weiß nicht, wo mir der Kopf steht.«*

Nach dieser schon üblichen Einleitung kam sie auf die Schwester zu sprechen.

*»Sie soll jetzt endlich in eine Lehre gehen, am besten beim Stumm, aber sie will davon nichts wissen, hat nur Flausen im Kopf, will in die Stadt, zu Dir. Das kommt davon, was musst Du auch in die Stadt?«*

So ging es in einem fort, Bertha kannte die Klagen schon. Sie seufzte. Paula hing sehr an der älteren Schwester, aber sie war faul und leichtsinnig. Und ließ sich auch von ihr nichts sagen. »Flatterhaft«, nannte sie Tante Hedwig. Jetzt rebellierte sie auch gegen eine Mutter, die sie verwöhnt und den älteren Halbgeschwistern stets vorgezogen hatte. Und nun erwartete die Mutter Dankbarkeit und versuchte, Paula ihre Vorstellungen aufzuzwingen. Da gab es sicher harte Kämpfe im Häuschen auf der Alb, das für die Schwester zu eng wurde.

Schließlich kam die Stiefmutter auf Wiesers Jakob zu sprechen und damit auch auf Georg.

*»Der Jakob hat eine Karte von Georg bekommen. Er will unbedingt Deine neue Adresse haben. In Straßburg ist er, sagt er, und ich hab ihn gefragt, was er denn da macht, ausgerechnet bei den Franzosen, die ihn fast totgeschossen hätten. Jakob meint, dass er bei einem Aufstand dabei gewesen war, irgendwo im Osten, und die Reichswehr ist gekommen und hat alles niedergeschlagen. Beinahe wäre er verhaftet worden. Deshalb ist er nach Straßburg geflohen. Ein Glück, dass Dein Vater das nicht mehr erleben musste. Diese Schande! Der Sohn bei diesem Kommunistenpack und dann noch beinahe verhaftet.«*

Bertha konnte nicht mehr weiterlesen. Ach, Georg, was machst du nur? Was treibt dich denn an? Welche Träume und Hoffnungen spinnst du denn? Wenn ich dich nur verstehen könnte! Der Professor sagt, dass man unsere Regierung in Berlin unterstützen müsse, sie sei das Beste, was wir derzeit haben können. Aber du bekämpfst sie. Warum denn, Georg? Und jetzt hockst du in Straßburg. Wovon lebst du denn? Wo wohnst du? Ich muss gleich an Jakob schreiben.

Der Brief endete mit der Aufforderung an Bertha, endlich nach Hause zurückzukommen. Dass dieser Wunsch nicht ernst gemeint war, lediglich ein Ritual darstellte, um Grund für weitere Klagen zu haben, wusste Bertha genau, deshalb berührte sie das Gejammer überhaupt nicht. Aber die Sorge um Georg war größer als je zuvor. Beinahe verhaftet wie ein Verbrecher … ihr kluger, gescheiter Georg. Trotzig war er immer schon gewesen, und er guckte genauso wie dieser Rimbaud. Was trieb diese Menschen bloß an?

Am Abend beim Tee, als es zu den dünn geschnittenen Margarinebroten eines der Millioneneier gab, das Bertha mit viel Wasser und Mehl gestreckt und zu Rührei verarbeitet hatte, blieb sie neben Professor Fabricius stehen, das Tablett an die Brust gepresst, und fragte ihn nach den kommunistischen Aufständen der letzten Wochen.

»Sie haben mir davon erzählt, aber ich weiß nicht mehr genau, wo es war und wie es ablief.«

»In Sachsen und Thüringen, ich habe es Ihnen aus der Zeitung vorgelesen, erinnern Sie sich? Den ganzen Oktober hat der Spuk gedauert. Die Reichswehr ist dann einmarschiert und der Reichspräsident hat die selbst ernannten Regierungen vor ein paar Tagen abgesetzt. Aber warum wollen Sie denn das so genau wissen, liebe Bertha?«

Sie schluckte. Sollte sie dem Professor die Wahrheit sagen? Dass ihr Bruder ein … ja, was war er denn? Dass er ein Krimineller war? Von der Polizei gesucht. Aber nein, Georg hatte doch sicher nichts Böses getan. Oder doch …? Sie war ganz verwirrt.

Hoffentlich würde der Professor sie nicht verachten. Er sah sie immer so gütig an und wenn er dann »mein liebes Kind« sagte … Er mochte sie und sie sorgte gut für ihn. Endlich hatte er wieder ein bisschen Farbe in seinem runden Eulengesicht und kein Staubkörnchen lag mehr auf den Bücherregalen und der Parkettboden glänzte. Ja, sie hatte sich nützlich gemacht in den letzten drei Monaten, seit sie im Dienst beim Professor war. Aber er war auch nützlich für sie gewesen, wie er damals lächelnd gemeint hatte. Sie lernte jetzt die Sprache jenes fremden Landes, das ihr immer vertrauter wurde, und lernte sogar diesen Rimbaud mit seinen seltsamen Gedichten besser kennen.

»Aber jetzt reden Sie doch, Berthe, Sie sehen ganz verstört aus«, drang die Stimme des Professors in ihre Gedanken.

Berthe, so nannte er sie manchmal, und es klang schon so vertraut. Sie spürte plötzlich einen Kloß im Hals und fing zu ihrem eigenen Schrecken an zu schluchzen.

»Aber um Himmels willen, liebes Kind, was ist denn geschehen?« Der Professor ging hinüber zu seinem Schreibtisch und holte eine bauchige Flasche aus einem der Seitenfächer. Er schenkte Bertha etwas von der goldbraunen Flüssigkeit ein und ermahnte sie, einen tüchtigen Schluck zu nehmen. Das war sein Cognac, alter französischer Cognac, den es nur zu ganz besonderen Gelegenheiten gab. »Dies scheint mir ein ungewöhnlicher Notfall zu sein.« Der Professor lächelte, als Bertha abwehrend die Hand schüttelte. »Also trinken Sie.«

Er nötigte sie sanft, aber bestimmt, auf dem roten Plüschsofa Platz zu nehmen. Der Cognac tat wirklich gut, machte einen warmen Bauch und eine angenehme Müdigkeit breitete sich im ganzen Körper aus. Stockend berichtete sie, was sie aus dem Brief der Stiefmutter wusste.

»So, so, also nach Straßburg ist er geflüchtet ...« Professor Fabricius wiegte bedenklich sein Haupt.

»Das bedeutet nichts Gutes, nicht wahr, Herr Professor? Wenn ich nur wüsste, was er angestellt hat.«

Der Professor starrte düster auf das Bild Arthur Rimbauds, als könne er dort eine Antwort finden. Schließlich setzte er sich neben Bertha, die ihr Taschentuch in der Hand knetete. Sanft nahm er ihre andere Hand und hielt sie fest.

»Seit wann ist er denn bei den Kommunisten?«

»Gleich als er heimgekommen ist nach dem Krieg, hat er davon geredet, dass alles anders werden muss, sonst wird wieder so eine Katastrophe kommen. Er hat viele Bücher gelesen. An allem ist der Kapitalismus schuld, hat er mir erklärt. Die Kapitalisten, also die Leute, die viel Geld haben, Fabriken und Maschinen, die wollten immer mehr. Und sie würden die Arbeiter ausbeuten … und diese Gier nach noch mehr Besitz und Geld würde dazu führen, dass es immer wieder Kriege gibt. So habe ich es jedenfalls verstanden. Was er aber genau will, das wurde mir nie recht klar. Keinen Besitz mehr, alles solle allen gehören. ›Und der Herr Stumm zum Beispiel?‹, habe ich ihn gefragt. ›Wird enteignet‹, hat er nur gesagt. ›Die Arbeiter übernehmen die Fabrik.‹ – ›Aber einer muss doch sagen, wo es langgeht‹, habe ich gesagt. Aber das hat er immer abgetan. Und das mit der Räteregierung habe ich auch nicht verstanden.«

Der Professor nickte bedächtig. »In der Theorie klingt das alles recht gut, aber die Praxis …«

Bertha sah ihn fragend an.

»Sehen Sie, Bertha, es sind nicht die dümmsten Köpfe, die sich für diese Theorien begeistern können. Genau genommen sind es oft großartige Menschen, echte Idealisten, die einer solchen Ideologie verfallen. Aber sie übersehen etwas ganz Entscheidendes …« Er hielt für einen Moment inne, so als suchte er einen Gedanken zu fassen. »Leute wie ihr Bruder glauben, man müsse die Gesellschaft ändern, also die Umstände, unter denen Menschen leben. Dann werde auch der Mensch gut und wir erreichen jenen paradiesischen Zustand, wo keiner mehr des anderen Feind ist. Aber das stimmt nicht! Ich halte es da mehr mit unseren Klassikern. Wissen Sie, was die gemeint haben?«

Bertha schüttelte den Kopf. Die Klassiker … wer sollte das sein? Ach Gott, wie dumm sie war. Aber der Professor konnte alles so gut erklären.

»Sie haben gemeint, man müsse zuerst den Menschen ändern, ihn sozusagen besser machen.« Er stockte und es schien, als warte er geradezu auf Berthas Einwand.

»Aber wie soll das geschehen, Herr Professor? In der Kirche …«

»Lassen Sie die Kirche weg, Berthe. Appelle bringen nichts. Man muss sie besser machen durch Bildung.«

»Durch Bildung?«

»Ja. Und Sie sind dafür ein schönes Beispiel. Sehen Sie, Berthe, Sie lernen jetzt diese Sprache, Französisch, lernen etwas über das Land und über seine Kultur. Nie im Leben würden Sie so daherreden wie viele Leute heutzutage, über den ›Erbfeind‹ und anderen Unfug mehr.«

Bertha starrte ihn an. Glaubte er das wirklich? Wenn es so einfach wäre. Wie viele waren in den Krieg gezogen und hatten die Sprache des Feindes gekannt, vielleicht sogar seine Kultur geliebt? Ob Bildung wirklich vor dem Hass schützte? Aber dann sah sie die Begeisterung in seinem Gesicht, das Leuchten in den Eulenaugen hinter den dicken Gläsern, und sie wagte nicht, ihre Einwände vorzubringen. Stattdessen versuchte sie ein Lächeln, das recht gezwungen ausfiel, wie sie selbst bemerkte.

»Das stimmt, Herr Professor. Das ist wahrscheinlich recht mühselig, aber sicher der bessere Weg.«

»Allemal besser, als sich die Köpfe blutig zu schlagen.«

Bertha musste plötzlich daran denken, dass es in den letzten Monaten zunehmend Schlägereien zwischen den Kommunisten und den Nazis gegeben hatte. Die Nationalsozialisten, das war diese neue Partei, die dem Professor gänzlich verhasst war. Wie überall trumpften sie auch hier in Stuttgart mächtig auf, mit ihren braunen Uniformen und dem merkwürdigen Symbol, dem Hakenkreuz. Krakeeler und Schläger, meinte der Professor. Ob denen Bildung helfen würde? Aber in einem hatte der Professor recht: Diese fremde Sprache zu lernen und dann ein fremdes Land zu betreten, wenn auch vorerst nur im Geiste, das öffnete eine neue Tür und machte den Blick weiter.

Am nächsten Morgen hatte es endlich zu regnen aufgehört. Eine fahle Herbstsonne versuchte, sich durch die grauen Wolken zu drängen, die immer noch regenschwer am Himmel hingen. Bertha riss den Blick los von diesem Schauspiel und brühte den Kaffee des Professors auf. Malzkaffee natürlich, an Bohnenkaffee war in diesen Zeiten nicht zu denken. Sie hatte in der Nacht fast kein Auge zugetan. Wenn sie nur wüsste, was Georg getan hat … Ihr war eingefallen, dass man im vorigen Monat einige Kommunisten in »Schutzhaft« genommen hatte, weil sie Eisenbahntransporte der Reichswehr gefährdet hätten. Vielleicht hatten sie die Schienen blockiert. Genaueres hatte nicht in der Zeitung gestanden. Wenn es so etwas gewesen wäre …? Lieber Gott, wenn er nur keinen umgebracht hat! Wenn … wenn … Der Professor hatte unrecht, Bildung und Wissen schützten nicht davor, Böses zu tun. Georg war so gescheit und trotzdem war er so fanatisch geworden. Bestimmt war auch der Krieg daran schuld, da hatte Jakob wohl recht. »Du wirst die Bilder nicht mehr los … und die Schreie und den Gestank, Leichengestank. Er will mit allen Mitteln verhindern, dass es wieder so einen Krieg gibt.«

Das hatte ihr eingeleuchtet. Und trotzdem … Unrecht mit Unrecht bekämpfen, das war doch keine Lösung.

Es klingelte an der Wohnungstür, das musste Frau Aldinger sein, die die Zeitung und die Post brachte. Ihre anfängliche Abneigung war einem zögerlichen Entgegenkommen gewichen, das sich manchmal sogar bis zur freundlichen Vertraulichkeit steigerte, wie jetzt in diesem Moment.

»Die Post und die Zeitung, Fräulein Bertha. Schlimm, schlimm, was heute wieder drin steht.«

»Ja, Frau Aldinger, gute Nachrichten sind rar in diesen Zeiten.«

»Aber so schlimm wie in diesem Jahr … erst die Inflation, dann die Umsturzversuche. Gestern hat's wieder einen gegeben, in München.«

»Und wer war es dieses Mal? Die Linken oder die Rechten?«

Lieber Gott, lass es nicht die Kommunisten sein. Nicht, dass Georg vielleicht dabei ist. Aber nein, der war doch in Straßburg.

»Die Nazis waren's. Und der General Ludendorff hat auch mitgemacht. Dabei ist das doch ein vornehmer Herr. Dass der sich mit solchem Gesindel abgibt. Da, schauen Sie …«

Frau Aldinger streckte ihr die Zeitung hin. Unter der fett gedruckten Überschrift »Putschversuch in München« war ein Bild abgedruckt, auf dem dieser General zu sehen war, daneben stand ein Mann mit einem komischen Bärtchen. Bertha wusste, dass er der Anführer der Nazis war und Adolf Hitler hieß. Er stand etwas linkisch neben dem trotz seines Alters straff aufgerichteten General, und Bertha fand ihn irgendwie seltsam. Das sagte sie auch Frau Aldinger.

»Schon, Fräulein Bertha, aber den darf man nicht unterschätzen. Der Herr Keppler vom Nachbarhaus ist ganz verrückt mit dem. Er hat ihn einmal reden hören, ich weiß nicht mehr, wo, aber seitdem ist er ein glühender Anhänger, wie er selbst sagt, und ist sogar in die Partei eingetreten. ›Täglich würden es mehr‹, sagt er. ›Aber, Herr Keppler‹, sage ich, ›Sie sind doch Beamter, arbeiten bei der Stadt, da können Sie doch nicht einer radikalen Partei angehören. Die mit den braunen Hemden sind sogar bewaffnet und deshalb gibt es auch immer wieder Gefängnisstrafen.‹ Wissen Sie, was er mir geantwortet hat? ›Eines Tages wird die Bewegung‹, so nennt er es, ›an die Macht kommen. Und dann wird aufgeräumt. Nur mit Adolf Hitler lösen wir die Probleme!‹ Und dann hat er noch vom ›Schanddiktat von Versailles‹ gesprochen und der ›Knechtschaft des deutschen Volkes‹. Ganz aufgeregt ist er geworden und hat die Augen gerollt, dass ich mich richtig gefürchtet habe. Oje, Fräulein Bertha, wohin treibt die Welt?«

Das wusste Bertha auch nicht. Sie verabschiedete sich freundlich und klopfte dann vorsichtig an die Tür zum Arbeitszimmer des Professors, aus dem vertraute Laute klangen. Aha, er saß also wieder über seinem Rimbaud.

»Guten Morgen, liebste Berthe!«, rief er ihr gut gelaunt entgegen. »Ich sitze gerade über einem Gedicht, das mich mehr und mehr fasziniert. Er war ein Genie, unser Rimbaud! Hören Sie: ›*A noir, E blanc, I rouge, U vert …*‹ Er weist den Vokalen Farben zu – das ist ja recht interessant, aber wirklich sensationell sind die Begründungen, die Bilder, die er für jeden Vokal und seine Farbe findet.«

Bis vor Kurzem hätte Bertha nicht gewusst, was Vokale sind, aber als aufmerksame Schülerin hatte sie damit jetzt keine Probleme mehr und sie verstand auch schon recht gut, was der Professor jetzt mit erhobener Stimme deklamierte: »›*A, noir corset velu des mouches éclatantes …*‹« – »… schwarzer samtiger Panzer dichter Mückenscharen …« Das sind Bilder, nicht wahr, Berthe, dafür muss man Sprache neu erfinden! Man muss neue Wege gehen, das zu übersetzen. Es ist ein Geschenk an uns alle. Aber was haben Sie da Schönes?«

Bertha beschloss, mit dem Angenehmen zu beginnen. »Ein Brief von Ihrer Frau Nichte. Aus Bad Ems.«

»Ah, wie erfreulich! Bin gespannt, was sie schreibt. Ich hoffe, die Kur schlägt an.«

Worunter die Nichte genau litt, war Bertha schleierhaft. Sie hatte einen reichen Mann geheiratet und genoss alle Annehmlichkeiten eines luxuriösen Lebens. Vielleicht litt sie nur unter Langeweile, dagegen konnte aber auch das Emser Wasser nichts ausrichten. Im gleichen Moment schalt sich Bertha der hässlichsten Missgunst. Schließlich verdankte sie der Nichte des Professors ihre jetzige Stelle. Wenn sie nicht den Oberkellner vom Marquardt nach einem fleißigen, anständigen Mädchen gefragt hätte und der wiederum nicht zu ihrer Tante gegangen wäre, weil er etwas von einer tüchtigen Verwandten der Küchenhilfe wusste, dann hätte sie den Professor nie kennengelernt, und das wäre ein großer Jammer gewesen. Denn sie hätte auch Arthur Rimbaud nicht kennengelernt und das fremde Land und seine Sprache. So ein Glück, dachte sie und deshalb muss ich der Frau Reichert und ihrem Gatten ewig dankbar sein.

Der Professor hatte in der Zwischenzeit den Brief überflogen. »Sie will noch einmal zwei Wochen dranhängen, wie sie schreibt, das Emser Wasser tue ihr gut. Und ich soll Sie herzlich grüßen.«

Bertha dankte artig. Manchen Leuten schien die Inflation nichts auszumachen. Die Reicherts mussten wirklich reich sein, da passte sogar der Name.

Währenddessen studierte der Professor die Zeitung. Das

Eulengesicht hinter der dunklen Brille wurde auf einmal blass. »Dieses Pack«, flüsterte er, »Schläger, rohes Vieh ...«

»Die sind wirklich schlimm, Herr Professor. Frau Aldinger hat das auch gesagt.« Bertha nickte zur Bestätigung kräftig mit dem Kopf.

»Das sind die Allerschlimmsten, die sind noch schlimmer als die Kommunisten, verzeihen Sie, Berthe, aber die fürchte ich wirklich. Wenn die etwas zu sagen hätten, das wäre ... das wäre ...«

Offensichtlich fiel dem Professor kein passender Vergleich ein. Er nahm die Brille ab und fuhr sich ein paarmal über die Augen. Dann atmete er tief durch und meinte zu Bertha gewandt: »Aber regen wir uns nicht auf. Der Putsch ist niedergeschlagen, Polizei, Reichswehr und andere Staatsorgane funktionieren, was wollen wir mehr. Dieser Hitler wird hoffentlich für ein paar Jahre hinter Gitter wandern und irgendwann ist der braune Spuk vorbei. Und jetzt trinken wir Kaffee, liebes Kind.«

Kurz Zeit später zog er sich wieder in sein Arbeitszimmer zurück. Bertha erwartete, von Zeit zu Zeit wieder seine Stimme zu hören. Aber es blieb ruhig, den ganzen Tag blieb es ruhig. Er schien doch mehr unter diesen Dingen zu leiden, als er zugab. Dabei hätte der Vers, den er vorhin zitiert hatte, ganz gut gepasst: »... *noir corset velu des mouches éclatantes* ...« – »... schwarzes, gepanzertes Mückengeschmeiß ...«, das gerade durch die Weltgeschichte irrte, und Georg gehörte auch dazu, das war das Schlimmste.

# Grenzen

Obwohl es schon spät war – die Glocken der Stiftskirche hatten zehnmal geschlagen –, waren noch viele Leute auf der Straße. Ein dunkelblauer Sommerhimmel wölbte sich über der Stadt, in deren Mauern noch die Hitze des heißen Augusttages hing. Bertha schlenderte am Alten Schloss vorbei. Sie wollte zur Königstraße, um noch ein bisschen zu bummeln und dann die letzte Straßenbahn zu nehmen. Mit Dorle und Marie, zwei ehemaligen Arbeitskolleginnen vom Bosch, war sie im Stadtgarten gewesen, um das Varieté auf der Freilichtbühne zu besuchen. Seit die Inflation vorbei war, wurde das Leben leichter. Am 15. November 1923 hatte man die Rentenmark ausgegeben, für eine Billion des alten, wertlosen Geldes erhielt man eine Mark des neuen Geldes. Der Professor hatte gemeint, es sei eine Schande, dass viele Ladeninhaber mit der Not der Leute ihre Geschäfte gemacht hätten, denn es gab auf einmal wieder viel mehr Waren in den Auslagen. Mit am schlimmsten getroffen hatte es die, die gespart und in der Inflation alles verloren hatten. Bertha hatte aber dagegengehalten: »Es ist wieder Zuversicht da, Herr Professor, oder sagen wir besser Hoffnung, dass es wieder aufwärtsgeht, das ist doch auch schon etwas. Und sie wollen das mit den Reparationen vernünftiger regeln. Deshalb ist es politisch jetzt auch ruhiger.«

So ganz stimmte das nicht, denn es hatte in den letzten Monaten einige aufsehenerregende Zwischenfälle gegeben, die vor allem die Stuttgarter Kommunisten betrafen. Der schlimmste hatte sich im November zugetragen, als ein Polizist erschossen worden war, der eine illegale Versammlung der kommunistischen Partei auflösen wollte. Kurz zuvor hatte man die NSDAP und die KPD verboten, zur großen Befriedigung des Professors.

Bertha aber schwebte weiter in Tausend Ängsten. Wenn Georg wieder zurück nach Deutschland käme? Erst kürzlich hatte man einige seiner Genossen verhaftet und zu Gefängnisstrafen verurteilt, bloß weil sie Mitglieder einer verbotenen Partei waren und sich weiterhin trafen. Und Georg hatte zudem etwas angestellt, irgendetwas Schlimmes. Um Weihnachten war eine Karte aus Straßburg gekommen, die Stiefmutter hatte sie ihr geschickt, zusammen mit einigen spitzen Bemerkungen, weil sie Weihnachten nicht nach Hause gekommen war. Hatte von Undank und Schande gefaselt, denn der Stiefsohn sei ein Verbrecher, und gerade jetzt müsse man doch zusammenhalten. Aus Georgs Karte war sie nicht schlau geworden. Er hatte lediglich geschrieben, es gehe ihm gut und sie solle sich keine Sorgen machen. Eine Adresse hatte er nicht angegeben, sie konnte also nicht zurückschreiben, konnte nicht fragen. Sie konnte nichts tun, konnte nur abwarten und hoffen und bangen. Und sich um den Professor kümmern, der ihr in letzter Zeit Sorgen machte. Das runde Eulengesicht war wieder grau und eingefallen, dabei konnte sie ihm doch jetzt viel bessere Sachen kochen, es gab keine Kohlsuppe mehr und kein Kommissbrot. Aber nicht einmal das geliebte Weißbrot schmeckte ihm mehr. Und er ging auch nicht mehr aus, kein Viertel Roten mehr im Ochsen und kein Spaziergang mehr in die Stadt. Er vergrub sich förmlich in seinem Arbeitszimmer und es schien, als habe er um sich einen unsichtbaren Kreis gezogen, eine undurchlässige Grenze, die ihn von der Welt draußen trennte, die er wohl nicht mehr verstand.

Nicht einmal der vertraute Rimbaud schien zu helfen, nur noch selten hörte sie ihn einen Vers deklamieren. Das Feuer schien erloschen. Ob sie ihn einmal mitnehmen sollte? Vielleicht in eine der Vorstellungen im Stadtgarten? Schön war es gewesen, die dressierten Löwen und die Clowns und dann noch der italienische Tenor, der so herzzerreißend gesungen hatte: »… die Liebe ist eine Himmelsmacht!«

Ach ja, Dorle würde bald heiraten. Einen Mechaniker vom Bosch … »Das ist mein letzter Ausflug in der Freiheit«, hatte sie vorhin gekichert und jeder ein Glas Erdbeerbowle spendiert. Ihr Kurt war ein tüchtiger und anständiger Kerl und nach der Hochzeit würden sie in das Häuschen seiner Mutter nach Feuerbach ziehen. So gesehen hatte es Dorle gut getroffen. Aber liebte sie ihren Kurt? Beide gingen so vernünftig miteinander um. Sie traute sich allerdings nicht zu fragen. Was würde Dorle antworten?

»Ach, Bertha, du träumst wieder einmal. Es kommt darauf an, dass man sich gut versteht. Ich bekomme einen guten Mann, wir wollen uns etwas aufbauen. Liebe ist etwas für Romane und für die Lieder, die der Tenor vorhin gesungen hat.«

War es wirklich so? Sie selbst hatte keine Ahnung, wie sich Liebe anfühlt. Den Wieser Jakob hatte sie gern, aber lieben? Dass der Jakob sie auch mochte, wusste sie. Wenn er noch zwei gesunde Beine gehabt hätte, dann hätte er sie bestimmt schon gefragt. Und sie hätte trotzdem abgelehnt, weil sie ihn nicht liebte. War das vermessen? War die Liebe tatsächlich nichts für das wirkliche Leben und die einfachen Leute? Sie hätte gern ihren klugen Professor gefragt, aber wahrscheinlich wusste der auch nicht viel davon. Er habe seine Frau sehr geschätzt, sagte er immer, und er vermisse sie. Das klang nicht gerade nach leidenschaftlicher Liebe. Ob dieser Rimbaud in eine Frau verliebt gewesen war … oder sogar in mehrere? In einem Gedicht sprach er von der unendlichen Liebe – *»l'amour infini«* –, was immer das auch war, aber es klang schön. Und ein anderes hatte er wohl einer Frau gewidmet – *»à elle«* stand unter der Überschrift, und der Professor wollte es zuerst gar nicht vorlesen und übersetzen. »Das ist nichts für junge, unschuldige Mädchen«, hatte er gemeint und dann aber doch angedeutet, worum es ging. Es war wohl die Rede davon, dass ein Mann seine Liebste ausdauernd und überall küsste. Bertha fand das auch schön und tief in ihrem Inneren stieg ein kleiner Sehnsuchtsschmerz auf. Ob ihr so etwas auch einmal passieren würde?

Sie war an der Königstraße angelangt, die ebenfalls noch sehr belebt war. Menschentrauben drängten sich vor den Schaufenstern. Bertha fiel auf, dass es ausschließlich Paare waren, junge, schick gekleidete Frauen mit Bubikopf-Frisuren und Seidenstrümpfen und junge, adrette Männer, deren Haare glänzend am Kopf klebten. Viele, auch die Frauen, rauchten, manche sogar mit langen Zigarettenspitzen. Frau Aldinger hatte letzthin bemerkt, es sei unerhört, dass Frauen in der Öffentlichkeit rauchten. Unter dem Kaiser hätte es das nicht gegeben. So waren sie eben, die modernen Zeiten. Unbewusst fuhr Berthas rechte Hand nach oben und betastete die bauschige Fülle ihrer roten Locken. Sie hatte sich die langen Haare abschneiden lassen, es sei praktischer so, hatte sie zum Professor gesagt, der richtig enttäuscht war. Wer trug schon lange Haare! Aber eine Ponyfrisur war nicht möglich, dafür war ihr Haar zu lockig und zu widerspenstig. »Sie sehen aus wie einer der Barockengel, die die Decken der Kirchen säumen«, hatte der Professor gemeint und mit einem Blick auf ihre Figur hinzugefügt: »wie ein sehr schmaler Barockengel allerdings«.

Das war ein zwiespältiges Kompliment, wie Bertha fand, aber es stimmte, die letzten Monate waren nicht spurlos an ihr vorübergegangen. Der schwarze Rock, ihr bestes Stück, den sie sich von ihrem Lohn beim Bosch gekauft hatte, hing ziemlich formlos an ihr herunter, und die weiße Bluse mit der Schluppe am Kragen sah aus wie ein Mehlsack. Traurig betrachtete sich Bertha in einem Schaufenster. Ich sehe aus, wie eine … wie eine von der Alb eben – bäurisch und ungelenk. Den Professor muss ich unbedingt daran erinnern, dass der Lohn für den August noch aussteht. Bestimmt hat er es vergessen. Dann gehe ich zum Tietz und kaufe mir ein neues Kleid, ein kurzes, ganz modernes. Und Seidenstrümpfe! Und später vielleicht sogar einen Hut, genauso einen, wie die Dame dort drüben einen aufhat. Er sah zwar aus wie ein umgestülpter Topf, aber das war gerade groß in Mode. So einen musste sie auch haben.

Entschlossen setzte sie ihren Weg fort.

Vorn ragte schon der Turm des Hauptbahnhofs steil in den nachtblauen Himmel. Sie hielt für einen Moment inne. Hundertmal hatte sie ihn schon gesehen, aber in diesem Augenblick wirkte er abweisend, ja sogar bedrohlich auf sie. Warum nur? Da war plötzlich eine Empfindung, die sie nicht erklären konnte … als ob ein kalter Hauch über die Haut strich, sodass sich die Härchen aufrichteten. Auf einmal drang ein leises Schluchzen an ihr Ohr. Irgendjemand weinte. Sie sah sich suchend um und bemerkte zwei kleine Mädchen, die eng aneinandergekauert im Eingang eines Modegeschäftes saßen. Sie hatten elegante weiße Matrosenkleider an, die allerdings verfleckt und schmutzig waren. Das größere der Kinder war ungefähr sieben Jahre alt, das kleinere höchstens fünf. Es nuckelte am Daumen und stoßweise entschlüpften ihm tiefe Schluchzer, als ob es keine Kraft mehr zum Weinen hätte.

»Was macht ihr denn hier, so spät und ganz allein?« Bertha blickte sich um. »Ihr seid doch allein?«

Das größere Mädchen nickte und hob ihr verweintes Gesichtchen. »Wir … wir haben uns verlaufen.«

Sie sprach einen Dialekt, Hochdeutsch, aber mit einer leichten Färbung. Es klang süddeutsch, ohne Zweifel, aber aus dem Württembergischen kamen die Kinder nicht. Bertha nahm ihr Taschentuch aus der Handtasche und fuhr erst der Großen, dann der Kleinen über das tränenverschmierte Gesicht. »Und jetzt tüchtig schnäuzen!« Die beiden gehorchten und schienen erleichtert, dass sich eine mitfühlende Menschenseele ihrer erbarmte, denn das Weinen verstummte.

»Ihr seid nicht aus Stuttgart?«, fragte Bertha.

Beide schüttelten die Köpfe.

»Seid ihr zu Besuch hier?«

»Weiß nicht«, murmelte die Große.

Nanu, überlegte Bertha. Sie wissen nicht, warum sie hier sind. Das ist ja seltsam. Ich muss es andersrum probieren.

»Wie heißt ihr denn?«

Erneut ergriff die Große das Wort. »Ich bin Charlotte und das ist Luise.« Sie deutete auf die kleine Schwester, die wieder am Daumen nuckelte und Bertha mit großen Augen ansah.

»Das sind aber schöne Namen. Und ich heiße Bertha. Habt ihr auch einen Nachnamen?«

Charlotte zog ihre Augenbrauen zusammen und krauste ihr Näschen, als unterziehe sie sich einer unerhörten gedanklichen Anstrengung. Schließlich stieß sie hervor: »Ja … wir heißen Pfäfflin.«

»Das ist ja fein«, lobte Bertha. »Aber jetzt müsst ihr mir auch verraten, wo ihr hinwollt.«

Die Kleine nahm plötzlich den Daumen aus dem Mund und krähte: »Zu den Löwen!«

»Zu den Löwen?« Wollten die beiden etwa in die Wilhelma? Aber so spät … und ganz allein!

Charlotte warf ihrer Schwester einen tadelnden Blick zu und erläuterte dann: »Hier gibt es so einen … so einen Zirkus in Stuttgart, da kann man Löwen sehen, die Kunststücke machen. Das hat uns Mademoiselle erzählt. Und sie wollte auch mit uns hingehen. Aber dann mussten wir ganz früh ins Bett und Papa und Mama gingen in die Oper und Mademoiselle war auf einmal auch fort … und da …«

»Und da habt ihr euch wieder angezogen und wolltet heimlich in den Stadtgarten gehen, um die Löwen anzuschauen, nicht wahr?«

Luise nickte strahlend, augenscheinlich froh, jemanden getroffen zu haben, der nicht so begriffsstutzig war wie die anderen Erwachsenen. Charlotte immerhin wirkte zerknirscht.

»Und stellt euch vor, wo ich gerade herkomme. Ich war nämlich im Stadtgarten, im Varieté, so heißt das, und habe die Löwen gesehen.«

Jetzt war aller Kummer verflogen. Zwei Augenpaare hingen gebannt an Bertha, die von den Raubtieren erzählte, die durch brennende Reifen sprangen, die Männchen machten, sich im Kreise drehten …

Währenddessen arbeitete ihr Gehirn fieberhaft. Die Kinder hatten eine Mademoiselle, also ein Kindermädchen … Vater und Mutter waren in der Oper … Das mussten reiche Leute sein! Die Kleidchen, so zerdrückt und schmutzig sie jetzt aussahen, waren teuer gewesen. Und sie waren nicht von hier, wohnten höchstwahrscheinlich im Hotel … und da war die erste Adresse das Marquardt. Freilich, weit waren sie nicht gekommen, aber vielleicht waren sie einfach im Kreis gelaufen. In dieser Auffassung wurde sie durch Charlotte bestärkt, die tief aufseufzend meinte: »Ach, wenn wir das hätten sehen können! Wir haben immerzu Leute gefragt, wo wir denn hingehen müssten, aber keiner hat uns richtig geantwortet, und so sind wir gelaufen und gelaufen … Aber das waren immer die gleichen Häuser.«

»Charlotte, ihr wohnt doch sicher im Hotel. Kann es sein, dass es Marquardt heißt?«

Charlotte nagte an ihrer Unterlippe. Schließlich sagte sie zögernd: »Kann schon sein.«

»Wisst ihr was, wir gehen da mal hin. Es ist nicht weit. Unterwegs erzähle ich euch von den Clowns, die ich gesehen habe.« Sie nahm Luise an die Hand, Charlotte hüpfte nebenher und beide lauschten hingerissen Berthas anschaulichem Bericht.

Als sie die elegante Eingangshalle des Marquardt betraten, meinte Bertha eine für das vornehme Etablissement untypische Unruhe zu bemerken. Sie ging von einer Gruppe von Männern aus, die an der Rezeption standen und sich in ungebührlicher Lautstärke unterhielten.

Als Bertha mit den Mädchen näher kam, verstummte dieser Lärm aber so urplötzlich, als habe ein Zauberer mit seinem Stab die Menschen dort zu Stein verwandelt, so starr und unbeweglich wirkten sie auf einmal.

»Papa, Papa«, rief die Kleine, riss sich von Bertha los und stürzte auf einen großen, hageren Mann zu. Auch Charlotte sprang auf ihn zu und beide hingen mit einem Mal an seinem Hals. Jetzt kam wieder Leben in die Gruppe, in deren Mitte sich Bertha plötzlich wiederfand. Es handelte sich um den Direktor des Hotels, der sich und die übrigen Personen flüsternd vorstellte, zwei Polizisten in Zivil und einen Geschäftsfreund Herrn Pfäfflins, der wohl auch in der Oper gewesen war, denn er trug einen Frack, genauso wie Herr Pfäfflin, der schwer angeschlagen wirkte.

Kurz und knapp erzählte Bertha, wo und unter welchen Umständen sie die beiden Ausreißerinnen gefunden hatte.

»Nicht böse sein, Papa, aber wir wollten so gern die Löwen sehen«, schmeichelte Charlotte.

Der Papa, der viel zu erleichtert schien, um böse zu sein, bot Bertha galant seinen Arm und führte sie, vom tief sich verneigenden Direktor begleitet, zum Aufzug.

»Wir müssen unverzüglich zu meiner Frau. Sie liegt oben in Krämpfen, der Arzt ist bei ihr. Sie muss sogleich die gute Nachricht erfahren. Und wir müssen uns in angemessener Form bei Ihnen bedanken, mein liebes Fräulein …?«

»… Bertha, Bertha Merkle. Aber das ist wirklich nicht nötig. Ich möchte Ihre Frau Gemahlin nicht stören …«

»Papperlapapp«, beschied Herr Pfäfflin. »Die Retterin unserer Kinder stört nicht!« Er schien einen gewissen Hang zur Dramatik zu haben.

Ruckelnd hielt der Aufzug. Der Page öffnete unter einer tiefen Verbeugung die Tür und Herr Pfäfflin eilte mit der staunenden Bertha an seiner Seite einer großen doppelflügeligen Tür zu. War das alles vornehm hier – dicke Teppiche, Spiegel im Goldrahmen und an den Ecken standen große Palmen, die fächerartige Schatten auf die Wände warfen. Wenn Tante Hedwig sie jetzt sehen könnte! Dieses Mal war Bertha nicht im Dienstbodentrakt, sondern da, wo die vornehmen Herrschaften wohnten, und sie wurde behandelt wie eine »gnädige Frau«.

Das Zimmer, das sie nun betraten, war nicht minder prachtvoll. Es lag in einem rötlichen Dämmerlicht, das von einer großen Stehlampe rührte, alle anderen Lichter waren aus. Dies geschah wohl aus Rücksicht auf die Dame, die malerisch hingegossen auf einem Sofa lag, Chaiselongue nannte man es, wie Bertha wusste. Ihr elfenbeinfarbenes Abendkleid war sehr gefällig um sie drapiert und sie hatte malerisch einen Arm über die Stirn gelegt, im Übrigen stieß sie immer wieder kurze Seufzer aus. Sie schien sehr zu leiden. Vor ihr stand ein älterer Herr mit altmodischem Backenbart, der gerade Tropfen einer hellen Flüssigkeit in ein Glas goss. Hinter dem Sofa befand sich eine jüngere Frau, die unaufhörlich schluchzte und die Hände rang. Sie erinnerte Bertha irgendwie an einen Vogel, den sie einmal in der Wilhelma gesehen hatte. »Ibis« hieß die Art, das hatte sie sich damals gemerkt. Die Haare des Fräuleins hatten sich aus dem Knoten gelöst und standen nach allen Seiten ab und außerdem war die Nase stark gekrümmt. Das musste »Mademoiselle« sein. Beim Anblick der beiden kleinen Mädchen, die fröhlich hüpfend hinter ihrem Vater zur Tür hereinkamen, fuhr Frau Pfäfflin ruckartig nach oben und die Seufzer verwandelten sich in kleine spitze Schreie.

»Oh, meine geliebten Kinder … Wo seid ihr gewesen? Wir haben uns solche Sorgen gemacht! Ihr bösen, bösen Kinder … Was habt ihr nur getan?«

Die Mädchen umarmten ihre Mutter, allerdings mit deutlich weniger Begeisterung als zuvor ihren Papa.

»Passt auf, zerdrückt nicht mein Kleid«, meinte die Mama schließlich und das schienen Charlotte und Luise folgerichtig als Zeichen zu deuten, dass die familiäre Normalität wiederhergestellt war. Dem Arzt, einem Geheimrat Berger, wie Herr Pfäfflin verkündete, war während der stürmischen Begrüßung das Glas aus der Hand geschlagen worden, aber er schien das nicht weiter krummzunehmen, setzte seinen Hut auf, beglückwünschte die Familie, empfahl sich und ging.

Jetzt war nur noch Mademoiselle übrig, die wie Lots Weib einer Salzsäule gleich dastand.

»Mademoiselle, Sie bringen unverzüglich die Kinder ins Bett. Wir werden uns später noch über Ihre unglaubliche Pflichtvergessenheit unterhalten. Und jetzt fort mit euch, aber vorher sagt ihr noch dem Fräulein Dank«, zischte Frau Pfäfflin.

Dann richteten sich ihre Augen auf Bertha und mit einem schmachtenden Blick streckte sie ihr ihre beiden Hände entgegen, an denen etliche Ringe blitzten.

»Ich danke Ihnen, Retterin meiner Kinder … Worte können nicht ausdrücken, was ich empfinde.«

Diese Familie neigte eindeutig zur Dramatik. Wenn die beiden Mädchen auch einmal so wurden … den ganzen Tag Theater!

Bertha nahm eine der beiden Hände und knickste. »Gnädige Frau, das war doch eine Selbstverständlichkeit.«

Frau Pfäfflin winkte ab. »Aber nein, nein. Findest du nicht, Frédéric, dass wir unserer Retterin etwas zu trinken anbieten sollten?«

Frédéric nannte sie ihren Mann, dabei hieß er doch wahrscheinlich Friedrich. Man meinte auch einen ganz leichten Akzent herauszuhören, das erkannte Berthas mittlerweile geschultes Ohr. Ob sie Französin war oder zumindest eine Weile in Frankreich gelebt hatte? Für hiesige Verhältnisse sah sie ungewöhnlich aus, die Haut war in einem leicht gelblichen Ton gebräunt – wie Bernstein, schoss es Bertha durch den Kopf – und die pechschwarzen Haare, die zu einem exakten Bubikopf geschnitten waren, vermittelten zusammen mit den tiefrot geschminkten Lippen einen südländischen Eindruck. Dagegen wirkte Herr Pfäfflin eher unscheinbar, er sah eigentlich eher wie ein Zwetschgenmännle aus, schmal, mager und irgendwie verhutzelt, trotz seiner beachtlichen Körpergröße. Dem Wunsch seiner Frau kam er unverzüglich nach. Ein Kellner brachte Champagner, der in hohen Glasflöten serviert wurde.

»Leider nicht mein eigener, noch nicht«, bedauerte Herr Pfäfflin, »ich bin nämlich in Geschäften hier.« Er sei Wein- und Sekthändler aus Gengenbach in Baden.

Bertha starrte ihn an. Einen Weinhändler hatte sie sich immer rundlich vorgestellt, mit leicht gerötetem Gesicht und irgendwie lustig und spaßhaft. Aber das war wahrscheinlich ein Vorurteil. Sie hatte gar nicht gehört, dass Herr Pfäfflin sie etwas gefragt hatte. Ob sie Gengenbach, diesen wirklich ansehnlichen Ort kenne, wiederholte er.

Bertha bedauerte, fragte aber gleich nach, ob Gengenbach nahe bei Straßburg liege.

»Jaja. Das ist gar nicht weit, nur wenige Kilometer. Die Grenze zu Frankreich ist ganz nahe. Meine liebe Frau stammt ja auch von jenseits des Rheins, sie ist in Frankreich aufgewachsen. Ihre Mutter kommt aus Südfrankreich und ihr Herr Vater, mein teurer Schwiegerpapa, ist ebenfalls Franzose, Elsässer, um genau zu sein. ›Häberlin – feine Brände und Liköre‹ …«

Das hatte ganz gut gepasst, überlegte Bertha. Die Namen klingen fast gleich. Der Professor liebte das Elsass, weil dort das Beste der zwei Nationen zusammenkäme, wie er sagte … der beste Wein, das beste Essen … und die Menschen seien dort toleranter als anderswo. »Grenzvolk, liebe Berthe, da gehen die Schnittlinien mitten durch die Familien.«

Das musste wohl auch bei den Pfäfflins und den Häberlins so sein. Denn Herr Pfäfflin meinte: »Die letzten Jahre waren nicht ganz einfach für unsere Familien, wie Sie sich vorstellen können. Der Krieg … und jetzt diese … diese Feindseligkeit auf beiden Seiten. Hoffentlich wird es nun besser, auch was die wirtschaftliche Lage anbelangt. Wer trinkt schon Champagner, wenn das Brot Milliarden kostet.«

Bertha stimmte ihm aus ganzem Herzen zu und nahm noch einen tiefen Schluck von dem prickelnden Nass. Ihr war, als würden die Perlen nach oben in ihren Kopf steigen und sie fühlte sich plötzlich leicht und unbeschwert. Sie erzählte von ihrer Tätigkeit beim Professor und entzückte die Gastgeber mit einigen Kostproben ihrer Französischkenntnisse.

Frau Pfäfflin schien begeistert und Herr Pfäfflin schenkte eifrig nach.

»Nein, nein danke, für mich nichts mehr«, wehrte Bertha ab. »Ich fürchte, ich habe schon einen kleinen Schwips. Außerdem muss ich jetzt heim, sonst macht sich der Herr Professor noch Sorgen.«

Sie brach auf und die Pfäfflins schienen es ehrlich zu bedauern. Sie baten um ihre Adresse, denn man wolle sich noch in anderer Form bedanken, wie Herr Pfäfflin geheimnisvoll andeutete. Er bestand darauf, Bertha ein Taxi zu rufen, und so saß sie zum ersten Mal in ihrem Leben im Fond einer schwarzen Limousine und blickte durch die Scheiben auf die nächtliche Stadt. Nur noch wenige Passanten huschten vorbei, die Beleuchtung der meisten Schaufenster war ausgeschaltet.

Als sie in der Olgastraße angelangt war, stieg sie aus, dankte dem Fahrer und atmete tief die jetzt kühler gewordene Abendluft ein. Sie musste den Kopf wieder frei bekommen. Das Azurblau des Himmels war einem tiefen Schwarz gewichen. Nur einige Sterne hingen im Dunkel. Auf einmal stürzte eines der zuckenden Lichter aus der Unendlichkeit und erlosch – jetzt durfte sie sich etwas wünschen! Der dringendste Wunsch war, dass sie Georg finden würde. Dass es ihm gut ging, dass er nichts Schlimmes angestellt hatte. Gleich morgen wollte sie im Atlas des Professors nachsehen, wo genau das »ansehnliche Städtchen« lag. Irgendwie war es doch ein gutes Zeichen, dass Straßburg in der Nähe lag. Sie wusste zwar nicht so recht, warum, aber es schien doch eine tiefere Bedeutung darin zu liegen. Wenn sie einen zweiten Wunsch freigehabt hätte, würde sie sich wünschen, dass es dem Professor bald wieder besser ging, dass die alte Kraft zurückkehrte und dass das Feuer wieder in seinen Augen brannte, wenn er seinen Rimbaud zitierte. In letzter Zeit ging es gar nicht mehr voran. Neulich hatte sie ihn gefragt: »Haben Sie das eine Gedicht schon übersetzt, das mit den Vokalen, das Ihnen so gefällt? ›*A noir, E blanc, I rouge, U vert, O bleu …*‹ Sie wissen schon!«

Traurig hatte er geantwortet: »Ach, Berthe, es läuft mir momentan nicht von der Hand, ich werde älter, stoße an meine Grenzen …«

Aber das war es nicht allein, das wusste sie. Sie kramte den Schlüssel aus ihrer Tasche. Die Wirkung des Champagners war nun ganz verflogen, zurück blieben ein leise klopfender Kopfschmerz und dieses merkwürdig beklemmende Gefühl.

das sie beim Anblick des Bahnhofsturms empfunden hatte. Es hatte nichts mit den Kindern zu tun gehabt, mit der Ahnung einer Gefahr, in der sich beide befanden. Es war etwas anderes gewesen, das sie auch jetzt nicht greifen konnte, dass keine Gestalt annahm.

»*Ma chandelle est morte, je n'ai plus de feu …*«

Am nächsten Morgen verschlief sie prompt und wachte erst auf, als sie den Professor in der Küche rumoren hörte. Erschrocken sprang sie aus dem Bett, machte Katzenwäsche und schlüpfte hastig in die Kleider. Mit dem Kamm fuhr sie ein paarmal energisch durch die roten Locken.

Der Professor saß am Küchentisch und studierte die Zeitung. Bertha entschuldigte sich und ging hinüber zum Herd, um das Kaffeewasser aufzusetzen. »War denn die Frau Aldinger schon da? Ich habe sie gar nicht gehört.«

»Nein, nein, ich habe die Zeitung selbst geholt«, sagte der Professor geistesabwesend. »Stellen Sie sich einmal vor, Berthe, morgen wird der Hitler in der Liederhalle sprechen. Man erwartet großen Zulauf, mehrere tausend Zuhörer, steht hier. Dabei war der Lump vor kurzer Zeit noch im Gefängnis. Und jetzt reißt er gleich wieder sein großes Maul auf, obwohl er Redeverbot hat.«

»Warum kann er dann hier auftreten?«, fragte Bertha und schnitt Brot auf.

»Weil die württembergische Regierung ihm die Erlaubnis gibt. Sind denn alle verrückt geworden?«

Der Professor gefiel ihr heute Morgen gar nicht. Kreideweiß war er und die Hand, die die Zeitung hielt, zitterte leicht. Warum regt er sich bloß so auf, überlegte Bertha. Ich kann den Hitler auch nicht leiden, aber die Leute nehmen den doch nicht ernst, das kann mir keiner erzählen. Nur solche Idioten wie der Keppler vom Nachbarhaus, der neuerdings immer in der braunen Uniform herumläuft. Aber als sie etwas Ähnliches zum Professor sagte, um ihn zu beruhigen, schüttelte der den Kopf.

»Glauben Sie das ja nicht, Berthe. Der Mann ist gefährlich. Wissen Sie, die Leute sind unzufrieden … das Geld ist aufgefressen, dazu der unselige Friedensvertrag, der uns so belastet. Der unselige Krieg, der so viel Rohes und Gemeines erzeugt hat, wirkt überall noch nach. Das wissen solche Lumpen zu nutzen. Und wenn man die dann noch gewähren lässt, wie es unsere vortreffliche Regierung tut … Nein, Berthe, denken Sie an meine Worte.«

Bertha hatte in der Zwischenzeit Butter und Marmelade auf den Tisch gestellt und jetzt schenkte sie den frisch gebrühten Kaffee ein. »Ich glaube trotzdem, Sie sehen zu schwarz … Das sind doch alles Spinner.«

»So habe ich vor Kurzem auch gedacht, liebes Kind«.

Der Professor betrachtete trübsinnig das Ei, das Bertha ihm unter einem rotgelben Mützchen serviert hatte. Die Eierwärmer stammten noch von der seligen Frau Professor, die eine ganze Schublade davon hinterlassen hatte. Wozu brauchten zwei Menschen so viele Eierwärmer, hatte sie immer wieder überlegt. Aber die Frau Professor hatte dieses Geheimnis mit ins Grab genommen. Immerhin kostete ein Ei jetzt keine Millionen mehr.

»Wissen Sie, dass der Hitler in der Haft Geschenke von sehr angesehenen Familien bekommen hat? Und auch Besuche empfangen durfte? Die Wagners aus Bayreuth beispielsweise protegieren ihn. Die sind von anderem Kaliber als unser einfältiger Keppler von nebenan.« Leise fügte er hinzu: »Erst gestern habe ich einen Brief von einem ehemaligen Kollegen aus Heidelberg bekommen. Wenn der Hitler an Einfluss gewinnen sollte, wollen er und seine Frau auswandern.«

Bertha blickte ihn verständnislos an. »Aber das ist doch übertrieben.«

»Glauben Sie das nicht. Der Kollege und seine Frau sind Juden.«

Für einen Moment war es ganz still. Nur eine Wespe umkreiste leise summend das Marmeladenglas.

Bertha kannte keine Juden. In ihrem Dorf auf der Alb gab es keine und in Stuttgart hatte sie auch keine kennengelernt. Der Herr Schocken und der Herr Tietz, die die großen Warenhäuser hatten, die seien jüdisch, sagten die Leute, aber was sollte man gegen die haben? Das Ganze war ihr rätselhaft.

»Hitler will die Juden vernichten, das sagt er jedenfalls … und er schreibt es auch. Ich würde genauso denken, wenn ich an der Stelle meines Kollegen wäre.«

»Aber um Himmels willen, warum denn? Was haben die ihm denn getan?«

»Liebe Berthe, natürlich nichts. Das ist sein Wahn. Sündenböcke müssen her … Das ist einfacher, als nachzudenken. Und dann der Neid – die Rache der vermeintlich Zukurzgekommenen, der geistig Kleinen! Das ist ein gefährliches Gebräu. Sie seien eine minderwertige Rasse, sagt er, Zersetzer und Zerstörer … Ach, du lieber Gott, wenn das Heinrich Heine hören könnte!«

In diesem Moment klingelte es. Bertha sprang erleichtert auf. Ihr schwirrte der Kopf. So ganz hatte sie das alles nicht verstanden. Wer war denn dieser Heinrich Heine?

Vor der Tür stand Familie Pfäfflin, aufgereiht wie die Orgelpfeifen. Herr Pfäfflin trug einen hellen Leinenanzug und in der Hand hielt er einen riesigen Blumenstrauß, ein wahres Ungetüm aus Rosen und Sommerblumen. Frau Pfäfflin hatte trotz der Augusthitze, die schon am frühen Morgen durch alle Ritzen kroch, einen Seidenmantel mit einem braunen Pelzkragen an. Die beiden Mädchen, Charlotte mit den dunklen, glatten Haaren der Mutter und Luise mit nussbraunen Locken, waren in ihren duftigen weißen Kleidchen sehr hübsch anzusehen. Sie drückten Bertha heftig und es schien, als freuten sie sich ehrlich, ihre »Retterin« zu sehen.

Trotz Berthas eindringlicher Aufforderung weigerten sich die Pfäfflins, die Wohnung zu betreten.

»Wir wollen den Herrn Professor nicht stören«, sagte Herr Pfäfflin bestimmt und überreichte Bertha den Riesenstrauß. Frau Pfäfflin hauchte einen angedeuteten Kuss auf Berthas Wange und drückte ihr ein schwarzes Kästchen in die Hand. Nach etlichen Dankesbezeugungen gingen sie wieder die Treppe hinunter. Herr Pfäfflin hatte ihr vorher noch eine Visitenkarte in die Hand gedrückt. »Falls Sie einmal nach Gengenbach kommen – Sie sind jederzeit unser Gast. Und – wir haben Mademoiselle entlassen, sie ist völlig unzuverlässig, hat sich mit einem jungen Kerl, einem Aushilfskellner vom Hotel, getroffen und die Mädchen einfach allein gelassen, stellen Sie sich das einmal vor. Also, wenn Sie sich einmal verändern wollen …«

Er hatte den Satz nicht beendet, aber Bertha zugezwinkert und verschwand dann auch, das Letzte, was sie sah, war der beigefarbene Strohhut, der als heller Fleck durch das Geländer wanderte, bis er ganz verschwunden war.

Sie steckte die Karte in ihre Schürzentasche und ging zurück in die Küche. Schade, dass die Pfäfflins nicht hereingekommen waren, das wäre eine schöne Abwechslung für den

Herrn Professor gewesen. Und er hätte Französisch mit ihnen sprechen können, zumindest mit Frau Pfäfflin. Bertha kicherte in sich hinein. Wie sie ausgeschaut hatte – einen Pelzkragen mitten im August! Aber liebe Leute waren es doch. Kamen zu ihr, dem Dienstmädchen, um sich zu bedanken, und brachten ihr ein Geschenk, obwohl sie ja nichts Großartiges getan hatte. Das Kästchen wollte sie nachher zusammen mit dem Professor aufmachen und ihm dann die ganze Geschichte erzählen, das lenkte ihn bestimmt ab.

Professor Fabricius saß immer noch am Küchentisch und starrte Löcher in die Luft. Er schien gar nicht bemerkt zu haben, dass es an der Tür geklingelt hatte. Bertha holte eine große, dickbauchige Vase aus dem untersten Fach der Küchenkommode, füllte sie mit Wasser und stellte den prachtvollen Strauß hinein. Eine Wespe schlug sirrend gegen die Scheibe des Küchenfensters, taumelte, versuchte immer wieder, hinauszugelangen, versuchte es immer wieder. Bertha tat das Tierchen leid, sie machte das Fenster auf, und die Wespe flog hinaus. Von unten drang der Lärm der sich immer mehr belebenden Straße herauf, Autohupen, das Rattern der Pferdefuhrwerke, Stimmen der Passanten. Wie gut das tut, dachte Bertha und presste die Stirn gegen die Scheibe. Da unten ist das Leben, vor dem sich der Professor immer mehr abschottet, als gebe es diese unsichtbare Grenze zwischen ihm und der Welt. Liegt es wirklich nur an der Politik, an den Linken und den Rechten, die den Staat kaputtmachen wollen?

»Krieg«, flüsterte es plötzlich hinter ihr, »es wird wieder Krieg geben … und Hass und Zerstörung. Alles, was gut ist in diesem Land, wird zerstört werden.«

Bertha starrte den Professor an. Von was redete er denn? Gegessen hatte er noch gar nichts. Sah er den Strauß nicht, der jetzt auf dem Küchentisch stand, diesen wunderbaren, duftenden Strauß? Sah er die Sonne nicht, die ihre langen Finger in die Küche streckte und über die Töpfe fuhr? Töpfe, die aufblitzten, denn alles war tadellos sauber, keine Staubkörner lagen mehr in der Luft. Das war sein Heim, das sie für ihn pflegte. Und drüben, im Arbeitszimmer, lagen sein Manuskript und die Verse von Rimbaud … und die Inflation war vorbei … und er redete vom Krieg. Nie wieder würde es einen geben, nicht nach dem letzten, da waren sich die meisten Leute sicher.

»Aber Herr Professor«, sagte Bertha energisch. Sie setzte sich zu ihm, nahm seine beiden Hände und drückte sie. »Jetzt essen Sie Ihr Brot und Ihr Ei und trinken Sie vor allem Ihren Kaffee. Und scheuchen Sie die bösen Gedanken weg. Sehen Sie sich einmal diesen schönen Blumenstrauß an. Wollen Sie nicht wissen, wo der herkommt?«

Das Ablenkungsmanöver klappte. Der Professor richtete den Blick tatsächlich auf die Blumen und schaute Bertha fragend an.

»Und ich habe noch etwas bekommen.« Sie öffnete vorsichtig das schwarze Kästchen und stieß einen spitzen Schrei der Überraschung aus. Da lag auf schwarzem Samt gebettet eine Brosche in Form eines Schmetterlings. Die Flügel wurden von kleinen blau glitzernden Steinen gebildet.

»Ist die nicht wunderschön, Herr Professor? So etwas Schönes habe ich noch nie bekommen! Wie viel sie wohl wert ist?« Sie war eben doch ein praktisches Kind von der Alb. Vorsichtig nahm der Professor die Brosche heraus, zog die Brille auf und begutachtete das Schmuckstück lange und sorgfältig.

»Ich verstehe nicht so viel von diesen Sachen, aber das sind, wie mir scheint, echte Amethyste. Die hat schon um die 100

Mark gekostet.« Er sah Bertha an und lächelte. Es war zwar nur die Andeutung eines Lächelns, aber Bertha atmete auf. Er war wieder zurückgekommen aus seiner Geisterwelt.

»Die Steine haben genau die Farbe Ihrer Augen. Sie haben wohl einen Verehrer, Berthe? Das gefällt mir aber gar nicht.« Er drohte mit dem Finger.

Bertha lachte herzhaft und dann erzählte sie ihm die Geschichte der vergangenen Nacht, wobei sie insbesondere die gnädige Frau Pfäfflin ausführlich beschrieb. Der Professor schien sich zu amüsieren und bekundete sein Bedauern, die Familie nicht kennengelernt zu haben.

»Das großzügige Geschenk erinnert mich aber daran, dass ich Ihnen endlich den Lohn für den August geben muss. Ich bin ein saumseliger alter Trottel. Sehen Sie es mir nach, Berthe. Wissen Sie was, ich frühstücke und dann gehe ich gleich zur Sparkasse und dann gönne ich mir einen Vormittagsschoppen. Rimbaud muss warten. Vielleicht trinke ich mein Viertel sogar im Marquardt, um einen Blick auf Ihre Familie Pfäfflin zu erhaschen. Was meinen Sie?«

Aus vollem Herzen stimmte Bertha ihm zu und meinte, dies sei ein sehr guter Plan.

»Aber seien Sie pünktlich zum Mittagessen wieder hier. Es gibt Fleischküchle und Kartoffelsalat, das mögen Sie doch so gern.«

Wenig später beobachtete Bertha, wie der Professor die Straße hinunterspazierte. Er schien ganz guter Laune zu sein. Ich weiß ja nicht, wie es um seine Finanzen steht, überlegte sie, aber nächstens muss er sich einen neuen Anzug kaufen. Und neue Oberhemden, die Kragen der alten waren alle schon durchgescheuert, da gab es nichts mehr zu flicken. Unwillkürlich glitt ihre Hand in die Schürzentasche. Von der

Visitenkarte habe ich ihm nichts erzählt. Warum auch? Ich würde den Professor niemals im Stich lassen. Auch wenn für einen winzigen Moment der Gedanke da war. Gengenbach lag ganz nahe bei Straßburg …

Entschlossen machte sie das Fenster wieder zu, streifte die Schürze ab und nahm den Einkaufskorb. Sie wollte zu Metzger Lenk, Hackfleisch kaufen. Es war etwas peinlich, denn sie musste wieder anschreiben lassen. Frau Lenk hatte schon beim letzten Mal die Augenbrauen so merkwürdig hochgezogen. Hoffentlich dachte der Professor daran, auch Haushaltsgeld mitzubringen. Vielleicht hätte ich ihn doch daran erinnern sollen, obwohl ihr das immer unangenehm war.

Hing dieses beklemmende Gefühl, das immer wieder seine Spinnenarme nach ihr ausstreckte, damit zusammen? Oder die Sorge um Georg? Nicht weiter darüber nachdenken, sie musste jetzt ihre Arbeit tun. Schwungvoll drückte sie die Tür auf und huschte eilig die Stufen hinunter.

Wieder surrte eine Wespe, aber dieses Mal versuchte sie nicht, zu entkommen, sondern sie wollte zum Kartoffelsalat in der Glasschüssel, die Bertha vorsorglich mit einem Küchentuch abgedeckt hatte. Die Fleischküchle auf der Porzellanplatte waren schon lange kalt. Bertha stand wieder am Fenster. Seit drei Stunden wartete sie nun schon, wartete darauf, dass die wohlbekannte Gestalt im leichten Sommeranzug auftauchen würde, dass das vertraute Eulengesicht mit den klugen Augen hinter den runden Brillengläsern nach oben schauen würde. Das war ein altes Spiel, denn bei ihrem Anblick am Fenster zog der Professor immer mit übertriebener Grandezza seinen Hut. Was für einen Spaß sie dabei hatten!

Um ein Uhr gab es Mittagessen, das war ein fester Termin, den der Professor peinlich genau einhielt. Aber jetzt war es schon vier Uhr. Wo war er nur? Sie hatte kurz überlegt, zu Frau Aldinger hinunterzugehen, die hatte ein Telefon. Der Professor wollte partout keinen Apparat haben, dieser neumodische Kram sei ihm zuwider, er schreibe lieber Briefe. Ob sie im Marquardt anrufen sollte? Eventuell hatte der Professor Bekannte getroffen. Aber so unhöflich war er nicht, sie ohne Nachricht zu lassen. Außerdem war es höchst ungewiss, ob er seinen Plan auch umgesetzt hatte. Er konnte überall sein. Vielleicht in einem Buchgeschäft? Da vergaß er immer die Zeit. Aber doch keine drei Stunden.

Was sollte sie nur tun? Die Nichte konnte sie auch nicht anrufen, die war auf Kur. Und ihr Mann war auch verreist. Bestimmt gab es eine Erklärung, auch wenn ihr keine einfiel.

Eine Stunde später hielt sie es nicht mehr länger aus. Sie verließ ihren Beobachtungsplatz am Fenster und eilte die Treppe hinunter zu Frau Aldinger. Es dauerte eine ganze Weile, bis ihr geöffnet wurde. Gerade als sie sich umdrehen und hinaufgehen wollte, wurde die Tür unwirsch geöffnet und die Hausmeisterin stand vor ihr. Der Grund für die Verzögerung wurde auch gleich klar. Die Schürze und die Ärmel des grauen Hauskleides waren mit Mehl bestäubt und in der Hand hielt Frau Aldinger ein mächtiges Nudelholz. Sie hat immer etwas in der Hand, schoss es Bertha durch den Kopf, seien es Besen, Kehrwisch, Zeitung, Kochlöffel … Immer ist sie geschäftig.

Seltsamerweise schöpfte sie auf einmal wieder Hoffnung, so als ob der Anblick der wandelnden schwäbischen Kehrwoche einen festen Ankerpunkt in dieser chaotischen Welt garantierte.

Sie backe einen Kuchen für ihre Schwägerin, die morgen Geburtstag feiere, erklärte die Hausmeisterin. »Aber kommen Sie doch herein, Fräulein Bertha, Sie sehen ganz verstört aus. Es ist doch nichts mit dem Herrn Professor? Heute Morgen habe ich ihn noch gesehen.«

Stockend erklärte Bertha die Sachlage. Frau Aldinger legte das Nudelholz auf den Tisch, um die Hände zu reinigen. Das habe es aber noch nie gegeben, der Herr Professor sei doch die Zuverlässigkeit in Person. Berthas Mut sank wieder.

Gerade als sich Frau Aldinger in wilden Spekulationen ergehen wollte, klingelte es an der Haustür. Beide Frauen hielten förmlich die Luft an, dann stürzten sie zur Tür. Zwei Männer in Polizeiuniform standen da. Und dann sah sie noch etwas, was ihr das Blut in den Adern gefrieren ließ – so sagten doch die Leute, wenn sie einen großen Schrecken anschaulich darstellen wollten. Es stimmte wirklich, es war, als ob das Herz nicht mehr schlagen könnte und der ganze Körper erstarrte! Einer der Polizisten trug das Jackett des Professors über den Arm gelegt.

»Zu Herrn Professor Fabricius beziehungsweise seinen Angehörigen«, sagte der andere. Bertha trat einen Schritt vor. Sie musste mehrmals ansetzen, bis es ihr gelang, mit krächzender Stimme zu sagen: »Der Herr Professor ist nicht da, ich bin das Dienstmädchen. Was ist denn passiert? Der Herr Professor sollte schon seit Stunden wieder hier sein«, fügte sie mit unsicherer Stimme hinzu.

»Offen gestanden wüssten wir das auch gern. Wir hatten gehofft, den Herrn Professor hier anzutreffen, aber so ...«

Der Satz hing in der Luft, verhallte, ließ entsetztes Schweigen folgen und dann, nach einem kurzen Räuspern, sprach der Polizist aus, was wohl alle in die Stille hineingelegt hatten: »… aber so müssen wir mit dem Schlimmsten rechnen. Die Jacke des Herrn Professors ist auf einer Sitzbank nahe dem Wehr am Neckar bei Bad Cannstatt gefunden worden. Ein Spaziergänger hat sie gefunden und zur nächsten Polizeistelle gebracht. Es scheint noch alles da zu sein, Geldbörse, Ausweis, ein Sparbuch … so konnten wir auch schnell die Adresse ausfindig machen. Wir haben gehofft, den Herrn Professor hier anzutreffen, der vielleicht in einem Augenblick der Verwirrung und Zerstreutheit … nun ja. Allerdings fanden wir es beunruhigend, dass sich im Jackett zwei Briefe befanden, adressiert an ein Fräulein Bertha Merkle und eine Frau Johanna Reichert, allerdings ohne Adresse.«

»Die eine ist die Nichte des Professors«, flüsterte Bertha, »die andere bin ich.« Sie nahm Jackett und Briefe, die ihr entgegengestreckt wurden.

Der andere Polizist hatte bis jetzt noch kein Wort gesprochen, doch nun sagte er: »Sollte der Herr Professor doch noch auftauchen, geben Sie uns bitte Bescheid.«

Er hatte eine merkwürdig gequetschte Stimme, als ob er einen Knödel verschluckt hatte, der ihm im Hals stecken geblieben war. Vielleicht spricht er so, weil er immer schlechte Nachrichten überbringen muss. Er klingt, als ob er gar keine Lust mehr hätte zu sprechen, schoss es Bertha durch den Kopf. Das Jackett in ihren Armen roch nach dem Professor, etwas Kölnisch Wasser, Leder, altes Papier und ein Hauch feiner Zigarrenduft. Rasch senkte sie den Kopf, um die Tränen zu verbergen, die ihr in die Augen traten.

»Falls der Herr Professor sich bis morgen nicht meldet, werden wir mit der Suche beginnen. Zuerst am Ufer und dann …«, fuhr der mit der Knödelstimme fort, wobei er offenließ, wo die Suche überall stattfinden sollte. »Noch eine

Bitte, lesen Sie doch bitte den an Sie gerichteten Brief so schnell wie möglich. Sollte er irgendeinen Aufschluss … Sie wissen schon … dann geben Sie uns bitte Bescheid.«

»Die Nichte, Frau Reichert, ist in der Kur«, ließ sich von hinten Frau Aldinger vernehmen. Daraufhin richteten sich drei Augenpaare auf Bertha, die das folgerichtig als stumme Aufforderung betrachtete, den Brief zu öffnen. Aber das konnte sie nicht, nicht hier, unter fremden Augen. Sie schüttelte den Kopf und sagte leise: »Wenn es wichtig für Sie ist, lasse ich es Sie so schnell wie möglich wissen.« Dann stieg sie mit schweren Schritten hinauf.

Unten tuschelte Frau Aldinger aufgeregt mit den beiden Polizisten. Bertha hörte noch etwas von »telefonisch« und »Nummer«, dann fiel die schwere Eingangstür zu und gleich darauf hörte man einen schrillen Ruf »Mein Kuchen!«, und auch die Aldingersche Haustür schlug krachend ins Schloss. Die Augustsonne warf mit letzter Kraft einen glühend roten Schein durch die Fenster des Arbeitszimmers. So wie damals, als sie zum ersten Mal hier gesessen hatte. I ist rot, sagte Rimbaud, aber es war nicht das Rot der Liebe, sondern »purpurnes, ausgespienes Blut«, so hatte der Professor übersetzt – *»pourpré, sang craché«*.

Sie wusste plötzlich, was in dem Brief stand. Das Manuskript lag fein säuberlich auf der Schreibplatte, daneben der Band mit Rimbauds Gedichten. Bertha schlug die Stelle auf, in der das Lesezeichen steckte. Da stand das letzte Gedicht, an dem er gearbeitet hatte: *Le Bateau ivre*. »Das trunkene Schiff« hatte der Professor in seiner steilen, akkuraten Schrift danebengeschrieben, so wie auch die ganze Seite links und rechts des Textes bedeckt war von seinen Anmerkungen.

Leise formten Berthas Lippen die Zeile, an der er wohl aufgehört hatte zu arbeiten: »*Plus douce qu'aux enfants la chair des pommes sûres ...*« – »So süß kann Kindermündern kein grüner Apfel schmecken ...«

Tränen tropften auf das Manuskript, das niemals fertig werden würde und das niemand lesen würde. »... wie mir das Wasser schmeckte ...« hatte der Professor noch an den Rand geschrieben. »... und das mich reinwusch vom Gespeie und den Blauweinflecken ...« – »... *je me suis baigné dans le Poème de la Mer* ...« – »... ich badete im Gedicht des Meeres ...«

Schleppenden Schrittes ging sie hinunter zu Frau Aldinger, die ihr wortlos öffnete. Im Hintergrund stand Herr Aldinger, der noch in seiner Straßenbahnschaffneruniform steckte, und nickte ihr zu. Schließlich räusperte sich Bertha: »Ich muss telefonieren.« Immer noch wortlos, gab ihr Frau Aldinger den Zettel mit der Nummer des Reviers. Einer der Männer war auch gleich selbst am Apparat, leicht erkennbar an seiner zerquetschten Stimme. »Suchen Sie im Neckar«, sagte Bertha tonlos, »er ist in den Neckar gegangen, ich weiß es.«

... in das Wasser, das süß schmeckte und ihn reinwusch und in das Gedicht des Meeres trug ... Hatte er schon lange mit dem Gedanken gespielt oder war es ein spontaner Entschluss gewesen? Warum nur, Herr Professor?

Sie lehnte das drängende Angebot des Ehepaars Aldinger ab, noch eine Weile bei ihnen zu bleiben. »Sie können doch jetzt nicht allein sein«, sagte Frau Aldinger mit gedämpfter Stimme.

»Ich muss Abschied nehmen«, flüsterte Bertha.

Oben setzte sie sich in den Sessel im Arbeitszimmer und las den Brief des Professors. »Meine liebe Berthe«, stand da und sie konnte zunächst nicht weiterlesen, weil die Tränen alles verschwimmen ließen. Er dankte ihr für ihre Arbeit, ihre

Freundlichkeit, aber auch für ihre Wissbegierde und Freude beim Lernen.

*»Sie haben wieder Sonne in mein Leben gebracht«*, schrieb er. *»Ich möchte, dass Sie verstehen, warum ich diesen Schritt, diesen letzten Schritt gemacht habe.«*

Ja, das wollte sie wissen, aber sie konnte sich manches schon denken.

*»Die Zeit, in der wir jetzt leben, verstehe ich einfach nicht mehr. Ich komme mir vor, als sei ich aus der Welt gefallen. Vorhin bin ich zur Sparkasse gegangen, um Ihren Lohn zu holen, und da wurde mir schlagartig bewusst, dass ich alles verloren habe. Alles Ersparte ist in der Inflation weggeschmolzen. Ich habe es ja gewusst, aber es ist mir erst in diesem Moment bewusst geworden, als ich die mitleidigen Blicke des Angestellten sah. Ich habe meine Pension, werden Sie mir jetzt vorhalten, es geht mir besser als vielen, aber sie ist doch recht schmal und alles ist so viel teurer geworden. Auf dem Sparbuch ist gerade noch so viel, dass man Ihnen den Lohn ausbezahlen kann und etwas Haushaltsgeld ist auch noch da, das soll meine Nichte erledigen. Aber wovon soll ich in Zukunft meine Bücher bezahlen? Und Reisen kann ich mir wohl auch nicht mehr leisten. Und noch etwas: Beim Gang in die Stadt wurde mir bewusst, dass nicht nur mein Geld verloren ist, auch meine Hoffnungen, meine Ideale sind zertreten. Erst dieser fürchterliche Krieg, der so viel Zerstörung und Hass gebracht hat, Hass vor allem gegen ein Land, das ich so sehr liebe.*

*Sie würden jetzt sagen: ›Aber der Krieg ist vorbei, Herr Professor, es geht wieder aufwärts‹, und ich müsste Ihnen entgegnen: ›Nein, Berthe, es ist nicht vorbei. Auf dem mit Blut gedüngten Boden reifen die neuen Kräfte der Zerstörung!‹ Und am meisten fürchte ich, das wissen Sie, das braune Geschmeiß. Ich war schon fast wieder zu Hause, als mir auf der Straße der Keppler entgegenkam. Die Anrede ›Herr‹ verbietet sich. Trägt frech das Abzeichen der angeblich verbotenen Partei und grüßt mich mit dem Hitlergruß. Ich habe in dieses glatte Gesicht geblickt, das glatte Gesicht des Bürgers, der seine Steuern zahlt und die Kehrwoche macht, und plötzlich wusste ich es ganz sicher: Nichts ist vorbei, es fängt wieder an, schlimmer als zuvor. Wissen Sie, Berthe, wenn ein jugendlicher Wirrkopf wie Ihr Bruder – sehen Sie mir diese Bezeichnung nach – einer radikalen Lehre anhängt, dann ist das nicht schön, aber verzeihlich. Er wird reifer und besonnener. Aber wenn der ganz normale kleine Bürger bereit ist, alle Gesetze der Moral und des Anstands über den Haufen zu werfen und zu zertreten, dann mag ich nicht mehr dabei sein in dieser Welt …«*

Er schrieb noch, dass er ihr gern mehr hinterlassen hätte als ihren Lohn, von den Büchern könne sie so viele nehmen, wie sie wolle.

*»Lernen Sie weiter, Berthe, Sie würden mir damit die größte Freude bereiten und mein Andenken ehren!«*

Eine Wespe surrte durch das Zimmer und ließ sich auf des Professors Schreibtisch nieder, gerade neben dem Tintenfass. Ob das dieselbe Wespe war, die in der Küche vom Kartoffelsalat naschen wollte? Ohne richtig zu wissen, was sie tat, ließ Bertha ihr Taschentuch über die Wespe fallen und trug sie hinüber in die Küche, wo sie den Salat aufdeckte und die Wespe vorsichtig freiließ. Sie beobachtete eine Weile, wie sich das Tierchen an den Kartoffelscheiben gütlich tat.

Ziemlich genau vor einem Jahr, im schlimmen Jahr 1923, war sie klopfenden Herzens mit dem Brief der Tante in der Tasche hierhergekommen. War da nicht vorher etwas mit einem Marienkäferchen gewesen, von dem sie geglaubt hatte, es bringe ihr Glück? Und nun die Wespe, was bedeutete die? Tastend glitt ihre Rechte in die Schürzentasche und umschloss ein Stück Papier, die Visitenkarte von Friedrich Pfäfflin, Sekt- und Weinhandlung in Gengenbach … Nicht weit weg von Straßburg, nicht weit weg von diesem einst fremden Land, dessen Sprache sie nun verstand.

Am Morgen fand man den Professor am Wehr. Am Vormittag war auch Frau Reichert angekommmen. Bertha hatte noch am Abend ein Telegramm nach Bad Ems geschickt. Die Nichte lief wie ein aufgescheuchtes Huhn durch die Räume der Wohnung und rief immer wieder: »Mein armer, armer Onkel … der arme Mann! Warum hat er denn nichts gesagt? Wir hätten ihm doch geholfen!«

Ihr Gatte war zwischenzeitlich ebenfalls eingetroffen. Er saß in einem der Sessel und trank den guten Cognac des Professors. Auf die stereotypen Fragen seiner Frau antwortete er stets mit einem gelangweilten: »Aber gewiss, Johanna«, und schenkte sich erneut ein.

Am liebsten hätte ihm Bertha die Flasche weggenommen, denn sie wusste, wie sehr der Professor seinen Schatz gehütet hatte. Aber ihm, dem reichen Mann, bedeutete das gar nichts und er und die Nichte verstanden auch nicht des Professors Beweggründe. Im Gegenteil, vorhin hatte sie Herrn Reichert sehr respektlos sagen hören, der Onkel habe wohl einen Dachschaden gehabt und dieses Getue mit dem Hitler sei ja absurd. So schlimm sei der im Übrigen gar nicht und es sei an der Zeit, dass jemand in Deutschland endlich einmal »aufräumt«.

Zu Berthas großer Erleichterung verschwanden sie um die Mittagszeit, um die »Formalitäten zu erledigen«, wie Frau Reichert sagte.

Währenddessen saß Bertha in der Küche und weinte hemmungslos. Endlich konnte sie ihren Tränen freien Lauf lassen. Insgeheim hatte sie immer noch gehofft, man würde ihn doch noch lebend finden, vielleicht am Ufer sitzend, um das grüne Wasser zu betrachten. Aber er hatte »den letzten Schritt« getan. Sie presste die Fäuste auf die Augen, um die Bilder niederzudrücken, die immer wieder aufstiegen, aber es gelang ihr nicht: der Professor, wie er langsam in das Wasser glitt, das ihn fortriss. Das grüne Wasser, das ihn reinwusch, das alles reinwusch. Vielleicht hatte er die Verse von Rimbaud im Kopf, hatte bis zuletzt bewusst die geliebten Verse zitiert, und das war vermutlich ein Trost gewesen.

Und trotzdem, wie einsam musste er gewesen sein!

Die Beerdigung auf dem Pragfriedhof war sehr prächtig. Zum ersten Mal wurde es Bertha richtig bewusst, dass ihr Professor ein bedeutender Gelehrter gewesen war. Viele vornehme Männer mit Zylindern standen um das Grab, Reden wurden gehalten, man beschwor des Professors Verdienste und nur ab und zu klang dezent oder geheimnisvoll an, dass der Professor seinem Leben selbst ein Ende gesetzt hatte. Es wurde von einem »bestürzenden Schritt«, von »Tragik« und von »unersetzlichem Verlust« gesprochen. Bertha stand etwas abseits und dachte, dass keiner über den Professor so richtig Bescheid wusste. Sie hätte ihnen einiges erzählen können, aber wer hätte ihr zugehört, dem Mädchen von der Alb? Es war fast, als genierten sich die Leute, dass ein so gelehrter Mann sich etwas angetan hatte.

Nach der Beerdigung lud das Ehepaar Reichert zu einem Imbiss ins Marquardt ein. Bertha, die auch eingeladen war, lehnte dankend ab und fragte stattdessen einen der Pagen nach Tante Hedwig. Die erschien auch nach einer kurzen Weile mit erhitztem Gesicht, aber in blütenweißer Schürze.

»Ich hab nur wenig Zeit. Wir richten gerade die kalten Platten für den armen Herrn Professor her.«

Seltsame Formulierung, dachte Bertha, als ob der »arme Herr Professor« noch etwas davon hätte.

»Tante, ich werde weggehen aus Stuttgart. Ich … ich habe etwas anderes in Aussicht.«

Die Tante musterte sie scharf aus zusammengekniffenen Augen. »Das habe ich mir schon gedacht, dass die Reicherts keine Verwendung für dich haben. Mach mir Sorgen um dich. Nach Hause willst du ja nicht. Deine Mutter jammert wegen der vielen Arbeit.«

Sie ist nicht meine Mutter, wollte Bertha sagen, antwortete aber kurzerhand: »Die jammert immer. Du weißt doch, wie wir zueinander stehen. Ich bin das ewige Gezänke leid. Außerdem hat sie ja Paula.«

»Die …«, schnaubte Tante Hedwig verächtlich, »mit der nimmt es noch einmal ein böses Ende, denk an meine Worte. Faul und nichtsnutzig! Nur die Burschen im Kopf.« Sie strich ihre Schürze glatt, als wollte sie damit ihre eigene Wohlanständigkeit betonen. »Also, was hat du vor? Was hast du ›in Aussicht‹?«

»Ich gehe nach Gengenbach im Badischen. Zur Familie Pfäfflin. Sie waren Gäste hier, vielleicht hast du den Namen gehört?«

Die Tante musterte sie durchdringend. »Du hast die beiden Mädchen gefunden, stimmt's? Und zurückgebracht. Der

Oberkellner hat's mir erzählt. Da schau her – und die haben dir etwas angeboten?«

Bertha nickte.

»Und was genau?«

»Ich weiß nicht. Es war eher … allgemein.«

»Allgemein … allgemein, was soll das heißen?«

»Sie haben mir keine feste Stelle angeboten, wenn du das meinst. Sie haben mir etwas in Aussicht gestellt.«

Die Tante lachte kurz auf. »Und deshalb gehst du nach Gengenbach? Das war doch bloß Geschwätz, weil sie dir dankbar sind.«

»Nein, nein, es sind nette Leute. Das war ehrlich gemeint.«

»Nun ja«, die Tante kniff wieder die Augen zusammen und schnüffelte mehrere Male, als wollte sie prüfen, woher denn der Wind aus diesem Gengenbach wehe. »Dann geh in Gottes Namen. Aber schreib und wenn's dir nicht gefällt, dann kommst du wieder her. Ich halt in der Zwischenzeit die Ohren offen, ob sich im Marquardt nicht etwas für dich findet. Die gnädige Frau Pfäfflin soll recht speziell sein.«

Bertha wollte die Tante umarmen, aber die hielt sie für einen Moment und sah ihr in die Augen. »Es ist doch auch wegen Georg, oder? Gibst keine Ruhe. Willst ihn unbedingt finden.«

Bertha nickte wieder und schluckte den Kloß im Hals hinunter. Georg, das war die bleibende Sorge, die sie umgab wie ein grauer Schatten, dem man nicht entkommen konnte.

»Bertha, du bist nicht deines Bruders Hüter, wie es in der Bibel heißt. Er hat sich etwas Verrücktes in den Kopf gesetzt, obwohl er so gescheit ist. Jaja, die Gescheiten sind manchmal die Schlimmsten, wenn es um solche Sachen geht.«

Die Tante ließ offen, was sie mit »solche Sachen« meinte.

»Und jetzt ist er sogar ein Krimineller geworden und wird gesucht … Ich trau mich gar nicht mehr heim ins Dorf. Also, lass den Georg und schau nach dir selbst. Entweder kommt er zur Vernunft, dann ist es gut und er meldet sich irgendwann. Oder er macht weiter, dann kannst du ihm auch nicht helfen. Geh du deinen Weg.«

Sie küsste ihre Nichte auf die Stirn und murmelte etwas von »Gott befohlen«, dann drehte sie sich hastig um und kehrte zu ihren kalten Platten zurück. Bertha sah, dass sie sich im Weggehen die Augen wischte und dachte gerührt, dass hinter der rauen Schale doch ein weicher Kern steckte. Aber sie würde ihr den Gefallen nicht tun – sie würde ihren Bruder nicht aufgeben, er war doch das Einzige, was sie noch hatte.

Am nächsten Morgen ging sie raschen Schrittes Richtung Hauptbahnhof. Herr Reichert hatte ihr angeboten, sie zu fahren, aber sie hatte abgelehnt. Sie wollte die Strecke gehen, wollte Abschied nehmen von den vertrauten Plätzen. Das Gepäck war leicht, bestand nur aus dem kleinen schwarzen Koffer mit zwei Kleidern und einigen Röcken. Für den Hut und die neuen schicken Sachen, die sie beim Tietz hatte kaufen wollen, hatte das Geld nicht gereicht. Sie brauchte einen Spargroschen.

»Mein liebes Kind«, hatte Frau Reichert gesagt, »mein Onkel hat so sehr gewünscht, Ihnen etwas Geld zu hinterlassen. Aber Sie wissen ja selbst … es ist nichts mehr da. Deshalb nehmen Sie ein paar Erinnerungsstücke mit, das wäre in seinem Sinne gewesen.«

Frau Reichert konnte das leichten Herzens sagen, denn was konnte Bertha schon in dieses Gengenbach mitnehmen.

Sie brauchte auch nicht lange zu überlegen, packte den Band mit den Rimbaud-Gedichten, das halb fertige Manuskript des Professors und das schwarze Heft ein, in das sie immer ihre Vokabeln geschrieben hatte. Nach kurzem Überlegen nahm sie noch ein dickleibiges Deutsch-Französisch-Wörterbuch mit, das ihr schon gute Dienste geleistet hatte.

Ergriffen von so viel Bescheidenheit hatte ihr Frau Reichert lange die Hand gedrückt. »Alles, alles Gute. Er hat Sie sehr gemocht, wissen Sie.«

Als sie sich jetzt daran erinnerte, musste Bertha lächeln. Die gute Frau Reichert hatte sogar beim Abschied ein bisschen geweint, genauso wie Frau Aldinger, die sie gar nicht mehr loslassen wollte. Wenn sie an ihre erste Begegnung dachte … und jetzt Tränen bei ihrem Weggang. Tief in sich drin spürte Bertha plötzlich eine kleine Freude, die immer größer wurde, je näher der Bahnhof kam. Dieses beklemmende Gefühl an jenem Abend war eine Vorahnung gewesen, davon war sie felsenfest überzeugt. Die Erinnerung an den Professor schmerzte noch wie eine frische Wunde. Aber jetzt gab es auch diese Freude, eine Freude auf etwas, das sie gar nicht richtig benennen konnte. Der Turm des Hauptbahnhofs sah auf sie herab wie ein Freund, der den richtigen Weg wusste. Ohne zu wissen, was sie tat, summte sie das Pierrot-Lied, ganz leise nur, aber aus vollem Herzen: *»Ouvre-ma ta porte, pour l'amour de Dieu.«*

# Annäherung

Vom Bergle herunter fuhr ein kräftiger Wind hinab in die Stadt, aber er war mild und trug den Duft der blühenden Apfel- und Birnbäume mit sich. Bertha sog ihn für einen Moment genießerisch ein, dann drehte sie sich einmal um die eigene Achse, um auch mit den Augen die Schönheit dieses Frühlingsmorgens in sich aufzunehmen. Da standen die stattlichen Bürgerhäuser und in der Mitte des Marktplatzes erhob sich das Rathaus. Das war ja gar kein Rathaus, hatte Bertha gedacht, als sie den mächtigen Bau zum ersten Mal gesehen hatte, das war eher ein Schloss.

Ja, es war eine reiche Stadt, dieses Gengenbach, und seine Bürger waren stolz auf ihre Geschichte. Sie hatten sogar einen Brunnen mit einem Ritter, der das Stadtwappen und eine Rolle mit dem geschriebenen Stadtrecht trug. So hatte man es ihr erzählt. Bertha fand ihn ein wenig überheblich, wie er so streng da oben stand und in eine unbekannte Ferne starrte, aber das war wohl so beabsichtigt. Putzig war allerdings sein Aufzug, diese seltsame Rüstung mit den unförmigen Pumphosen, so als ob der Künstler sagen wollte: »Er ist eigentlich ein harmloser Kerl, nehmt ihn nicht ganz so ernst.«

So waren die Leute im Badischen, leben und leben lassen, und die Gengenbacher hatten es besonders gut, wie Bertha meinte. Zu Hause auf der Alb pfiff um diese Zeit noch der

Eiswind und am Morgen lag Reif auf den Wiesen und Feldern. Und es gab keinen Wein wie hier, wo rings um die Stadt die Rebstöcke standen, es gab nur die sauren Mostäpfel. Kein Wunder, dass das hier ein anderer Menschenschlag war. Herr Pfäfflin hatte ja auch gemeint, dass das vom Wein komme.

»Da, wo es Wein gibt, sind die Menschen freundlich«, war seine oft geäußerte Meinung – wen wunderte das. Der Herr Professor hätte sicher aus vollem Herzen zugestimmt. Ach, der Professor – immer noch brannten die Tränen in den Augen, wenn sie an ihn dachte.

Sie fasste den Henkelkorb fester und ging hinüber zu einem der Marktstände, die vor dem Rathaus aufgereiht standen. Es war ein buntes Bild, das sich bot, und mit jeder Woche wurde es bunter und schöner: vielfarbige Primeln, Schlüsselblumen- und Vergissmeinnicht-Sträußchen und dann die Gemüsestände, wo zwischen den Körben mit dem dunkelgrünen Ackersalat schon das zarte Grün des ersten Kopfsalates leuchtete. Und dann erst die weißlich-violetten Spargelstangen, die in diesem gesegneten Landstrich wuchsen. Bertha hatte erst gar nicht gewusst, was Spargel war, aber Kläri, die Köchin im Hause Pfäfflin, hatte es ihr erklärt.

»Das musst du halt probieren, ich mach ihn am liebsten mit Buttersoße und Schinken. Wird dir schon schmecken«, hatte sie am Schluss erklärt und dabei Bertha angeschaut, als käme diese von einem fernen Planeten. Sie hatte heute Morgen Bertha streng angewiesen, den Spargel nur bei Frau Isenmann zu kaufen, die Gärten in einem Teil des äußeren Mauerrings bearbeitete und Kläris unbedingtes Vertrauen besaß.

»Guten Morgen, Fräulein Bertha, auch schon auf den Beinen?« Das verschmitzte Gesicht unter dem geblümten Kopftuch verzog sich zu einem freundlichen Lächeln, sodass die Augen fast hinter den roten Backen verschwanden.

»Ja, ich habe die Charlotte zur Schule gebracht. Und da hat mich die Kläri beauftragt, gleich einkaufen zu gehen.«

»Das ist recht«, antwortete Frau Isenmann etwas unbestimmt und hantierte an ihrem Spargel.

»Das Fräulein Kläri will bestimmt Spargel. Nehmen Sie den, der ist nicht zu dünn, das mag die Kläri nicht. Frisch gestochen heute Morgen, da, schauen Sie …«

Sie zeigte die Enden der Spargelstangen. Bertha schaute verständnislos, denn von diesem Geheimnis hatte ihr Kläri noch nichts erzählt. Deshalb nickte sie nur wortlos.

»Fräulein Bertha haben wohl viel Arbeit?«, erkundigte sich die Gärtnerin beiläufig und wog den Spargel ab.

»Geht schon«, antwortete Bertha ausweichend. »Die Pfäfflins sind nette Leute und mit Kläri und Traudel verstehe ich mich gut.«

»Schon, schon, aber die beiden Mädchen sind recht verzogen.«

Aha, willst also klatschen, willst es ausnutzen, dass ich allein am Stand stehe. Bertha war insgeheim amüsiert. Die Frau Isenmann hatte eine lockere Zunge.

»Geht schon«, sagte sie, »ich mag beide sehr gern.«

»Haben die Pfäfflins wohl in Stuttgart kennengelernt, nicht wahr? Die Kläri hat's mir erzählt. Und dass Sie dort im Dienst waren bei einem ganz gelehrten Herrn.«

Bertha musste schlucken. Nicht dieses Thema! Etwas einsilbig antwortete sie deshalb nur mit »Ja« und versuchte, das Gespräch in eine andere Richtung zu lenken, aber da kam sie bei der Gärtnersfrau schlecht an.

Die übergoss sie förmlich mit einem Schwall von Informationen, die angeblich alle von Kläri stammten. Fast kam es Bertha so vor, als wisse Frau Isenmann besser Bescheid als sie selbst.

»... und dass Sie die beiden Mädchen da gerettet haben! Weiß Gott, was hätte passieren können ... und die Mademoiselle, das Luder! Noch nie hab ich die leiden können, nun ja, eine Französin halt.«

Oje, dachte Bertha, du hast also auch das berühmte Brett vor dem Kopf wie so viele andere in dieser Zeit. Trotzdem empfand sie als sehr angenehm, dass die Mehrzahl der Gengenbacher eine eher tolerante Einstellung zu ihren Nachbarn hatte, und Nachbar war man im wahrsten Sinn des Wortes. Selbst die Tatsache, dass die Franzosen in einem Krieg, 1689 war das gewesen, wie sie von Herrn Pfäfflin wusste, die Stadt in Schutt und Asche gelegt hatten, schienen die Gengenbacher den Franzosen nicht weiter nachzutragen. Allerdings – der letzte Krieg, dieser unselige letzte Krieg, der hatte auch hier Spuren hinterlassen. Aber Herr Pfäfflin hatte letzthin erzählt, der jetzige Außenminister Stresemann, ein »überaus fähiger Mann«, hätte einen Vorschlag für einen Friedenspakt mit Frankreich vorgelegt, der auf beiden Seiten heftig diskutiert würde.

»Stellt euch einmal vor, was das bedeuten würde ... endlich Frieden mit dem ›Erbfeind‹! Allein schon dieses furchtbare Wort! Nie mehr Krieg ... Ist auch gar nicht gut fürs Geschäft, wir handeln doch miteinander, soweit ich denken kann.«

Das wäre schön, dachte Bertha in diesem Moment inbrünstig. Und wenn das der Professor noch erleben könnte, er hätte doch nur noch ein bisschen aushalten müssen. Es wird besser, hab ich ihm immer gesagt. Braucht nur noch Zeit, der Frieden braucht mehr Zeit als der Krieg.

»… sind jetzt auch schon ein Dreivierteljahr da, Fräulein Bertha?«

Bertha war für einen Moment verwirrt. »Wie bitte, Frau Isenmann? Oh ja, im August letzten Jahres bin ich gekommen.« Sie musste plötzlich wieder an ihre Ankunft in Gengenbach denken, wo sie ganz betäubt von der Hitze, der langen Bahnfahrt und den vielen neuen Eindrücken vor dem Pfäfflin'schen Haus gestanden hatte, einem großen und stattlichen Eckhaus direkt am Markt. Zögernd hatte sie die altertümliche Türklingel betätigt. Eine der großen, rostrot gestrichenen Flügeltüren hatte sich geöffnet und ein Hausknecht war erschienen und hatte gefragt, was sie wolle. Sie war so aufgeregt gewesen, dass sie kaum registriert hatte, dass sich hinter der grün gestrichenen Fassade des Hauses ein großer, mit Weinlaub umgrenzter Platz befand, im Hintergrund schloss eine große Mauer, an der sich vielfarbige Rosen emporrankten, den Innenhof ab.

Dort hatten sie auch gesessen, die Pfäfflins, auf einer hölzernen Bank neben einem leise plätschernden Brunnen. Es war angenehm kühl gewesen, denn neben dem üppig wachsenden Weinlaub beschattete auch ein knorriger Apfelbaum den Hof. Trotzdem rann Bertha der Schweiß in kleinen Rinnsalen den Rücken hinunter. Wie würde man sie aufnehmen?, hatte sie sich in diesem Moment überlegt. Platzte einfach so herein. Und überhaupt: War das freundliche Angebot nicht einer übergroßen Dankbarkeit entsprungen und jetzt, nüchtern betrachtet, gar nicht ernst gemeint gewesen? Tante Hedwig hatte das gemeint. Was wollte sie überhaupt hier? Die Kinder brauchten eine Erzieherin, eine gebildete Frau, so wie Mademoiselle eine gewesen war. Davon verstand sie doch nichts. Dienstmädchen hatten die hier bestimmt genug.

Sie hatte den Blick genau registriert, den die gnädige Frau Herrn Pfäfflin zugeworfen hatte. Hatte die leicht hochgezogenen, fein gezupften Augenbrauen gesehen. Was dachte sie wohl in diesem Moment? Siehst du, mein Lieber, warst du nicht ein wenig voreilig? Diese Dienstboten, gibt man ihnen den kleinen Finger … nun sieh zu, wie du mit der Geschichte fertigwirst …

Charlotte und Luise aber hatten sich gefreut, sprangen auf sie zu, zogen sie zum Tisch, stellten Tausend Fragen.

»Liebe, liebe Bertha, kommst du uns besuchen? Das ist schön … schau, es gibt Kirschkuchen … Kläri hat ihn gebacken. Und wir haben Löwen gesehen, in Straßburg im Zoo … Du musst unbedingt bleiben, Bertha, wir müssen dir alles erzählen.«

Vielleicht waren es diese letzten Worte und die offenkundige Freude seiner Töchter, die Herrn Pfäfflin veranlassten, seine leichte Benommenheit abzustreifen und Bertha galant an den Tisch zu führen, an dem sich sofort drei Herren erhoben. Das seien Geschäftsfreunde, erläuterte er, und die Herren seien bereits im Begriff zu gehen, und Bertha müsse unbedingt eine Erfrischung zu sich nehmen, ein Glas Riesling vielleicht?

Bertha wollte ablehnen, aber schon hatte man ihr ein kühles, beschlagenes Glas mit langem Stiel gebracht und erfrischend und prickelnd floss der Wein in ihre Kehle. Die Verabschiedung der Gäste hatte Bertha Gelegenheit gegeben, sich verstohlen umzusehen. Jetzt erst nahm sie ihre Umgebung richtig wahr und der erste spontane Gedanke, der ihr in den Sinn kam, war: »Mein Gott, das ist ja das Paradies!« Daran erinnerte sie sich noch genau. Hier gab es alles im Überfluss. Kein Gedanke an Hunger und Entbehrung … hier hätte er leben müssen, ihr Professor, hier im Hof hätte er sitzen und an seinem Manuskript arbeiten müssen. Dass die, die Schönes schufen, nicht auch das Schöne erleben durften, nur das Schöne … Aber das ging natürlich nicht. So funktionierte die Welt nicht. Und vielleicht braucht man ja auch das Hässliche, um das Schöne zu sehen. Und auch Arthur Rimbaud hatte das Hässliche beschrieben. Und auch durch diese Mauern des Pfäfflin'schen Anwesens waren schon andere Geräusche gedrungen, die Geräusche des Krieges beispielsweise, als Inbegriff des Hässlichen.

Die folgende Unterhaltung war zunächst etwas schleppend verlaufen. Die Töchter hatte man zu Kläri in die Küche geschickt, wohin sie auch nach einigem Widerstand schmollend gegangen waren. Dann saß man sich auf den hölzernen Bänken gegenüber und Bertha hatte erzählen müssen, vom Professor, von seiner Verzweiflung und seinem Tod. Die Mienen der Pfäfflins waren freundlicher geworden, geradezu mitfühlend. Plötzlich hatte Frau Pfäfflin Bertha mit einer Reihe von Fragen bombardiert – auf Französisch – und zwar so schnell, dass Bertha kaum verstand, worum es ging. Aber sie hatte leidlich geantwortet, manchmal gestottert und sich verhaspelt und nach Worten gesucht, und insgeheim gedacht, wenn das der Professor hören könnte – aber im Großen und Ganzen war es doch gut gegangen. Abrupt hatte die Gnädige dann das Gespräch abgebrochen, sich zu ihrem Mann gewandt und dann mit einem wohlwollenden Unterton gesagt: »Fräulein Bertha spricht ganz ordentlich Französisch … gut, es gibt hier und da noch ein paar Fehler … aber die Kinder lieben sie … und Charlotte kommt Ostern sowieso in die Schule, Luise nächstes Jahr … und ich brauche wirklich Entlastung. Die Verantwortung für die Kinder allein zu tragen, geht über meine Kräfte, das habe ich jetzt gemerkt. Du weißt, meine Migräne, und die Krämpfe …«

Mit unheilverkündender Geste hatte sie sich an den elegant frisierten Kopf gegriffen, und Herr Pfäfflin hatte sich beeilt, heftig zu nicken.

»Und ab und zu können Sie Kläri etwas zur Hand gehen. Sie hat viel zu tun, vor allem im Herbst, wenn die Weinverkostungen sind … und dann lernen Sie viel dazu. Kläri kann wunderbar kochen«, hatte Frau Pfäfflin noch hinzugefügt – und die Sache war abgemacht.

So war Bertha unter dem Jubel der Mädchen eingezogen, eine kleine Dachkammer war jetzt ihr Zuhause. Gleich am ersten Abend, als sie Gute Nacht sagen wollte, hatte ihr Frau Pfäfflin huldvoll die Fingerspitzen gereicht. »Noch etwas … ich werde Sie Berthe nennen, Bertha passt nicht zu Ihnen. Also, gute Nacht, liebe Berthe.«

Zum ersten Mal hatte sie wieder jemand so genannt … Berthe!

Offensichtlich hatte sie in der Erinnerung daran gelächelt, denn Frau Isenmanns Stimme holte sie wieder in die Realität zurück.

»Einen Fünfer dafür, was Sie jetzt gerade denken, Fräulein Bertha. Darf es noch etwas sein?«

»Nein danke, Frau Isenmann, das ist alles für heute. Was bin ich Ihnen schuldig?«

Frau Isenmann nannte den Betrag und als Bertha das Wechselgeld entgegennahm, meinte sie augenzwinkernd: »Wie Sie gerade gelächelt haben … da waren Sie wohl ganz weit weg. Bestimmt haben Sie an Ihren Liebsten gedacht?«

Bertha wurde über und über rot. »Es gibt keinen Liebsten, Frau Isenmann«, antwortete sie abweisend.

Die Gärtnersfrau tat so, als sei sie überrascht. »Das kann ich mir aber nicht vorstellen, Fräulein Bertha. So ein braves und anständiges Mädchen. Anstellig seien Sie, sagt die Kläri. Und hübsch sind Sie auch.« Sie ließ ihren Blick über Bertha gleiten, als wolle sie sich noch einmal vom Wahrheitsgehalt ihrer Behauptung überzeugen. Dann kam die Bemerkung, auf die Bertha halb unbewusst gewartet hatte.

»Und die Haare ... so mancher mag's. Alles andere ist tipptopp und ...«

»Vielen Dank, Frau Isenmann«, antwortete Bertha bissig, »das ist nett, dass Sie mir schmeicheln, aber ich habe kein Interesse an einem Liebsten, ich muss erst einmal nach mir selbst schauen.«

Und vor allem habe ich ganz andere Sorgen, fügte sie im Stillen dazu, meine Familie oder vielmehr das, was sich Familie nennt. Die ewig unzufriedene, murrende Stiefmutter, die leichtfertige Halbschwester ... Zu Weihnachten war sie über die Feiertage auf die Alb gefahren. Pfäfflins hatten das ehrlich bedauert, aber letztlich ihre Zustimmung gegeben. Bertha war lediglich aus Pflichtgefühl gegangen. Die Klagen waren immer die gleichen: zu viel Arbeit, das Feld hatten sie jetzt verpachtet, aber das Pachtgeld und das bisschen Rente vom Vater, das reichte hinten und vorn nicht. Und dann Georg, der Stiefsohn, der Stolz seines Vaters, war nun ein Krimineller. Sie wisse nicht, wie sie erhobenen Hauptes durchs Dorf gehen könne, hatte die Stiefmutter in weinerlichem Ton gemeint. Und jetzt auch noch das mit Paula! Hatte einfach die Lehre beim Stumm gekündigt und war jetzt in Stuttgart, in diesem Sündenbabel ... und sie, Bertha, hatte ihr das vorgemacht.

Bertha hatte alles geduldig über sich ergehen lassen. Ein Lebenszeichen von Georg war nicht gekommen, wie sie gegen alle Vernunft gehofft hatte. Jakob hatte gemeint, er sei wohl untergetaucht, das müsse man verstehen.

Am Heiligen Abend war Tante Hedwig aus Stuttgart gekommen. In einem unbeobachteten Augenblick hatte sie Bertha ihr Leid geklagt. »Ich bereue, dass ich die Paula ins Marquardt vermittelt habe. Taugt nichts, taugt überhaupt nichts. Stell dir vor, sie hat sogar als Zimmermädchen angefangen, aber man hat relativ schnell gemerkt, dass sie faul ist, und eine Dame hat sich beschwert, weil sie schnippisch und vorlaut geantwortet hat und dazu noch ihr Parfüm benutzt hat. Jetzt ist sie Küchenmädchen … aber auch da tut sie nicht gut. Flausen, nur Flausen im Kopf und den Köchen schöne Augen machen. Sie ist liederlich, Bertha, man muss es einfach so sagen, und es wird bestimmt kein gutes Ende mit ihr nehmen.«

Bertha hatte mit der Schwester noch ein ernstes Wort sprechen wollen. Kurz vor ihrer Abfahrt fand sie sie hinter dem Haus, wo sie, in einen billigen Kunstpelz eingehüllt, auf und ab stolzierte. Sie wirkte einfach lächerlich in dieser Umgebung. Mit knallrot geschminkten Lippen und mit schwarz umrandeten Augen schaute sie Bertha verdrossen an.

»Am liebsten würde ich mit dir fahren. Weg von hier und weg von Stuttgart, weg von all den Spießern …«

»In Gengenbach würde es dir nicht gefallen. Was willst du denn überhaupt machen, wie stellst du dir deine Zukunft vor?«

Es stellte sich heraus, dass Paula nur vage Pläne hatte. Irgendetwas, womit man viel Geld verdienen könne. Und auf jeden Fall eine gute Partie machen. Sie hatte eine Zigarette genommen und zwischen die kirschroten Lippen gesteckt, und Bertha war plötzlich bewusst geworden, dass nichts zusammenpasste … kostümiert und geschminkt, als ob sie zum Fasching ginge. Aber was sich dahinter verbarg …

»Du spinnst wohl«, hatte sie gezürnt. »Seit wann rauchst du denn? Das passt doch gar nicht zu dir.«

»Was weißt du schon, was zu mir passt«, hatte die Schwester gegiftet. »Und überhaupt – du hast doch keine Ahnung! Was willst du eigentlich … immer ein Dienstmädchen bleiben?«

Damals hatte Bertha keine Antwort gewusst. Ja, was wollte sie eigentlich? »Sich wahrhaft nützlich machen«, hatte der Vater immer gesagt. Aber das würde die Schwester nicht verstehen, es wäre so, als ob sie in einer fremden Sprache zu ihr redete. Es war ihre Maxime geblieben, aber seit der Zeit beim Professor wusste sie auch, dass es noch mehr gab, dass das Leben Verheißungen bot, von denen sie allenfalls etwas ahnte. *»Par les soirs bleus d'été …«*, hatte Rimbaud gedichtet. Aber, wie packte man es an, dieses Leben? Gleichzeitig nützlich sein und doch teilhaben an seiner Fülle, an seiner Schönheit? Darauf hatte ihr noch keiner eine Antwort geben können.

Sie verabschiedete sich freundlich von Frau Isenmann, die sichtlich bedauerte, das interessante Gespräch abbrechen zu müssen, aber hinter Bertha drängelten sich jetzt mehrere Kunden.

Der Marktplatz hatte sich insgesamt belebt. Hausfrauen mit Strohtaschen und Körben eilten geschäftig hin und her, da und dort bildeten sich kleine Menschentrauben. Bertha ging die wenigen Schritte hinüber zum Pfäfflin'schen Haus. Sie nickte grüßend hinüber zu drei jüngeren Mädchen, die untergehakt auf der anderen Straßenseite gingen. Das waren Dienstmädchen wie sie. Die eine, Gerda, hatte wohl ihren freien Tag und war beim Friseur gewesen, denn sie trug ihr

Haar in eleganten Wellen eng am Kopf anliegend. Asta-Nielsen-Frisur nannte man das, nach dem berühmten Filmstar. Fast könnte man neidisch werden, überlegte Bertha, bei mir mit meinem roten Lockengestrüpp wäre so etwas hoffnungslos.

Die drei Mädchen waren im letzten Jahr mit Kläri, Traudel und ihr auf dem Martinimarkt gewesen. Sie hatten Glühwein getrunken, Bratwürste gegessen und waren Karussell gefahren, bis es Bertha schlecht wurde. Irgendwann hatte sie sich dabei ertappt, dass sie nur lachte, weil die anderen lachten, und dass sie hinter ihnen herlief, weil man eben erwartete, dass sie mitmachte. Was war nur mit ihr los? Sie gehörte nicht dazu, das spürte sie, aber sie wusste nicht, warum. Ob es die Sorge um Georg war, die sie so … spröde machte? Oder weil sie von der Alb kam, wo die Leute eigen waren? Vielleicht hielt man sie für eingebildet, weil sie bei einem Professor gearbeitet hatte? Nur Kläri, die mochte sie, und zu Kläri hatte sie auch Vertrauen. Sie war auch die Einzige, die über Georg Bescheid wusste.

Die hohen, roten Flügeltüren standen weit offen. Fritz, einer der Knechte, war gerade mit dem Pferdefuhrwerk in den Hof gefahren. Gelegentlich nahm er auch die Aufgaben eines Chauffeurs wahr, denn Herr Pfäfflin hatte als einer der Ersten hier ein Auto erworben, einen Horch, auf den er sehr stolz war. Unter dem Küchenfenster stand Kläri, die Hände in die Hüften gestemmt, und schrie, offensichtlich erbost, Fritz einige wenig schmeichelhafte Worte zu. Der saß auf dem Kutschbock und lachte laut, das Fuhrwerk ruckelte hin und her, denn die Braunen zogen offensichtlich zu den Stallungen, die im rechten Flügel untergebracht waren.

»Und ich sag's dir noch einmal im Guten, du Malefizbursch, wenn ich dich noch einmal erwisch, melde ich es dem gnädigen Herrn und dann schmeißt er dich raus. Und von mir kriegst du noch etwas mit dem Besen hinten drauf.«

Fritz lachte noch einmal und wollte gerade zu einer Erwiderung ansetzen, aber dann sah er Bertha mit dem Einkaufskorb und schickte sich an, herunterzusteigen. Er band die Zügel fest und machte eine übertriebene Verbeugung vor Bertha. »Schau, wer da kommt? Unser Hexlein von der Alb. Guten Morgen, schönes Kind!«

Bertha streckte ihm die Zunge heraus, musste aber dennoch lachen. »Frecher Kerl, was hast du denn angestellt?«

»In der Speisekammer hat er sich zu schaffen gemacht, er und seine Kumpane. An mein Kompott sind sie gegangen, und vom Geräucherten fehlt auch etwas, du … du …«

Bevor sich Kläri noch ein passendes Schimpfwort ausdenken konnte, fiel ihr Fritz ins Wort: »Da kannst du einmal sehen, wie gut dein Kompott ist! Alles nehme ich auf mich, alles, liebe Kläri, um …«

Mitten im Satz brach er ab, denn Kläri schwang drohend einen Kochlöffel, und Fritz zog es vor, die Braunen am Zügel zu nehmen und hinüber in den Stall zu bringen.

»Frecher Kerl«, schrie Kläri, aber das ging im Pferdeklapper unter. Sie schien es auch nicht ganz so ernst zu nehmen, denn sie stimmte in Berthas Lachen ein. Für eine Köchin war Kläri ungewöhnlich dünn. Sie war auch recht groß und alles schien irgendwie in die Länge gezogen zu sein, vor allem die Nase, die ihr ein etwas verdrießliches Aussehen verlieh, das täuschte aber, denn sie war ein fröhlicher und herzensguter Mensch, so wie Köchinnen sein mussten. Das hatte Bertha gleich beim ersten Kennenlernen gedacht.

Kläri betastete ihren dünnen, braunen Zopf, der hinten am

Nacken schneckenförmig aufgerollt war. »Jetzt komm mit, ich will sehen, ob du alles gekriegt hast.«

Sie ging voraus in die Küche, die durch eine zweite Tür mit dem Hof verbunden war. Am langen, weiß gescheuerten Tisch saß Luise, die hingebungsvoll eine Schüssel ausschleckte. Als sie Bertha sah, rief sie ihr freudig entgegen: »Kläri und ich haben Kekse gebacken. Du musst gleich probieren!«

»Die Gnädige hat wieder einmal Migräne«, flüsterte Kläri Bertha zu und rollte mit den Augen. »Da habe ich die Kleine genommen, bis du kommst.«

Sie begutachtete den Spargel und den Salat, lobte beides und meinte genießerisch: »Das gibt morgen ein Festessen! Gleich nachher schicke ich die Traudel noch zum Fleischer, Kalbschnitzel holen, die hat jetzt sowieso nicht viel mehr zu tun, als der gnädigen Frau das Händchen zu halten und die Schläfen zu betupfen. Da kann sie ruhig für eine Viertelstunde fort.«

In der Hierarchie der Dienstboten galt Traudel als eine Art Kammerzofe, die für die Belange der Hausherrin zuständig war. Das war ein Amt, über dessen Anforderungen man unterschiedlicher Auffassung sein konnte. Einerseits brachte es Vorteile in Form von abgelegten Kleidern und fast leeren Parfümflakons, andererseits stellte es auch eine Herausforderung dar, den Launen Frau Pfäfflins ausgesetzt zu sein. Darüber hinaus wurde auch von Traudel erwartet, Kläri zur Hand zu gehen, speziell wenn es viele Gäste gab.

Gemüse und Salat wurden verstaut und währenddessen erzählte Bertha von Frau Isenmanns Getratsche und Gerdas neuer Frisur.

»Schau an, schau an, für wen macht sie sich wohl so schön?« Kläri legte den Zeigefinger an ihre lange Nase, als rieche sie etwas, was in der Luft lag. »Nur schade, dass derjenige so gar kein Interesse hat. Er mag's nämlich nicht so gern dunkelbraun, sondern eher … rot!«

»Sei doch still, Kläri«, Bertha wurde ungehalten. Verflixt, wie oft musste sie sich denn heute Morgen so etwas anhören? Mit einer Kopfbewegung deutete sie auf Luise, die, den Teigfinger noch im Mund, mit großen Augen lauschte.

Kläri sagte freundlich: »Du, Luise, sei so gut und hol mir Schnittlauch vom Kräutergarten, das kannst du doch?«

Luise nickte eifrig, nahm den Finger aus dem Mund und rannte hinaus.

»Jetzt hör mal zu, Bertha.« Kläri zog Bertha auf die Küchenbank und setzte sich neben sie. »Schau dir den Fritz doch einmal genauer an. Geh doch mal mit ihm zum Tanzen. Er mag dich wirklich gern und er ist kein schlechter Kerl, auch wenn er mir manchmal ans Kompott geht. Heute zum Beispiel ist im Adler ein kleiner Ball. Gerda und die anderen sind sicher da und ich komme auch. Das mit dem Fritz muss ja nichts Ernstes werden, aber es bringt dich auf andere Gedanken. Du sonderst dich viel zu sehr ab.«

Bertha ließ den Kopf hängen. »Das will ich ja nicht, aber …«

»Die anderen haben schon gemeint, du seist eine ›Aparte‹, weil du bei einem Professor im Dienst warst.«

»Ach Quatsch! Es ist nur … es ist …«

»Ist es wegen deinem Bruder? Denkst viel an ihn, nicht? Aber deshalb darfst du dir dein Leben nicht kaputtmachen. Alle deine Briefe sind zurückgekommen, er will doch gar nicht, dass du ihm hilfst. Vielleicht ist er ja auch schon wieder weg, dann kannst du sowieso nichts ändern.«

Berthas Finger fuhren über die Tischplatte und betasteten

alle Einkerbungen, Dellen und Schnitte, die die Menschen, die hier gesessen hatten, im Laufe der Zeit hinterlassen hatten. So ist das Leben, dachte sie, wo gibt es schon eins, das ganz glatt poliert ist. Und Kläri hatte wahrscheinlich recht. Sie hatte viel mehr Lebenserfahrung als Bertha.

»Dass dein Bruder von der Polizei gesucht wird, ist natürlich schlimm. Aber die Zeiten sind so verrückt. Vom Politischen versteh ich nicht viel, hab mich immer herausgehalten, das ist das Beste«, hatte Kläri, wie so oft, gesagt, als sie sich ihr anvertraut hatte. »Ich will meine Ruhe haben, das will doch jeder, seine Ruhe haben und einen gefüllten Magen. Wirst sehen, dein Georg kommt auch noch zur Besinnung.«

An diese Worte erinnerte sich Bertha jetzt, aber sie hatte damals nicht daran geglaubt und glaubte es jetzt auch nicht, obwohl der Professor etwas Ähnliches gesagt hatte. Kläri hatte trotzdem recht, man musste nach vorn schauen und an sich selbst denken.

»Also gut«, sagte Bertha entschlossen. »Ich komme heute Abend mit. Es ist schon so, wie du sagst, das eigene Leben geht vor.«

»So gefällst du mir.« Kläri klopfte Bertha freudestrahlend auf die Schulter. Sie holte einen großen Kaffeetopf aus blauer Keramik vom Herd und schenkte sich und Bertha jeweils eine große Tasse ein. Echter Bohnenkaffee, kein Malz- oder Zichorienkaffee wie beim Professor.

»Ich will dir noch etwas sagen.« Kläri setzte sich wieder dicht neben Bertha und senkte ihre Stimme. »Weißt du, ich hab ja nie etwas vom Politischen verstanden, das habe ich dir schon öfter gesagt. Und das mit den Kommunisten … dass man sich auf der Straße prügelt mit den anderen, vor allem mit diesen Nazis, die auch ein richtiges Pack sind … also ich kann dir sagen … aber darum geht's ja jetzt nicht. Also, ich habe niemals etwas Besonderes daran gefunden. Aber vorhin ist mir wieder etwas eingefallen, was ich dir schon lange erzählen wollte. Neulich war Geschäftsbesuch aus Bayern da und bei der Gelegenheit hat Herr Pfäfflin von seinem Nachbarn erzählt, dem vom großen Eckhaus nebenan.«

Erstaunt blickte Bertha sie an. Was gab's da groß zu erzählen?

Kläri bemerkte ihren Blick. »Nicht den jetzigen. Den eigentlichen Besitzer. Ich hab ihn auch nicht mehr kennengelernt. Kurz bevor ich gekommen bin, ist er nach Italien geflohen.«

Sie betonte das Wort »geflohen« so eigenartig, dass Bertha sie immer erstaunter anblickte. Was war denn das für eine Geschichte?

»Geflohen, sage ich, und weißt du, warum? Weil er etwas mit den Kommunisten zu tun hatte. Die Leute hier sagen, er war einer, aber der gnädige Herr sagt Nein, jedenfalls war er in einer kommunistischen Regierung, damals in München, deshalb hat es der Chef auch den Geschäftsfreunden erzählt. Er soll dort sogar Minister gewesen sein, aber es hat nur kurz gedauert, dann sind sie verjagt worden und den Präsidenten hat man sogar erschossen. Die Witwe und die Tochter sind weggezogen … nun rate einmal, wohin?«

Sie machte eine kurze, bedeutungsschwere Pause. »Nach Gengenbach sind sie gezogen! Sie leben hier ganz zurückgezogen, hat der gnädige Herr gemeint. Also ich hab sie noch nie gesehen. Jedenfalls ist dieser Dr. Lipp, so heißt er, nach Italien geflüchtet … und er soll ein ganz gescheiter Mann sein, klug und gebildet, und ein guter Mensch dazu, so sagen viele, die ihn gekannt haben. Und dass es schlimm ist, dass er ins Ausland musste und dass er seine Heimat sehr liebt.«

Sie machte eine kleine Pause und fügte dann hinzu: »Weißt du, was ich dir damit sagen will?«

Bertha nickte. »Ich denke schon, Kläri«.

»Es ist halt das Politische, das spukt in den Köpfen herum und macht so manche verrückt, und das sind nicht die Schlechtesten. An allem ist nur der Krieg schuld, dieser verfluchte Krieg.« Kläri hielt für einen Moment inne und blickte finster auf ihren Herd, als sehe sie hinter der Ofenklappe das rot glühende Gespenst des Krieges. »Aber genug davon. Und jetzt sag ich dir noch etwas, und diesmal ist es etwas Schönes. Der gnädige Herr war heute Morgen hier und hat mir gesagt, dass die Familie im Juli verreist, gleich wenn Charlotte Ferien hat. Die Gnädige wollte ursprünglich, dass du auch mitgehst, na ja, kannst dir schon denken, warum. Aber der Gnädige hat gemeint, nur die Familie, er sehe sie selten genug und dir täte ein bisschen Erholung auch gut, so blass und spitz, wie du aussiehst. Den ganzen Tag hängen die Kinder an dir. Aber die Gnädige will nicht auf Hilfe verzichten und so geht jetzt die Traudel mit.« Kläri lächelte plötzlich pfiffig, als sei ihr ein besonders guter Gedanke eingefallen.

»Und wo gehen sie hin?«

Kläris Lachen wurde breit und breiter. »Nach Meran. Die Gnädige wollte partout an die Riviera, nach Monte Carlo oder wie das heißt, aber Herr Pfäfflin ist hart geblieben. ›Da bringen mich keine zehn Pferde hin, Kläri‹, hat er gemeint, ›viel zu heiß und die Leute dort …‹ Deshalb liegt sie auch oben mit Migräne. Das tut sie doch immer, wenn sie schmollt, und wenn du mich fragst …«

Sie wurde jäh von Luise unterbrochen, die hereinstürmte

und ihr triumphierend ein Bündel Schnittlauch entgegenstreckte. »Schau Kläri, ich hab ganz viel!«

»Das hast du fein gemacht.« Vorsichtig löste Kläri die Kräuter aus der schmutzigen Faust. Großzügig hatte die Kleine noch einige Stängel Liebstöckel, Petersilie und auch etwas Gras beigemengt. »Und jetzt gehst du mit der Bertha hinauf zur Mama und schaust, wie's ihr geht, und fragst, ob sie zum Essen kommt. Es gibt aber nur Samstagsmahl – Brägele und Quark. Und ob ich ihr etwas anderes machen soll. Und die Traudel soll herunterkommen, die brauch ich jetzt in der Küche. Kannst du dir alles merken?«

Luise nickte eifrig. Nachdem Bertha ihr die Hände gewaschen hatte, stieg sie mit der Kleinen hinauf in die obere Etage. Sie klopfte zaghaft an die Tür und Traudel öffnete. Im abgedunkelten Schlafzimmer der Gnädigen roch es durchdringend nach Lavendel und Kampfer. Frau Pfäfflin lag unbeweglich auf dem Sofa, das sie aber »Kanapee« nannte. Wie viele Worte sie hier aus dem Französischen haben, schoss es Bertha durch den Kopf. Das muss die Nähe sein, die Leute reden hier vom Plafond und vom Trottoir, und Kläri beispielsweise sagte »Centimetre« statt Zentimeter und dachte sich gar nichts dabei. Dem Professor hätte es gefallen.

Bei ihrem Anblick ließ Frau Pfäfflin den Arm, den sie in dramatischer Geste über die Augen gelegt hatte, etwas sinken und schaute mit mattem Blick zu ihnen herüber.

»Luise, mein gutes Kind, die Mama ist sehr elend. Ich kann mich heute überhaupt nicht um dich kümmern. Bertha soll etwas Schönes mit dir spielen.« Sie presste die Worte heraus, als kosteten sie ihr die letzte Kraft.

Bertha knickste. »Ich komme eigentlich nur, um die gnädige Frau zu fragen, ob Sie nachher etwas zu essen wünscht. Und Traudel wird kurz in der Küche benötigt.«

Frau Pfäfflin sandte einen wehklagenden Blick hinüber zu Traudel. »Ich kann Traudel eigentlich nicht entbehren. Aber gut, wenn es nicht zu lange geht …«

Traudel knickste und verließ das Zimmer. Im Hinausgehen verzog sie ihr Gesicht zu einer Grimasse, die Bertha wohl zu deuten wusste.

»Essen …«, sagte die Gnädige, als sei dies eine absolut unzumutbare Tätigkeit. »Essen … nein, ich kann nichts essen! Was gibt es denn?«

»Samstagsmahl«, sagte Bertha kurz angebunden, »Brägele und Quark.«

Durch die schlanke Gestalt Frau Pfäfflins lief ein Schauer. Bertha meinte, ein leise hingezischeltes »Bauernfraß« zu hören. Ermattet von all der Anstrengung, flüsterte Frau Pfäfflin: »Nein, ich kann wirklich nicht … vielleicht eine Bouillon … mit Einlage … und ein weiches Ei. Und jetzt brauche ich Ruhe.«

Sie drapierte ihren Arm wieder wirkungsvoll über den Augen und Bertha verließ das Zimmer, gefolgt von einer sichtlich erleichterten Luise.

»Bertha, erzählst du mir eine Geschichte?«, krähte sie fröhlich und hüpfte die Treppe hinunter.

»Das mach ich. Wir setzen uns in den Hof und trinken Limonade und dann holen wir Charlotte von der Schule ab. Und heute Mittag marschieren wir aufs Bergle hinauf und Kläri soll uns etwas von ihrem guten Hefezopf mitgeben. Einverstanden?«

»Das ist fein.« Dieses Samstagsprogramm fand Luises ungeteilte Zustimmung.

Sie ließen sich auf einer der Holzbänke unter dem Apfelbaum nieder. Bertha war am Anfang in Verlegenheit geraten, als die Kinder nach einer Geschichte verlangten. Ihre eigene Mutter war schon zu krank gewesen, um ihr etwas vorlesen oder erzählen zu können, und die Stiefmutter hatte sich rein gar nichts aus Märchen und Sagen gemacht. »Unnützer Zeitvertreib«, würde sie es genannt haben. Aber dann hatte Bertha im Pfäfflin'schen Bücherschrank einen dickleibigen Band gefunden: *Märchen und Sagen aus dem Schwarzwald* hatte auf dem dunkelgrünen Ledereinband gestanden. Da hatte sie nun einen wahren Schatz an Geschichten und bald konnte sie die meisten auswendig. Eine davon mochte sie besonders und auch die Mädchen liebten sie. Deshalb war sie nicht verwundert, als Luise verlangte: »Erzähl mir vom Peter Munk und vom kalten Herzen.«

Luise schmiegte sich eng an sie, denn der Holländer Michel, der in der Geschichte eine wichtige Rolle spielte, machte ihr immer noch ein bisschen Angst. Anschaulich schilderte Bertha, wie der rechtschaffene, aber arme Peter Munk diesem Furcht einflößenden Riesen, der in den Wäldern des Schwarzwalds hauste, sein Herz gegen einen Stein verkaufte und dafür große Reichtümer erhielt.

»Und dann wurde er böse, er hatte eben ein Herz aus Stein, er wurde böse gegen alle Leute, am schlimmsten aber gegen seine gute und liebe Frau Lisbeth, die er in einem Anfall von Wut sogar erschlug.«

Da war eine tiefe Weisheit in der Geschichte, dachte Bertha immer wieder. Die Gier der Menschen nach Besitz und Wohlstand war einerseits verständlich für den, der im Elend lebte, andererseits war sie die Ursache für all das Unrecht und den Hass, der in der Welt war, so würde es sicher Georg sagen. Das hatte ihr eingeleuchtet. Aber wie man das ändern könne, hatte sie ihn einmal gefragt.

»Enteignen und umverteilen«, hatte Georg kurzerhand gesagt, »alle haben gleich viel!«

»Aber das geht doch nicht«, hatte sie eingewandt, »wer gibt schon freiwillig etwas her?«

Der Anfang sei sicher schwierig, hatte Georg eingeräumt, es gehe wohl nicht ohne Gewalt, das sehe man ja in Russland. Aber nach und nach würden die Leute begreifen …

Ach, Georg, hatte sie gedacht, aber es nicht ausgesprochen. Was machst du mit denen, die nicht begreifen können oder wollen? Das Böse tun, um das Gute zu ermöglichen … Nein, der Professor hatte schon recht gehabt, so funktionierte das nicht. Denn jetzt saß Georg in der Tinte, war ein Flüchtiger, ein Krimineller gar, und wofür das alles?

Nachher wollte sie mit den Kindern auf das Bergle und wenn sie ehrlich war, wollte sie aus einem ganz bestimmten Grund dahin. Heute war ein klarer Tag, man konnte sicher die ganze Rheinebene sehen und auch den Turm des Straßburger Münsters. Irgendwie fühlte sie sich dort oben Georg ganz nah. Man musste nur die Augen zumachen und denken, man flöge hinüber. Aber wenn sie heute hinuntersah, war eine große Freude dabei. Sie würde bald dort sein, in diesem Straßburg, wenn alles so klappte, wie Kläri erzählt hatte. Nicht auszudenken! Sie musste ihn finden, musste mit ihm reden, ihn fragen … Bestimmt hatte er nicht geschrieben, weil er keine Spuren hinterlassen wollte.

»Aber, Bertha, warum erzählt du denn nicht weiter? Und warum guckst du so komisch?«

»Mir ist nur gerade etwas eingefallen. Also, dann ist der Peter Munk in den Wald gegangen und hat versucht, das Glasmännlein wiederzufinden, das den Leuten hilft, aber auf anständige Art und Weise und ohne dass man dafür sein Herz hergeben muss. Und er hat sein Sprüchlein aufgesagt … weißt du's noch, Luise?«

Die Kleine nickte eifrig:

»Schatzhauser im grünen Tannenwald,
bist viele hundert Jahre alt.
Dein ist all Land, wo Tannen steh'n,
lässt dich nur Sonntagskindern seh'n.«

»Das hast du dir gut gemerkt«, lobte Bertha.

Luise strahlte, aber dann verzog sie ihr Gesichtchen. »Bertha, ich bin gar kein Sonntagskind, ich hab den Papa gefragt. Meinst du, wir könnten trotzdem einmal in den Wald gehen und es versuchen?«

»Den Schatzhauser zu finden? Wir können es probieren.«

Im Stillen fügte Bertha hinzu: Bist ja trotzdem ein Sonntagskind … reicher Leute Kind! Aber halt, das war nicht alles, Luise hatte eine Mutter, die irgendwie auch ein kaltes Herz hatte. Sie durfte eigentlich so nicht denken, Frau Pfäfflin war gut zu ihr, aber trotzdem … Es gab keinen Schatzhauser, der alles wiedergutmachte, die Leute früher hatten sich das nur ausgedacht. Warum? Nun, es lag wohl eine tiefe Sehnsucht in diesen Vorstellungen, aber das Leben ging nicht so, es war viel schwieriger. Wie sagte Kläri immer? »Ich hab's nicht so mit dem Politischen …« Aber das Politische war überall, es streckte seine Krakenarme in ihrer aller Leben. Auf seine Art hatte Georg recht, man musste Vorstellungen haben, wie die Welt aussehen sollte, wie das gute Leben gelingen sollte und wie man sich dafür einsetzen konnte.

In diesem Moment fuhr ein Windstoß durch die schaumig-weißen Blüten des Apfelbaumes und zarte Blättchen rieselten herunter, bedeckten Berthas und Luises Haare und Kleider, die Bank und den ganzen Hof.

»Schau, Bertha, es schneit!«, quiekte Luise und klatschte in die Hände. »Schau mal, wie schön jetzt alles aussieht.«

Wahrhaft nützlich sein und die Schönheit, die Fülle des Lebens haben, so wie jener Baum dort … Bald würde sie jenes fremde Land betreten, dessen Sprache sie gelernt hatte, und hoffentlich den Menschen finden, an dem ihr ganzes Herz hing!

»Und guck, Bertha, da ist ein ganz schöner Käfer!«

Tatsächlich krabbelte ein kleiner Marienkäfer über die Lehne der Holzbank, auf der sie saßen.

»Das ist ein Käfer vom Schatzhauser«, rief Bertha. Das war zwar nicht die Wahrheit, aber vielleicht war das ein – wenn auch unzulänglicher – Ersatz für das Glasmännlein.

Luise schaute sie fragend an.

»Doch, doch, der Käfer ist rot und schwarz und ganz klein, viel kleiner als andere Käfer. Und der Schatzhauser ist auch klein und … was hat er an?«

»Ein schwarzes Wams und rote Strümpfe!«

»Siehst du! Der Käfer bringt Glück, genau wie das Männlein, man muss nur fest daran glauben.«

Luise nickte andächtig. Ach, dachte Bertha, wenn man wirklich daran glauben könnte. War da nicht irgendetwas mit einem Marienkäfer gewesen, an dem Tag, an dem sie sich beim Professor vorgestellt hatte?

»Und jetzt singen wir noch ein Lied und dann holen wir Charlotte von der Schule ab, einverstanden? Welches Lied magst du singen?«

»Das Lied vom Pierrot!«

Bertha nickte. »Das ist immer eine gute Wahl. Weißt du, Luise, das ist nämlich ein ganz gescheites Lied.«

Die Kleine blickte sie fragend an.

»Es zeigt uns, wie man das Leben anfangen soll und was man am nötigsten braucht: eine Feder, um zu schreiben, und ein Licht im Dunkel und eine offene Tür …«

# »*Mais l'amour infini ...*«

Der Horch ruckelte und ruckelte, der Motor stotterte und ging dann mit einem müden Seufzer aus.

»Mist!«, schrie Fritz, nahm die Kappe vom Kopf und warf sie auf die staubige Straße.

»Was ist denn los?«, rief Kläri und drückte den Korb mit den »Fressalien«, wie sie es nannte, fest an sich, als sei das Ausgehen des Motors eine persönliche Bedrohung.

»Wenn ich das wüsste! Hab den Karren doch letzte Woche noch extra gewartet – und jetzt das. Alles aussteigen, meine Herrschaften.«

Murrend kletterten alle aus dem Wagen. Kläri, Gerda und Bertha, die hinten gesessen hatten, und Gottlieb, ein Kumpel von Fritz, dem augenscheinlich die Aufgabe zufiel, sich abwechselnd um Gerda und Kläri zu kümmern, während Fritz sich ganz auf Bertha konzentrieren wollte. Gerdas Laune war folglich auf dem Tiefpunkt und jetzt begann sie zu keifen und zu zetern. Wahrscheinlich war sie ganz froh, dass sie ihrem aufgestauten Ärger endlich Luft machen konnte.

Das kann ja heiter werden, hatte Bertha schon kurz nach dem Aufbruch in Gengenbach gedacht. Und nun als Krönung des Ganzen auch noch die Autopanne! Wahrscheinlich würden sie Straßburg nie erreichen. Ihre Hand fuhr unwillkürlich in die kleine weiße Ledertasche, die einstmals Frau

---

*»Aber die unendliche Liebe ...«*

Pfäfflin gehört hatte und die noch wie neu aussah. Auch das Kleid, das sie trug, war ein Geschenk von Frau Pfäfflin. Beim Kofferpacken hatte sie Tasche und Kleid kurzerhand wieder herausgekramt und beschlossen, beides nie mehr zu tragen, denn es mache sie blass.

»Wenn sie die Abnäher herauslassen, wird es wie angegossen sitzen, und zu ihren Haaren passt es ganz wunderbar«, hatte sie wenig taktvoll Berthas Dankesbezeugungen abgewehrt. Es war ein hübsches Kleid, ebenfalls weiß, mit einem Volant am Saum und einem großen Kragen, der mit einer roten Biese eingefasst war. Und es passte Bertha tadellos, obwohl sie nur einen Abnäher herauslassen musste.

»Richtig schick siehst du aus«, hatte Kläri bewundernd gemeint, und Berthas besorgte Frage, ob das Kleid nicht doch zu kurz sei, einfach beiseitegewischt. »Das trägt man heute so, und du hast tadellose Beine, die kannst du ruhig sehen lassen.«

Und auch Fritz schien das zu finden, und als Bertha am Morgen seine bewundernden Blicke bemerkt hatte, die länger als nötig auf ihr ruhten, fing der Ärger irgendwie an. Und jetzt das!

Ihre Finger tasteten und fanden den vielfach zerknitterten Zettel mit der Adresse von Georg … der angeblichen Adresse. Erst vor einigen Tagen hatte ihr Wiesers Jakob den Zettel geschickt, der auf geheimnisvollen Umwegen zu ihm gelangt war. Genaueres hatte er nicht geschrieben, nur etwas von »Beziehungen« und »alten Kriegskameraden« – was immer das auch heißen sollte. Die Fahrt nach Straßburg – und sie hatte die Adresse. Wenn das kein Fingerzeig war! Und jetzt war vielleicht alles umsonst gewesen … Am liebsten hätte sie losgeheult.

»Das ist nun die Strafe«, sagte sie missmutig zu Kläri, die immer noch fanatisch über ihren Korb wachte.

»Strafe … wofür?«

»Dafür, dass wir einfach das Auto genommen haben und einen Ausflug machen. Wenn das Herr Pfäfflin wüsste!«

»Das fällt dir aber reichlich spät ein. Hast doch von Anfang an begeistert mitgemacht«, schnappte Kläri bissig zurück. »Außerdem …«, sie senkte ihre Stimme und schaute sich verstohlen um, »außerdem hast du doch einen guten Grund mitzumachen.«

»Du hast ja recht. Ich bin auch froh, dass ich dabei sein kann. Es ist bloß … ach, Kläri, ich bin ganz durcheinander!«

»Schon gut. Reg dich nicht auf, der Fritz kriegt den Karren wieder zum Laufen. Im Übrigen tun wir gar nichts Verbotenes. Herr Eckerle hat es schließlich genehmigt.«

Herr Eckerle war der Buchhalter der Firma Pfäfflin und vom gnädigen Herrn während seiner Abwesenheit als Stellvertreter beziehungsweise als aufsichtführende Autorität eingesetzt worden. Vor ungefähr einer Woche war die Familie zur großen Erleichterung aller endlich in die Ferien aufgebrochen – nach Meran! In diesem Punkt war Herr Pfäfflin hart geblieben. Die Gnädige rächte sich, indem sie tagelang ein- und auspackte und alle in den Wahnsinn trieb. Charlotte und Luise weigerten sich bis zum Schluss hartnäckig, mitzukommen, sie wollten bei Bertha bleiben. Keiner glaubte mehr daran, dass diese Reise jemals angetreten würde, aber schließlich saß die ganze Familie im Horch, eingezwängt zwischen die riesigen Koffer der Gnädigen, und Fritz fuhr wie der Teufel, damit man in Offenburg den Zug noch rechtzeitig erreichte. So berichtete er jedenfalls am Abendbrottisch, nicht ohne seinen kichernden Zuhörerinnen ausführlich zu schildern, wie sich Frau Pfäfflin beim Betreten ihres reservierten Abteils angestellt hatte.

»Da saß nämlich ein älterer Herr drin, der hatte auch reserviert, aber das war der Gnädigen egal. ›Verlassen Sie sofort unser Coupé!‹, hat sie den armen Kerl angeschnauzt, und es gab ein ganz schönes Durcheinander, weil sich der Herr geweigert hat. Na, Herr Pfäfflin sah aus, als wollte er am liebsten zum Fenster hinausspringen. Aber dann ist der alte Herr doch gegangen. Wahrscheinlich hat er gedacht: Lieber in der zweiten Klasse fahren, als in der ersten mit so einer Keifzange.«

Der arme Chef, hatte Bertha gedacht. Das wird eine schöne Erholung werden. Bestimmt schmollte sie die ganze Zeit, weil sie nicht an die Riviera durfte.

»Selbst schuld«, hatte Kläri ihre Überlegungen beiseitegewischt. »Warum lässt er sich so auf der Nase herumtanzen. Viel wichtiger ist jetzt, dass wir den Eckerle dazu kriegen, dass er uns am 14. freigibt … und dass der Fritz das Auto kriegt.«

Das war allerdings nicht weiter schwierig, denn Kläri wusste genau, wo sich die Schwachstelle des überzeugten Junggesellen befand – im Magen! Er war ein leidenschaftlicher Genießer und Kläris Kochkünste genossen sein höchstes Wohlwollen. Sie kochte ihm eines Abends einen »Baeckofen« – eine elsässische Spezialität, die in einem großen Topf stundenlang vor sich hinschmurgeln musste. Gemüse und Fleischwürfel, Kartoffeln, alles mit Weißwein übergossen und dazu eine eigens von Kläri komponierte Kräutermischung waren das ganze Geheimnis. Am Nachmittag duftete es im Haus so aromatisch, dass Bertha das Wasser im Mund zusammenlief. Eine Riesenportion »Baeckofen«, dazu eine Flasche Riesling, den besten aus Herrn Pfäfflins

Sortiment, stimmten Herrn Eckerle so milde, dass er, ohne nachzufragen, Kläris leicht verworrene Geschichte von einem dringenden Besuch bei erkrankten Verwandten akzeptierte, was – Kläri zufolge – auch stimmte, denn Bertha wollte ja ihren Bruder besuchen, dem es sicherlich nicht gut ging. Er erteilte ohne Weiteres die Erlaubnis, dass Fritz die beiden Frauen im Horch zu den leidenden Verwandten fuhr, nachdem ihm Kläri angeboten hatte, für diesen Tag eine große Schüssel Sauerkraut vorzukochen, die Herr Eckerle dann nur noch warm zu machen hatte.

»Ich koch das Sauerkraut auch auf elsässische Art – ›Choucroute‹ nennen sie's. Viel Wein, merk dir's, Bertha, viel Wein, das ist es. Ein ganze Flasche Gutedel gieß ich dazu, der Eckerle soll eine Freude haben, weil er so großzügig ist. Dass die Gerda mitfährt, verschweigen wir ihm, das kriegt er sowieso nicht mit.«

Wahrscheinlich saß der Eckerle jetzt bei seinem Sauerkraut und hatte seine Freude – und sie standen auf diesem Feldweg herum, der angeblich eine Abkürzung war, aber bestimmt hatte der Fritz sich verfahren, und der Horch machte keinen Muckser. Bertha war immer mehr zum Heulen zumute und auch Kläri schien langsam ihre Zuversicht zu verlieren. Endlich klappte Fritz die Motorhaube zu, murmelte etwas von Zündkerzen – es gibt doch keine Kerzen im Auto, wollte Bertha schon sagen –, aber dann griff Fritz zur Kurbel, drehte und drehte mit aller Macht, jeder hielt den Atem an – und tatsächlich: Ein Hopser, ein Rülpser des wiedererwachenden Motors, der Horch lief wieder!

»Alles einsteigen, meine Herrschaften. Auf nach Straßburg!«

Sie zwängten sich wieder auf ihre Sitze und schließlich löste sich die Anspannung. Bertha war es plötzlich ganz eigentümlich zumute. Bald war sie in Frankreich, dem fremden Land, vielleicht würde sie Georg wiedersehen! Gleichzeitig drängte sich ein anderer Gedanke auf, sie war selbst verblüfft, dass sie darüber noch nicht nachgedacht hatte. Vor wenigen Jahren hatten die Menschen der beiden Völker aufeinander geschossen, auch Georg war dabei gewesen, und jetzt suchte er Schutz im Land des »Feindes«. Eigentlich war das etwas Wunderbares. Für Georg wäre es sowieso kein Widerspruch. Leise fragte sie Kläri: »Hast du eigentlich keine Angst, dass manche Franzosen unfreundlich zu uns sind? Ich meine, in Deutschland haben immer noch viele Leute einen richtigen Hass. Als ich in Stuttgart war, wurden in manchen Gasthäusern und Hotels keine Franzosen aufgenommen …«

»Ach was«, sagte Kläri, »wir gehen nach Straßburg, das ist nicht Frankreich, das ist das Elsass. Und das gehört praktisch immer noch zu uns.«

Wenig später hatten sie die Grenze erreicht. Vor Bertha lag das breite, blausilberne Band des Rheins und dahinter erhob sich am Horizont die mächtige Silhouette des Münsterturms. Vor der deutschen Grenzkontrolle hatte sich schon eine kleine Schlange von Fahrzeugen gebildet. Die deutschen Beamten schienen ihre Aufgabe sehr ernst zu nehmen. Die Pässe wurden genau kontrolliert, nach dem Zweck des Grenzübertritts gefragt und überhaupt schien der Besuch im Lande des »Erbfeindes« sehr misstrauisch gesehen zu werden. Die französischen Kollegen nahmen die Sache nicht so ernst. Sie waren wohl in Feiertagslaune, winkten den Horch einfach durch und dann bog Fritz auf eine breite Straße ein. Jetzt bin ich in Frankreich, dachte Bertha. Denn es ist ja Frankreich, da kann Kläri sagen, was sie will. Lieber Herr Professor, ihre Berthe ist in Frankreich. Und ich werde mich in der Sprache versuchen, die Sie mir beigebracht haben.

Die Stimmung im Auto war jetzt sehr gelöst, selbst Gerda lachte über Gottfrieds schwerfällige Witze. Fritz lenkte das Auto geschickt durch den immer stärker werdenden Verkehr, er schien sich wirklich auszukennen. Der Turm des Münsters befand sich jetzt auf der rechten Seite, noch einmal nahm der Horch eine Kurve und bog dann auf einen großen, gepflasterten Platz ein, der umsäumt war von Ehrfurcht gebietenden, riesigen Häusern, die aussahen wie kleine Schlösser. Dies sei die Place de la République, teilte ihnen Fritz mit, der sich jetzt ganz zum Herrn des Geschehens aufgeschwungen hatte. Seine Aussprache war etwas seltsam und er fügte vorsichtshalber die deutsche Übersetzung hinzu. »Der Platz der Republik. Also merkt's euch. Falls einer verloren geht, soll er hierherkommen. Wir schauen dann von Zeit zu Zeit nach.« Er teilte dann noch mit, dass spätestens bei Beginn der Dämmerung Aufbruch sei, denn man wolle noch hoch zur Zitadelle fahren, dort könne man am besten das Feuerwerk sehen.

»Also, los jetzt«, zischelte Kläri Bertha zu. Gerade war eine größere Gruppe jüngerer Leute aufgetaucht, ein Bursche hielt eine Weinflasche und einige andere schwenkten Fähnchen in den Nationalfarben. Sie umringten die deutschen Besucher, waren aber freundlich gestimmt und der junge Mann bot sogar einen Schluck aus seiner Flasche an.

»Los, die Gelegenheit ist gut, den anderen werde ich schon etwas erzählen, keine Angst. Egal, was ist, spätestens um sechs bist du am Auto.« Kläri gab ihr einen aufmunternden Stups und Bertha schlich von der lärmenden Gruppe weg. Alle sprachen durcheinander, Badisch, Elsässisch … der Unterschied war gar nicht so groß.

Eine seltsame Geschichte ist das mit diesem Elsass – und überhaupt, ich weiß eigentlich gar nicht genau, was heute gefeiert wird. Der Professor hat mir nichts davon erzählt. Ob die anderen es wissen? Ob es sie denn interessiert? Es ist halt ein Feiertag, es wird getanzt, gelacht und abends gibt es ein Feuerwerk. Die letzten Jahre waren so schlimm, da haben die Menschen ein bisschen Freude so nötig wie das tägliche Brot. Wen interessiert da, was gefeiert wird. Aber wissen will ich's trotzdem.

Sie stand plötzlich vor einem Fluss, das musste wohl ein Seitenarm der Ill sein, die durch Straßburg floss, wie Fritz ihnen vorher erklärt hatte. Armer Fritz, er wird sehr enttäuscht sein. Für heute hatte er sich etwas ausgerechnet, das hatte sie genau gemerkt. Armer Fritz, verzeih mir. Aber ich mag dich, mehr nicht. Wenigstens Gerda wird sich freuen.

Sie schaute nach beiden Seiten, richtig, da war eine Brücke. Vor ihr erhob sich der Turm des Münsters, er war jetzt ganz nah. Irgendwie bildete sie sich ein, Georg müsse ganz in der Nähe wohnen, im Schatten des Münsters sozusagen, sie wusste selbst nicht, warum. Es war Zeit, dass sie nach dieser Place des Laurents fragte. Das klang nach Altstadt, und wenn sie nicht alles täuschte, war sie bereits mittendrin.

Staunend blickte sie sich um. Fachwerk kannte sie ja, aber dieses hier war wunderschön, kunstvolle Schnitzereien, kunstvolle Anordnung der Balken, das war eine reiche Stadt, dieses Straßburg, so reich gesegnet, dass sie das Nützliche mit dem Schönen verbinden konnte. Aber sie musste jetzt unbedingt fragen, denn sie trieb ziellos durch die Straßen. So viele Menschen kamen ihr entgegen, so viele Menschen gingen links und rechts von ihr, zogen sie mit. Junge Mädchen, kichernd und gestikulierend, junge Männer, die Mützen schräg auf den Kopf gesetzt, keck sahen sie aus mit den Händen in den Hosentaschen und den Zigaretten, die lässig im Mundwinkel steckten. Kinder hüpften übermütig mit Luftballons und ältere Menschen flanierten bedächtig, als wollten sie die warme Sonnenluft mit jedem Atemzug auskosten. Sieben Jahre lang war jetzt Frieden, aber der Krieg steckte noch allen in den Knochen, deshalb genoss man diesen Tag und schmeckte und roch den Frieden, der nach Veilchenparfüm duftete und nach Tabak, Zwiebeln und Wein. Was hatte Herr Pfäfflin letzthin erzählt? Der Minister Stresemann aus Deutschland und ein französischer Minister, den Namen hatte sie vergessen, wollten jetzt einen Vertrag schließen, der endgültig Frieden machte, Schluss mit der Erbfeindschaft, endlich! Bis jetzt war es ein gutes Jahr, dieses Jahr 1925. Sicher, das Geld war immer noch knapp, aber es war Frieden und nachher trinken wir einen halben Roten, was soll's … Es wird keinen Krieg mehr geben, so dachten die meisten Leute.

Bertha fragte eine ältere Dame auf Französisch nach dem Platz, sie hatte Herzklopfen und es klang etwas holprig, wie sie fand. Die Dame antwortete freundlich auf Elsässisch: »… da hinunter, mein liebes Kind …« Nach einer Weile musste Bertha noch einmal fragen, und sie ging auf eine Gruppe junger Mädchen zu, die sich vor einem Café versammelt hatten. *»Ah, la Place des Laurents, voyez …«* Elsässisch und Französisch, wie ging das herrlich durcheinander, es war ein schönes Land, das Elsass, ein Zwischenland.

Schließlich stand sie vor einer Reihe eng aneinandergeduckter Fachwerkhäuser. Die wirkten heruntergekommen, der Putz bröckelte, die Fenster waren blind und es schien, als hielten sich die Häuser gegenseitig fest. Suchend glitt ihr

Blick über die Eingangstüren, dort, das war die Nummer drei. Auf dem Zettel hatte gestanden: »Klingeln bei Pelletier«, und da, ganz verwaschen, stand der Name auf einer nachlässig befestigten Visitenkarte. Sie klingelte. Ihr Herz schlug auf einmal so heftig, dass sie meinte, man müsse es hören, sogar auf der anderen Seite der dunkelbraunen Tür. Sie klingelte noch einmal. Nichts regte sich. Bertha öffnete vorsichtig die Tür, die quietschend nachgab. Sie spähte nach oben. Hatte sie nicht schon einmal in einem Treppenhaus gestanden, mit klopfendem Herzen? Aber das war groß und gepflegt gewesen, mit sauber poliertem Geländer. Das hier war eng und schmutzig, die Stiegen waren abgetreten und es roch muffig, nach schlecht gelüfteter Kleidung. Sie ging vorsichtig nach oben, immer die Namen neben den Klingelknöpfen im Auge behaltend. Und dann endlich im dritten Stock klebte wieder die gleiche Karte mit dem Namen »Pelletier«. Zögernd hob sie die Hand – und ließ sie wieder sinken. Der Mut hatte sie auf einmal verlassen. Würde sie Georg überhaupt vorfinden? Vielleicht wollte er sie gar nicht sehen? Vielleicht war er krank, vielleicht schämte er sich.

Plötzlich tat sich die Tür auf und vor Bertha stand eine Frau. Sie prallte förmlich zurück, mit einem Besucher hatte sie offensichtlich nicht gerechnet. Bertha blinzelte zu ihr hinauf, denn sie war fast einen Kopf größer als sie. Das Erste, was sie wahrnahm, war ein kirschroter Mund, noch nie, nicht einmal bei Frau Pfäfflin, hatte sie einen so rot geschminkten Mund gesehen. Die Augen waren schwarz umrandet und die Liebe zu Farben hatte sich auch bei den Haaren durchgesetzt, denn die schwarzen Haare hatten einen lila schimmernden Farbton. Bertha wollte um Entschuldigung bitten, aber da öffnete sich der tiefrote Mund und ließ eine Reihe bemerkenswert schlechter Zähne sehen, die gar nicht zu ihrem äußeren Erscheinungsbild passten.

»Was wollen Sie?«, blaffte die Frau auf Französisch mit heiserer Stimme. Sie trat einen Schritt nach vorn, sodass Bertha von der Tür weggedrängt wurde.

Bertha mühte sich, möglichst fehlerfrei zu antworten: »Verzeihen Sie, Madame, aber ich suche meinen Bruder, Georg Merkle ist sein Name, und man hat mir gesagt, er wohne hier.«

Jetzt setzte die geschminkte Dame zu einer gegenläufigen Bewegung an. Sie packte Bertha am Handgelenk und zog sie in die Diele, dann warf sie die Tür mit einem Kick ihrer hochhackigen Schuhe ins Schloss.

»Die Wände hier haben Ohren«, sagte sie entschuldigend und wies Bertha mit einer Kopfbewegung den Weg in ein kleines, völlig überladenes Wohnzimmer. Es roch durchdringend nach irgendeinem exotischen Parfüm. Sie setzte sich vorsichtig auf die Kante eines grünen Plüschsofas und bewunderte für einen Augenblick die beiden Kommoden links und rechts der Tür, die mit Fotografien, Porzellanfiguren und künstlichen Blumen vollgestellt waren.

Madame Pelletier setzte sich auf ein zierliches Sesselchen ihr gegenüber, holte aus einem silbernen Etui eine Zigarette, zündete sie an und inhalierte tief, daher also die heisere Stimme.

»Also Sie sind die Schwester von George?« Sie sprach seinen Namen französisch aus. So klingt er viel weicher und angenehmer, dachte Bertha, genauso wie mein Name. Vielleicht waren die Menschen hier auch so. Sie hatte ja noch nicht viele Franzosen kennengelernt, genauer gesagt, keinen einzigen.

Sie brachte nur ein leises »Ja« heraus.

Madame Pelletier deutete mit einer brennenden Zigarette auf sie. »Woher haben Sie meine Adresse?«

»Von einem Freund. Ich weiß selber nicht genau, wie er an die gekommen ist. Hat nur gemeint, ich soll vorsichtig sein, er wird doch in Deutschland steckbrieflich gesucht.«

»Und warum kommen Sie ausgerechnet jetzt?« Madame betrachtete nachdenklich die Glut an der Spitze ihrer Zigarette.

»Ich hab die Adresse erst vor ein paar Tagen bekommen. Und dann… ich habe doch kein Geld gehabt, ich war im Dienst, um Geld zu verdienen. Da kann man eben nicht einfach so nach Straßburg fahren«, verteidigte sich Bertha.

»Schon gut«, Madame machte eine müde Handbewegung, »ist ja auch egal. Ja, er war da … aber er ist schon wieder weg.«

Berthas Herz sank klaftertief. Die Enttäuschung lähmte sie richtiggehend und sie war nicht imstande, etwas zu sagen.

»Er ist sehr … sehr ehrgeizig. Nicht für sich, nein, nein, aber für die Sache. Und er ist klug. Er saß oft da, wo Sie jetzt sitzen, und wir haben diskutiert. Ich habe nicht alles verstanden, um ehrlich zu sein, sein Französisch war auch etwas … sagen wir lückenhaft, aber ich habe gern mit ihm geredet. Er hat mich an Roger erinnert.«

Endlich war Bertha wieder imstande zu sprechen. Sie schluckte, räusperte sich und fragte stockend: »Roger?« Vermutlich war das nicht wichtig, gar nichts mehr war wichtig, aber sie musste fragen, schon aus Höflichkeit.

Madame Pelletier nahm ein Bild von einer der überladenen Kommoden und hielt es Bertha hin. »Hier, das ist Roger.«

Bertha blickte auf ein schmales, fast hageres Gesicht, die Augen lagen tief in ihren Höhlen und schauten den Betrachter spöttisch an. Warum schaust du so?, überlegte Bertha. Im Übrigen war das ein attraktives Gesicht. Eine Kappe, die aussah wie ein umgedrehtes Schiffchen, saß keck auf dunklen Haaren, die zurückgekämmt waren.

»Mein … mein Mann«, antwortete Madame Pelletier auf Berthas fragenden Blick. »Das Bild wurde aufgenommen, kurz nachdem er aus dem Krieg kam. Ein Bein haben sie ihm lahm geschossen, bei Ypern, so konnte er wenigstens vorzeitig nach Hause. Ein Krüppel, aber er lebt, habe ich damals gedacht. Von wegen. Wissen Sie, was er gemacht hat, gleich nach dem Frieden? Ist zu den Deutschen gegangen, die ihn lahm geschossen haben … wollte bei der Revolution helfen. Der Krieg hatte ihn zum Kommunisten gemacht, genauso wie Ihren Bruder. ›Was willst du denn da mit deinem Bein‹, habe ich ihn gefragt, ›bist du verrückt?‹ Und er hat gemeint, dass der einzige Sinn, den dieses Gemetzel gehabt hat, darin besteht, dass sich die Verhältnisse endlich radikal verändern. Endlich Gerechtigkeit, überall, und es gibt keinen Krieg mehr. ›Spinner!‹, habe ich zu ihm gesagt. ›Sie werden dich über den Haufen schießen wie einen Hasen, ihr habt keine Chance. Als ob das alles so einfach wäre …‹ Und so kam es dann auch. Im Januar 1919 haben sie ihn in Berlin erschossen. Ein Kumpel von ihm hat mir geschrieben, ihm hatte er meine Adresse gegeben, für den Notfall. Ob er's geahnt hat? Egal … Jedenfalls liegt er irgendwo in Berlin und ich habe nicht einmal einen Platz zum Trauern. Kommt aus dem Krieg und lässt sich dann von den Deutschen erschießen. Was für ein Witz.«

Sie zündete eine zweite Zigarette an und starrte düster auf das Muster des Teppichs, dunkelrote und grüne Blütenranken, die zu allen vier Ecken liefen und dort förmlich explodierten.

»Dass wir uns recht verstehen, ich hab nichts gegen die Deutschen. Schweinhunde gibt es überall und gute Leute gibt es auch überall. Das war ja so ungefähr das, woran er geglaubt hat. Und Ihr Bruder auch, das wissen Sie ja wohl. Aber ob man dagegen ankommt, gegen die Ungerechtigkeit, meine ich? Die gibt es schon so lange …«

Sie sah plötzlich Bertha an und verzog den kirschroten Mund zur Andeutung eines Lächelns. »Es tut mir so leid, dass Sie Ihren Bruder nicht mehr angetroffen haben, er ist ein wirklich guter Junge, verbohrt eben, wie mein Roger. Wissen Sie, meine Adresse kursiert bei den Genossen in Deutschland, denn in Berlin hocken auch noch ein paar Kumpel, die ihn gekannt haben. Manchmal kommt einer vorbei, der in Schwierigkeiten ist, und dem gebe ich für ein paar Tage ein Dach über den Kopf. Roger hätte das gewollt. So kann ich doch noch ein bisschen für ihn tun.«

*»Ouvre ma ta porte, pour l'amour de Dieu.«* Die Liedzeile war plötzlich in Berthas Kopf und ohne richtig zu wissen, was sie tat, sprang sie auf und schlang ihre Arme um Madame Pelletiers Schultern. Der intensive Parfümduft kitzelte sie an der Nase und sie musste niesen, gleichzeitig liefen ihr die Tränen über die Wangen und es gelang ihr nur mit Mühe, ein halbwegs verständliches »Danke, danke für alles!« hervorzustoßen.

»Schon gut, schon gut …« Madame tätschelte ihren Arm. Sie schien verlegen und Bertha nahm hastig wieder ihren Platz ein. Sie schnäuzte sich und zerdrückte das Taschentuch in den Händen. Einen Hoffnungsschimmer gab es noch, aber er war sehr gering und sie sprach die Frage auch ohne Zuversicht aus. Irgendwie schien ihr Vorrat an Kraft und Hoffnung erschöpft. »Sie wissen nicht zufällig, wohin er gegangen ist?«

»Doch. Er sprach davon, nach Marseille zu gehen. Dort wollte er sich mit anderen Genossen treffen. Und dann wollten sie weiter … nach Spanien.«

»Aber, um Himmels willen, was will er denn dort?«

Madame Pelletier zuckte mit den Schultern. »Keine Ahnung. Mir hat er jedenfalls nichts gesagt.«

Kurze Zeit später stand Bertha wieder auf der Straße. Madame Pelletier hatte sie zum Abschied in den Arm genommen. »Arme Kleine, aber keine Angst, er wird durchkommen. Er ist klug … er wird sich besinnen! Nichts ist besser, als in Frieden zu leben.«

Der feine Duft des orientalischen Parfüms war noch in ihrer Nase, erinnerte sie an das kleine Wohnzimmer und an Roger, der sich nicht besonnen hatte und nicht durchgekommen war. Dann tauchte sie ein in die Menschenmenge, die sie vorwärtsschob. Sie ließ sich mitziehen, merkte nicht, wo sie sich jetzt befand, den Turm des Münsters konnte sie gar nicht mehr sehen, aber das war egal. Ihre Füße gingen im Takt und im gleichen Takt gingen die Gedanken … Georg ist in Marseille, er geht nach Spanien … Was will er da? Keine Ahnung … Und er hatte nichts hinterlassen für sie, keinen Brief, nicht einmal eine kleine Notiz. Was sollte das denn heißen, er wolle sie nicht hineinziehen, sie war doch mittendrin? Er war ihr Bruder, der einzige Mensch, der ihr nahestand, ihr geliebter, gescheiter Bruder, der den Weg des Zorns ging und nicht den Weg des Friedens, den Weg des Lebens. Auf einmal blieb sie stocksteif stehen. Dieses Marseille, hatte es nicht irgendetwas mit Arthur Rimbaud zu tun? Sie wusste nicht mehr genau, was, aber irgendwie war es seltsam. Sie spürte plötzlich einen kräftigen Stoß im Rücken, taumelte nach vorn, strauchelte, wäre beinahe gefallen, aber zwei starke Arme hielten sie fest und zogen sie hoch, und sie fühlte sich an eine Brust gepresst, in der das Herz kräftig schlug.

»Hoppla, mein kleines Fräulein«, sagte eine Stimme über ihr, »aufpassen, sonst trampeln alle auf Ihnen herum. Wäre schade um das schöne Kleid. Und …«, er hielt für einen Moment inne und sie meinte zu spüren, dass er lächelte. »… und um den Rest auch.«

Er sprach ein etwas anderes Französisch als die Leute hier im Elsass, es war ein Akzent drin, den sie so noch nicht gehört hatte.

Sie registrierte, dass er sie noch immer fest umschlungen hielt, und versuchte, sich aus seinem festen Griff zu befreien. Er lockerte die Umarmung etwas, ließ sie aber nicht los. Immerhin konnte Bertha jetzt sein Gesicht sehen, sie selbst reichte ihm gerade bis zur Spitze seines Kinns. Ein schmales, gebräuntes Gesicht, dunkelbraune, fast schwarze Haare, die ihm in die Stirn fielen und fast den Nacken bedeckten, und ein Augenpaar, das sie jetzt anschaute. Erst war ein Lachen in den Augen gewesen, jetzt wurden sie größer, als ob er über etwas staunte. Was hatten sie nur für eine Farbe? Grau… oder doch braun? Das Lachen war in diesen Augen verschwunden und sie las nur noch Erstaunen in ihnen. Was war denn so Besonderes an ihr? Der Blick hielt sie fest. Es gab auf einmal nur noch sie beide, keine Menschen mehr um sie herum, da waren nur irgendwelche Schatten, die ihnen auswichen, die sie umkreisten, als seien sie eine kleine Insel im Menschenmeer. Nicht einmal der Lärm erreichte sie mehr, er drang nur noch als fernes Summen zu ihnen, wie ein leichter Wind, der sich schon an fernen Stränden ausgetobt hatte.

Bertha wusste nicht, wie lange sie so standen. Ihr schien

es eine Ewigkeit zu sein, als er ihren Blick endlich losließ und sie freigab. Auf seinen Wangen machte sich eine feine Röte breit, man konnte es deutlich sehen, obwohl er so braun gebrannt war. Unwillkürlich fuhren ihre Hände hoch zu ihren Wangen. Sie sah bestimmt furchtbar aus … rotes Gesicht, rote Haare, wahrhaft ein Feuerkopf!

Er deutete die Geste falsch. »Nicht weinen. Es ist nichts passiert. Komm, wir gehen irgendwohin, wo es ruhiger ist.«

Ganz selbstverständlich nahm er ihre Hand und zog sie mit sich. Und ganz selbstverständlich stolperte sie hinter ihm her. Georg, Madame Pelletier, die anderen, die jetzt irgendwo tanzten, das alles war jetzt plötzlich gar nicht mehr wichtig. Auf einmal ragte vor ihr der Turm des Münsters wieder in den azurblauen Sommerhimmel.

Der junge Mann führte sie in ein dunkles Gässchen, das fast leer war, er bog in eine andere, breitere Gasse ein, und dann standen sie vor einem kleinen Platz, auf den ausladende Kastanienbäume ihre Schatten warfen. Schräg dahinter erhob sich eine kleine Kirche und an einer weiteren Ecke des Platzes befand sich ein kleines Gasthaus. Davor waren Stühle und Tische im Freien aufgestellt und ein Akkordeonspieler saß neben dem Eingang. Einige Paare tanzten unter den Kastanienbäumen, die anderen Gäste saßen an den Tischen und tranken Bier oder Wein. Der junge Mann fasste sie um die Taille und zog sie mit sich, dann tanzten sie unter den Bäumen, die sich wie eine grüne Kuppel über ihnen ausbreiteten. Der Akkordeonspieler sang etwas über Paris, genau konnte sie es nicht verstehen, aber das war auch nicht wichtig. Sie hatte früher selten getanzt, manchmal bei der Kirchweih im Dorf oder in Stuttgart, wenn die Kolleginnen vom Bosch sie mitgenommen hatten zu ihren seltenen abendlichen Vergnügungen. Gelernt hatte sie das Tanzen nicht, aber jetzt bewegte sie sich, ohne die Schritte genau zu überlegen, folgte dem sanften Druck seiner Hände.

Ich bin so froh, dass er nichts sagt, dachte sie, dann müsste ich antworten und er würde gleich merken, dass ich eine Deutsche bin. Vielleicht war er auch im Krieg gewesen und mochte die Deutschen nicht leiden. Bloß nicht sprechen, dann wäre der Zauber verflogen! Plötzlich hegte sie die völlig verrückte Vorstellung, dass er sich auflösen würde, wie im Märchen verschwinden würde, wenn nur ein einziges Wort gesprochen würde. Seine Augen hatten kleine goldene Pünktchen, das sah sie jetzt ganz genau. Er fasste sie fester, und sie war ihm so nah, wie sie noch nie einem Menschen nahe gewesen war. Vater und Georg hatten sie auch manchmal umarmt, aber das hier war etwas ganz anderes.

Der Akkordeonspieler sang nun von der Liebe … die Musik wurde schneller, aber sie tanzten immer noch nach dem alten Rhythmus.

»Wie heißt du?«, flüsterte er ihr ins Ohr. »Ich heiße Armand, Armand Verrier.«

Sie stolperte, aber er hielt sie fest. Jetzt musste sie antworten … und dann würde er verschwinden. Lächerlich, Bertha, reiß dich zusammen, ermahnte sie sich und flüsterte zurück: »Berthe.«

Zum ersten Mal, seit des Professors Tod, sprach sie ihren Namen wieder französisch aus und es klang seltsam vertraut und dennoch fremd. Armand hatte seinen Mund jetzt ganz nah an ihrem Ohr, sein Atem kitzelte und sie spürte den Hauch, der von seinen Lippen kam: »Berthe … Berthe …«

Mehr musste nicht gesagt werden. Aber der Akkordeonspieler hörte auf zu musizieren, wischte sich den Schweiß von der Stirn und trank in tiefen Zügen aus einem Glas Wein. Die anderen Paare lösten sich voneinander und gingen zu ihren Tischen. Auch Armand ließ sie los, hielt aber ihre linke Hand fest und zog sie zu einem kleinen Tisch, der etwas abseits stand. Ein Kellner mit großer schwarzer Schürze eilte beflissen herbei, verjagte mit seinem rot karierten Geschirrtuch die Fliegen und Wespen, die um einen Teller kreisten, auf dem Reste von Käse und Brot lagen. In einem raschen Wortwechsel, dem Bertha kaum folgen konnte, bestellte Armand Wein, der Kellner räumte das Geschirr ab und verschwand. Bertha merkte, dass Armand immer noch ihre Hand festhielt. Vielleicht müsste ich ihm das jetzt verbieten, überlegte sie, ein anständiges Mädchen würde das tun, aber ich will jetzt nicht anständig sein, ich will jetzt nur hier sitzen, mit ihm.

»Kommst du aus Straßburg, bist du Elsässerin?«, fragte er auf einmal und lächelte sie an.

Müssen wir denn reden, Armand? Ach nein, nicht reden, ich will nur dasitzen und deine Hand halten.

Der Kellner brachte den Wein, schenkte ein, goldgelb war die Flüssigkeit, bestimmt war der Wein schwer.

»Das ist ein Gewürztraminer«, erklärte Armand, »aber das weißt du ja sicher. Wir im Süden trinken eher Roten, aber die Weißweine hier sind großartig. Prost, meine kleine Elsässerin!«

Sie stießen an und Bertha trank vorsichtig den ersten Schluck. Sie kannte diese Sorte, schließlich arbeitete sie bei einem Weinhändler, und sie wusste, dass er schnell zu Kopf stieg, der hier war köstlich und bestimmt auch teuer. Also aus dem Süden kam er. Marseille lag doch auch im Süden.

»Ich komme aus einer kleinen Stadt im Süden, aus einer

Gegend, die sich Ardèche nennt. Es ist sehr schön dort, aber seine Heimat findet man immer am schönsten, nicht wahr?«

Er lächelte versonnen und drehte behutsam das Weinglas am dünnen Stiel.

»Mein Vater hat eine kleine Druckerei und ich habe hier in Straßburg das Handwerk erlernt. Nächsten Monat gehe ich zurück, um meinem Vater zu helfen, später soll ich die Druckerei übernehmen.«

Seine Stimme hatte sich verändert. Hinter den Worten steckte eine Traurigkeit, die er wohl selbst bemerkte, denn er wischte das Gesagte mit den nächsten Sätzen weg. Er mühte sich, munter und zuversichtlich zu klingen.

»Es ist nur eine kleine Druckerei, aber sie läuft ganz gut. Man muss natürlich mit der Zeit gehen, technische Veränderungen beachten. Wir drucken jetzt auch viele Werbezettel, das ist neu, Werbung, aber es hat Zukunft. Und wir drucken unsere kleine Lokalzeitung. Keine große Sache, aber wir sind stolz darauf.«

Bertha nickte.

»Das ist schön, wenn man so eine Familientradition hat. Wir haben nur eine kleine …« Landwirtschaft wollte sie sagen und ihm davon erzählen, von den Ziegen und dem bisschen Land … das war auch keine große Sache, aber ihr Vater war auch immer stolz darauf gewesen. Aber dazu kam sie nicht mehr. Ohne zu wissen, was sie tat, schlug sie erschrocken die Hand vor den Mund. Jetzt hatte sie sich verraten! Der Akzent hatte sie verraten. Ach was, das war doch verrückt, der Krieg war schon lange vorbei und die Kastanienbäume dufteten, sie rochen nach einem heißen Sommertag, in dem die Sonne alles veränderte, im Flirren des Lichts waren die Dinge nicht mehr eindeutig zu erkennen.

Er schaute sie von der Seite an und sagte: »Du kannst ja sprechen.«

Diese Bemerkung kam so unvermittelt, dass sie lachen musste.

»Weißt du, ich hatte schon Angst, ich wäre an eine Stumme geraten. Das wäre auf Dauer doch zu langweilig gewesen, obwohl du ein sehr hübsches Mädchen bist. Wo kommst du denn genau her? Dein Französisch klingt … sehr gut, verstehe mich recht, aber ich denke, dass du keine Elsässerin bist. Eine Deutsche?«

Bertha nickte.

»Hast du deshalb nichts gesagt? Weil du Angst hattest, ich könnte … nun ja, ich könnte seltsam darauf reagieren?«

Wieder nickte sie.

»Also hör mal, was soll das? Der Krieg ist vorbei.«

Sie senkte beschämt den Kopf. Wie konnte sie nur so kleinmütig sein. Aber war der Krieg wirklich vorbei? Der Professor hatte immer gesagt, dass noch so viel Hass da sei.

»Du sprichst übrigens sehr gut Französisch.«

»Danke, aber du schmeichelst mir. Mein Akzent ist ganz grauenvoll.«

»Nein, nein, man hört ihn nur ein bisschen. Er ist, wie soll ich sagen, sehr charmant. Wo hast du so gut Französisch gelernt? Bist du auf eine höhere Schule gegangen?«

Ein Dienstmädchen auf eine höhere Schule! Das war ein guter Witz.

»Aber nein, wo denkst du hin? Ich habe einem Professor den Haushalt geführt. Er hat Romanistik gelehrt, so nennt man das bei uns.« Dann erzählte sie von ihren Französischstunden beim Professor, ihren Unterhaltungen, vom halb fertigen Buch über Arthur Rimbaud.

»Rimbaud? Den hast du gelesen? In der Schule hat unser Lehrer einmal ein Gedicht von ihm vorgelesen, ich habe kein Wort verstanden. Ich … als Franzose! Er muss ein ziemlicher Spinner gewesen sein.«

»Er war ein Genie. Das hat jedenfalls mein Professor immer gesagt«, verteidigte Bertha mit Nachdruck das Idol ihres früheren Dienstherrn. »Aber es stimmt schon, er ist sehr schwierig zu verstehen. Der Professor hat versucht, mir alles zu erklären, aber ich bin nicht gebildet genug. Nur ein Beispiel: Er hat bestimmte Buchstaben mit Farben verbunden, gerade so, als ob man Sprache malen könnte. A schwarz, E weiß, I rot, U grün, O blau …« Zitierte sie und murmelte noch etwas vom »dunklen Ursprung der Vokale«.

Armand sah sie erstaunt an. »Ich sage doch, der Kerl war total übergeschnappt.«

»Es gibt aber auch gut verständliche Gedichte. Eines mag ich besonders«, sagte Bertha eifrig. Irgendwie wollte sie das Ansehen Arthur Rimbauds retten, das war sie dem Professor schuldig. Und es war mit einem Mal sehr wichtig, dass Armand einiges über Rimbaud erfuhr. *»Par les soirs bleus d'été, j'irai dans les sentiers … mais l'amour infini me montera dans l'âme …«* – »Durch die blauen Sommerabende, auf einsamen Pfaden will ich irren … unendliche Liebe gibt mir das Geleit …«

*»… mais l'amour infini …«*, wiederholte Armand leise, »du hast recht, das ist sehr schön. Sag es bitte noch einmal auf.«

Sie wiederholte langsam Zeile für Zeile. Die Worte malten nicht nur Farben, sie beschworen auch Gefühle, ganz neue, unbekannte Gefühle. Er hatte den Arm um sie gelegt und drückte sie an sich, ganz behutsam.

*»… heureux comme avec une femme …«*, wiederholte er nachdenklich. »Wie schön, weißt du noch eines?«

»Ja«, sagte sie zögernd, »aber nur noch eines. Die anderen sind zu schwierig, die kann ich mir nicht ganz merken.« Vor allem, wenn sie an das Gedicht vom »Bateau ivre« dachte. Nein, das wollte sie sich gar nicht merken. »... *plus douce qu'aux enfants la chair des pommes sûres, l'eau verte pénétra ma coque des sapins ...«* – »... so süß kann Kindermündern kein grüner Apfel schmecken, wie mir das Wasser schmeckte, das grün durchs Holz mir drang ...« Der Professor, im grünen Wasser treibend, das ihn reinwusch ... Nein, daran wollte sie nie mehr denken.

»Das Gedicht ist aber traurig. Zuerst ist es schön, aber dann wird es sehr traurig. Willst du das wirklich hören?«

»Aber ja, ich bin sehr gespannt.«

Bertha begann, *Le Dormeur du Val* zu rezitieren: *»C'est un trou de verdure où chante une rivière.«* – »Ein grünes Loch, ein Bach singt seine Lieder.«

Armand lächelte und blickte nach oben zum grünen Blätterdach. Dann kam sie zu der Stelle, an der von dem Soldaten die Rede war. Sie spürte, wie sein Körper sich anspannte, gleichzeitig lockerte er den Griff, mit dem er sie umschlungen hielt. Als ob er sich auf einmal vor ihr fürchtete, vielmehr vor dem, was sie sagte. Aber es musste sein, sie wusste nicht, warum, aber es musste sein.

*»... les parfums ne font pas frissonner sa narine. Il dort dans le soleil, la main sur la poitrine tranquille. Il a deux trous rouges au côté droit.«* – »Den Duft, den Sonnenschein ringsum, er spürt ihn nimmer mehr. Auf seinem Herzen ruht die Hand. Duch ihre Finger quillt sein Blut.«

Schweigen lastete auf ihnen. Der Lärm, der von der Gaststätte kam, drang nicht durch, war nur ein ferner Klang aus einer anderen Welt. Unvermittelt sagte er: »Ich hatte einen

Bruder, er war zwei Jahre älter. Pierre. Alle Erstgeborenen in der Familie heißen Pierre. Er sollte auch einmal die Druckerei übernehmen. Alles war schon ausgemacht. Dann kam der Krieg. Wir dachten erst, er schafft es. Der Krieg würde bestimmt schnell vorbei sein und er würde nicht eingezogen. Aber der Krieg dauerte. Er schaffte es nicht. Ist in einem Schützengraben verreckt. Irgendwo … in einem kleinen Dorf am Ende der Welt. Ich habe den Namen vergessen. Ist das nicht verrückt? Ich kann mir einfach nicht den Namen des Ortes merken, wo mein Bruder gestorben ist.«

Stille, minutenlange Stille. Dann fragte sie behutsam: »Bist du auch im Krieg gewesen?«

Er schüttelte den Kopf. Sie sah es aus den Augenwinkeln. Endlich traute sie sich auch, ihn anzusehen. Seine Haut war plötzlich grau und spannte über den Wangenknochen. Sein Gesicht sah aus wie eine Maske.

»Nein, nein. Ich bin so alt wie das Jahrhundert. Als ich gerade 18 geworden war, war der Krieg aus. Glück gehabt.« Er lachte, aber es war ein freudloses Lachen.

»Ich bin auch so alt wie das Jahrhundert … und ich habe einen Bruder. Er war im Krieg.«

»Ist er wiedergekommen?«

»Ja. Aber … aber … er war nicht mehr derselbe, es ist etwas in ihm kaputtgegangen.«

»Was macht er jetzt?«

Bertha wandte ihren Blick wieder ab. Die Sonne war schon etwas gesunken, die Strahlen fielen in einem anderen Winkel auf die Blätter, die jetzt förmlich zu glühen schienen. In dieser Richtung lag wohl Süden, Marseille und auch Spanien. Dann erzählte sie es ihm, erzählte ihm alles, auch von der Angst, Georg könnte Böses tun und könnte sich ganz verlieren. »Und wenn ich ihn nicht mehr wiedersehe – das wäre nicht so schlimm, als wenn er zum Verbrecher würde. Das Böse tun, um das Gute zu erzwingen …«

»Es muss schrecklich gewesen sein, was die Männer erlebt haben. Ich kenne ein paar aus unserer Stadt, die auch nicht mehr zurückfinden in ihr altes Leben. Trinken viel … Einer aus dem Nachbardorf ist so krank im Kopf, dass man ihn in eine Anstalt stecken musste. Ein bisschen kann ich deinen Bruder schon verstehen.«

»Verstehen?«

»Ja. Er wird nur getrieben von den falschen Idealen. Es darf nie wieder Krieg geben, darin sind wir uns doch alle einig.« Er drückte sie wieder an sich, fester als zuvor. »Nie wieder. Dein Bruder will nur den falschen Weg. Und weißt du was, wir fangen jetzt an damit. Keinen Hass mehr!«

Er lachte, und dieses Mal war es ein befreites Lachen. Eines, das aus der Tiefe seiner Seele kam.

»Komm, wir tanzen und denken nicht mehr an den Krieg. Wir wollen jetzt leben!«

Das Akkordeon spielte eine schnelle Polka und sie drehten sich, drehten sich immer schneller. Wie schön das war! Bertha spürte ein Kribbeln im Bauch, als Kind hatte sie so etwas zum letzten Mal gespürt, wenn sie auf dem Brett, das der Vater an den alten Apfelbaum gebunden hatte, schaukelte. Armand hob sie plötzlich hoch und sie drehten sich noch schneller, bis sich alles in einem Wirbel aus Farben und Sonnenlicht auflöste. Das hier durfte nie zu Ende gehen. Dieser Tanz und dieses Gefühl …

Aber es ging zu Ende. Der Tanz war aus und sie bahnten sich einen Weg zurück zum Tisch und tranken den Rest des Weines. Sie wollte ihm doch noch so viele Fragen stellen:

Wie lange bist du schon hier? Was hast du alles gemacht? Erzähle mir, erzähle mir von jedem Tag deines Lebens. Liebst du deinen Beruf? Die letzte Frage musste sie wohl laut gestellt haben, denn sein Gesicht veränderte sich und wirkte auf einmal sehr nachdenklich. Er trank den Wein in einem Zug aus und fragte: »Was hat dein verrückter Rimbaud gesagt … O ist blau?«

Bertha nickte. Was war denn das für eine seltsame Frage?

»*La mort* … der soll blau sein? Wie heißt das Wort auf Deutsch?«

»Der Tod«, sagte Bertha beklommen.

»Das ist doch merkwürdig, nicht? Der Tod ist blau. Dabei müsste er doch schwarz sein, oder rot wie das Blut, dieser Rimbaud hat keine Ahnung.«

»Der Tod hat keine Farbe«, sagte Bertha leise. »Und wenn doch, warum sollte er nicht blau sein? Blau wie dieser Himmel.«

Armand starrte sie an. In seinen Augen saß plötzlich ein Lächeln, ein kleines, flüchtiges Lächeln. »Wie klug du bist, meine liebe Berthe. Um auf deine Frage zurückzukommen: Ich wollte nie Drucker werden! Ich konnte den Geruch nicht ausstehen, den nach Druckerschwärze und Papier. Architekt wollte ich werden, Häuser bauen, schöne, solide Häuser, in denen Menschen gut leben könnten. Ich habe noch die Höhere Schule fertig gemacht, das *bac,* wie sagt man bei euch? Abitur, nicht wahr? Ich war der Erste in der Familie, der das gemacht hat. Aber dann ist Pierre gefallen. An ein Studium war nicht mehr zu denken. Ich habe Papa geholfen, er hat mir auch das Wichtigste beigebracht. Und ich musste ja auch bei Maman bleiben, sie wollte mich die ersten Jahre gar nicht fort lassen. Die Angst, verstehst du? Aber dann hat Papa ein

Machtwort gesprochen. ›Der Junge muss das Handwerk von der Pieke auf lernen, muss die modernen Maschinen kennenlernen, damit er das Geschäft voranbringt.‹ Und so bin ich nach Straßburg gekommen – drei Jahre ist das jetzt her.«

Sanft streichelte Bertha seinen Arm. Der Krieg hatte auch die Träume zerstört. Es lag so viel Trauer hinter seinen Worten.

Der Akkordeonspieler verkündete, er würde jetzt ein letztes Lied spielen, dann könne man etwas in seinen Hut legen, wenn die Musik gefallen habe.

»Du lieber Himmel«, flüsterte Bertha. »Wie viel Uhr ist es denn?«

Armand nahm eine altväterliche, silberne Uhr aus einem Seitenfach seines Jacketts. Ob sie ein Erbstück war? Immer an den Ältesten weitergegeben, so wie die Pflicht und die Tradition?

»Es ist kurz nach fünf.«

»Um Himmels willen! Ich muss gehen. Um sechs muss ich an der Place de la République sein. Da steht unser Auto, ich meine, das Auto unseres Chefs.«

»Du fährst mit den anderen zurück?« Er mied ihren Blick und sie hörte das Bedauern in seiner Stimme.

»Es geht leider nicht anders und ich bin doch ganz fremd hier.«

Und wenn sie sich ein Zimmer mieten würden, irgendwo? Sogar der verrückte Gedanke, bei Madame Pelletier vorbeizugehen und sie zu fragen, ob sie nicht für eine Nacht bei ihr bleiben könnten oder bei Armand … aber das ging doch nicht. Aber den ganzen Tag mit ihm zusammen sein und die ganze Nacht … ihn spüren, riechen, seine Stimme hören … Der Schmerz der Trennung fiel sie plötzlich an wie ein toller

Hund. Wenn sie ihn nie mehr wiedersah? Wenn er sie jetzt fragen würde, ob sie mit ihm gehen würde, die Nacht bei ihm verbringen würde, sie würde nicht zögern. Aber er fragte nicht und das war auch gut so, denn sie war ein anständiges Mädchen, das hatte er gemerkt. Und dennoch … wenn er gefragt hätte?

»Wir werden uns wiedersehen, meine liebe Berthe, nicht wahr?«, flüsterte er an ihrem Ohr und hauchte ihr einen zarten Kuss auf die Wange.

Wie bei Rimbaud – »… *un petit baiser comme une folle araignée …«* – »… ein kleiner Kuss, der wie ein dummes Spinnchen zappelt …«. Er hatte auch etwas von der Liebe verstanden.

Armand rannte hinüber zur Gaststätte und kam kurz darauf mit einem Blatt Papier und einem Bleistift zurück. Er faltete das Papier sorgfältig in der Mitte, riss es dann auseinander und gab Bertha eine Hälfte. »Hier, schreib deine Adresse auf. Du bekommst meine. Wir werden uns Briefe schreiben, hörst du? Und dann sehen wir uns wieder. Ganz bald. Am liebsten würde ich dich mitnehmen, aber es ist nicht so einfach. Du verstehst?«

Sie nickte. Ja, sie verstand. Aber was zählte, war der Satz: »Am liebsten würde ich dich gleich mitnehmen.« Sie steckte ihren Zettel ein, sorgfältig, als wäre er zerbrechlich. Der Akkordeonspieler schlug die ersten Takte des letzten Liedes an. Aber das war ja …

»Das Pierrot-Lied!«, rief Bertha.

»Du kennst es?«

»Und ob. Das war das Erste, was ich auf Französisch gelernt habe.«

»Dann müssen wird das noch hören. Keine Angst, meine

Liebste, du wirst rechtzeitig an der Place de la République sein. Es ist nicht weit, ich bringe dich hin!«

Die meisten Leute waren aufgesprungen und klatschten in die Hände. Viele sangen mit und einige bildeten spontan einen Reigen. Auch Bertha und Armand wurden mitgerissen. Bertha blieb stehen, als das Lied zu Ende war … aber die anderen machten weiter, das Lied hatte noch weitere Strophen! Davon hatte ihr der Professor nichts gesagt. Sie verstand nicht alles, aber da war etwas mit diesem Lubin und der Nachbarin. Dann löste sich der Reigen auf und Armand fragte: »Was war denn vorhin los, warum wolltest du nicht weitertanzen?«

Bertha betrachtete versonnen den Akkordeonspieler, der sein Instrument nun sorgfältig einpackte.

»Ich habe gar nicht gewusst, dass es noch zwei Strophen gibt.«

Armand schaute sie erstaunt an: »Noch zwei Strophen?«

»Ja, die beiden letzten kenne ich nicht. Der Professor hat mir nur die ersten zwei beigebracht. Ob er die anderen nicht gekannt hat, die mit Lubin und der brünetten Nachbarin?«

Armand lachte schallend. »Also, das glaube ich nicht. Ich glaube viel eher, dass sie nicht für deine keuschen Ohren bestimmt waren.« Er zog sie zu sich heran. »Oder was glaubst du, was die beiden hinter der geschlossenen Tür so machen, meine Liebste?«

Bertha schämte sich ein bisschen. Bestimmt war sie wieder ganz rot. Sie wand sich aus seinen Armen. »Bestimmt hat er sie nicht gekannt. Diese Strophen kennt kein Mensch in Deutschland. Ihr Franzosen …«

»… seid unverbesserliche Schwerenöter«, ergänzte Armand den Satz, immer noch lachend. »Und jetzt kramen wir noch ein paar Vorurteile heraus und unterhalten uns darüber auf dem Weg zur Place de la République.«

Die Glocken Straßburgs begannen auf einmal zu läuten, majestätisch und hoheitsvoll die des Münsters, die anderen fielen ein, wie singende Kinder in den Chor der Erwachsenen. Sechs Uhr – jetzt kam sie auch noch zu spät. Hoffentlich warteten die anderen. Hoffentlich …?

Armand nahm ihre Hand und sie begannen zu laufen. Bahnten sich den Weg durch die Menschen, die jetzt in die entgegengesetzte Richtung zu streben schienen. Wieder so viele Gesichter, lachend, rufend, ein Gewirr von Stimmen. Keuchend rannten sie über eine der vielen Brücken, bogen um eine Ecke und standen plötzlich vor dem Platz. Drüben konnte sie schon das Auto sehen, und Fritz, der sich an ihm zu schaffen machte. Auch Kläri stand da und hielt wohl nach ihr Ausschau, mit einer Hand die Augen beschattend.

»Da drüben sind sie«, stieß Bertha um Luft ringend hervor. »Schau, das da vorn ist Kläri, unsere Köchin.«

»Dann nehmen wir jetzt Abschied«, murmelte Armand.

Ach, wenn sie doch nicht gewartet hätten … aber was wäre dann gewesen? Sinnlos, jetzt daran zu denken. Sie standen ganz dicht voreinander. Bertha wagte nicht aufzusehen, er sollte doch nicht merken, dass sie weinte.

»Kommst du mit hinüber?«, fragte sie leise und war im gleichen Augenblick froh, dass er energisch verneinte. Ich will kein Geschwätz, rechtfertigte sie sich stumm. Was soll Kläri denken? Dass ich sie angeschwindelt habe mit meinem Bruder, dass ich etwas ganz anderes vorhatte? Wie sollte man das erklären? Vor allem Fritz, das würde sowieso noch eine schöne Geschichte geben.

»Dieser Moment gehört uns ganz allein«, flüsterte Armand. Eine kurze, heftige Umarmung, ein leidenschaftlicher Kuss und dann sagte er »Adieu!« und »Diese letzten beiden Strophen, die sind doch schön, nicht wahr?«.

Sie schaute ihn für einen Moment verständnislos an.

»Nun, du suchst etwas, tappst im Finstern, gehst hinaus und findest die Liebe … *l'amour infini!* Was willst du mehr? Adieu, meine geliebte Berthe, ich schreibe dir.«

Er drehte sich abrupt um und war plötzlich verschwunden. Verschluckt von der Menge, die an Bertha vorbeitrieb. Wie sehr wünschte sie sich in diesem Moment, ein Teil dieser Menschen zu sein, um mit ihnen vorwärtsgerissen zu werden, bis sie Armand wiedergefunden hatte.

»Bertha, Bertha, hierher!«, schrie Kläri, die Hände jetzt zu einem Trichter geformt. »Hier sind wir!« Sie wedelte mit beiden Händen und einige Leute drehten sich um und lachten. Einer, ein groß gewachsener Mann, der sein Bein nachzog, rief etwas in Kläris Richtung, man konnte es nicht genau verstehen, aber es klang nicht freundlich. Kläri strahlte übers ganze Gesicht, als Bertha auf sie zuging. »Bin ich froh! Wo hast du gesteckt? Wir haben uns schon Sorgen gemacht?«

Bertha atmete tief durch. In den Augenwinkeln brannten ungeweinte Tränen, aber sie zwang sich, so unbefangen wie möglich zu lächeln. »Es tut mir leid, aber ich habe mich verlaufen. Jemand hat mir den Weg gezeigt. Wie ist es euch ergangen?« Und flüsternd setzte sie hinzu: »Von meinem Bruder erzähle ich dir später.«

Kläri nickte voller Verständnis und zog sie hinüber zu den anderen. An der Kühlerhaube lehnte Fritz und schaute ihr verdrossen entgegen. Armer Fritz … hoffentlich fand er bald eine freundliche Nachbarin.

# »... aux cailloux des chemins ...«

Der Wind trieb die Blätter durch die Straßen, vermengt mit Staub, der in den Augen brannte. Rauch kräuselte sich über den Kaminen. Es war Ende Oktober und ein ungewöhnlich früher Frost hatte seit einigen Tagen über den Wiesen und Weinbergen gelegen, an denen nur noch kümmerlich einige Trauben hingen. Bertha betrachtete für einen Moment das Spiel des Windes, der die rötlichbraunen und gelben Blätter hoch und höher steigen ließ, bis sie sich taumelnd im Kreise drehten und dann herabfielen. Sie riss mit einem kräftigen Ruck die Flügel des Giebelfensters zu und drehte sorgfältig die Klinke herum. Es war kalt geworden in der kleinen Stube. Bertha warf noch einmal einen Blick durch die Scheibe. Drüben ragte der Niggelturm dick und behäbig in den stahlblauen Himmel, der Kälte und Schnee verhieß.

In mir ist's auch kalt, dachte Bertha und setzte sich auf den Stuhl an dem kleinen weiß lackierten Tisch neben ihrem Bett. Eiskalt ist es in mir, und das liegt an den Briefen, die ich bekomme. Immer nur Briefe und sie enthalten nichts Gutes. Nicht viel Gutes, verbesserte sie sich. Er schreibt ja, dass er mich liebt und dass er an mich denkt. Aber dann schreibt er auch, dass ich warten soll, immer noch soll ich warten ... über ein Jahr schon. Wegen Maman ... Maman, die den Tod

---

*»... auf steinigen Wegen ...«*

des Ältesten nicht verwinden kann. Wie hatte er geschrieben? »Maman redet immer wieder davon, dass ich sie töten wolle.

*›Du willst mir eine Deutsche ins Haus bringen, das bringt mich um.‹ Das letzte Mal, als ich von Dir gesprochen habe, hat sie sich tagelang ins Schlafzimmer eingeschlossen. Wir mussten sogar den Doktor holen. Und sie ist erst wieder herausgekommen, als ich ihr versprochen habe, Dich zu vergessen. Ich habe etwas gemurmelt, was sie wohl als ›Ja‹ gedeutet hat. Wie kann sie verlangen, man solle jemanden vergessen? Das geht doch nicht, meine liebste Berthe, meinst Du nicht auch? Aber wie Du siehst, ist es sehr schwierig. Wir müssen Geduld haben. Wir müssen noch warten …«*

Warten! Geduld! Wie sie diese Worte hasste.

*»Es wird sich nichts ändern, Armand«*, hatte sie zurückgeschrieben. *»Sie wird nie vergessen und nie verzeihen. Wir müssen zeigen, dass wir unser Leben haben wollen, dass wir es nicht vom Hass bestimmen lassen wollen. Wir haben ein Recht auf unser Leben, auf unsere Liebe, das kann sie uns nicht nehmen …«*

War das so falsch? War es egoistisch, wenn sie so dachte? Geduld … Warten … Ach, Armand, du meinst es gut, aber die Zeit zerrinnt uns unter den Fingern wie Sand. Du kannst nicht das Leben deines Bruders tragen, so wie du seine Uhr trägst. Wir haben ein Recht aufeinander.

Sie starrte den kleinen, schwarzen Ofen an, der kalt in der Ecke stand. Zum Feueranzünden war es noch zu früh, hatte

Herr Pfäfflin bestimmt, der in kleinen Dingen sehr sparsam sein konnte. »Ab 1. November«, hatte er angewiesen. »Zieht euch warm an und holt euch nachts einen heißen Stein ins Bett.«

Ich bin so wie der Ofen, dachte sie verbittert. Stehe in der Ecke herum, kalt und nutzlos. Wo war dieser Sommer hin, wo waren die Wärme, die Farben, das Lachen und die Musik jenes Dienstag, jenes 14. Juli 1925, als die Zukunft wie ein noch nicht geschriebenes Buch verheißungsvoll vor ihr lag? Nur ein Name hatte dringestanden – Armand – und, schon etwas weiter nach hinten gerückt, noch ein anderer: Georg. Von dem kamen auch nur Briefe. Selten nur, aber immerhin. Allerdings enthielten sie nur lapidare Sätze:

*»… mach Dir keine Gedanken … es geht mir gut … bald gehe ich zu den Genossen nach Spanien …«*

Dank Madame Pelletier, der sie ihre Adresse dagelassen hatte, war der Kontakt wieder zustande gekommen. So kamen wenigstens ein paar Briefe. Geduld. Warten. Nach Spanien, was wollte er denn da, um Himmels willen!

Durch die Tür drang der Duft nach gebratenem Speck und Zwiebeln. Kläri backte Zwiebelkuchen. Im Herbst backte sie unendliche Mengen davon, für die Kunden und Gäste, die kamen, um den neuen Wein zu probieren. Deshalb roch es ständig nach Zwiebeln und Speck, sehr zum Leidwesen der gnädigen Frau, die stets angewidert die Nase rümpfte und ganze Parfümflakons in ihrem Zimmer ausschüttete.

Entschlossen erhob sich Bertha, sie musste jetzt mit jemandem sprechen, am besten mit Kläri, die als Einzige nicht nur über Georg Bescheid wusste, sondern auch über Armand.

In der Küche hing schwerer Dampf, der die Fensterscheiben bedeckte und kaum die Umrisse des Innenhofs erkennen ließ. Kleine Wasserrinnsale liefen herab und zogen ihre Spuren. Wie Tränen, endlos laufende Tränen, dachte Bertha grimmig. Das entsprach in etwa ihrem Gemütszustand.

Kläri stand am Herd und rührte mit hochrotem Kopf in einer großen Kasserolle. Sie lächelte Bertha zu, deutete aber gleichzeitig mit einem kurzen Drehen ihres Kopfes auf eine Gestalt, die Bertha jetzt erst wahrnahm. Es war Fritz, der schon halb unter der Tür zum Hof stand. Auf dem Tisch stand ein Teller mit den Resten einer Mahlzeit, die er wohl gerade verspeist hatte. Den Farben nach zu schließen, waren es Kläris unvergleichliche Brägele mit Spiegelei gewesen. Bei Berthas Anblick wandte er sich ab, tippte noch einmal kurz an seine Mütze und ging hinaus, ohne ein Wort zu sagen.

»Er ist mir immer noch böse«, meinte Bertha bedrückt und stellte den Teller hinüber in den Spülstein. »Dass er so nachtragend sein kann.«

»Das ist gekränkter Stolz. Weil du ihn halt nicht willst.«

»In letzter Zeit redet er kaum mehr mit mir. Er denkt wohl Gott weiß was von mir.«

»Und? Macht dir das etwas aus? Das wär ja ganz etwas Neues. Kümmert dich doch sonst nicht, was die anderen denken. Oder willst du deine Geheimnisse jetzt preisgeben?« Kläri blickte Bertha über die Schulter mit einem scharfen, schnellen Blick an und hörte für einen Moment mit dem Rühren auf.

»Manchmal denk ich schon, dass es besser wäre. Dann würde es auch den Fritz nicht mehr so kränken. Und die anderen würden nicht denken, ich hielte mich für was Besonderes. Aber darum geht es jetzt nicht. Ach, Kläri, ich weiß einfach nicht mehr weiter.« Sie nestelte in der Tasche ihres grauen Kattunkleides. Seit einiger Zeit bestand Frau Pfäfflin darauf, dass Bertha eine Art Uniform trug, die sie als Erzieherin der Töchter auswies. Ein graues und ein schwarzes Kleid mit weißem Kragen … Die Kleidung sah sehr streng aus, brachte aber Berthas rote Locken noch mehr zur Geltung. Sie sähe »besonders« aus, hatte Kläri damals gemeint, als sie ihr die Kleider zum ersten Mal präsentiert hatte.

»Hier ist wieder ein Brief.« Bertha legte den weißen Umschlag auf den Tisch, auf dem noch die Krümel des frisch gebackenen Brotes lagen. Im gleichen Moment wurde sie des Geruches gewahr, den der Backofen verströmte … Kümmel, etwas Anis und der Duft von Sauerteig, der einem unweigerlich das Wasser im Mund zusammenlaufen ließ. »Du backst Brot?«

»Ja, zwischendurch einmal, ich kann keinen Zwiebelkuchen mehr riechen. Ich mach mal wieder ein Gewürzbrot, hab ich mir gedacht. Du weißt schon, das Rezept von meiner Oma. Kriegst nachher eine Scheibe, mit frischer Butter.«

Bertha starrte Kläri an, wie sie mit hochrotem Gesicht am Herd stand, eine widerspenstige Haarsträhne zurückstrich und mit einer Haarklemme neu feststeckte. Unter ihren Händen entstand immer etwas Gutes. Feines Essen. Duftendes Brot. In diesem Moment erinnerte sie sie an die Magd in einem von Rimbauds Gedichten, die dem Wanderer Butterbrot und Schinken brachte – *»tartines de beurre, du chambon tiède …«* – »… nachdem er acht Tage lang einen steinigen Weg gegangen war …« – *»… depuis huit jours, j'avais déchiré mes bottines aux cailloux des chemins …«*.

Unwillkürlich sagte sie: »Ob ich wohl auch einmal an meinem eigenen Tisch stehen und Brot backen werde?«

»Wenn es so weitergeht, dann bestimmt nicht.« Mit einem entschlossenen Griff zog Kläri die Kasserolle von der Herdplatte, nahm Bertha am Handgelenk und beide setzten sich auf die Küchenbank.

»Lass mich einmal raten. In dem Brief steht wieder das Gleiche wie in allen anderen. Etwas von Noch-warten-Müssen? Und dass die Maman noch Zeit braucht, nicht wahr?«

Bertha nickte stumm.

»Also, ich versteh's nicht ...« Kläri nahm Berthas Hand und drückte sie. »Sicher ist das schlimm, wenn man ein Kind verliert ... auf diese Weise, über den Haufen geschossen, von der Granate zerrissen.« Sie starrte für einen Moment das Kruzifix in der Ecke gegenüber der Küchenbank an. »Ach was, es ist immer schlimm, ob im Krieg oder sonst wie. Aber ich kann doch nicht mein ganzes Leben vertrauern und, schlimmer noch, auch andere Menschen damit hineinziehen. Ich weiß nicht, wie ich es richtig ausdrücken soll. Warum soll dein Armand dich nicht heiraten? Weil du eine Deutsche bist? Hast du den Krieg angefangen? Warst du dabei? Na also. Wozu immer noch dieser Hass? Es muss jetzt Schluss sein mit der ewigen Feindschaft, man hat ja gesehen, wohin das geführt hat. Und mit dem Politischen ist es doch auch viel besser. Erst letzten Monat sind wir in den Völkerbund gekommen. Ich weiß zwar nicht genau, was das ist, aber der Chef hat gemeint, das sei ein großer Schritt nach vorn. Hat von Versöhnung gesprochen. Und die Arbeitslosenzahlen seien auch viel besser, nur noch etwas über eine Million. Also, was ich sagen will, der Krieg ist jetzt fast acht Jahre vorbei und man muss nach vorn schauen. Diese alte Frau da unten ...« Kläri machte eine weit ausholende Bewegung mit ihrem linken Arm, als wolle sie ungefähr die Richtung andeuten, wo diese alte Frau zu Hause war. »… also diese alte Frau da unten, die führt noch immer ihren Krieg, kann nicht vergeben … ihre Sache. Aber deshalb muss sie nicht euer Leben kaputtmachen. Und das wird sie, denn sie wird nicht damit aufhören! Das hält sie nämlich noch am Leben, der Hass. Ich kenne solche. Wenn das dein Armand nicht endlich kapiert und auf den Tisch haut, sehe ich schwarz für euch, ganz schwarz.«

Bertha ließ den Kopf hängen. »Du hast ja recht, Kläri. Ich schreibe es ihm auch immer wieder. Aber es ist nicht so einfach …«

Weil er das Leben eines Toten führen muss, fügte sie für sich im Stillen zu. Trägt seine Uhr, macht seine Arbeit und soll wohl auch das Mädchen heiraten, das der Tote, beziehungsweise die Mutter ausgesucht hatte. Es existierte nämlich eine Beinahe-Verlobte von Pierre, eine Yvonne, wie Armand ihr geschrieben hatte, das machte die Sache noch komplizierter, denn Maman hoffte … Sie hoffte nicht nur, sondern hatte vielmehr deutlich zum Ausdruck gebracht, was sie wünschte. Aber sie, Bertha, hoffte auch. Aber hatte sie überhaupt eine Chance gegen diesen Schatten eines Toten und gegen diesen maßlosen Hass?

»Hör mal«, fuhr Kläris Stimme in ihre Gedanken, »ich sag dir jetzt was. Aber geh nicht gleich an die Decke, das musst du mir versprechen.«

Bertha nickte stumm.

»Vergiss ihn. Vergiss diesen Armand und diese ganze Sippe. Das wird nichts, Bertha. Vielleicht ist die Zeit nicht reif dafür. Was vertust du dein Leben?« Sie dämpfte ihre Stimme. »Willst du ewig bei den Pfäfflins bleiben? Die Mädchen werden älter … und du kennst doch die gnädige Frau. Willst du immer Dienstmädchen bleiben?«

Sie hat ja recht, dachte Bertha und fuhr mit den Fingern ihrer rechten Hand mechanisch über den Tischrand. So viele Kerben im glatt polierten Holz. Wie viele hatten hier schon gesessen, hatten keine Spuren hinterlassen, nur diese Kerben, stumme Zeichen namenloser Menschen, die wie sie gelebt, geliebt und gehofft hatten. Kläri hatte einen wunden Punkt getroffen. Wie zur Bestätigung ihrer Worte drangen jetzt Töne aus der oberen Etage zu ihnen herunter. Charlotte spielte Klavier, vielmehr, sie musste spielen. Seit einigen Wochen bestellte Frau Pfäfflin die Mädchen dreimal in der Woche zu einem festen Termin bei sich ein. Die »Mama-Stunde« war bei Charlotte und Luise gefürchtet, denn nicht plötzlich aufwallende Mutterliebe hatten zu dieser Einrichtung geführt, sondern Frau Pfäfflin hatte ganz andere Motive, die vor allem, das merkte Bertha schnell, mit ihr zusammenhingen.

»Es geht mir um die Erziehung der Kinder, Bertha«, hatte sie damals hoheitsvoll verkündet. »Nicht in der Schule, da haben sie ja keine Probleme, Gott sei Dank.« Sie hatte hingebungsvoll ihre polierten Fingernägel betrachtet. »Ich meine vielmehr die Erziehung, wie sie höheren Töchtern zukommen muss: tadellose Umgangsformen, beste Manieren, Fertigkeiten, wie man sie von Kindern aus gutem Hause erwarten kann.« Ihr Blick war plötzlich auf Bertha gefallen, ein flüchtiger Blick, aber Bertha hatte verstanden. »Kurzum – Sie nehmen es mir nicht übel, liebe Bertha, Sie wissen ja, wie sehr ich Sie schätze, also kurzum, Dinge, die Sie ihnen nicht beibringen können. Eigentlich brauchen die Mädchen keine Kinderfrau, sondern eine Gouvernante. Da die beiden aber so sehr an Ihnen hängen und Herr Pfäfflin …« Für einen Moment hatte ihre Stimme gestockt und wieder hatte ein kurzer, aber scharfer Blick Bertha gestreift. »… und Herr Pfäfflin darauf besteht, dass Sie die Betreuung der Mädchen weiter übernehmen, werde ich die Unterrichtung meiner Kinder in diesen Dingen eben selbst durchführen – so gut es meine angegriffenen Gesundheit zulässt.« Sie hatte geseufzt und war auf ihren Sessel zurückgesunken, als habe diese Ansprache bereits ihre ganze Kraft erschöpft.

Du Schlange, hatte Bertha gedacht, die ihr gegenübersaß, aufrecht, die Hände züchtig auf den Knien gefaltet. Sie konnte nur mühsam das Zittern unterdrücken, das sie erfasst hatte. Empörung und Wut stiegen in ihr auf. Du falsche Schlange, loswerden willst du mich, weil du auf mich eifersüchtig bist. Die Mädchen hängen an mir und auch Herr Pfäfflin mag mich gut leiden, er unterhält sich so gern mit mir. Er respektierte sie sogar, sie, die Dienstbotin. »Auf ihren Schultern sitzt ein kluger Kopf«, hatte er das eine oder andere Mal lächelnd gesagt, wenn sie ihre Ansichten kundgegeben hatten. Die Gnädige war so boshaft, hatte ja auch genug Zeit, darüber nachzudenken, wie sie andere ärgern konnte. Bertha hatte einige Male schlucken müssen, bis sie ihre Antwort herausbrachte: »Wenn ich Ihnen nicht mehr von Nutzen sein kann, gnädige Frau …?«

»Aber nein, nein, Sie haben mich missverstanden.« Frau Pfäfflin hatte ihr ein falsches Lächeln geschenkt. »Natürlich kümmern Sie sich vorläufig weiter um die Mädchen, sprechen auch Französisch mit ihnen wie bisher. Später dann, wenn die Hausaufgaben anspruchsvoller werden …«

Den Satz hatte sie im Raum stehen lassen, er hing über ihr wie dieses berühmte Schwert irgendeines Helden, von dem ihr Charlotte letzthin erzählt hatte. Bald würde es herunterfallen und die Bande zerschneiden, die Bertha mit der Familie Pfäfflin verknüpften. Dann kam die Gouvernante oder ein

Hauslehrer und sie, Bertha, war überflüssig. Ohne ein weiteres Wort zu sagen, war sie aufgestanden und gegangen.

»Und ich sag dir noch etwas, Bertha, wirst es vielleicht nicht gern hören. Es wär mir sehr recht, wenn du hierbleiben würdest. Bist mir richtig ans Herz gewachsen«, drang Kläris Stimme in ihre Gedanken. »Ich hab dich sehr gern, das weißt du.« Kläri musste sich mehrmals räuspern und Bertha merkte, wie ihr plötzlich Tränen in den Augenwinkeln standen.

Ich dich auch, Kläri, wollte sie sagen, ich dich auch. Neben dem Professor bist du der beste Mensch, den ich bisher kennengelernt habe, außer Armand natürlich, aber das zählte nicht, das war etwas ganz anderes. Aber sie konnte das nicht aussprechen, es war, als ob sie wie fest gebannt auf dem Stuhl in der Küche der Pfäfflins sitzen würde. Von oben drang wieder Klaviergeklimper, das war wahrscheinlich Luise. Es klang furchtbar, das merkte sogar sie, die doch vom Klavierspielen gar nichts verstand. Luise war unmusikalisch, aber das kümmerte ja Frau Pfäfflin nicht. Ein höhere Tochter musste ein Instrument spielen können, und damit basta. Wenn ich einmal Kinder habe, werde ich sie nicht zu Dingen zwingen, die sie nicht können. Aber wo sollten die Kinder denn herkommen, ihre Kinder? Wie es aussah, würde sie nie welche haben. Ein paar besonders schrille Misstöne ließen Kläri zusammenzucken.

»Armes Kind«, meinte Kläri und für einen Moment wusste Bertha nicht, ob sie gemeint war oder Luise. »Du bist doch ein kluges Mädchen, manchmal ist es mir richtig unheimlich, was du alles weißt und kannst«, fuhr Kläri fort. Mit jedem Wort klang sie sicherer und überzeugter. »Ich frage dich noch einmal – willst du ewig Dienstmädchen bleiben?« Sie sah Bertha durchdringend an.

Stumm schüttelte Bertha den Kopf.

»Na also! Und die Gnädige will dich loshaben, das wissen wird doch alle. Der Chef will dich behalten, der mag dich, aber was soll er machen?« Sie dämpfte wieder ihre Stimme. »Die Gnädige ist eifersüchtig auf dich. Widersprich nicht, es ist so. Die Mädchen mögen dich und Herr Pfäfflin schätzt dich, wie man so schön sagt. Redet mit dir, als ob du seinesgleichen wärst. Die Madame platzt manchmal beinahe!«

»Ach, Kläri, was redest du da«, protestierte Bertha. »Ich geniere mich ja beinahe.«

»Ach was.« Kläri rückte auf und saß jetzt ganz dicht neben ihr. »Ich unterstelle dir doch nichts Schlechtes, vor allem in Bezug auf den gnädigen Herrn. Aber er mag dich halt, und die Gnädige hat eine Wut auf dich. Trägst zwar keine seidenen Kleider und malst dich nicht an, aber du bist ein richtig hübsches Mädchen und sie ist eine alte Schachtel, da kann sie sich noch so viel Farbe ins Gesicht schmieren. Und außerdem hast du etwas, ich kann's nicht erklären … es ist nicht nur, dass du gescheit bist, nein, du hast halt was.«

Erstaunt sah Bertha sie an. »Jetzt machst du mich aber wirklich verlegen, Kläri. Ich bin doch nichts Besonderes.«

»Doch, das bist du. Dein Professor hat's gemerkt und auch der gnädige Herr und deshalb will dich die Gnädige weghaben. Bloß dein Armand, der scheint's nicht zu merken, sonst hätte er dich schon lange geholt. Und ich sage dir noch etwas, einer hat's auch gemerkt, gleich von Anfang an, und das ist der Fritz. Heirate den Fritz, das ist das Gescheiteste, was du tun kannst.«

»Der will mich doch gar nicht mehr.«

»Wegen Straßburg? Ach was. Er schmollt zwar noch, auch weil er nicht weiß, was damals vorgefallen ist. Ich verrat ihm nichts. Aber winke du ihm nur mit dem kleinen Finger und gleich kommt er gesprungen.«

»Woher willst du das denn wissen?«

Kläri verstärkte den Druck auf ihren Arm. »Weil er mir's gesagt hat.«

»Was hat er? Er tut doch alleweil so böse und redet nichts und …«

»Weil er's mir gesagt hat«, wiederholte Kläri unerbittlich. »Hier hat er gesessen und hat sich ausgeheult. Dass er dich so gern hat, dass du die Richtige für ihn wärst … Er will sich selbstständig machen, will sich eines von den großen Autos kaufen, du weißt schon, die hinten so eine große Ladefläche haben.«

»Einen Lastwagen?«

»Ja genau. Keinen neuen, das wäre zu teuer. Aber er könnte günstig einen gebrauchten kriegen und dann will er so ein Fuhrunternehmen aufmachen. Nichts mehr mit Gäulen, sagt er, viel zu langsam. Er hat gespart. Und du wärst die Richtige fürs Haus und fürs Geschäft.«

Berthas Blick glitt zum Fenster. Unmerklich hatte sich eine neblige Dämmerung über den Hof gelegt, sodass die Mauern und die Bänke kaum mehr zu erkennen waren. Nur der Apfelbaum trat schattenhaft aus dem grauen Dunst hervor. Der Wind hatte sich gelegt, unbeweglich ragten die Äste in den dunkler werdenden Himmel empor wie vielgestaltige Arme, die sich dem Dunkel und der Kälte ergaben und dennoch ihre verborgene Kraft behaupteten. Denn es würde doch wieder einen Frühling geben, der die Blätter und die Früchte aus ihnen trieb? So sollte es auch mit mir sein, überlegte Bertha. Ich möchte auch weiter wachsen dürfen und Früchte tragen. Wahrhaft nützlich sein, das hatte sie einst dem Professor gesagt. Und wenn sie doch den Fritz heiratete ... ? Wenn sie beide miteinander etwas aufbauten, wie die Kolleginnen beim Bosch, die das als ihr eigentliches Ziel ansahen? Kläri dachte wohl auch so. Aber nein, es gehörte noch etwas anderes dazu, das hatte sie beim Professor gelernt. Das Schöne gehörte zum Leben, war mindestens genauso wichtig wie das Nützliche, und ein Teil des Schönen war die Liebe, so ähnlich wie der Professor diesen Rimbaud geliebt hatte, vielmehr seine Gedicht, so liebte sie Armand.

Sie erhob sich langsam und strich sorgfältig ihr dunkelgraues Kleid glatt. »Kläri, danke, dass du mir das alles gesagt hast. Auch das mit Fritz.«

»Und? Was wirst du jetzt machen?«

»Der Fritz hat eine Frau verdient, die ihn mag.«

»Aber du magst ihn doch!«

»Nicht genug. Es wäre unrecht von mir, vor allem, weil ich einen anderen liebe.«

Kläri schnaubte empört. »Liebe – wenn ich das schon höre. Die vergeht. Ein fester Platz im Leben ist viel wichtiger.«

»Ach, Kläri, lass uns nicht streiten. In einem hast du sicher, so kann es nicht weitergehen. Ich muss nachdenken. Aber eines weiß ich schon sicher, das mit dem Fritz, das ist nichts. Und jetzt muss ich hinauf, die Kinder kommen gleich.«

»Das Abendessen gibt's in einer Stunde.« Kläri klang mürrisch, aber als Bertha sie beim Hinausgehen kurz in den Arm nahm, lächelte sie schon wieder.

Oben drang immer noch Klaviergeklimper durch die angelehnte Tür des Salons. Seit Frau Pfäfflin unerbittlich ihren Mutterpflichten nachkam, sollte jeder mitbekommen, wie aufopferungsvoll sie sich um ihre Töchter kümmerte, trotz Migräne, Krämpfen und Nervenkrisen.

Bertha wartete kurz auf dem Treppenabsatz, das Klavierspiel hatte aufgehört, stattdessen hörte man Gemurmel. Luise musste etwas vorlesen. Das konnte dauern, denn die Gnädige unterbrach sie ständig, weil ihr Betonung oder Aussprache nicht passten. Dann hab ich noch ein bisschen Zeit für mich, überlegte Bertha und stieg eilends die Stufen zum Dachgeschoss hinauf. Ohne richtig zu wissen, was sie tat, holte sie Briefpapier aus der Kommodenschublade und tunkte sachte die Feder in die Tinte. Ich schreib jetzt Armand, auf der Stelle schreibe ich ihm. Aber was schreibe ich ihm denn? Was hatte sich denn seit dem letzten Brief verändert? Dass ich ungeduldiger werde, dass ich nicht mehr allzu lange bei den Pfäfflins bleiben kann. Aber das wusste er doch alles schon. Einen Moment lang überlegte sie, ob sie ihm von Fritz schreiben sollte, ihn eifersüchtig machen sollte. Aber das wäre nicht richtig gewesen. Gedankenverloren betrachtete sie eine Wespe, die sich in ihr Zimmer verirrt hat. Eine Wespe, um diese Zeit noch! Das musste ein ganz zähes Luder sein. Was hatte Kläri vorhin zu ihr gesagt? Dass sie etwas an sich habe, das Kläri nicht genau beschreiben konnte. Was hatte sie nur damit gemeint?

Ich schreibe ihm, dass wir uns endlich befreien müssen von der Angst, der Angst vor diesem riesengroßen Schatten, den sein Bruder immer noch wirft, der Angst vor dieser schwarz gekleideten Frau, die in ihrem Zimmer sitzt und ihren Hass nährt, der Angst vor all dem, was geschehen war zwischen ihren Völkern. Was hatte das mit ihnen zu tun? Aber das hatte sie ihm schon hundertmal geschrieben und es war ja auch nicht so einfach. Armand hatte recht, es war ganz und gar nicht einfach. Das sah man ja an ihrem Bruder. Es gab noch diesen anderen Bruder, Georg, und manchmal überlegte sie sich, ob ihr Bruder Georg Armands Bruder Pierre erschossen hatte. Ein verrückter Gedanke, gewiss. Aber es könnte möglich sein. Georg hatte Menschen erschossen, jeder, der im Krieg war, musste Menschen erschießen. Er hatte nie direkt davon gesprochen, aber sie hatte es herausgehört. Also, gesetzt den Fall, Georg hatte Pierre erschossen – er war sogar zur selben Zeit in der Gegend, in des es geschehen war –, was würde das für sie und Armand bedeuten? Gewiss, keiner würde es je erfahren, aber die Möglichkeit bestand. Musste sie nicht verzichten um des Toten willen? Und nahm man den umgekehrten Fall – ein Franzose hätte ihren Bruder erschossen? Würde sie so denken wie die alte Frau in der kleinen Stadt in der Ardèche?

Sie streifte die Feder am Tintenfass ab und stand auf, um die Wespe hinauszulassen, die nach einem zweimaligen Anlauf taumelnd nach draußen flog. »Mach's gut, wohin du auch fliegst«, flüsterte sie und fügte hinzu: »… und wie viel Zeit dir noch bleibt.«

Die Tür sprang jäh auf und Charlotte und Luise stürzten herein.

»Was machst du, Bertha, du siehst so traurig aus?« Charlotte umarmte sie.

»Ich denke nach.«

»Worüber denn?«

»Über das Leben.«

»Ach Quatsch«, sagte Charlotte lachend. »Darüber kann man nicht nachdenken.«

»Nein?«

»Nein, das muss man tun!«

Einige Tage später kam Traudel ins Kinderzimmer, wo Bertha gerade die Strümpfe der Mädchen begutachtete. Einige mussten dringend gestopft werden, der Himmel wusste, wie sie das anstellten, ständig die Zehen durchzubohren.

»Da ist Besuch für dich, Bertha«, sagte Traudel. Ihr Gesichtsausdruck war schwer zu deuten. Für einen Moment schien Berthas Herz auszusetzen. Armand … oder Georg …?

»Wer … wer ist es denn?«, krächzte sie.

»Deine Schwester. Hat einen Kerl dabei … na ja, wirst schon sehen.« Lag nicht Schadenfreude auf Traudels Gesicht? Sie drehte sich um und ließ der so wenig verheißungsvollen Ankündigung noch ein gedämpftes »seine Verwandtschaft kann man sich halt nicht aussuchen« folgen.

Berthas Enttäuschung war riesengroß. Erst diese aufflackernde Hoffnung und dann das … ausgerechnet ihre Schwester, vielmehr Halbschwester. Tante Hedwig hatte geschrieben, sie »treibe« sich herum, seit sie aus dem Marquardt hinausgeworfen worden war. Was immer das auch heißen sollte. Was wollte sie hier, und dazu noch mit einem »Kerl«?

Als die Tür aufging, hatte sie Schwierigkeiten, in der Frau, die vorsichtig eintrat, ihre Schwester zu erkennen. Das lag weniger an der Kleidung, die auf den ersten Blick sehr elegant wirkte, beim Näherkommen aber merkte man, dass der Stoff des grünen Mantels mit dem großen aufgestellten Kragen dünn war, dünn und billig. Kaufhaus-Schick, dachte Bertha, und das galt auch für den Hut, der mit seiner breiten Krempe ihr Gesicht beschattete. Dieses Gesicht, das hatte sich verändert, jetzt, wo sie direkt vor ihr stand, konnte Bertha es deutlich sehen. Die Konturen waren viel ausgeprägter, das Pausbäckige war verschwunden und um den rot geschminkten Mund lag ein harter Zug.

»Grüß Gott, Bertha, mich hast du bestimmt nicht erwartet.« Ihr Lächeln wirkte verkrampft. »Hast es ja gut getroffen. Alles so vornehm hier …«

Bertha streckte ihr die Hand entgegen. »Überrascht bin ich schon, wir haben uns lange nicht gesehen. Wie geht's dir?«

»Gut. Ja, mir geht es gut. Kurt hatte hier in der Gegend zu tun und da dachte ich: Schau doch mal bei Bertha vorbei.«

»Kurt?«, fragte Bertha erstaunt.

»Mein Verlobter.« Sie drehte den Kopf zur Tür und jetzt erst bemerkte Bertha, dass dort ein Mann stand, ein Mann in der braunen Uniform der SA.

»Mich hat beinahe der Schlag getroffen«, erzählte sie Kläri am Abend, als sie zusammen mit Traudel in der Küche saßen. »Da steht ein Nazi plötzlich mitten im Kinderzimmer.«

Sie hatte die beiden so schnell wie möglich aus dem Zimmer bugsiert und war mit ihnen nach unten auf den Hof gegangen, vorbei an der verblüfften Kläri, die ihnen aus dem Küchenfenster nachstarrte, und hatte sie dann zum Adler gelotst.

»Das erste Haus am Platze«, hatte sie mit falscher Freundlichkeit angepriesen, »hier seid ihr gut aufgehoben. Ich komme zum Abendessen her. Seht euch in der Zwischenzeit die Stadt an. Ihr müsst verstehen, ich muss arbeiten, gleich kommen die Mädchen von der Schule. Aber am Abend habe ich Zeit.«

Die eisige Miene ihrer Schwester hatte sich etwas entspannt und auch der verkniffen blickende Verlobte hatte sich ein knappes »sehr gut« abgerungen. Er war einen Kopf größer als Bertha, schlank, fast hager und hatte einen merkwürdig geformten Kopf, der durch die exakt gescheitelten und aus dem Gesicht zurückgekämmten Haare noch zusätzlich betont wurde. Von Ferne erinnerte er an seinen Anführer, diesen Hitler, den der Professor so gehasst hatte.

»Und wie ist er so, der Verlobte?«, wollte Kläri wissen.

»Er schwätzt komisch daher«, sagte Bertha bissig.

»Beim Abendessen hat er dauernd von der ›Bewegung‹ gefaselt. Und dass alles besser wird, wenn sie einmal an der Macht sind.«

»Na, da wird er wohl lange warten müssen.«

»Und dass sie das ›Schanddiktat‹ von Versailles für null und nichtig erklären lassen.« Bertha stockte, den Rest wollte sie gar nicht erzählen. Von den »Franzmännern« hatte er schwadroniert, denen man es noch einmal zeigen wolle.

»Bist du eigentlich im Krieg gewesen?«, hatte ihn Bertha unterbrochen, die sein Gerede nicht mehr hören konnte.

Er hatte verneint, untauglich sei er gewesen, dabei habe er doch gebrannt, für das Vaterland zu kämpfen. Was er genau gemacht hatte, ob er einen Beruf ausübte, das konnte Bertha nicht in Erfahrung bringen. Irgendwann war er zur »Bewegung« gestoßen.

»Im April haben wir uns kennengelernt, beim Gauparteitag. Der Hitler hat gesprochen und der Goebbels und es waren bestimmt 3000 Leute da.«

»Mehr, viel mehr, Mäuschen.« Ein strafender Seitenblick hatte Paula gestreift. »Der Führer hat eine wirklich wundervolle Ansprache gehalten und Dr. Goebbels auch. Dass die jüdische Weltverschwörung …«

»Und wie seid ihr euch begegnet, unter all den Leuten?«, war ihm Bertha ins Wort gefallen.

»Ich hab dort bedient«, hatte Paula stolz berichtet, »im Wulle-Dinkelacker-Bräu. Dort habe ich nämlich als Aushilfe gearbeitet.« Sie hatte dann ausführlich zu erzählen begonnen, was Kurt an diesem Abend alles gesagt und getan hatte. Der Verlobte war daraufhin düster blickend auf die Toilette verschwunden.

»Wie findest du ihn?«, hatte Paula flüsternd gefragt.

»Und was hast du geantwortet?« Kläri lachte, weil sie das alles sehr spaßig fand.

»Ja, was hätte ich antworten sollen? Wenn ich die Wahrheit gesagt hätte, dann hätte ich sagen müssen, dass ich ihn einfach grässlich fand.«

Jetzt lachte auch Traudel.

Eigentlich ist es gar nicht lustig, dachte Bertha. Und was mir Paula dann erzählt hat, das darf ich niemandem sagen. Sie hatte gezögert, auf ihre Frage zu antworten. Die Wahrheit konnte sie doch nicht sagen. Aber dann hatte Paula mitten in ihre Überlegungen hinein gemurmelt: »Schon gut. Du kannst ihn nicht leiden, das hab ich gleich gemerkt. Aber weißt du, ich bin froh, dass er mich nimmt.«

Erstaunt hatte Bertha zurückgefragt: »Du bist froh?«

»Ja, ich kann mir nicht mehr so viele aussuchen. Weißt du, nach der Sache im Marquardt da, da … war ich in Not.«

Verständnislos hatte Bertha sie angesehen.

»Ja, in Not. Verstehst du denn nicht?«, gereizt hatte die Schwester sie angefunkelt. »Herrgott, bist du begriffsstutzig. Ich war schwanger! Und ich hab's mir wegmachen lassen. Ich musste doch arbeiten und der Kerl … war ein Scheißkerl. Auf die Alb wollte ich auf keinen Fall zurück. Aber etwas ist schiefgegangen. Ich musste dann ins Krankenhaus. Seitdem kann ich keine Kinder mehr bekommen.«

Schweigen hatte zwischen ihnen gelastet, drückendes Schweigen, bis Bertha schließlich fragte: »Weiß er das?«

»Wo denkst du hin. Die sind doch gegen Abtreibung. Außerdem redet er immer von der Reinheit der deutschen Frau.«

»Aber wenn du keine Kinder bekommst? Du willst doch Kinder, oder? Was sagst du ihm denn?«

Paula hatte süffisant gelächelt. »Könnte doch auch an ihm liegen, oder? Wer will das wissen?«

»Aber willst du ihn überhaupt heiraten? Du scheinst ihn ja auch nicht besonders zu mögen.«

Paulas Gesicht wirkte auf einmal angespannt, als ob jemand die Haut über den Backenknochen fester ziehen würde. »Ich will heiraten. Ich will anständig leben. Jemanden haben, der für mich sorgt. Das kann er. Die Nazis kommen nach oben, glaub mir's. Die Leute haben die Nase gestrichen voll von der Politik. Und die Braunen verstehen's. Du müsstest erleben, was auf den Versammlungen los ist. Der macht Karriere, so fanatisch, wie er ist.« Ihr Gesicht hatte einen träumerischen Ausdruck angenommen. »Und ich bin dabei.«

Dann war Kurt zurückgekommen, das Essen wurde gebracht, über das er gleich mäkelte: »Franzosenfraß, ich bevorzuge gute deutsche Hausmannskost.«

Bertha hatte ihn spöttisch gefragt, ob er nicht mitbekommen habe, dass Deutschland seit einigen Wochen Mitglied im Völkerbund sei. Wie sie gehört habe, verdanke man das den Franzosen, die mit Deutschland jetzt endgültig Frieden geschlossen hatten. Und was, um alles in der Welt, er denn gegen die Juden habe? Hier in Gengenbach gebe es nicht viele und das seien alles sehr respektable Leute. Im gleichen Moment hätte sie sich am liebsten auf die Zunge gebissen, denn jetzt fing er bestimmt wieder mit seinen Tiraden an, aber sie konnte einfach den Mund nicht halten.

»Jetzt hast du nicht nur einen Bruder, der Kommunist ist,

sondern bald auch einen Schwager, der Nazi ist«, bemerkte Kläri, als sie später allein in der Küche saßen. Das Feuer war niedergebrannt und langsam zog eine feuchte Kälte durch die Ritzen der Türen und Fenster.

»Ja, wir sind wirklich eine feine Familie.«

»Was findet deine Schwester bloß an so einem?«

Bertha schüttelte den Kopf. Die Wahrheit durfte sie doch nicht sagen. War Paula wirklich so berechnend, wie sie tat? Sehr kühl hatte sie davon berichtet, wie man ihr das Kind mit Stricknadeln aus dem Leib gerissen hatte. »Ich bin fast ohnmächtig geworden vor Schmerzen, und überall Blut ...«, das war das Einzige, was sie erzählt hatte. Kein Wort von dem Kind. Und sie konnte auch keine mehr bekommen, machte ihr das wirklich nichts aus?

Sie merkte, dass Kläri sie erwartungsvoll ansah. »Keine Ahnung«, sagte sie schließlich. »Das ist ihre Sache. Will wohl Karriere machen, der Herr, den meisten Frauen gefällt das.«

»Was sagt eure Mutter dazu?«

»Die wird froh sein. Die Politik ist ihr egal. Hauptsache ihre Tochter heiratet. Weißt du, sie hat immer Angst gehabt, dass Paula auf die schiefe Bahn gerät. Gesagt hat sie's nie, aber ich hab's gespürt.«

Im gleichen Moment erschrak Bertha über sich selbst. Was rede ich so gehässig daher, dachte sie reumütig. Paula muss teuer dafür bezahlen. Wofür eigentlich? Dass sie ein anderes Leben wollte als das vorgezeichnete? Ja, sie bezahlt teuer dafür, aber kann man überhaupt von Schuld reden? Dieser harte Zug um den Mund und diese toten Augen ... Und dann ein Leben mit diesem Spruchbeutel. Ja, sie bezahlt teuer für alles. Sie merkte auf einmal, dass sie zitterte.

Kläri war es wohl auch aufgefallen, denn sie stand abrupt

auf und sagte bestimmt: »Für einen Tag war das genug. Früher habe ich mich nicht um das Politische gekümmert, aber es holt einen immer wieder ein. Und jetzt wird geschlafen, bist ja ganz erledigt.«

In der Nacht träumte Bertha, Armand sei in einem Turm eingesperrt, der aussah wie der Niggelturm. Er stand auf dem oberen Umgang und rief nach ihr. Sie stand unten und hämmerte gegen die Tür, die seltsamerweise auch nachgab, aber sie konnte sich nicht vom Fleck rühren. Ihre Beine schienen eingesunken zu sein im Morast, der den Turm umgab. Dieser Traum kam immer wieder, in allen Variationen hatte sie ihn wohl schon zigmal geträumt. Diesmal aber war es etwas anders, in der offenen Tür erschien nämlich auf einmal ihr zukünftiger Schwager und grinste sie an. Sie starrte auf seinen seltsamen Kopf und vor allem auf den Mund, der unaufhörlich Worte spie, als seien es Brocken von Gegessenem. Einiges konnte sie verstehen … »Schanddiktat« … »Knechtschaft« … »Rache« … und immer wieder »Reinheit«. Wieso Reinheit? Die Worte taten so weh, als seien sie Schläge ins Gesicht.

Schweißnass richtete sie sich im Bett auf. Für einen Moment war sie völlig verwirrt. Hatte hier nicht jemand geschrien? Im Haus war es ganz ruhig. Wahrscheinlich hatte sie selbst geschrien. Sie drückte ihr Gesicht gegen die Bettdecke, als könne sie so die Bilder dieses Traums verscheuchen. Schließlich machte sie die Lampe an und tastete nach dem Rimbaud-Gedichtband, der wie immer griffbereit auf dem Nachttisch lag. Sie presste das schmale Büchlein fest gegen ihre Brust, als ob sie so Halt und Trost finden könnte. Dem Professor hat es letztlich auch nichts genutzt, dachte sie grimmig, hat ja auch sein Steuer verloren und ist ins Wasser gegangen. Trotzdem schlug sie das Buch an einer beliebigen Stelle auf und klemmte den Zeigefinger zwischen die Seiten. Das soll jetzt mein Orakel sein, dachte sie, ich weiß, es ist kindisch, aber was soll's? Vorsichtig öffnete sie das Buch und ihr Blick fiel auf die folgenden Zeilen: »*Depuis huit jours, j'avais déchiré mes bottines aux cailloux des chemins …*« – »Acht Tage lang war ich auf Steinen ausgeschritten, mein Schuhwerk war zerfetzt …«

War das ein Zeichen? Ein Hinweis darauf, dass sie weggehen sollte, auch wenn der Weg steinig war? Genug gewartet! Ich komme dir entgegen, Armand, mein Liebster! Auf einmal fiel ihr ein, was sie mit der Stadt verband, in der sich ihr Bruder angeblich aufhielt. Mit fliegenden Fingern blätterte sie zurück und dort, gleich auf der ersten Seite, stand es: »Arthur Rimbaud … am 10. November 1891 in Marseille gestorben …«

Das ist es, ich gehe nach Marseille! Plötzlich war ihr ganz leicht zumute. Vielleicht finde ich dort sogar Georg. Und Armand kann mir entgegenkommen, es ist bestimmt nicht mehr weit weg von dort, wo er lebt. Dort, wo Rimbauds Leben endete, soll mein neues Leben beginnen, und wahrhaft nützlich und schön soll es werden.

# *Marseille*

Der Wind fuhr pfeifend um die Ecke und blähte die rot karierten Tischtücher auf, um sie dann halb über die Tische zu fegen. Bertha zog fröstelnd den Wollschal über ihren Schultern fester und begann eilends die Decken einzusammeln, bevor sie ganz weggerissen wurden. Jacques hatte recht. Heute würde niemand draußen sitzen wollen, um seinen Aperitif zu nehmen, einen Pastis vielleicht oder ein Glas Wein. Und erst recht wollte keiner seine Bouillabaisse draußen essen.

Heute war Freitag und da gab es Fischsuppe, das war schon immer so gewesen. Und Jacques war wie immer schon um vier Uhr früh zum Hafen gefahren, in diesem klapprigen, leuchtend blau gestrichenen Vehikel, das er großspurig den »Transporter« nannte und das nur noch geheimnisvolle Kräfte und Jacques' Glauben zusammenhielten. Es lag allerdings nicht nur am kalten Wind, dass Bertha schauderte. Sie musste an dieses seltsame Getier denken, das er dann jedes Mal nach Hause brachte und von dessen Existenz sie bislang keine Ahnung gehabt hatte. Für sie sahen diese Kreaturen aus wie urzeitliche Monster, direkt einer alten Sage oder einem Märchen entsprungen, allerdings zusammengeschrumpft auf Westentaschenformat, als seien sie im Laufe der Jahrtausende quasi eingedampft, aber immer noch vorhanden. Und dann landeten sie im Kochtopf von Jacques Desvilliers, dem Wirt des Bistros mit dem hochtrabenden Namen Alcazar, der sie ungerührt in das kochende Wasser warf, all die Tintenfische, Krebse, Meerspinnen und glotzäugigen Fische, und das ergab dann die Bouillabaisse, von der Jacques behauptete, sie sei die beste in ganz Marseille und Umgebung. Das konnte Bertha allerdings nicht beurteilen, denn sie hatte sich bisher standhaft geweigert, von der berühmten Suppe zu kosten. Wie das schon roch! Sie kannte nur Karpfen und Forellen, die Kläri immer so wunderbar in Butter gebraten hatte.

Ach, Kläri, was würde sie wohl zu dieser Fischsuppe sagen? Aber sie wollte jetzt nicht an Kläri denken, erst am Abend, wenn sie auf ihrem schmalen Bett lag, ließ sie die Gedanken an Vergangenes zu, las dann auch die letzten Briefe, die aus Gengenbach gekommen waren, von Kläri, von Charlotte und Luise, die in krakeliger Schrift immer wieder das Gleiche fragten:

*»Wann kommst Du denn zurück, liebe Bertha, wir vermissen Dich so!« Und jedes Mal unterschrieb Herr Pfäfflin mit herzlichem Gruß und fügte hinzu: »Unsere Tür steht Ihnen immer offen!«*

Ach, war das verführerisch. Es hatte einige Augenblicke in den letzten acht Wochen gegeben, da war sie drauf und dran gewesen, das sorgsam gehütete ersparte Geld, das in der kleinen bestickten Tasche unter der Matratze versteckt war, zu nehmen und eilends zum Bahnhof zu gehen. Herr Pfäfflin hatte ihr noch einige Scheine beim Abschied in die Hand gedrückt.

*»Für alle Fälle, Fräulein Bertha, Geld für die Rückfahrkarte! Und Sie wissen ja, unsere Tür steht Ihnen immer offen.«*

Aber sie hatte die Zähne zusammengebissen und hatte sich nur am Abend erlaubt, ein bisschen zu weinen, und immer wieder versucht, die Angst niederzuzwingen, die sie in den Momenten des Innehaltens anfiel wie ein toller Hund.

Entschlossen packte sie die Tischtücher unter den Arm und ging hinein in den Schankraum. Hinter der Theke stand Jacques mit dem unvermeidlichen Zigarillo im Mundwinkel. Bertha dachte flüchtig, dass sie Jacques fast noch nie ohne Zigarillo gesehen hatte, er rauchte sogar während des Kochens, und die Stammgäste behaupteten, sie hätten schon ab und an einen Stummel aus dem Essen gefischt.

»Sauwetter«, begrüßte er sie missmutig, »versaut das Geschäft. Die letzten Tage waren so schön, da wären am Wochenende bestimmt ein paar Ausflügler gekommen. Und ausgerechnet am Freitag kommt jetzt dieser Mistwind …«

»Mistral«, nannten die Menschen hier im Süden Frankreichs den Wind, der sich von den Bergen fallen ließ und ungewohnte Kälte mit sich brachte. Er zerrte Wolken mit sich, die den Himmel verdüsterten und die Farben verblassen ließen. Insgeheim war Bertha beinahe froh gewesen, als sie den Mistral zum ersten Mal erlebt hatte. Er erinnerte sie an die Winde auf der Alb, die sie als noch viel rauer und eisiger in Erinnerung hatte. Denn hier war es ungewöhnlich warm, sie hatte noch niemals einen so warmen März erlebt. Auf der Alb lag um diese Zeit oft noch Schnee und nur einige Schneeglöckchen und blasse Krokusse trieben vorsichtig aus der kalten Erde heraus. Aber hier trieben die Pflanzen schon Blüten aus, waren saftig grün. Sie trugen geheimnisvolle Namen, die sie sich noch gar nicht richtig gemerkt hatte. Draußen vor dem Bistro rankten sie sich aus großen Kübeln an der Hauswand empor und deckten den bröckelnden Putz zu oder breiteten fächerförmig ihre prallen Blätter aus, wahre Königinnen einer unbekannten Pflanzenwelt. Überhaupt, die Farben hier … Manchmal musste sie die Augen schließen, denn es kam ihr vor, als schmerze sie die Intensität dieser Farben, sie, das Kind von der rauen Alb. Das Blau des Himmels war unvergleichlich, genauso wie die Farbe des Meeres, dieses unermesslich großen Wassers, das sie beim ersten Anblick erschreckt hatte, denn obwohl es ruhig, fast unbeweglich vor ihr gelegen hatte, bekam sie eine Ahnung von der gewaltigen Kraft, die in ihm lag. Sie hatte es in der Zwischenzeit auch schon anders erlebt, grünlich schillernd warf es dann große, gefräßige Wellen gegen die Küste, wo die Menschen lebten, die es fürchteten und doch liebten, weil sie von ihm lebten. Auch weil es ihnen die kleinen Ungeheuer schenkte, die drüben im großen Topf in der Küche köchelten.

»Berthe, rühre die *rouille* an und schneid das Brot auf«, rief Jacques, der zwischenzeitlich an die Tür getreten war und missmutig auf das tückisch glitzernde Wasser blickte, das sich unter ihm ausbreitete. Auch der Sand hatte seine gewohnte Farbe verloren, er wirkte schmutzig und stumpf. Jacques hatte recht, die Städter würden wohl am Samstag und Sonntag zu Hause bleiben und nicht nach L'Éstaque hinausfahren, diesem kleinen Dorf im Nordwesten von Marseille, dessen Häuser sich so malerisch an die Felsen schmiegten.

Dort war sie also gelandet, Bertha Merkle, wie das Treibgut, das am Morgen am Strand lag. Jedes Stück hatte seine geheime Geschichte, so wie sie. Vieles war nutzloser Abfall, der keine Bestimmung mehr hatte, aber manche Stücke waren noch zu gebrauchen. So wie sie, die jetzt in der winzigen Küche des Alcazar stand, die eher einem Verschlag glich, und eine Mayonnaise anrührte, wie sie Kläri nicht besser hinkriegen würde. Allerdings hätte sie gestaunt, was Bertha so alles hineinpraktizierte – schmale, rote Früchte, die sie bestimmt nicht gekannt hätte. Peperoni und Chili seien das, hatte Jacques erklärt, und sie solle damit aufpassen, die seien scharf… »Scharf«, hatte er gesagt, das war die Untertreibung schlechthin, scharf… von wegen, das war ein Fegefeuer für den Mund. Als sie zum ersten Mal ein kleines Stück gekostet hatte, war ihr erster Gedanke gewesen: Jetzt ist alles verbrannt! Ich kann nie mehr etwas essen! Sie hatte literweise Wasser getrunken und nach einiger Zeit hatte der Schmerz nachgelassen. Wahrscheinlich musste man auch diese Früchte von früh auf gewohnt sein, so wie die Farben, die Meerestiere, die Gerüche.

Nachher kamen die Fischer und die Männer, die in den Ziegeleien arbeiteten, die waren es gewohnt. Sie würden ihre Bouillabaisse essen, schweigsam, langsam und gründlich kauend, denn jeder Bissen war ein Geschenk, das sie dankbar genossen. Sie arbeiteten hart, die Fischer mussten schon mitten in der Nacht hinausfahren, um dann unten am kleinen Hafen ihren Fang zu verkaufen, und staubig und schmutzig war die Arbeit in den Ziegeleien, die viele Menschen im Dorf ernährten. Das alles hatte Bertha in der Zwischenzeit erfahren und deshalb war es ihr wichtig, das Essen gut und liebevoll zuzubereiten. Vorsichtig schmeckte sie die *rouille* ab, nur ein kleiner Tropfen auf die Zunge … Ja, sie war gut!

»Vergiss nicht, auch die Bouillabaisse zu kosten, Berthe!«, rief Jacques herüber, der die Körbe mit dem aufgeschnittenen Baguette verteilte, und lachte dröhnend.

Bertha schnitt eine Grimasse. Das war ein stehender Witz zwischen ihnen beiden. Sie mochte ihn gern, Jacques mit dem kahlen Schädel, den nur noch ein schmaler, gräulich brauner Haarkranz zierte. Dafür war der Schnurrbart, sorgsam gekämmt, umso üppiger. Sein großer Kummer war, dass er so klein war, nicht viel größer als Bertha selbst. Deshalb hatte er hinter der Theke eine Bank aufgestellt, die es ihm ermöglichte, seinen Gästen an der Bar wenigstens in die Augen schauen zu können. Das war eine wohlbekannte Tatsache, die die meisten immer wieder mit gutmütigem Spott kommentierten, den Jacques aber ungerührt über sich ergehen ließ.

Das Brot stand in Körben bereit, die *rouille*, die Bertha jetzt in kleinen Schüsseln verteilte, roch durchdringend nach Knoblauch, und Jacques, der wieder unter die Eingangstür getreten war und mit zusammengekniffenen Augen in Richtung Dorfstraße geschaut hatte, rief: »Sie kommen!« Freude lag in diesem Ruf, gleich würde das Bistro mit Menschen gefüllt sein, Zigarettenrauch würde in hellblauen Schwaden hinaufziehen zu den schwarzen Balken der Decke, Rufen und Lachen würden durch den Raum schwirren, Gläser klirren und dann die jäh einsetzende Ruhe beim Essen, nur unterbrochen vom Schlürfen oder einem anerkennenden Zungenschnalzen, auf das Jacques stets wartete wie der Hund auf den Knochen. »Gut war's heute wieder, Jacques …«

»Danke, danke … ich will, dass ihr zufrieden seid … noch ein Schnäpschen zur Verdauung?«

Das war sein Leben. Man konnte sich gar nicht vorstellen, dass Jacques jemals ein anderer gewesen war, ein Kind, ein junger Mann … Nein, nein, er musste schon immer so ausgesehen haben, musste immer so dagestanden haben auf seinem Bänkchen hinter der Theke wie jetzt, wo er sorgsam, mit spitzem Mund und schnüffelnder Nase, den Pastis in die schmalen Gläser einschenkte, der nach Anis schmeckte und dessen Geruch Bertha immer an die Plätzchen erinnerte, die es an Weihnachten gab.

Die Arbeiter drängten herein, einförmig grau gekleidet, einige Fischer kamen dazu in blauen Arbeitshemden mit aufgerollten Ärmeln. Sie rissen ihre Mützen von den Köpfen, ließen sich auf die Stühle fallen und riefen nach Jacques und Berthe. Schnell, schnell, die Zeit war kostbar, die Mittagspause gleich vorbei.

Bertha brachte eilends die dampfenden Teller herein und begrüßte alle. Sie kannte jetzt schon fast jeden … den stämmigen Henri, den schmalen, hochgeschossenen Jean-Marie und dort drüben am Stammplatz saß, feist und krummbeinig, Louis, der Vorarbeiter. So verschieden alle waren, in einem Punkt ähnelten sie sich: Die Hände waren rau und schwielig und rotbraun. Die Farbe der Ziegel war in ihre Haut gekrochen, ließ sich nicht mehr abwaschen, blieb bis zum Tod in ihren Händen, die dann zum letzten Gebet gefaltet waren und die Zeichen lebenslanger, harter Arbeit trugen. Und bei den Fischern, die an zwei separaten Tischen saßen, war es ähnlich. Denen wird der Geruch bleiben, dachte Bertha. Die wird man am Geruch erkennen, oben am himmlischen Tor – man wird sie gleich erkennen, die Fischer und die Ziegeleiarbeiter, und den lieben Gott wird's nicht stören.

»He, Berthe, hast du heute die Suppe gekocht?«, rief Louis herüber und alle lachten.

Das war auch so ein abgedroschener Witz, aber Bertha lachte pflichtschuldig mit. Sie gab sich große Mühe, sie zu verstehen. Denn am Anfang hatte sie gedacht, in einem völlig anderen Land angekommen zu sein. Das war doch nicht

Frankreich, dessen Sprache sie so mühelos verstand, wie sie dachte. Das war auch kein Dialekt wie das Schwäbische beispielsweise. Der Professor, der nur Hochdeutsch gesprochen hatte, hatte ihr breites Älblerisch doch auch verstanden. Nein, es war eine ganz eigene Sprache, in der die Menschen hier im Süden redeten, so hatte es ihr jedenfalls Bruno erklärt. Sie hatte beispielsweise überhaupt nicht verstanden, wenn Jacques von jemandem sagte, der sei ein *bourrin* oder jener ein *fiffre,* also ein Idiot oder eine komplette Null. Dass er sie *penchère,* arme Kleine, nannte, wenn es abends sehr spät wurde, war ihr zuerst auch rätselhaft geblieben. Bis es ihr Bruno übersetzte.

Verstohlen glitt ihr Blick hinüber zu dem kleinen Tisch neben der Theke, an dem nur zwei Stühle Platz fanden. Wo er nur blieb? Er war meist der Letzte, ließ sich Zeit, schlenderte hinunter zum Strand und tauchte mit den Händen hinein ins salzige Wasser. Bertha wusste, warum er das machte. Er schickte Grüße hinüber nach Italien, seine Heimat. Auch er war Treibgut, ein Gestrandeter.

»Wo bleibt denn dein Lieblingsgast, Berthe?« Jacques grinste so breit, dass ihm der Stummel des Zigarillos fast aus dem Mund fiel.

Auch das war ein beliebter Witz, den die anderen Gäste gern aufnahmen. Dass sich die beiden Fremden, die Deutsche und der Italiener gut verstanden, war jedem aufgefallen. Man verstand das, es waren eben Leute, die das Patois nicht verstanden, Leute, die ihre Geschichte mitbrachten, eine traurige zumeist, und die zusammenhielten. Es wimmelte hier von solchen Leuten. Die Großstadt am Meer zog sie an wie der Sog des Wassers und spuckte sie manchmal auch wieder aus. Schon immer war das so gewesen. Die Zeiten nach dem letzten Krieg waren schlecht, da kamen viele hierher, warum auch immer. Seit in Italien dieser Mussolini regierte, waren es vor allem auch Leute von dort, wie Bruno, der kein schlechter Kerl war, nur eine andere Meinung hatte. Sie kamen also hierher, um zu überleben und vielleicht ein bisschen Glück zu erleben, und sei es auch nur bei einem Teller Bouillabaisse und bei einem Gläschen Roten.

Dieser Bruno hatte am Anfang ganz feine Hände gehabt, die zu nichts taugten als zum Schreiben, und das hatte er wohl auch gemacht, bis dann die Schwarzhemden gekommen waren. Und die Kleine da mit den roten Haaren, die lief wohl auch vor irgendwas davon. Ging ja nicht gut in diesem Deutschland, nach allem, was man so hörte. Aber wem ging es schon gut in diesen Zeiten, arme Teufel waren sie alle.

So mochten sie wohl denken, die Männer, die die Köpfe tief über die Teller gesenkt hatten, als müssten sie den Duft der Suppe auskosten, als dürfte nichts verloren gehen. Bertha spürte immer wieder ein seltsames, fast zärtliches Zusammengehörigkeitsgefühl zu diesen Menschen, die so freundlich zu ihr waren. Kein Wort wegen des letzten Krieges … Und wie sie sich mühten, mit ihr so zu sprechen, dass sie sie verstand! Kramten ihre paar Brocken Hochfranzösisch aus, das sie in der Schule gelernt hatten. Schrecklich zerquetscht klang das, aber sie konnte es verstehen. Es war ihnen umso mehr anzurechnen, da die Menschen hier die Hochsprache nicht mochten – das war die Sprache des Nordens und der Leute aus Paris, der Angeber und Nörgler. Trotzdem waren sie stolze Franzosen. Davon hatte ihr der Professor nichts gesagt. Die Dinge waren manchmal doch viel komplizierter …

Wieder ließ sie den Blick über die gesenkten Köpfe gleiten. Wie viele wohl von ihnen im Krieg gewesen waren,

Seite an Seite mit den *raleurs,* den Nörglern, und gegen die Deutschen gekämpft hatten? Aber Gott sei Dank redete keiner davon, man war freundlich zu ihr, und sie versuchte, eine gute *rouille* zuzubereiten, das war das Mindeste, was sie tun konnte.

Die Tür wurde aufgestoßen, aber es war wohl der Mistral, der gerade anschwoll, wie sein Pfeifen verriet, und nicht der schmächtige junge Mann, der sich gegen den Wind stemmte und die Tür mühsam hinter sich zuzog.

»Ah, Bruno«, rief Jacques und zwinkerte Bertha zu. Die anderen nickten mit dem Kopf, der junge Mann gab das Nicken zurück und setzte sich an den kleinen Tisch.

»Bonjour, Berthe, buongiorno …«, fügte er leise in seiner Muttersprache hinzu.

Er rollte die »R« in einer Weise, die verriet, dass Französisch nicht seine Muttersprache war. Auch sein »Berthe« klang anders, irgendwie anders, aber sie konnte nicht genau sagen, warum. Trotz seiner schmächtigen Statur hatte er eine tiefe und kräftige Stimme. Er habe lange Haare gehabt, als er hier ankam, um in der Ziegelei zu arbeiten, hatten die anderen lachend erzählt. Wie ein Mädchen habe er ausgesehen. Und dann diese Hände … Jetzt waren die dunkelbraunen Locken kurz geschnitten und lagen wie eine Kappe um den schmalen Kopf. Seine dunklen Augen erinnerten sie ein wenig an die von Armand, aber seine waren heller, sahen aus wie polierte Nüsse. Das war nicht der einzige Grund, warum sie Bruno von Anfang an in ihr Herz geschlossen hatte. Er war ein Fremder – wie sie –, er gehörte nicht richtig dazu. Es war nicht so, dass die anderen ihn ausgeschlossen hätten, die erste Zeit saß er wohl ganz selbstverständlich unter ihnen.

»Aber dann habe ich gemerkt, dass sie anders waren, wenn

ich bei ihnen saß. Nicht abweisend, nein, aber … irgendwie befangen. Worüber sollten sie mit mir reden, sie mit ihrem Patois und ich mit meinem bisschen Schulfranzösisch? Es war anstrengend für sie und anstrengend für mich. Leute, die hart arbeiten, sollten sich nicht auch noch anstrengen müssen in ihren kurzen Pausen. Ich gehöre trotzdem dazu und sie akzeptieren mich, das ist das Wichtigste.«

Bertha hatte ihn gut verstanden. Er sei ein Studierter, hatte Jacques erzählt, hätte für eine große Zeitung geschrieben. Deshalb auch die Hände, die feinen Hände, die nicht zum Arbeiten gemacht waren. Aber er packte trotzdem an, so gut es eben ging, und am Anfang hatten die anderen ihm stillschweigend geholfen. Warum er vor den Faschisten geflohen sei, hatte Jacques nicht genau gewusst. Erst etwas später hatte sie von Bruno selbst seine Geschichte erfahren. Er war tatsächlich Journalist gewesen, aber nachdem Mussolini 1922 die Macht an sich gerissen hatte, war es für ihn zunehmend schwieriger geworden. Seine Artikel wurden nicht mehr gedruckt, zu kritisch, zu negativ, es gab Warnungen, und eines Tages warteten irgendwelche Kerle nach Redaktionsschluss auf ihn, kräftige Männer, viel größer und stärker als er. Sie fingen ihn am Ausgang des Redaktionsgebäudes ab, zerrten ihn in ein Auto, das mit laufendem Motor wartete, und fuhren mit ihm an den Rand der Stadt. Mailand hieß sie und er sprach es »Milano« aus, leise und zärtlich, als sei es der Name seiner Geliebten.

»Sie haben mich verprügelt, vier gegen einen, eine tolle Leistung, nicht wahr? Der den Wagen gefahren hat, stand dabei und hat eine Zigarette geraucht. Das solle eine Warnung sein, haben sie noch gerufen, das nächste Mal schlügen sie härter zu. Im Krankenhaus bin ich wieder aufgewacht, mein

Chefredakteur brachte mir Blumen und die Kündigung … Ich müsse verstehen, Anweisung von oben.«

Jetzt saß er also da, im Alcazar, fingerte umständlich seine Brille aus einem abgewetzten Etui, das er immer in der Hemdtasche bei sich trug, denn er war kurzsichtig. Bei der Arbeit konnte er die Brille nicht tragen, zu viel Staub und zu viel Schweiß. Er studierte aufmerksam die Bouillabaisse, die Bertha ihm gebracht hatte. Essen sei ein Fest für alle Sinne, hatte er einmal zu Bertha gesagt und im Übrigen seien die Italiener die Erfinder der guten Küche, die Franzosen hätten nur alles kopiert.

»Lass das bloß Jacques nicht hören«, hatte sie lachend gemeint, aber er blieb dabei. »Im Jahre 1533 ist Katharina von Medici hier in Marseille angekommen, um den Sohn des französischen Königs zu heiraten. Es muss ein prachtvolles Gefolge gewesen sein, sogar der Papst war dabei. Die Franzosen haben Augen gemacht! Das war der Beginn einer neuen Kultur, die aus Italien kam. Zusammen mit einem vierzehnjährigen Mädchen, das später eine außergewöhnliche Königin wurde.«

Diese Geschichte war Bertha neu gewesen und sie hatte gestaunt. Was Bruno alles wusste! Aber übertrieb er nicht ein bisschen? Auf jeden Fall hätte sie diesen Brautzug gern gesehen. Was in dieser Stadt schon alles geschehen war … Die unterschiedlichsten Menschen kamen hier an, um zu bleiben, sogar eine künftige Königin.

Sie warf einen Blick in die Runde und sah, dass alle noch versorgt waren. Einige hatten schon fertig gegessen, die Teller wurden weggeschoben und sie rauchten behaglich ihre selbst gedrehten Schwarzen.

Jacques gestikulierte wild mit einigen Gästen an der Bar,

es ging wie immer um Politik. Eine Regierungskrise … die in Paris verstanden es nicht … die Wirtschaft lief schlecht. Und erst drüben bei den Nachbarn … die Faschisten … täglich kamen mehr Flüchtlinge, die Schlimmes erzählten.

»Aber eines musst du zugeben, Jacques, da kannst du sagen, was du willst, aufgeräumt hat er, der Mussolini, mit dem verfluchten Schlendrian«, sagte einer der jüngeren Arbeiter mit hagerem Gesicht und sorgenvollen Augen. Seine Frau erwarte nun das Vierte, hatte er Bertha letzthin anvertraut.

Jacques regte sich auf. »Schlendrian, Schlendrian … wenn ich das schon höre! Und deshalb ist es richtig, dass dort Leute eingeschüchtert und verprügelt werden oder noch Schlimmeres mit ihnen passiert, he?« Er deutete mit einer Kopfbewegung auf Bruno, der scheinbar ungerührt aß.

»Ich meine doch nur …«

»Du redest wie ein Idiot. Überlege mal …«

Rasch setzte sich Bertha neben Bruno. Sie wollte nicht, dass er etwas von der Diskussion mitbekam. Der Schwatz nach dem Essen war zu einer lieben Gewohnheit geworden, so hatte sie auch Stück für Stück seine Geschichte erfahren. Bruno lächelte ihr abwesend zu, Gott sei Dank schien er mit den Gedanken ganz woanders zu sein. Er griff in seine Hosentasche und holte einen kleinen Gegenstand hervor, den er zu Bertha hinüberschob.

»Hier, für dich. Zum Jubiläum.«

Es war eine kleine Muschel, deren Oberfläche zartrosa und bläulich schimmerte.

»Ist die schön! Aber warum Jubiläum?«

»Weil du genau heute vor zwei Monaten hierhergekommen bist. Zum Segen für Jacques, das Alcazar und uns allen.«

Wider Willen wurde Bertha rot. »Das ist nett von dir, dass

du das sagst. Aber es stimmt nicht. Wenn ich daran denke, wie ich mich am Anfang angestellt habe … und kein Wort habe ich verstanden.«

Bruno lachte leise. »Da hättest du erst mich sehen sollen, mit meinen Mädchenhänden, wie Jacques sie nennt. Wenn mir die Jungs nicht geholfen hätten! Der Patron hätte mich gleich wieder rausgeschmissen.«

Bertha stimmte in sein Lachen ein. Sie sah ihn an und Bruno gab den Blick zurück. Für einen Moment fühlte sich Bertha ihm ganz nah. Zwei Fremde. Gestrandete. Treibgut. Jeder mit einer Geschichte und unerfüllten Träumen. Dann aber bemerkte sie, dass sich sein Blick veränderte, er wurde forschend, fragend … drängend. Was willst du mir sagen, Bruno? So hatte sie Armand angeschaut, damals in Straßburg. So sah ein Mann eine Frau an, wenn sie ihm gefiel, wenn er sie begehrte.

Er schien ihre Verlegenheit bemerkt zu haben, denn er schlug wieder den heiter plaudernden Ton an. »Das werde ich nie vergessen, wie du aus der Küche kamst, oder vielmehr aus dem Verschlag, den Jacques Küche nennt, vorsichtig zwei Teller balancierend. Und weißt du, was es damals gab?«

Bertha schüttelte den Kopf. »Ich ahne es.«

»Bouillabaisse. Es gab Jacques' berühmte Bouillabaisse. Und es war so komisch, wie du auf die Teller gestarrt hast, als könntest du nicht fassen …«

»… dass man so etwas essen kann«, vollendete Bertha den Satz. »Stimmt, jetzt erinnere ich mich wieder. Ich kann's immer noch nicht essen, aber zumindest kann ich jetzt *rouille* machen, eine ganz passable, denke ich, und mein *lapin à la provençale* schmeckt auch nicht schlecht. Nur die *pieds et paquets* kriege ich nicht hin, weil's mir davor graust.«

»Du hast schnell gelernt und manches kochst du besser als

Jacques. Und die sogenannte Küche ist jetzt richtig sauber. Die alte Mère Grenouille hat am Schluss ja fast nichts mehr gesehen, Friede ihrer Asche.« Bruno bekreuzigte sich. »Apropos, Zigarillostummel wurden auch schon lange keine mehr im Essen gefunden. Alles dein Verdienst.«

»Zu viel der Ehre.«

Mit Bruno konnte man so wunderbar lachen. Trotz allem, was er erlebt hatte, konnte er noch lachen. Er war stark, aber die Stärke lag nicht in seinem schmalen Körper, sondern in seinem Kopf. Das war auch einer der Gründe, warum sie ihn so mochte.

»Man hat es mir leicht gemacht hier. Alle sind sehr freundlich.«

»Sie mögen dich. Menschen wie dich muss man mögen. Du weißt ja, keine Angeber und Großmäuler wie die aus dem Norden.«

»Wir gehören nicht richtig dazu, aber sie akzeptieren uns. Und keiner will große Erklärungen und Begründungen hören. Du erzählst deine Geschichte, wenn du es willst.«

Wieder dieser Blick. Ich weiß, was du mir sagen willst. Erzähl mir deine Geschichte, Berthe, meine kennst du. Es ist ein Angebot. Und er hat recht. Vertrauen gegen Vertrauen.

»Es wird Zeit, dass ich dir erzähle, warum ich hier bin«, sagte sie bedächtig.

»Wenn du willst. Es ist deine Sache. Weißt du was, ich habe eine Idee. Morgen ist Samstag und ich muss nicht so lange arbeiten. Ich werfe mich in meinen besten Anzug, meinen einzigen nebenbei, und du ziehst dein schönstes Kleid an, und dann gehen wir in die Stadt und feiern dein Jubiläum, was meist du? Ich wette, du hast noch nicht viel von der Stadt gesehen. Arbeitest doch die ganze Zeit hier im Bistro.«

Sie hatte schon ein paar Ausflüge unternommen, aber davon wusste er nichts. Sie war ja auf der Suche nach Georg, obwohl das ein ziemlich sinnloses Unterfangen war. Es war ungefähr so, als ob man eine Stecknadel im Heuhaufen suchte. Sie war aber auch ein dummes Landei, und wenn sie ehrlich war, musste sie zugeben, dass die Stadt ihr Angst machte. Aber Bruno kannte sich bestimmt aus, kam ja auch aus einer großen Stadt, aus diesem Milano. Und er hatte Kontakte, wie er immer wieder betonte, wusste, wo die Flüchtlinge sich trafen, das würde ihr bestimmt nützen. Im gleichen Moment schämte sie sich. Ich benutze ihn und er freut sich so! Aber es war auch die Gelegenheit, endlich ihre Geschichte zu erzählen … und von Armand. Ja, sie musste ihm unbedingt von Armand erzählen, bevor die Sache kompliziert wurde.

Sie nahm behutsam ihre Muschel und nickte ihm zu. »Danke für die Einladung. Ich muss noch mit Jacques reden, mir steht mein halber freier Tag für diese Woche zu. Am Wochenende wird nicht viel los sein, das hat er selbst gesagt. Der Mistral …«

»Also abgemacht. Ich hole dich hier um drei Uhr ab.«

»Sehr gern, Bruno.« Die Muschel wog schwer in ihrer Hand. Bruno wischte mit dem letzten Stück Brot den Teller aus, dann setzte er seine Mütze so schräg auf, dass er richtig verwegen aussah. Er wandte sich zum Gehen, hielt aber für einen Moment noch inne und flüsterte ihr zu: »Weißt du, wie sie dich nennen? Unsere kleine Rote …«

»So ähnlich haben sie mich zu Hause auch genannt, Feuerkopf oder Fuchs, aber das war nicht freundlich gemeint.«

Bruno tippte ihr leicht auf die Nase. »Hier ist es die reine Poesie, ach was, die reine Liebe. Also: Adieu, meine kleine Rote, mein Füchslein.«

Sie starrte ihm nach, starrte immer noch auf die Tür, obwohl sie sich schon längst hinter ihm geschlossen hatte. Reine Liebe, reine Poesie … *I rouge* … Blut und Zorn …! Ach was, kein Rimbaud jetzt. Das machte die Unordnung in ihrem Kopf nur noch größer. Sie musste jetzt endlich an Armand schreiben. An alle hatte sie geschrieben, kurz nach ihrer Ankunft hier, an Kläri, die Pfäfflins, sogar auf die Alb, dorthin allerdings nur mit vagen Angaben, irgendetwas mit »neuer Stelle« und »genauere Adresse schicke ich noch«. Aber die anderen hatten die neue Anschrift, hier vom Alcazar, hatten sogar schon zurückgeschrieben, Charlotte und Luise hatten sogar selbst gemalte Bilder beigelegt. Nur an Armand hatte sie noch nicht geschrieben. Es war ja verrückt! Wegen ihm hatte sie doch diesen Schritt gewagt, wollte ihm entgegengehen. Sicher, Georg spielte auch eine Rolle, aber es ging doch hauptsächlich um Armand! Und er wusste nicht, wo sie jetzt war, dachte immer noch, sie sei in Gengenbach. Kläri hatte zwei Briefe von ihm mitgeschickt, mit einem leisen Unterton der Verwunderung. »Weiß er es denn noch nicht?«

Nein, er wusste es nicht. Warum nur, Bertha, warum? Vielleicht, weil ich Angst habe, dachte sie. Immer wieder grübelte sie darüber nach: Warum habe ich denn Angst? Sie stapelte die Teller übereinander, die bei diesen Gedanken plötzlich anfingen, bedenklich zu klappern. Jacques schaute aufmerksam zu ihr herüber.

»Alles in Ordnung, meine Kleine?«

»Ja, Jacques, alles in Ordnung.«

Also, warum habe ich Angst?, fragte sie sich wieder, während sie die Teller in den Ausguss stellte und heißes Wasser dazugoss. Ich kann mich nicht mehr selbst täuschen, kann es nicht mehr wegschieben. Gut, erst bin ich angekommen, habe Arbeit gesucht, habe einen Platz gefunden, wenn auch nur vorübergehend. Also, warum zögere ich noch? Sei ehrlich, Bertha, du fürchtest dich davor, dass seine Reaktion nicht so ausfällt, wie du es dir erträumst. Dass er nicht kommt und dich holt, dass er schreibt, es sei eine verrückte Idee und man müsse doch noch warten … immer noch weiter warten. Herr Pfäfflin hat mich gewarnt, an jenem Abend, als ich ihm gesagt habe, dass ich weg will. Ich habe ihm damals auch gesagt, warum, hab ihm alles erzählt. Er hatte mich so … seltsam angesehen, bekümmert und traurig. »Aber, Bertha, sind Sie ganz sicher? Sie sind doch ein so gescheites und besonnenes Mädchen. Wenn ich es richtig verstanden habe, waren Sie mit dem jungen Mann nicht einmal einen ganzen Tag beisammen. Ja, ich weiß, Sie haben sich oft geschrieben, aber was besagt das schon? Papier ist geduldig. Bertha, überlegen Sie doch …«

»Ich habe mir alles gut überlegt«, hatte sie ihm gesagt, aber der Keim des Zweifels war gelegt. Kannte sie Armand wirklich? Sie schaute in den Spülstein, wo die aufgelöste Seife in blubbernden Blasen nach oben stieg. Vielleicht jage ich nur einer Illusion hinterher, einem Traumbild, das genauso zerplatzte wie die Seifenblasen. Dieses Zagen und Zaudern, das passte eigentlich nicht zu ihm. Zu ihrem Armand, ihrem strahlendem Armand mit den lachenden Augen. Aber es ist auch nicht einfach für ihn, flüsterte eine andere Stimme. Trotzdem, wenn man sich liebt, wisperte die andere. Gib es zu, Bertha, du fürchtest dich vor seiner Antwort, davor, dass die Seifenblase zerplatzen könnte. Und es war noch etwas anderes, und sie erschrak über sich selbst. Im letzten Brief hatte er gefragt, warum sie nicht schreibe. Angst hatte darin gelegen und das hatte ihr gefallen!

Am Nachmittag kamen die älteren Männer des Dorfes. Sie schlurften wie in einer Prozession herein, beleibte und hagere, manche mit Stock und viele mit roten Gesichtern, die vom Rotwein kündeten, der im Laufe eines langen Lebens getrunken wurde.

»He, Jacques, wir wollen draußen sitzen, der Mistral hat sich gelegt.«

In der Tat lag die Luft fast brütend unter der Aprilsonne, die sich durch die Wolken geschoben hatte. Das Meer war ruhig geworden, nur einige kleinere weiße Schaumkronen tänzelten auf dem blauen Wasser.

Eilig nahmen Bertha und Jacques die Stühle wieder von den Tischen. Die schlecht zu Fuß waren setzten sich gleich schnaufend nieder, die anderen fanden sich in einer kleineren Gruppe zusammen, um Pétanque zu spielen. Es ging darum, eine Stahlkugel einem kleineren Kügelchen, das sie *cochonet*, das Schweinchen, nannten, hinterherzuwerfen. Großer Jubel ertönte immer dann, wenn die Kugel der gegnerischen Mannschaft weggestoßen wurde. Bertha konnte sich nicht so recht erklären, worin der Reiz des Spiels bestand, das die Männer mit großer Hingabe betrieben. Aber egal, sie hatten ihren Spaß dabei, sogar die, die nicht mitmachen konnten, aber mit Kommentaren nicht sparten. Selbst Père Maurice, der Pfarrer, kam jetzt mit wehender Soutane herbeigeeilt und reihte sich ebenfalls in eine Mannschaft ein. Unaufgefordert holte Bertha etwas Käse aus der Küche. Das war das übliche Mahl des Priesters vor der Abendmesse.

Nachdenklich betrachtete sie eine der Brotscheiben, die sie auf dem Brett angerichtet hatte. Knusprig und braun war die Kruste und ganz fein die weiße Krume. Was für ein wunderbares Brot sie hier hatten! Ihr fiel auf einmal ein, wie sie in

Stuttgart nach Brot angestanden hatte, im schlimmen Inflationsjahr. Wie viel hatte das Brot am Schluss gekostet, kurz bevor das neue Geld kam? Sie wusste es nicht mehr genau. Millionen? Nein, es waren Milliarden gewesen, 100 000 000 000, 200 000 000 000 für ein Kilo trockenes Schwarzbrot! Wenn der Professor jetzt nur hier wäre … und sie könnte ihm noch einmal Brot bringen, dieses duftende Weißbrot, so wie im Gedicht von Rimbaud, wo die Magd Butterbrot und Schinken brachte, die Magd mit dem flinken Blick und den riesigen Brüsten. Damit war es allerdings nichts. Sie betrachtete ihre schmale Gestalt in der spiegelblanken Fensterscheibe. Wie das vorher ausgesehen hatte, als sie hergekommen war … Speisereste im Ausguss, das Fenster so schmutzig, dass man kaum hindurchsehen konnte, und dann noch diese seltsamen, schwarzen, kleinen Käfer. Die alte Mère Grenouille, die vor ihr bis zu ihrem Tode gearbeitet hatte, war am Schluss fast blind gewesen.

Zufrieden nickte Bertha. Jetzt war alles sauber, der Holztisch, auf dem das Essen zubereitet wurde, war weiß gescheuert und die rotbraunen Bodenfliesen mit Seife und Essigwasser gebürstet. Ja, sie hatte sich hier nützlich gemacht. Nun war es Zeit, dass auch das Schöne kam, das Erträumte und Ersehnte, das aus dem kleinen Leben ein Fest machte: die Liebe! Aber sie kam nicht von selbst …

Sie nahm den Teller mit Brot und Käse und trug ihn hinaus. Gerade hatte Vater Maurice entschlossen die Stahlkugel gepackt, schwenkte sie ein paarmal hin und her und kniff dabei die kurzsichtigen Augen zusammen. Dann holte er aus. Wenn er die kleine grüne Kugel trifft, dann schreibe ich noch heute an Armand. Wieder ein Zeichen … Bertha presste die Lippen zusammen und beobachtete mit angehaltenem Atem den Fall der Kugel. Es schien merkwürdig lange zu dauern, so als stünde die Kugel für einen Moment in der Luft, als sei noch ganz unentschieden, was geschehen sollte, aber dann prallte sie auf den Boden und schubste ganz zart das grüne Kügelchen, das Schweinchen, weg, das dann vorwärtsrollte. Und es schien seltsamerweise immer schneller zu werden.

»Kennst du die Stadt schon ein wenig?«, fragte Bruno und warf den kreischenden Möwen ein Stück trockenes Brot zu, das er irgendwo in einer seiner Jackentasche gefunden hatte.

»Ich war schon einmal hier am Hafen und auch in der Altstadt, aber …«

»Aber …?« Bruno schien amüsiert und setzte den Satz selbst fort: »… aber es ist nicht so ganz einfach für ein junges Mädchen, ein hübsches zumal, nicht wahr?«

»Das kannst du laut sagen«, stimmte ihm Bertha aus vollem Herzen zu. »Als ich hier ankam, mit meinen zwei Koffern … am liebsten wäre ich gleich wieder weggefahren. Schon in Stuttgart bin ich mir wie eine Landpomeranze vorgekommen, aber das war ja gar nichts gegen diese … diese Stadt hier.«

Der Begriff passte gar nicht, aber sie fand kein Wort für dieses Gewimmel von Menschen, diesen unaufhörlichen Lärm, diese Fülle von Gerüchen, die zusammen das Bild einer eigenen kleinen Welt ergaben, in der der Fluss der Zeit einherging mit einer unaufhörlichen Bewegung der Menschen, die darin lebten, um sich zu behaupten. Wer hier stillstand, hatte verloren. Ihr Blick fiel auf das trübe, grünliche Wasser, das an die Mauern des Quais klatschte, auch das in Bewegung, in einem beständigen, uralten Rhythmus. Hier am alten Hafen schien das Meer gezähmt, man ahnte kaum noch etwas von seiner Kraft und Gewalt. Hatte nicht sogar Rimbaud etwas von Wellen geschrieben, die töten? Der Gedanke elektrisierte sie. Hier hatte er vielleicht gestanden, hatte auch hinabgeschaut auf das Treibgut, das im Wasser schwappte, altes Holz, Teile von Schiffsplanken, Flaschen, eine gerade herabgeworfene Zeitung, die sich im Wind blähte, und direkt unter ihnen taumelte eine tote Ratte im Wasser. Sie trieb auf dem Rücken, die Pfoten ausgestreckt, als habe der Tod sie jäh überrascht, sodass nur noch diese letzte Geste der Ergebung geblieben war. Seidig grau glänzte ihr Bauch, das sah fast schön aus, aber die Dinge dort unten waren alle tot, hatten keinen Nutzen mehr, wurden nur noch bewegt von fremden Kräften. Ob Rimbaud an seinen Tod gedacht hatte, hier in Marseille war er ja gestorben. Hatte er daran gedacht, dass er bald nicht mehr Teil des lebendigen Menschengewimmels sein würde?

»Woran denkst du denn?«, fragte Bruno und ein Hauch Ungeduld lag in seiner Stimme. »Du siehst auf einmal so traurig aus.«

»Entschuldige, ich bin keine besonders gute Gesellschafterin.« Bertha trat einen Schritt von der Kaimauer zurück. »Aber ich musste an jemanden denken, einen Dichter, der hier gestorben ist. Es muss schlimm sein, hier zu sterben.«

»Es ist überall schlimm zu sterben. Vor allem, wenn man noch jung ist. War er jung, dein Dichter?«

»Noch nicht einmal 40 Jahre, hat der Professor gesagt.«

»Und wer ist dieser Professor? Und wie heißt der Dichter? Mir scheint, du musst mir einiges erzählen.«

»Das mit dem Professor erkläre ich dir nachher … und der Dichter hieß Rimbaud … Arthur Rimbaud.«

»Du kennst Rimbaud?« Bruno sah sie einen Moment lang verblüfft an. »Du bist wirklich ein erstaunliches Mädchen, weißt du das?«

»Ach was, das mit Rimbaud, das war ein glücklicher Zufall.« Wie manches andere auch, fügte sie im Stillen hinzu. Heute muss ich ihm unbedingt von Armand erzählen. Er macht schon wieder so komische Augen.

»Weißt du was, Bruno, jetzt gehen wir etwas essen. Ich habe mächtigen Hunger. Deine Stadtführung war interessant, aber auch anstrengend. Ich spüre meine Füße gar nicht mehr.«

»Deshalb sind wir hier. Am Quai des Belges bekommt man den besten Fisch.«

Bertha verzog das Gesicht.

»Keine Bouillabaisse, Berthe. Aber du musst einmal den Fisch probieren, den sie hier verkaufen. Ein Fisch, der so ähnlich aussieht wie deine Forelle, einverstanden?«

Bertha musste lachen. »Einverstanden!«

Die traurigen Gedanken waren wieder verflogen. Kein Wunder, das war ja das Leben, das richtige gute Leben, das sie umgab. Kein Gedanke mehr an Tod. Drüben an den Ständen hatten die Fischverkäuferinnen schon alles zusammengepackt, aber der durchdringende Geruch hing noch in der Luft, vermischt mit den Gewürzen, die man überall hier kaufen konnte, und Knoblauch, Tabak und Pastis. Vor den Bars und Brasserien, den Cafés und Restaurants drängten sich die Menschen … Junge Frauen in kurzen Kleidern aus sommerlich leichten Stoffen, obwohl die Abende noch etwas kühl waren. Das war egal, man musste das Neue zeigen, mit dem Blütendruck und den Volants, und auch die Beine, die in glänzenden Seidenstrümpfen steckten. Sie liefen untergehakt mit jungen Männern, die genauso unternehmungslustig aussahen. Die meisten waren Matrosen, Seeleute, die übermorgen schon wieder wegmussten. Aber das zählte nicht, heute musste man das Leben genießen. Plötzlich erinnerte sie sich an Straßburg, an den Nationalfeiertag, an die vielen Menschen, die feierten. Dort hatte sie Armand getroffen …

»Weißt du übrigens, warum der Quai so heißt?«

»Wie bitte?« Sie hatte nicht zugehört.

»Der Quai des Belges?«

»Ach so! Nein, keine Ahnung.«

»Man hat ihm vor einigen Jahren diesen Namen gegeben. Aus Solidarität mit den Belgiern, die von den deutschen Truppen überrannt worden sind.«

Er schwieg für einen Moment und sah sie forschend an. »Oder ist es dir unangenehm, wenn ich davon spreche?«

Bertha schüttelte den Kopf. Warum auch? Eigentlich war der Krieg ja noch überall, wenngleich man ihn hier am ehesten vergessen konnte. Ein offensichtlich betrunkener Matrose wollte sie grölend mit sich ziehen, aber Bruno wehrte ihn ab.

»Wie gesagt, es ist nicht ganz ungefährlich hier, vor allem für eine junge Frau.«

Unwillkürlich wurde Bertha rot. »Als ich ankam und vor dem Bahnhof stand, wurde ich gleich angesprochen. Ich habe erst gar nicht verstanden, was man von mir will …«

»Man hat dir wahrscheinlich ein Angebot gemacht.« Bruno grinste. »Hübsch und jung und – verzeih mir – ein bisschen naiv. ›Frischfleisch‹ nennen sie so etwas. Du hättest bestimmt einen guten Preis erzielt.«

»Jetzt hör aber auf!« Bertha knuffte ihn in die Seite. »In Stuttgart gab es auch so etwas. Sogar direkt in meiner Nachbarschaft. Frauen, die sich angeboten haben … *cagole* oder *ra-*

*dasse* würden die Männer hier sagen. Aber ich habe gedacht, man sieht, dass ich ein anständiges Mädchen bin.«

»Liebe Berthe, dies ist eine Hafenstadt! Da gibt es einen großen Bedarf an, wie sollen wir es nennen? An … Zuwendung. Manche Frauen – und übrigens auch manche Männer – machen das nebenher, um Geld zu verdienen. Nun schau mich nicht so entsetzt an. Vielen sieht man es auch gar nicht an. Du würdest dich wundern.«

Bertha kam sich auf einmal albern vor. Sie lief durch diese Stadt wie ein Kind. Ja, man sah es ihnen nicht immer an, manche waren vielleicht zu stark geschminkt, die Lippen waren zu rot. Aber die meisten Frauen waren heutzutage geschminkt. Nur bei den Älteren, da konnte man es sehen. Sie konnte gar nicht sagen, warum. Vielleicht weil die Gesichter so hart waren. Aber in Wirklichkeit sah man es keinem an, was er tat oder dachte und von welchen Sehnsüchten er getrieben war. Aber allen gemeinsam schien der Hunger nach Leben zu sein.

»Dieser Krieg«, sagte sie unvermittelt, »hinterlässt immer noch seine Spuren, auch wenn er schon seit neun Jahren aus ist. Quai des Belges also … Aber das Gute hier ist, dass es keinen interessiert, wo man herkommt. So sollte es eigentlich sein. Und jetzt gehen wir etwas essen.«

Bruno führte sie in eine kleine Brasserie, die etwas abseits lag. Eine schmale, gewundene Gasse führte hinauf in die Altstadtviertel. Er bestellte Dorade, das sei ein wunderbarer Fisch, den müsse sie unbedingt probieren. Als der Kellner die Teller brachte, die er geschickt auf einem Tablett über den Köpfen der dicht gedrängt sitzenden Gäste balanciert hatte, stieg Bertha ein würziger Duft von Kräutern in die Nase und sie aß wider Erwarten mit großem Appetit.

»Gut«, sagte sie noch kauend und tunkte die Soße mit einem Stück des knusprigen Weißbrots auf, »wirklich gut!«

»Das freut mich. Viel besser als deine fade Forelle, nicht wahr? Und nachher zeige ich dir ein Café, da gibt es die besten *navettes.* Und wir trinken einen Verdauungsschnaps, was meinst du?«

Statt einer Antwort nickte Bertha nur. Sie tunkte immer noch die Soße auf. Bruno hatte recht, man musste auch das Neue probieren. Es schmeckte völlig anders als alles, was sie vorher gekannt hatte, so wie die *rouille.* Wer weiß, vielleicht probierte sie doch einmal die Bouillabaisse.

»In dem Café treffen sich Leute wie wir«, meinte Bruno beiläufig.

Bertha sah ihn fragend an.

»Flüchtlinge eben. Oder bist du kein Flüchtling?«

Aha, das war also ein Versuch, etwas über sie in Erfahrung zu bringen.

»Nicht direkt«, sagte sie zögernd. »Ich suche etwas – oder vielmehr jemanden.«

Irrte sie sich? Über Brunos Gesicht glitt ein Schatten. »Einen Mann also. Und der soll hier in Marseille sein?«

Bertha holte tief Luft. Eines nach dem anderen. »So hat man mir gesagt. Es geht um meinen Bruder.«

Der Schatten verflog. Bruno beugte sich vor und legte seine Hand auf ihre Rechte. Die Berührung war angenehm. Brunos Hand war kühl und leicht. Es tat einfach gut, dazusitzen und mit jemandem zu reden, der einen mochte. Sie erzählte ihm von der Alb und vom Professor, von Rimbaud und den Pfäfflins, sie erzählte von den vergangenen Zeiten, die so schlecht gewesen waren, und von Georg, der die Albträume des Krieges nicht abschütteln konnte, wie so viele, und der seinen eigenen Weg gegangen war. Nur von Armand erzählte sie – noch – nichts.

»Das war sehr mutig von dir, dass du weggegangen bist. Das hätten nicht viele getan.«

»Der Abschied war auch schlimm und ich habe mehrere Male daran gedacht, alles so zu lassen, wie es ist. Es ging mir ja gut bei meinen Pfäfflins. Aber es wäre nicht richtig gewesen, nicht für mich.«

»Und was ist richtig für dich?«

»Das will ich doch herausfinden. Und es hängt noch mit etwas anderem zusammen, von dem ich dir unbedingt erzählen muss.«

Und so berichtete sie ihm schließlich von Armand. Währenddessen beobachtete sie unablässig sein Gesicht. Sie wollte ihm nicht wehtun, aber wahrscheinlich tat sie genau das. Die Dinge waren manchmal sehr kompliziert. Bruno hatte sich halb abgewandt, starrte hinaus auf das Meer, das in der Zwischenzeit eine tintenblaue Farbe angenommen hatte, auf dem kleine Lichter tanzten. Er saß starr wie eine Statue, nur ein kleiner Muskel zuckte unterhalb des rechten Auges und die Finger, die jetzt eine Zigarette anzündeten, zitterten.

»Du willst mir also sagen, dass du hierhergekommen bist, um einen Mann zu suchen, den du gerade mal einen Tag gesehen hast?«

»Ich will ihn nicht suchen. Ich komme ihm entgegen. Ich will, dass endlich eine Entscheidung getroffen wird.«

»Aber Moment mal, es ist doch richtig, dass du ihn nur ein Mal gesehen hast? Was, um Himmels willen, macht dich so sicher, dass er der Richtige ist? Dass es sich lohnt, all das, was du tust?«

Bertha schwieg. So etwas Ähnliches hatte Herr Pfäfflin

auch gesagt, als sie ihm damals im Herbst ihre Entscheidung mitgeteilt hatte. Wie ein Vater hatte er begütigend auf sie eingeredet. Am Schluss hatte er ihr sogar einen Cognac eingeschenkt, so wie der Professor, und sie hätte am liebsten losgeheult. »Auch hier gibt es Menschen, die Sie lieben, Berthe, und die Sie brauchen«, hatte er gemurmelt. Da hatten sie gesessen, in den großen, braunen Ledersesseln mit den hohen Lehnen. Sie war sich ganz seltsam vorgekommen, fast so, als seien sie nicht Dienstmädchen und Herr, sondern zwei freundschaftlich verbundene Menschen, die miteinander redeten.

»Es wird sehr schwer werden«, hatte sie geflüstert, »ich hänge doch so sehr an den Mädchen, und alle hier sind so freundlich zu mir. Aber, Herr Pfäfflin, ich muss es einfach tun. Ich kann es Ihnen nicht erklären.«

Er hatte gebeten und argumentiert und sie am Schluss, als er merkte, dass sie nicht umzustimmen war, noch überredet, wenigstens bis nach Weihnachten zu bleiben, vielleicht auch in der Hoffnung, dass etwas geschehen möge, irgendetwas, vielleicht dass die »verflixten Briefe«, wie er sie nannte, weniger würden oder ganz ausblieben. »Briefe«, hatte er verächtlich geschnaubt, »was sind schon Briefe?« Und dann hatte er noch erwähnt, dass Papier geduldig sei, und hatte von der stets offenen Tür gesprochen.

Aber sie war bei ihrem Entschluss geblieben, egal, was die anderen sagten, und wenn auch die Tränen und Bitten der Mädchen nur schwer auszuhalten gewesen waren. Die Erinnerung daran schmerzte immer noch ein wenig. Und jetzt saß Bruno da und sagte genau das Gleiche wie Herr Pfäfflin und sah sie mit diesen Augen so seltsam an. Es war nun dunkel geworden, Meer und Horizont waren in nachtblauer Schwärze verschmolzen. Sonne, die das Meer auffraß und es mit sich zog in die unendliche Tiefe der Nacht. Hatte sie das nicht auch bei Rimbaud gelesen? War das sein Gedanke gewesen kurz vor seinem Tod? Aber für sie war er immer noch so lebendig, immer waren Verse von ihm da, die sie begleiteten. Und Verse von ihm hatte sie auch Armand geschrieben, in dem Brief, den sie noch am Freitagabend verfasst und heute Morgen zur Post gebracht hatte.

»Ah, Mademoiselle Berthe, Sie haben Verwandte hier in Frankreich? Und sogar im Süden, in der Ardèche! Soll sehr schön dort sein! Ich war zwar noch nie da, aber mein Bruder. In Aubenas, um genau zu sein.« Madame Béthier, die in der kleinen Poststation von L'Éstaque die Briefe und Pakete entgegennahm, hatte auf einmal dröhnend losgelacht, dass die sorgsam aufgetürmten blondierten Locken bedenklich wackelten. »Oder sollte es gar ein Liebster sein? So dicke Briefe schreibt man nicht an Verwandte oder Bekannte.« Sie hatte schelmisch mit dem dicken Zeigefinger gedroht und mit Schwung die Briefmarke auf den Umschlag geklebt und dann gestempelt.

Jetzt war er also unterwegs, dieser Brief, irgendwo auf dem Weg in dieses Städtchen in der Ardèche. Briefe, immer nur Briefe … Manchmal hatte sie den Eindruck, dass sich ihr Leben in Briefen abspielte. Aber damit sollte jetzt Schluss sein.

Wie hieß es also bei Rimbaud? *»Qu'il vienne, qu'il vienne, le temps dont on s'éprenne …«* – »Komme ungesäumt, Zeit, die ich erträumt …« Ja, sie soll kommen, die Zeit, die wir so sehr herbeisehnen, Armand. Aber wir müssen etwas dafür tun. Gegen die Schatten der Vergangenheit kommen wir nicht an, aber wir können unsere Zukunft bauen. *»J'ai tant fait patience …«* – »Ich hatte so viel Geduld …«, hatte Rimbaud auch noch geschrieben, aber jetzt soll sie kommen, unsere Zeit.

Sie spürte Brunos forschenden Blick auf sich ruhen. Er wartete auf eine Antwort.

»Ich gebe zu, dass es ein bisschen verrückt klingt. Und eigentlich kann ich es nicht erklären. Aber ich weiß, dass es richtig ist.«

»Du träumst, Berthe. Du machst dir Illusionen …«

»Nein, nein«, fiel sie ihm entschlossen ins Wort. »Das tue ich nicht. Ich kenne ihn gut, ich kenne auch seine Schwächen. Ich war auch wütend auf ihn. Fast acht Wochen habe ich gebraucht, um ihm zu schreiben, um ihm zu sagen, dass ich weggegangen bin. Ich sehe ihn, wie er ist.«

»Und jetzt erst hast du geschrieben?«

»Ja, das habe ich.«

»Und was glaubst du? Was wird er dir antworten? Hier sind 50 Francs, kauf dir eine Fahrkarte und komme zu mir? Wo immer das auch ist.«

»Er wohnt in einer kleinen Stadt in der Ardèche, Villeneuve heißt sie.«

»Kenne ich nicht. Ist auch egal. Du denkst also, dass er schreibt, du sollst in sein gottverlassenes Kaff kommen und dort mit ihm leben. Seine Eltern hassen zwar die Deutschen, und auch sonst sind sie hier nicht sehr beliebt, denn es gibt noch andere Familien, deren Söhne nicht mehr heimgekommen sind. Aber das macht ja nichts.«

Bertha spürte, wie ihr Herz bis hoch in den Hals klopfte. Ruhig, nur ruhig, ermahnte sie sich. Warum regte sie sich so auf? Weil sie fürchtete, dass Bruno recht hatte?

»Du redest gegen deine eigenen Überzeugungen«, erwiderte sie langsam, »redest doch immer von Europa und dass der Hass zwischen den Völkern endlich aufhören muss.«

»Aber mehr als abstrakter Gedanke, als Idee …«

»Ideen, wenn ich das schon höre! Gerede, nichts als Gerede …« Erschrocken schwieg sie. Das durfte sie ihm nicht vorwerfen, gerade ihm nicht. Er hatte seine Heimat verlassen, hatte alles zurücklassen müssen, weil er für seine Überzeugungen eingestanden war. Etwas lahm fügte sie noch hinzu: »Man begegnet mir hier so freundlich. Von den Männern in den Ziegeleien waren doch auch einige im Krieg.«

»Jean-Luc und Roger beispielsweise, die waren sogar in Flandern. Muss schlimm gewesen sein. Sie wollen nicht darüber sprechen.«

»Aber sie haben nichts gegen mich.«

»Das kannst du nicht vergleichen, Berthe. Marseille ist eine große Stadt, eine Hafenstadt zumal. Menschen kommen und gehen, man kennt nicht ihre Namen und fragt auch nicht, woher sie kommen. Hier versucht jeder, durchzukommen, irgendwie.«

»Also nur Treibgut«, dachte Bertha und schien es auch laut gesagt zu haben, denn Bruno nickte zustimmend.

»So kann man sagen. Aber geh hinaus aufs Land, in die Dörfer und kleinen Städte, wo man sich seit Kindertagen kennt, wo man alle Geschichten kennt, da ist es anders. Er wird nicht kommen, Berthe, hörst du? Eure Geschichte wird nicht geschrieben. Es ist noch zu früh, viel zu früh.«

Schweigen lastete über ihnen. Sie vermieden, sich anzusehen, und starrten beide hinaus in die dunkle Ferne. Dort drüben lag Afrika, wie man ihr gesagt hatte, dieser gänzlich unbekannte Kontinent, der einen Abglanz seiner Farben und Gerüche hierhergeschickt hatte. Wie hatte sie gestaunt, als sie zum ersten Mal die Stände des Marché des Capucins gesehen und die Rue d'Aubagne hinuntergeschlendert war. Menschen, so dunkel, wie sie sie nie zuvor gesehen hatte, boten ihre Waren feil, in hohem Singsang priesen sie bunte Stoffen, Hammelfleisch, Gewürze, Auberginen, wahre Berge von violetten Auberginen. Wie viele Dinge gab es, die sie noch nie gesehen hatte. Man müsste es einmal besuchen, dieses Afrika, überlegte sie. Wenn Bruno recht hat – vielleicht wird meine Geschichte ganz anders geschrieben, vielleicht bin ich schon mittendrin in einer neuen.

Sie bemerkte, dass Brunos Blick jetzt wieder auf ihr ruhte. Sie konnte den Blick nicht aushalten und fühlte sich auf einmal beklommen. Warum denn? Er wird kommen, dachte sie beschwörend. Er wird kommen, ich habe ihm doch geschrieben, dass ich ihm entgegengekommen bin: »Schau, mein Liebster, ich bin schon ganz nah …« Er wird kommen!

»Er wird nicht kommen«, sagte Bruno in diesem Moment. Er sagte es fast heiter und so zuversichtlich, als sei das schon eine feststehende Tatsache. »Und jetzt lass uns hinübergehen zur Place Thiers, dort gibt es, wie gesagt, einige gute Cafés und dort trifft sich das ›Treibgut‹. Wenn ich dich richtig verstanden habe, willst du hier nach einer Spur deines Bruders suchen. Also, gehen wir.«

Als er bemerkte, dass ihn Bertha fragend ansah, fügte er geduldig hinzu: »Wenn es eine Chance gibt, etwas über deinen Bruder herauszufinden, dann dort. Ich weiß natürlich, wo sich die Italiener treffen, aber ich habe dort auch schon einige Deutsche kennengelernt, die aus welchen Gründen auch immer hier sind. Vertrau mir, Berthe.«

Er bezahlte und wehrte heftig ab, als sie ihm einen Geldschein zustecken wollte. »Ich werde wohl noch ein Mädchen einladen können. Das ist eine Frage der Ehre. Und wenigstens die habe ich noch, wenn auch sonst nichts.«

»Hast du gar nichts mitnehmen können?«

Bruno verzog sein Gesicht. »Auf dem Fischkutter, in dem ich bei Nacht und Nebel geflüchtet bin, war wenig Platz. Außerdem wäre es aufgefallen, wenn ich mit einem großen Koffer das Haus verlassen hätte. Es war ja auch nicht mehr viel da.«

Bertha sah ihn fragend an.

»Hab ich dir nicht erzählt, dass sie meine Wohnung verwüstet haben, kurz nachdem ich aus dem Krankenhaus entlassen wurde? Ich war arbeitslos, aber ich wollte einen Roman schreiben, meine Ideen unters Volk bringen. Ich weiß nicht, was du davon hältst, du bist ja mehr fürs Praktische, aber ich war Feuer und Flamme. Ich hatte ein bisschen was gespart und schrieb nebenbei noch Rezensionen, Artikel, mit denen ich ein paar Lira verdiente. Nichts Politisches, aber den Schwarzhemden war es wohl trotzdem ein Dorn im Auge, dass ich nicht klein beigab. Als ich eines Abends von einer illegalen politischen Versammlung heimkam, übrigens von den Kommunisten organisiert, fand ich meine Wohnung total verwüstet vor, mein Manuskript war zerrissen, die Schreibmaschine hatten sie aus dem Fenster geworfen und auf dem Schreibtisch lag ein Zettel, dass man mich leider nicht angetroffen hätte, aber sie kämen wieder. Nun ja, da habe ich mich verdrückt. Hab mich nach Genua durchgeschlagen und dort einem Fischer mein letztes Geld in die Hand gedrückt. Den Rest kennst du ja.«

Bertha schwieg. Was sollte man auch dazu sagen? Das Politische, wie Kläri es genannt hatte, griff in ihrer aller Leben ein und schrieb die Geschichten neu. Man konnte ihm nicht entkommen. Sie drückte leicht Brunos Arm und diese kleine Geste schien ihn zu elektrisieren, denn er drehte sich halb um, sodass er ihr ins Gesicht sehen konnte.

»Weißt du was, ich werde mit dem Roman neu anfangen. Vieles habe ich noch im Kopf. Und ich werde mich bewerben, bei Zeitungen, bei Verlagen … Vielleicht als Übersetzer, was meinst du? Natürlich muss mein Französisch besser werden. Ich fange neu an, Berthe. Schließlich will ich mein Leben nicht in der Ziegelei verplempern. Ich habe wieder Mut, Berthe, und daran bist du schuld. Du bist eine so starke Frau und …«

Erschrocken legte ihm Bertha ihre Hand auf den Mund. »Bruno, sprich nicht weiter! Du machst das für dich ganz allein und du schaffst es auch. Du bist es, der Mut hat, und du brauchst mich nicht. Das bildest du dir nur ein.«

»Das stimmt nicht, Berthe. Aber ich werde jetzt meinen Mund halten. Komm, lass uns ins Carré Thiars gehen.«

Erleichtert nahm sie seinen Arm. Im Weitergehen streifte sie wie ein Hauch ein leiser, gemurmelter Satz: »… er wird nicht kommen, bestimmt nicht.«

»Den Jungen habe ich schon mal gesehen.« Der Mann, den Bruno Marcel nannte, tippte mit dem Zeigefinger auf das Foto von Georg. Bertha hatte nur ein Bild von ihm aus der jüngeren Zeit, und das zeigte ihn ausgerechnet in der Uniform des Angehörigen eines Königlich-Württembergischem Infanterieregiments. Marcel schien das aber nichts auszumachen, denn er bekräftigte seine Aussage mit einem zufriedenen »… bin mir ziemlich sicher«.

Auf einen Schlag war alle Müdigkeit verflogen. Sie waren nun seit zwei Stunden im Carré unterwegs, hatten alle möglichen Leute gefragt, die Bruno kannte. Die meisten waren Italiener, die hier im Exil lebten, weil sie vor den Faschisten flüchten mussten. Sie hatte auch einige Deutsche getroffen, die hier arbeiteten, Künstler zumeist. Zwei von ihnen, Maler, wohnten sogar in der Nähe von L'Éstaque und hatten Bertha versprochen, demnächst im Alcazar vorbeizukommen. Aber keiner hatte Georg gesehen. Und nun, nachdem sie fast die Hoffnung aufgegeben hatte, waren sie auf diesen Marcel gestoßen.

»Sind Sie sicher?«, fragte Bertha ganz aufgeregt. »Als ich ihn das letzte Mal gesehen habe, trug er die Haare länger.«

»Ich bin mir ziemlich sicher. Hing öfter im Etienne rum, zusammen mit einigen anderen Jungs. Ich geh gern dorthin, weil es dort den besten Tintenfisch der Stadt gibt, ganz frisch.« Marcel rollte die Augen und schaute für einen Moment ganz verzückt. »Aber diese Typen hatten's nicht so mit dem Essen. Steckten die ganze Zeit die Köpfe zusammen. Es ging um Politik, immer nur um Politik. Hab mal aufgeschnappt, dass sie nach Spanien wollten.«

»Dann war er es bestimmt!« Bertha wurde immer aufgeregter, aber Marcel dämpfte sofort ihre Begeisterung. »Muss dir aber sagen, dass ich die Jungs schon eine ganze Weile nicht mehr dort gesehen habe. Vermute mal, dass sie ihren Plan durchgezogen haben.«

»Ach Gott, dann ist er wohl schon dort! Aber was will er denn da?«

Marcel zuckte mit den Schultern. »Keine Ahnung. Hab's nicht so mit der Politik.«

Jetzt mischte sich Bruno ein. »Vor einigen Jahren hat es da einen Putsch gegeben. Man hat die Verfassung abgeschafft. Ein Freund von mir war damals im Land, hat einige Artikel darüber geschrieben. Er hat damals schon gemeint, dass es nach Krieg riecht. Bürgerkrieg!«

Bertha lief es eiskalt den Rücken herunter. Georg musste doch wahrhaftig genug vom Krieg haben.

Fast schien es, als könne Bruno ihre Gedanken lesen. »Den Arbeitern geht es sehr schlecht dort, wahrscheinlich noch schlechter als im übrigen Europa. Die im Norden von Spanien wollen sich zudem noch unabhängig machen. Das ist eine interessante Region für jemanden, der von kommunistischen Idealen beseelt ist. Solidarität und so … und Kampf gegen die Faschisten. Man fürchtet nämlich, dass es auch dort ein solches Regime geben könnte, wie in unserem geliebten Heimatland.« Er blickte dabei Marcel ironisch an, so kam es Bertha jedenfalls vor.

Marcel warf in gespielter Entrüstung die Arme hoch. »Hör auf damit! Ich kann's nicht mehr hören. Ihr seid brave Leute, wie ihr euch gegen den Duce und seine Leute gestellt habt, bestimmt tapfere Burschen, aber verschone mich mit Politik.«

Zu Bertha gewandt, fügte er erklärend hinzu: »Ich bin eigentlich auch Italiener, heiße Marcello. Ich lebe schon viele Jahre hier. Bin aber nicht wegen der Politik hierhergekommen, wie Bruno und seine Kumpel, sondern der Liebe wegen. Sie hieß Cathérine, ein göttliches Weib!« Er küsste seine Fingerspitzen und rollte mit den Augen wie vorhin bei der Erwähnung der Tintenfische.

»… die ihn natürlich schon längst verlassen hat. Momentan lebt er mit einer … wie heißt sie noch? Ach so, jetzt weiß ich es wieder, er lebt mit einer Rose zusammen.«

»Sie ist nicht ganz so göttlich, aber sie kann gut kochen«, fügte Marcel beziehungsweise Marcello mit einem selbstzufriedenen Grinsen hinzu. »Und jetzt Gott befohlen, meine Lieben, ich muss nach Hause, sonst gibt es morgen Eintopf.« Er klemmte einen zerknitterten Stapel Papier unter seinen Arm, küsste Bertha galant die Hand und empfahl sich. »Viel

Glück bei deiner Suche, aber ich fürchte, dein Bruder ist schon in Spanien, was immer er dort auch tut.«

»Ist er vertrauenswürdig?«, fragte Bertha kurze Zeit später, als sie die Canebière hinabschlenderten, den Prachtboulevard mit den imposanten Häusern, die noch viel größer und schöner waren als die in Stuttgart. Sogar die Straßenlaternen waren etwas Besonderes, sie waren nämlich mit Fischen geschmückt. Das seien Delfine, hatte Bruno ihr erklärt. Überall war das Meer gegenwärtig, das Meer, von dem die Stadt lebte und das ihren Rhythmus bestimmte.

Brunos Blick schweifte über die Schaufenster der teuren Geschäfte. »Lauter Dinge, die wir uns nie werden leisten können«, sagte er lächelnd, »aber wir können wenigstens schauen. Wir können hier spazieren gehen, ohne Angst zu haben. Keine Schlägertrupps, keine willkürlichen Verhaftungen, du glaubst gar nicht, wie sehr ich das jetzt zu schätzen weiß. Aber um auf deine Frage zurückzukommen: Ja, er ist vertrauenswürdig. Er ist zwar ein Schwätzer und Nichtsnutz, der sich von seinen Frauen durchfüttern lässt. Aber man kann ihm glauben.«

»Was macht er denn eigentlich?«

»Er schreibt schon seit Jahren an einem Roman. Kritzelt Papierbögen voll und sitzt in den Cafés. Wahrscheinlich ist die Handlung schon so unüberschaubar, dass er selbst nicht mehr den Überblick hat. Aber er ist glücklich. Es werde ein Jahrhundertroman, sagt er. Und er glaubt das auch.«

Sie waren in der Zwischenzeit vor einem großen Haus mit reich verzierter Fassade angelangt. »Patisserie Planchet« stand in schwungvollen Buchstaben über dem Eingang.

»Wir trinken noch einen Kaffee – und ich habe dir die besten *navettes* der Stadt versprochen, hier gibt es sie.« Er bemerkte ihr verdüstertes Gesicht. »Denkst du an deinen Bruder?«

Bertha nickte stumm. Sie fühlte sich unendlich müde. Armand und Georg, Georg und Armand – es war, als ob sie Wasser mit Sieben schöpfte.

»Du kannst nichts tun«, sagte Bruno leise. »Denke an dich selbst und an das, was du willst.

»Das hat man mir schon des Öfteren gesagt. Und eine Frau hat mir einmal gesagt, dass er Ehrgeiz habe für ›die Sache‹, die ihm wichtiger sei als alles andere.«

Als sie spät am Abend wieder im Alcazar eintraf, war Jacques gerade damit beschäftigt, die Stühle auf die Tische zu stellen. Im Hintergrund hörte man Margot rumoren, die sie heute Abend vertreten hatte, eine kleine, dralle Brünette, die gern mit den männlichen Gästen schäkerte. Man hörte das Klappern von Geschirr, sie war wohl beim Abwasch. Besonders genau nahm sie es nicht mit der Arbeit, weshalb Jacques immer wieder betonte, wie froh er sei, Berthe »engagiert« zu haben. Das klang, als sei das kleine Bistro etwas Ähnliches wie das berühmte Musiktheater, das den gleichen Namen trug, und Berthe eine renommierte Sängerin oder Tänzerin. Aber sie war ja auch froh, hier arbeiten zu können, und nie würde sie den Moment vergessen, als sie mit klopfendem Herzen hier angekommen war mit seiner Adresse in der Manteltasche. Wieder ein Zettel, wieder eine unbekannte Adresse. Diesmal stammte sie von der freundlichen Wirtin der billigen Pension im Vieux Port, wo sie gleich nach ihrer Ankunft ein Zimmer gemietet hatte. Sorgenvoll hatte sie auf dem Bett mit der durchgelegenen Matratze gesessen und immer wieder überschlagen, wie lange das Ersparte wohl reichen möge.

Und als sie nach einer Woche beim Bezahlen der Rechnung zaghaft gefragt hatte, ob Madame Gisèle nicht eine Arbeit wüsste, irgendetwas in Marseille, ganz egal, was, hatte die Wirtin schrill gelacht. »Egal, was …? Aber auf den Straßenstrich beim alten Hafen wirst du wohl nicht wollen? Jetzt schau mich nicht so entsetzt an, bist ein anständiges Mädchen, das merkt man. Hab nur Spaß gemacht. Aber ich weiß etwas für dich! Mein Cousin, es ist eigentlich nicht mein richtiger Cousin, nur ein angeheirateter und die Frau ist schon lange tot, also mein Cousin sucht eine Küchenhilfe. Die alte ist vor ein paar Wochen gestorben. Ein Pech hat der Mann … Andererseits war die auch schon weit über 70.«

Sie hatte Bertha dann die Adresse gegeben und mit ihrem grellrot lackierten dicken Zeigefinger in eine imaginäre Ferne gedeutet. »Es ist etwas außerhalb, aber ich erkläre dir, wie man hinkommt.« Wie selbstverständlich hatte sie vom »Sie« zum vertraulichen »Du« gewechselt, aber das war ganz in Ordnung so gewesen, denn Bertha war – hoffentlich – bald kein Gast mehr, sondern eine Küchenhilfe, und es hatte ja auch tatsächlich geklappt. Jacques hatte sie vom Fleck weg »engagiert«.

Jetzt begrüßte er sie gut gelaunt. »Da bist du ja! War nicht viel los heute Abend. Tu mir einen Gefallen und schau Margot noch ein wenig auf die Finger.«

Als Bertha zur Küche hinüberging, fiel ihr Blick auf ein Bild, das sie noch nie zuvor gesehen hatte. Es lehnte an der rückwärtigen Thekenwand. »Wo kommt denn das Bild her? Das habe ich noch nie gesehen.«

»Ach das«, sagte Jacques in so abfälligem Ton, als habe Bertha eine Kakerlake entdeckt. »Stammt von einem der Maler, die hier ständig rumrennen. Kommen alle her wegen dem

Licht oder was weiß ich. Dabei hocken sie meistens bloß rum und saufen, meistens dieses Teufelszeug, den Absinth, der einem das Gehirn wegfrisst. Ist schon ein paar Jahre her, dass ich das gekriegt habe. Der Typ saß mit seinen Kumpels öfter hier, das war noch vor dem Krieg. Ein deutscher Maler war auch eine Weile hier, ich weiß aber nicht mehr, wie er hieß, ist später gefallen, wie ich gehört habe. Was wollte ich eigentlich sagen? Ach so, das Bild. Hab es wiedergefunden, als ich vorhin eine Mausefalle aufgestellt habe. Diese Biester kriegst du einfach nicht los. Hab's total vergessen gehabt. Also ehrlich, es gefällt mir genauso wenig wie damals, als es mir der Typ, Raoul hieß er, in die Hand gedrückt hat. Das hat doch nichts mit Malen zu tun, oder? Man kann überhaupt nichts erkennen. Nur Farbgekleckse ... Schau mal, das da, das nenne ich Kunst.«

Er deutete auf ein großes, vom vielen Rauch schon geschwärztes Bild, das hinter der Theke hing. Undeutlich konnte man ein totes Huhn erkennen, das auf einem Tisch lag, malerisch umgeben von Zwiebeln, Tomaten und einem großen Messer.

»Stammt noch von meinem Großvater«, erklärte der Wirt stolz, »man kann alles ganz genau erkennen. Das ist wahre Kunst!«

Vielleicht hatte es der Großvater auch aufgehängt, weil es appetitfördernd wirken sollte. Nachdenklich betrachtete Bertha das Bild dieses »Raoul«. Nein, viel zu erkennen war darauf nicht, es bestand eigentlich nur aus Farbkreisen in verschiedenen Rottönen, an einigen Stellen schimmerte ein intensives Blau hervor. Aber je länger sie es betrachtete, desto besser gefiel es ihr. Er hat das Blau des Meeres eingefangen, überlegte Bertha, und das Rot, das ist die Sonne, das ist die

Hitze, die man jetzt im Frühjahr schon spürt, wie muss das erst im Sommer sein. Dieser Raoul hat etwas eingefangen, was man fühlt, schmeckt, riecht … Ich glaube, man kann es immer wieder anschauen und entdeckt etwas Neues. Wer will schon immerzu ein totes Huhn ansehen? Nun gut, Jacques vielleicht und noch ein paar andere, aber das hier, das Bild dieses Raoul, das war Kunst. Als ob Rimbaud gemalt hätte, man verstand auch nicht immer genau, was er meinte, aber das war ja das Interessante. A schwarz, E weiß, I rot, U grün und O blau … Die hätten sich bestimmt gut verstanden, Raoul und Arthur.

»Bist ja ganz weg von dem Bild«, sagte Jacques kichernd und polierte seine Theke. »Wenn du willst, kannst du es behalten.«

»Wirklich?«

»Aber ja, bei mir liegt es doch nur herum. Wenn's dir gefällt …«

Sie bedankte sich herzlich und stieg mit dem Bild unter dem Arm die Treppe hinauf. Margot band sich gerade ihre Schürze ab und machte sich zum Heimgehen fertig. Sie wünschten sich Gute Nacht. Bertha stellte das Bild auf die alte, wurmstichige Kommode. Hier oben in der Dachkammer gab es kein elektrisches Licht. Der pralle, gelbe Mond warf aber noch genügend Helligkeit herein, sodass man zumindest in Umrissen etwas erkennen konnte. Auch die Farben des Bildes waren schwach zu sehen, wenn man länger hinsah, schienen sie im fahlen Licht sogar förmlich aufzuglühen wie ein Widerschein der versunkenen Sonne und des ausgelöschten Meeres.

Bertha legte sich auf das Bett und verschränkte die Arme unter dem Kopf. Wie hieß dieser Raoul mit ganzem Namen? Sie musste Jacques danach fragen. Vielleicht stand der Name ja auch auf dem Bild. Man konnte wirklich die Hitze spüren, das im Körper kreisende, purpurne Blut und die violette Einöde des Himmels und des Meeres. Ja, Rimbaud hätte das Bild gefallen.

Was machte sie, wenn Armand nicht kam? Sie konnte doch nicht hierbleiben. Das war nicht ihre Geschichte. Trotz Bruno, den sie mochte, aber nicht liebte, jedenfalls nicht so wie Armand. Wie seltsam war das alles. Nun waren sie beide hier, sie und Georg, in diesem fremden Land, dessen Farben zu grell für sie waren. Sie waren doch Kinder der Alb, wo alles schattiger war und gedämpfter. Und beide jagten sie einem Traum nach … Was sollte sie nur machen, wenn Armand nicht kam?

Die Tage verflossen, der immer gleiche Rhythmus bestimmte ihr Leben, ohne dass sie noch darüber nachdachte. Ratatouille am Montag, Pieds et Paquets am Dienstag … und am Freitag Bouillabaisse. Morgen, am Samstag, würden es genau zwei Wochen her sein, dass sie den Brief geschrieben hatte. Er musste doch schon in Villeneuve angekommen sein. Er musste ihn längst gelesen haben! Wie lange brauchte man von Villeneuve nach Marseille? Konnte er überhaupt weg? Er musste doch dem Vater helfen.

Mechanisch rührte sie die *rouille.* Gleich kamen die Arbeiter, kam Bruno. Es lag eine merkwürdige Befangenheit zwischen ihnen seit jenem Samstagabend. Und es schien ihr, als ob er unter einer großen Anspannung stehe. Auch Bruno wartete, genau wie sie.

Jacques kam in die Küche, er wirkte mürrisch, was sie wunderte, denn kein Mistral bedrohte das Wochenendgeschäft und die Bouillabaisse schien wieder gut gelungen, wie er vorhin beim Abschmecken bemerkt hatte. »Draußen ist ein Kerl, der will dich sprechen«, knurrte er. »Dass mir das aber nicht einreißt. Gleich fängt das Mittagsgeschäft an.«

Bertha meinte, dass er ihren Herzschlag hören musste. Sie hielt krampfhaft den Löffel fest, sodass die Fingerknöchel weiß hervortraten. Es war plötzlich ganz still in Jacques' sogenannter Küche. Sie schauten sich für einen kurzen Moment an und Bertha bemerkte in Jacques' Augen einen seltsamen Ausdruck. Dann setzte sie zum Sprechen an. Sie musste mehrmals schlucken, schließlich gelang es ihr, ein krächzendes »Wer … wer ist es?« hinauszupressen.

Jacques zuckte mit den Schultern. Er nahm eines der Geschirrtücher und näherte sich langsam einer Fliege, die auf dem Deckel des Kochtopfs saß. »Keine Ahnung. Hat nichts gesagt, nur nach dir gefragt. Junger Kerl … sag bloß, dass du ihn nicht kennst.« Er holte aus und schlug mit dem Tuch auf den Kochtopfdeckel, aber die Fliege war schneller, flog hinaus in den Gastraum und verschwand in der hellen Öffnung der Tür.

Bertha zerrte die Schürze weg, warf sie auf den Tisch, fuhr mit den Händen glättend über die roten Locken, die sich im Dampf der Küche noch mehr kringelten als gewöhnlich. Sie ging erst langsam, sorgsam Schritt für Schritt setzend, hielt sich für einen kurzen Moment an einem der Tische fest, aber dann lief sie, nein rannte zur Tür. Er saß an einem der Tische, das Gesicht gegen den Eingang gerichtet. Sie hätte schwören können, dass er leise eine Melodie pfiff, die sie gut kannte.

*»Ouvre ma ta porte pour l'amour de Dieu.«*

Bei ihrem Anblick stand er langsam auf. Er war schmaler geworden, sah aus wie jemand, der lange nicht mehr tief geschlafen hatte. Aber das widerspenstige Haar fiel ihm immer noch ungebärdig in die Stirn und seine Augen strahlten, als er sie sah.

»Meine liebste Berthe«, flüsterte er.

»Liebster Armand!«, rief sie. »Du bist gekommen!«

# »Qu'il vienne ...
# le temps dont on s'éprenne ...«

Der alte Mann, Mathieu nannte ihn Armand, schnalzte mit der Zunge und ließ die Peitsche in der Luft knallen. Die beiden klapprigen Braunen zogen kräftig an und das war auch nötig, denn seit einer halben Stunde ging es unmerklich bergan. Bertha hielt sich an einer Querstange des Fuhrwerks fest. Noch eine Kurve, dann wieder eine Kurve und der Abgrund zu ihrer Rechten wurde immer steiler. Manchmal kam es ihr so vor, als ob ein Rad des Fuhrwerks in der Luft hinge. Hoffentlich kommt uns keiner entgegen, dachte sie und flehte inbrünstig zum dunstig-blauen Himmel, dass hinter der nächsten Biegung endlich Schluss sein möge und die Häuser von Villeneuve auftauchen würden.

»Was macht er eigentlich, wenn uns ein anderes Fuhrwerk entgegenkommt?«, fragte sie leise Armand, der neben ihr hockte und seit einiger Zeit auffallend stumm geworden war.

»Keine Sorge, er kriegt das schon hin, schließlich fährt er sein Leben lang diese Strecke«, flüsterte er zurück und versank dann wieder in sein brütendes Schweigen, das in merkwürdigem Kontrast zu seinem Verhalten am Morgen stand. In der Frühe waren sie aufgebrochen, hatten in Montélimar, wo sie am Abend zuvor angekommen waren, den Bus genommen, ein neues, modernes Gefährt, das laut Armand einen enormen Fortschritt bedeutete.

---

*»Komme ungesäumt, Zeit, die ich erträumt ...«*

»Früher waren die Menschen manchmal gänzlich von der Welt abgeschnitten. Vor allem im Winter, wenn es geschneit hatte … ›*Loup à Coucourou, cigale à Vallon*‹ – ›Wolf im Norden, Zikade im Süden‹, sagen die Leute hier, und du wirst sehen, dass das stimmt. Überhaupt wird dir alles hier viel vertrauter vorkommen als in Marseille. Es gibt Tannenbäume und Ginster und Blaubeeren wie in den Vogesen oder im Schwarzwald … Gut, im Juli und August kann es recht heiß werden, aber es regnet zwischendurch immer wieder und du musst keine Angst haben, dass dein Feuerkopf verbrennt.«

Vor allem aber gab es Kastanien, schier endlose Kastanienwälder. Noch nie hatte Bertha so viele Kastanienbäume gesehen. Jetzt im April waren sie zartgrün und hatten schon rosa oder weiße Kerzen aufgesteckt.

»Wie in Straßburg, weißt du noch?«, hatte sie zärtlich in sein Ohr gehaucht. »Das ist ein gutes Omen. Ich werde mein Leben unter dem Dach der Kastanien verbringen, so wie ich in Straßburg unter ihrem Schutz zum ersten Mal mit dir getanzt habe.«

Ja, das musste doch ein gutes Zeichen sein! Daran klammerte sie sich, aber mit jedem Meter, den sie sich Armands Heimatstadt näherte, stieg auch ihre Angst. Brunos Stimme war zu hören, immer stärker, teilte sich in viele Stimmen, die ihr Dinge zuflüsterten, die sie nicht hören wollte. Nicht jetzt, auf dem Höhepunkt des Glücks. Wie er vor drei Tagen da gesessen hatte – in Jacques' Bistro! Sie hatte es zuerst nicht glauben können. Aber es war so gewesen, ihr Armand war gekommen! Sie hatte sich erst aus seiner Umarmung gelöst, als Jacques ihr etwas unsanft auf die Schulter geklopft hatte.

»Zeit fürs Essen, die Männer kommen gleich. Wer ist das überhaupt?«

Armand hatte sich vorgestellt und war gleich mit der Tür ins Haus gefallen. Er wolle Berthe mitnehmen.

»Was, jetzt gleich?«, hatte Jacques gerufen und dann losgepoltert. Von »hergelaufenen Kerlen« war die Rede gewesen und von »Tunichtguten«, die brave Mädchen ins Unglück stürzen.

Armand hatte schon zu einer hitzigen Erwiderung ansetzen wollen, aber Bertha hatte sich eingemischt und Jacques wortreich erklärt, dass es sich um ihren Verlobten handle, der die besten Absichten habe. Schließlich hatte Jacques drei Gläser geholt und mit einem Pastis auf die für ihn sehr unwillkommene Verlobung angestoßen.

»Ich verliere meine beste Küchenhilfe«, hatte er düster gemurmelt, »mit der Zeit wäre sie eine ganz passable Köchin geworden, nicht wahr, Berthe? Nur mit der Bouillabaisse, da hätte es Probleme gegeben.«

Sie hatten dann noch einen Pastis getrunken und dann waren die ersten Gäste gekommen und Bertha hatte die dampfenden Teller mit Herzklopfen auf die Tische gestellt. Sie hatte Herzklopfen wegen Bruno. Wenn er kam und Armand sah … Das wollte sie nicht, aus vielen Gründen wollte sie das nicht. Aber Bruno kam nicht, aus irgendeinem Grund kam er heute nicht. Für den Nachmittag hatte Jacques ihr freigegeben. Er schien über seine eigene Großzügigkeit erstaunt. Sie war mit Armand am Meer entlanggeschlendert. Er habe noch nie das Meer gesehen, obwohl die Ardèche gar nicht so weit weg sei, hatte er gemeint und staunend das Spiel der Wellen betrachtet und die schier unendliche Weite des blauen Wassers, das am Horizont mit dem Himmel verschmolz.

»Man meint, man könnte vom Wasser direkt in die Luft

gleiten, wenn man nur weit genug hinausschwimmt«, hatte er gemurmelt, »aber ich berühre auch so den Himmel, wenn ich hier neben dir gehe.«

»Ich habe gar nicht gewusst, dass du ein Dichter bist«, hatte sie lachend gesagt.

»Nicht ganz so gut wie dein Rimbaud. Er hat doch sicher auch etwas zum Meer geschrieben.«

»Ja, ein ›Gedicht des Meeres‹ – *Poème de la Mer*. Aber …«

»Was ›aber‹?«

»Es ist nicht so schön, das Gedicht, meine ich.«

»Egal. Und jetzt erzähl mir, was du gemacht hast. Wie kommst du überhaupt hierher nach Marseille?«

Sie hatte erzählt, Hand in Hand waren sie gegangen, und dann hatte Armand erzählt und dazwischen hatten sie sich leidenschaftlich geküsst. Sie mussten doch so viel nachholen! Nichts drang zu ihnen durch, nur die immer tiefer hängende Sonne zeigte die stetig verrinnende Zeit an und Bertha erinnerte sich für einen Moment an eine Zeile aus dem »trunkenen Schiff«, in der davon gesprochen wurde, dass der Dichter die Sonne von einem geheimnisvollen Grauen berührt sah. Ein wenig konnte sie es nachvollziehen. Wenn man nur die Zeit anhalten könnte … das Schöne bewahren für immer. In diesem Augenblick hatte Armand seine Mutter erwähnt – und der Zauber war verflogen.

»Weiß sie, dass du hier bist?«

»Ich habe ihr gesagt, dass ich dich jetzt hole!«

»Und?«

»Es war unheimlich.« Armand hatte einige kleinere Kiesel weggekickt, verzog dann sein Gesicht, als ob er sich wehgetan hätte und sie konnte seine plötzliche Anspannung spüren. »Wenn sie geweint hätte, geschrien, aber sie stand nur da in ihrem schwarzen Kleid und hat mich angeschaut. Augen wie Kohlestücke … der Blick hat mir richtig wehgetan. ›Du weißt, was passiert, wenn du mit ihr zurückkommst …‹ Das war alles, was sie gesagt hat.«

»Was meint sie damit?«

»Hör auf. Halte dich an das, was du selbst immer geschrieben hast. Es ist unser Leben!«

Sie waren dann zurückgelaufen, waren atemlos beim Bistro angekommen, wo die alten Männer Pétanque spielten, immer noch oder schon wieder …

Armand wurde mit großem Hallo begrüßt, scherzhaft wurde ihm Schlimmes angedroht, weil er ihnen ihre »kleine Rote« wegnahm, und der Pfarrer sprach einige passende Worte.

Jacques war wieder besserer Laune. Er hatte den Nachmittag genutzt, um mit Margot eine Übereinkunft zu erzielen, die im Wesentlichen vorsah, dass sie jetzt als festangestellte Küchenhilfe im Alcazar arbeiten würde.

»Im Laden von Madame Turgot gefällt es ihr überhaupt nicht mehr. Den ganzen Tag immer nur ›mach dies, mach das‹. Es sei so langweilig, meint sie. Hier sei mehr los.«

Und es gibt viele Männer hier, bei Madame Turgot kaufen fast nur die Frauen ein, hatte Bertha im Stillen ergänzt. Aber sie wollte nicht gehässig sein. Es war gut, dass Jacques so schnell Ersatz gefunden hatte.

Am Abend hatte Armand in einer Ecke gesessen und lächelnd beobachtet, wie sie ein Glas Roten brachte oder einen Pastis, die Tische wischte und keck die Scherze parierte, die ihr von überallher zuflogen.

Jetzt beherrsche ich fast ihre Sprache. Wie man wohl in der Ardèche redete?, hatte sie überlegt. Bruno war auch am

Abend nicht gekommen. Dann waren die letzten Gäste gegangen und Bertha fiel plötzlich ein, dass noch gar nicht geklärt war, wo Armand übernachten sollte. Sie hatte Jacques gefragt, ob es im Haus eine Möglichkeit gäbe, hatte insgeheim gehofft, Jacques würde sein Wohnzimmer anbieten, das seit dem Tod seiner Frau nie benutzt wurde. Dort stand ein Sofa, es war sicher zu kurz für Armand, aber für ein, zwei Nächte würde es gehen. Zu ihrer Überraschung hatte er nur gegrinst, den Zigarillostummel in den anderen Winkel seines Mundes gerollt und augenzwinkernd gemeint: »Man sollte meinen, für zwei wie euch ist oben genug Platz. Deine Kammer ist doch nicht so klein, oder?« Und hatte dann ihren stotternd vorgebrachten Einwand, sie seien doch noch gar nicht verheiratet, mit einer großzügigen Handbewegung abgetan. »Na und? Bin ich der Pfarrer? War schließlich auch mal jung. Also basta, kein Wort mehr davon.«

Im ersten Moment hatte sie nicht gewusst, ob sie froh oder wütend sein sollte. Auf einmal ging alles so schnell. Auch Armand hatte sehr unbehaglich geschaut, als sie ihm flüsternd von Jacques' Angebot erzählt hatte.

»Ich weiß nicht … Ist es dir überhaupt recht?«

Da hatte sie lachen müssen, glücklich und so laut, dass sich die Gäste zu ihnen umgedreht hatten.

»Wir sind zwei seltsame Gestalten … Nein, es macht mir nichts aus. Ob wir dieses Papier schon haben, mit dem Stempel und der Unterschrift … Was macht das schon?«

Und so hatten sie sich geliebt in ihrer Kammer auf dem schmalen Bett, das genug Platz bot für zwei wie sie. Als sie in seinen Armen lag, benommen und erschöpft, und ihre schweißnassen Körper aneinanderklebten, als wollten sie sich nie mehr voneinander lösen, da hatte sie gedacht, das sei nun wahrhaftig genug Glück, das lange reichen würde für all die Zeit, die sie sich erträumten.

»Schau, da vorn ist es ...« Armand hatte ihren Arm gepackt und weckte sie so unsanft aus ihren Erinnerungen. »Das ist Villeneuve.«

Es lag so etwas wie Stolz in seiner Stimme, gerade so, als habe er die mächtige Mauer erbaut, die sich um einen Bergkegel zog wie der Haarreif eines Riesenkindes. Das sei die Festung, erklärte er, irgendein Ludwig hatte sie erbauen lassen. Es seien auch noch ein paar Mauerreste da.

»Wenn du genau hinschaust, siehst du ganz oben noch den Rest eines *donjon,* eines Turms. Als Kinder haben wir oft dort oben gespielt.«

»Warum wurde die Burg zerstört?«

»Es gab hier viele Protestanten, die haben sich auch in Villeneuve verschanzt. Anfang des 17. Jahrhunderts, genau weiß ich es nicht mehr, hat der König die Stadt belagert und niedergebrannt.«

»Und die Protestanten?«

»Keine Ahnung. Wer überlebt hat, ist wohl geflohen. Aber das waren sicher nicht sehr viele. Einige sind auch nach Deutschland gegangen. Das hat man mir jedenfalls in der Schule erzählt.«

»Der Pfarrer in unserem Nachbardorf hat einen seltsamen Namen gehabt. Er hieß Bonnet. Als Kind fand ich das lustig. ›Wo kommt denn der Name her?‹, habe ich meinen Vater gefragt. Der hat mir erzählt, vor vielen, vielen Jahren seien Franzosen nach Württemberg gekommen, als Glaubensflüchtlinge. Das hat mich sehr beeindruckt. Und der Pfarrer war wohl ein Nachfahre.«

»Stell dir vor, vielleicht kamen sie sogar hier aus der Gegend. Den Namen gibt es bei uns. Ist das nicht ein lustiger Zufall?«

»Ja, das ist schön.«

Sie hielten sich jetzt an den Händen und lächelten sich an. Diese Vorstellung wärmte sie wie die Aprilsonne, die jetzt schon mit großer Kraft strahlte.

Der alte Mann, den Armand Mathieu nannte, drehte sich um, und brachte ein zahnloses Grinsen zustande. Er deutete mit seiner Peitsche nach vorn und nuschelte etwas, das Bertha nicht verstand.

»Er sagt, das ist Villeneuve, und fragt, wie du es findest«, erklärte Armand, der Berthas fragenden Blick richtig verstanden hatte.

»Ich finde es sehr schön«, rief Bertha nach vorn, in der Hoffnung, dass der Alte sie hörte.

Es war auch wirklich ein schönes Städtchen. Unterhalb der Befestigungsmauer zogen sich Häuserreihen in Richtung des Tals, das ganz unter den grünen Kronen der Bäume verschwand. Als ob das Riesenkind Spielzeugschachteln aufgestellt hätte, nachdem es sie zuvor mit bunten Farben bemalt hatte – Rosa, Blassblau, Grün und Ocker … Und oben ragte wie ein Wächter der Kirchturm hervor, aus braunrotem Stein erbaut, thronte er ernst und erhaben über den Häuschen.

»Wirklich schön«, bekräftigte Bertha, und der alte Mathieu lachte sein zahnloses Lachen, schnalzte und die Pferde zogen noch einmal an. Sie hatten ihn auf dem Marktplatz von Aubenas getroffen, wo er gerade Waren aufgeladen hatte.

»Dich schickt der Himmel, Mathieu«, hatte Armand gerufen. »Nimmst du uns mit? Dann müssen wir hier nicht stundenlang auf diesen Bummelzug warten.«

Es gab nämlich ein Bähnchen, hauptsächlich für die Feriengäste, die sich hierher verirrten. Aber das fuhr sehr unregelmäßig und es dauerte ewig. Da sei sogar Mathieu mit seinen zwei Braunen schneller.

»Wir haben auch einen Platz der Republik, er ist aber viel kleiner als der in Straßburg«, erzählte Armand weiter, der jetzt wieder gesprächiger wurde. »Und ein altes Kloster, ein Damenkloster für adlige Damen, es ist aber während der Revolution aufgelöst worden. Und das große Haus dort drüben, das ist eine Fabrik, sie stellen kandierte Maronen her. Du musst sie unbedingt probieren, sie schmecken sehr gut.«

Er sprach immer schneller … und immer mehr. Die Beklommenheit war wieder da, ein Frösteln, das von der Angst herrührte. Was würde sie erwarten? Hatte der alte Mathieu sie vorhin nicht bedenklich angesehen, als Armand sie vorgestellt hatte? Sie hatte ihn nicht genau verstanden, aber es klang so ähnlich wie »ah, die Deutsche …«. Es hatte nicht böse geklungen, eher verwundert. Sie wagten es also doch, Armand und seine Deutsche. Wahrscheinlich wusste die ganze Stadt Bescheid. Ihre Hand fuhr in die Jackentasche und suchte die zwei Muscheln von Bruno, die sie fest umklammerte. Er war doch noch gekommen, gerade als Jacques ihre Koffer in den Transporter gewuchtet hatte. Armand hatte er keines Blickes gewürdigt, aber sie hatte er angesehen. Für wenige Herzschläge nur, aber dieser Blick hatte sich ihr eingebrannt. Es hatte so viel Trauer in ihm gelegen.

»Unsere Geschichte wird nicht geschrieben«, hatte er geflüstert, »ich hoffe, dass deine so wird, wie du es erträumst.« Dann hatte er ihr noch eine Muschel in die Hand gedrückt, sie war blau, von einem ganz zarten Blau mit weißen Einsprengseln. »Wie das Meer am Morgen«, hatte er gehaucht, und: »Vergiss mich nicht. Alles Gute!«

Ach, Bruno, was wird mich hier erwarten?

»… die Bäuerinnen haben dann die Eier in Beuteln an ihrer Brust getragen, damit sie es schön warm hatten.«

Wovon um alles in der Welt sprach Armand? Sie fragte ihn und er antwortete etwas ungeduldig: »Von der Seidenraupenzucht. Ich habe dir doch gerade erzählt, dass die Menschen hier von der Seidenraupenzucht lebten. Deshalb gibt es auch so viele Maulbeerbäume. Wenn nämlich die Raupen geschlüpft waren, mussten die Bäume knospen, damit die Raupen frische Blätter fressen konnten. Die Viecher haben nur gefressen, haben nicht anderes gemacht, laut geschmatzt hätten sie, hat mir meine Großvater erzählt. Und dann haben sie sich verpuppt und …«

Maulbeerbäume gab es auch in Marseille, in einer Straße, deren Namen sie nicht mehr wusste, gab es eine ganze Allee.

»Sag mal, hörst du mir überhaupt zu? Wo bist du denn mit deinen Gedanken?«

Armand versuchte, spaßhaft zu klingen, aber sie hörte den gekränkten Unterton heraus. Sie zwang sich zu einem Lächeln.

»Verzeih mir. Ich bin ein bisschen aufgeregt. Also Seidenraupenzucht, das klingt interessant. Aber ich kann mir das nicht richtig vorstellen. Raupen fressen und verpuppen sich und werden Schmetterlinge, so kenne ich das. Aber Seide?«

»Die Seidenraupen sondern etwas ab, etwas ziemlich Klebriges, Kokon nennt man das. Die Leute sammeln das ein, weichen es in Wasser ein, damit der klebrige Schleim rausgeht, und dann wird es versponnen. Früher hat man das alles zu Hause gemacht, dann wurden große Spinnereien aufgebaut und in Lyon hat man das Garn gewebt. Den Menschen hier ging es gut, manche haben nur noch Raupen gezüchtet. Aber heute …«

»Heute?«, fragte Bertha nach. Jetzt war ihr Interesse geweckt. Schließlich war das ihre zukünftige Heimat, da musste sie doch alles wissen. Wenn es mit den Menschen auch so ginge wie mit diesen Raupen, dachte sie belustigt, das wäre doch schön. Wenn beispielsweise aus einer deutschen Raupe etwas anderes würde … ein Schmetterling oder französische Seide … Wenn man sich so verwandeln könnte und nebenbei noch etwas Nützliches herauskäme, etwas Nützliches und Schönes. Seide war etwas ganz Wunderbares. Frau Pfäfflin hatte seidene Nachthemden und Kleider gehabt. Manchmal hatte sie mit der Hand darübergestrichen, wenn sie auf der Leine zum Trocknen hingen. Wie sich das angefühlt hatte!

»Weil nämlich unsere Seide hier viel zu teuer war«, hörte sie Armand sagen. »Seit sie diesen Kanal da gebaut haben, in Ägypten, sind die Wege für die Schiffe kürzer und die Seide aus Asien wurde billiger. Außerdem hat man etwas Künstliches erfunden, das so aussieht wie Seide. Und so können die allermeisten nicht mehr davon leben.« Plötzlich grinste er reumütig. »Ich schwatze und schwatze … Dir gehen bestimmt andere Dinge durch den Kopf. Aber ich will dir eben alles erzählen, von mir, der Familie, meiner Heimat.« Er machte eine weit ausladende Bewegung mit der Hand. »Schließlich soll es dein Zuhause werden, deine Heimat, die Heimat meiner Frau.«

Wie sich das anhörte … Sie bemerkte, dass er sie forschend betrachtete. »Was hast du, Berthe? Du siehst so … so traurig aus?« Er zögerte, dann nahm er eine ihrer Locken und wickelte sie um seinen Zeigefinger. »Oder bereust du es etwa schon?« Er bemühte sich um einen heiteren Ton, aber er vermied es, sie anzusehen.

»Was sollte ich denn bereuen, Armand? Nichts, gar nichts bereue ich.«

»Auch nicht das von vorletzter Nacht? Schließlich sind wir nicht verheiratet?«

Sie wurde feuerrot. Hoffentlich bekam der alte Mathieu nichts davon mit. Armand behauptete, er sei ziemlich schwerhörig.

»Warum sollte man etwas bereuen, was so schön war?«

Statt einer Antwort nahm er sie in den Arm und küsste sie, erst zart und dann immer fordernder und drängender, wie in der Nacht, in der sie sich geliebt hatten. Ja, es war richtig gewesen, daran gab es keinen Zweifel, auch wenn sie noch nicht Mann und Frau waren vor dem Staat und der Kirche, in jener Kammer, in Jacques' Haus, wurden sie es. Als sie später, den schlafenden Armand im Arm, durch das weit geöffnete, kleine Fenster geschaut und die zahllosen flirrenden Sterne gesehen hatte, war sie sich ganz sicher, dass sie zusammengehörten.

Der Alte vorn auf dem Kutschbock drehte sich um, kicherte und rief etwas, das Bertha wieder beim besten Willen nicht verstehen konnte. Armand aber lachte in sich hinein und löste sich langsam von ihr.

»Was hat er denn gesagt?«

»Dass wir gleich da sind.«

»Ach was! Du lügst mich an. Jetzt schon belügst du mich, und wir sind noch nicht einmal verheiratet.«

Sie kitzelte ihn, aber er fing ihre Hände ein und küsste sie noch einmal. »Ich kann's dir nicht sagen. Es ist nichts für keusche Mädchenohren.«

»Von wegen Mädchen. Ich bin jetzt deine Frau!«

Für einen Moment wurden sie ganz still. Sie schauten sich an, als werde ihnen jetzt erst bewusst, was in den letzten zwei Tagen geschehen war. Armands Atem ging schneller.

»Ja, das stimmt, du bist jetzt eine Frau, *meine* Frau.«

Sie dachte wieder an die Sterne, als ob jemand alle Lichter da oben angezündet hätte, zum Fest unserer Liebe, hatte sie in der kleinen Kammer in L'Éstaque gedacht. Ein ziemlich dummer Gedanke, aber er hatte ihr gefallen. Es würde alles gut werden. Bestimmt würde alles gut werden.

»Da, direkt vor uns liegt der Marktplatz«, erklärte Armand.

Die Häuser umschlossen einen fast quadratischen Platz. Sie sah gleich an den Markisen und den draußen aufgestellten Tischen und Stühlen, dass es zwei Bistros gab, die einander gegenüberlagen. Sie erinnerten sie an das Alcazar. Ein paar ältere Männer, die Hände auf ihre Stöcke gestützt, saßen davor. Ob sie hier auch Pétanque spielten? Die trübe Flüssigkeit in den Gläsern, das war sicher Pastis. Es gab auch einen Laden mit einer Auslage vor dem Eingang. Salatköpfe und Lauchstangen und Karotten … Und dort drüben befand sich eine Bäckerei. Durch die halb geöffnete Tür konnte man die langen Weißbrotstangen in Körben auf dem Tresen stehen sehen.

»Das ist Monsieur Vincent, er backt das beste Weißbrot weit und breit. Wir kaufen nur bei ihm. Und der Laden dort gehört den Bertrands, dort bekommt man alles, was man braucht. In der Nebengasse gibt es die Metzgerei von Monsieur Vezon, du wirst alles kennenlernen«, bemerkte Armand, der ihren etwas verwirrten Blick bemerkt hatte.

Ja, sie würde alles kennenlernen. Das würde also ihr neues

Zuhause sein. Die Menschen waren doch überall gleich, ob auf der Alb oder in Stuttgart oder hier in der Ardèche, waren gleich in ihren Wünschen und Träumen. Knuspriges Brot, ein duftendes Essen, ein bisschen Tratsch und die Wärme der Sonne auf der Haut … und der tiefe Frieden, der hier über allem lag … Es war doch Frieden, nirgendwo gab es Krieg, jedenfalls wusste sie von keinem. Es würde alles gut werden.

»Wovon leben denn die Menschen hauptsächlich, jetzt, wo es mit der Seidenraupenzucht nicht mehr gut geht?«, fragte sie spontan.

»Ja, das ist ein Problem.« Armand fuhr noch einmal liebkosend durch ihre Locken und rückte dann ein kleines Stück von ihr ab. Schließlich kamen sie jetzt unter Leute und alles musste schicklich aussehen. »Wie gesagt, früher war die Gegend durch die Seide reich. Jetzt macht man das wieder, was man früher auch schon gemacht hat. Trotzt den Bergen jedes Stück Boden ab, damit man etwas anbauen kann. Hast du unterwegs die Steinterrassen gesehen? *Faisses* heißen sie. Dort pflanzt man, was eben so wächst … Getreide, Gemüse, Kräuter. Weiter südlich gibt es auch Wein. Aber es ist mühselig. Etwas Raupenzucht gibt's auch noch und auch Seidenspinnereien, allerdings nur noch wenige. Ja, und dann leben wir auch von den Kastanien und den Walnüssen. Im Oktober feiern wir übrigens, wie fast überall, ein Kastanienfest, das wird dir gefallen. Wir machen sogar Bier aus Kastanien! Ja, und dann gibt es noch ein paar Mühlen und Papierfabriken, vor allem der Rhône zu. Ich erwähne das aus einem ganz bestimmten Grund. Du siehst, dass die Menschen es nicht leicht haben. Deshalb gehen auch viele weg, vor allem die Jüngeren. Villeneuve hatte einmal fast 10 000 Einwohner, jetzt sind es gut 2000 weniger.«

Er schwieg für einen Moment und starrte auf Mathieus Rücken.

»Manche hoffen auf Feriengäste und es kommen auch ein paar, denn die Täler und Schluchten sind sehr schön. Aber wenn du mich fragst … He, Mathieu, halt an!«

Das Fuhrwerk kam ziemlich schnell ruckelnd zum Stehen.

»Weißt du was?«, fragte Armand an Bertha gewandt. »Ich glaube, es ist besser, ich setze dich hier erst einmal ab.« Er deutete auf ein großes, dreistöckiges Haus in einem hellen Ockerton, über dessen Eingang in steilen Buchstaben Auberge de Montfleury geschrieben stand. Er nahm ihre Hände und sah sie flehend an. »Das verstehst du doch, meine Liebste? Ich muss sie erst vorbereiten. Du weißt, ich bin nicht im Guten gegangen. Und ich will nicht, dass du in dein zukünftiges Heim kommst und … und …«

»… und es gibt gleich Streit«, half sie ihm behutsam. »Armand, den gibt es so oder so. Ich habe keine Angst davor. Aber ich verstehe, dass du deine Eltern vorbereiten musst.«

Sie hatte bewusst von »Eltern« gesprochen und nicht nur von der Mutter. So war es leichter für ihn, fand sie. Man bereitete Eltern vor, wenn man die zukünftige Frau mitbrachte, das war ganz normal.

Erleichtert küsste er ihre Hände, jeden Finger einzeln. »Meine kluge Berthe, meine kluge, geliebte Berthe. Ich bin so froh, dass wir endlich zusammen sind. Mit dir ist das Leben …«

»… ganz schön schwierig«, fiel sie ein.

Er grinste. »Das auch. Nein, es ist … ich weiß nicht. Es fühlt sich alles richtig an. Mit dir bin ich komplett.«

Sie sahen sich lange an, ohne etwas zu sagen, bis sie ein lautes und vernehmliches Räuspern Mathieus wieder in die

Wirklichkeit holte. Er knurrte etwas, das Berthe als Frage, was denn nun geschehen solle, interpretierte.

»Es geht gleich weiter. Berthe bleibt hier in der Auberge und isst etwas, ich gehe nach Hause. Einen Fünfer extra, wenn du mich dorthin fährst. Die Koffer nehme ich mit.«

Mathieus Gesicht hatte einen merkwürdigen Ausdruck angenommen, den Bertha nicht recht deuten konnte. Er kratzte sich hinter dem linken Ohr und nickte dann, wohl als Zeichen des Einverständnisses, und rief Armand, der inzwischen vom Wagen heruntergeklettert war, noch ein nuschelndes »beeil dich« hinterher. Bertha hüpfte, von Armands starken Armen gestützt, ebenfalls herunter und winkte dem Alten zu. Diese Geste schien ihn zu erstaunen, denn er starrte sie kurz an, immer noch diesen merkwürdigen Ausdruck im Gesicht. Was er wohl denkt, überlegte Bertha, mein bestes Kleid für seine Gedanken. Armand hielt sie immer noch umschlungen.

»Gerade ist mir eingefallen, was meine Großmutter immer gesagt hat, wenn zwei Menschen gut zusammenpassten: ›Wie Topf und Deckel!‹ So fühle ich mich mit dir. Weißt du übrigens, wie sie sich kennengelernt haben, Großmama und Großpapa? Beim Einsammeln der Kokons. Das mussten vor allem die Burschen und Mädchen machen. Es war eine fabelhafte Gelegenheit, sich umzuschauen. Die reine Brautschau. Gleich am ersten Morgen hat Großvater seine Denise getroffen, sie kam eigentlich von unten, vom Rhônetal, aus Viviers, und war zu Besuch hier bei einer Tante. Beim Sammeln hat sie mehr aus Jux mitgemacht. Also, sie haben sich getroffen, waren den ganzen Tag zusammen und am Abend hat Großpapa seinem Vater gesagt, dass er jetzt heiraten will. Was er dann auch getan hat, acht Wochen später.«

»So schnell?«

Armand lachte. »Das hatte er mir voraus. Aber ansonsten sind wir uns sehr ähnlich. Wir haben gleich gewusst, dass es die Richtige ist.«

Bertha fühlte eine tiefe Zuneigung zu diesem Großvater, den sie leider nie kennenlernen würde.

»Er hätte dich gemocht«, sagte Armand versonnen, als ob er ihre Gedanken gelesen hätte. »Ganz bestimmt hätte er dich gemocht. Aber jetzt lass uns gehen, der Alte wird sonst ungeduldig. Die Auberge hat ein wirklich gutes Restaurant, da kannst du etwas essen, bis ich wieder zurück bin. Du musst doch völlig ausgehungert sein.«

Jetzt, wo er es sagte, spürte Bertha in der Tat ein Zwicken im Bauch. Die Aufregung hatte alles unterdrückt, aber jetzt merkte sie, wie hungrig sie war. Seit heute Morgen hatten sie nichts mehr gegessen. Und das Frühstück war recht mager gewesen, zudem hatte sie fast nichts hinunterbekommen.

»Isst du denn nicht mit? Du musst doch auch hungrig sein«, fragte sie leise. »Ich warte mit dem Essen, bis du zurück bist.«

Ihr kam es so vor, als habe er sich verändert, als sei da ein Zug um den Mund, den sie noch nie an ihm gesehen hatte. Und seine Augen glänzten so seltsam, als ob er Fieber hätte. Die Zuversicht war wieder verflogen, stattdessen packte sie ein Schrecken, der wie ein mächtiger Schatten hinter ihr stand. Ich weiß noch so wenig von ihm … und gar nichts weiß ich von den Menschen, die bald meine Familie sein werden. Ich weiß nur von Ablehnung und Hass.

»Nein, nein«, sagte Armand in diesem Augenblick. »Warte nicht auf mich. Ich weiß nicht, wie lange es dauert. Aber heute Abend trinken wir Wein, viel Wein, meine Liebste.«

Sie wollte etwas antworten, wollte ihre Freude ausdrücken, aber sie war wie gelähmt, dieser Schatten war da, dieser mächtige Schatten … Wie stellte er sich das nur vor? Dass sie tatsächlich in seinem Elternhaus übernachtete? Dass seine Eltern das gestatteten? Sie waren doch noch gar nicht verheiratet. Er wolle alles so schnell wie möglich in die Wege leiten, hatte er vorhin gesagt. Aber das konnte dauern … Es gab sicher viel Papierkram, sie war ja Deutsche. Sie solle ihm vertrauen, hatte er gemeint, er habe sich schon genau erkundigt. Sie vertraute ihm doch, vertraute ihm unbedingt, aber die Zweifel waren da und ließen sich nicht unterdrücken. Er wollte es erzwingen, unbedingt und sofort und dafür liebte sie ihn noch mehr. Aber kamen sie wirklich gegen die Gefühle an, die andere hegten? Zuneigung und Sympathie konnte man nicht erzwingen. Er tat ihr auf einmal so leid, wie er vor ihr stand mit den ungebärdigen schwarzen Haaren, die in die Stirn fielen, und dem trotzig aufgeworfenen Mund.

Was mute ich dir nur zu, Armand, mein Liebster, was muten wir uns nur zu?

Das Restaurant war leer, bis auf einen kleinen, dicken Herrn mit einem großen Koffer, der in einer Ecke vor einer Schale Kaffee saß und eifrig irgendetwas in ein dickes Heft mit schwarzem Einband kritzelte. Es war wohl ein Reisender, der noch ein verspätetes Mittagessen eingenommen hatte. Einige Tische waren schon für den Abend eingedeckt: weiße Tischtücher und Servietten aus Stoff, glänzend polierte Gläser, drei Stück an jedem Platz, für Wasser, Weiß- und Rotwein. Wenn das Jacques sehen würde …

»Das ist aber vornehm hier«, flüsterte sie Armand zu.

»Man isst sehr gut hier, und die Preise sind annehmbar. Die Latours, die Besitzer, sind sehr nette Leute, ich kenne sie schon, seit ich ein kleiner Junge war. Die Küche hat schon zu, aber du bekommst bestimmt etwas.«

Er rief laut nach der Bedienung und kurz darauf öffnete sich die Tür hinter dem blank polierten Tresen.

Eine junge Frau, eigentlich eher ein Mädchen, erschien. Sie trug eine weiße Schürze und eine weiße Bluse, beides strahlend und fleckenlos. Das glänzende, kastanienbraune Haar war kurz geschnitten und sie sah so freundlich und appetitlich aus wie der ganze Raum. Als sie Armand sah, strahlte sie, aber ihre flinken Augen entdeckten schnell Bertha, die hinter ihm stand, und nervös am Bügel ihrer Handtasche nestelte. Das Lächeln erlosch so jäh, wie es aufgeblitzt war, und sie musterte Bertha eindringlich. Rimbaud hatte von den *»yeux vifs«*, den lebhaften Augen der Magd geschrieben und ihrer Freundlichkeit, sie brachte Butterbrote und den Schinken. Ach, das wäre jetzt genau das, was sie brauchte, und dazu ein riesiges Glas mit was auch immer …

Armand wechselte kurz ein paar Worte mit dieser Magd, die jetzt tatsächlich vor ihnen stand und die Odile hieß. Er bat sie, seiner Verlobten etwas zu essen und zu trinken zu bringen, er käme dann später wieder, um sie abzuholen. Odile schürzte die Lippen, murmelte etwas von »Madame fragen« und verschwand wieder.

Armand drückte Bertha noch einmal kurz an sich, flüsterte: »Ich komme so schnell wie möglich wieder«, und verschwand ebenfalls.

Bertha sah sich für einen Moment unschlüssig um und setzte sich dann an einen kleineren Tisch am Fenster. So konnte sie ein wenig auf den großen Platz schauen und vor allem sehen, wann Armand zurückkehrte. Wenn sie sich nur hätte umziehen können! Auf dem Ärmel ihrer blauen Kostümjacke war ein dunkler Fleck und die weiße Bluse war verschwitzt und zerknittert. Das Kostüm hatte sie sich noch kurz vor ihrer Abfahrt nach Marseille in Gengenbach gekauft. Das nicht zu dunkle Blau stehe ihr gut, hatte Kläri damals gemeint. »So wirst du Eindruck machen.«

Wenn ich doch jetzt bei Kläri in der Küche sitzen könnte, dachte sie wehmütig und fühlte sich so allein wie fast noch nie in ihrem Leben.

Der andere Gast rief etwas, wahrscheinlich verlangte er die Rechnung. Die Tür ging wieder auf und eine große, kräftige Frau in einem braunen Kleid aus einem glänzenden Stoff erschien. Sie trug das silbergraue Haar hochgesteckt und sah sehr elegant aus. Sie würdigte Bertha keines Blickes. Die sah wieder zum Fenster hinaus und betrachtete fasziniert, wie die Nachmittagsonne die Farben aufleuchten ließ. Die Dame war bestimmt Madame Latour, die Wirtin der Auberge. Unwillkürlich straffte sich Berthas Körper, gleich musste sie zu ihr kommen und sie fragen, was sie wünschte. Ob sie Bier haben?, überlegte Bertha. Armand hatte doch davon gesprochen, dass es hier Kastanienbier gab. Sie konnte sich zwar nicht so recht vorstellen, wie das schmeckte, aber sie wollte es gern probieren. Ach, und etwas zu essen! Flüchtig dachte sie an Jacques' kleine Küche. Jetzt eine Ratatouille und ein paar Stücke knuspriges Brot! Ich hätte doch einmal von der Bouillabaisse kosten sollen …

Der Gast zahlte, nahm seinen Hut und den großen Koffer und verschwand mit einem beiläufigen »Adieu«. Madame erwiderte den Gruß, nahm die Kaffeetasse und ging wieder hinaus. Gleich würde sie wiederkommen, sie hatte Bertha ja gesehen. Diese lehnte sich zurück, der Stuhl war hart, aber er bot Halt. Bertha schloss die Augen. Sie war auf einmal so unendlich müde. Irgendwo tickte eine Uhr. Die Zeit verrann. Niemand kam. Sie überlegte, ob sie aufstehen und an die Tür hinter dem Tresen klopfen sollte. Man hatte sie doch gesehen. Die Uhr tickte lauter. Oder kam es ihr nur so vor? Noch ein bisschen ausruhen, dann würde sie rufen …

Und im gleichen Moment wusste sie, dass niemand kommen würde, keine Magd, keine Madame. Es würde keine Butterbrote für sie geben und keinen Schinken und auch kein Riesenglas mit Schaum. Der Duft gebratener Zwiebeln stach ihr in die Nase. Wahrscheinlich begann man das Abendmenü vorzubereiten. Die Sonnenstrahlen fielen schon schräg in den Raum. Die Tür wurde aufgerissen und drei Männer traten ein. Sie trugen schlecht sitzende Anzüge, sahen aus, als ob sie sich verkleidet hätten. Da sie auch schwarze Krawatten umhatten, vermutete Bertha, dass sie von einer Beerdigung kamen. Unvermittelt erschien Odile und nahm die Bestellung entgegen. Von Bertha nahm sie keine Notiz. Dann erschien Madame, begrüßte jeden mit Handschlag und dem darauffolgenden Wortwechsel konnte Bertha entnehmen, dass man gerade den alten Corbet begraben hatte, fast 90 war er gewesen, und der Pfarrer habe eine endlose Predigt gehalten, in der er den Alten über den grünen Klee gelobt habe, dabei sei der ein zänkischer Geizkragen gewesen, der sein Vermögen bloß deshalb der Kirche vermacht hatte, weil er seine Verwandtschaft ärgern wollte. So ging es eine Weile hin und her, und Bertha dachte, dass sich diese Szene genauso auf der Alb abspielen könnte. Aber was besagte das schon? Sie brauchte sich nichts mehr vorzumachen, man würde sie hier nicht bedienen! Sie war hier … ja, was war sie denn? Unerwünscht? Fremd? Verhasst? Ihr fiel das Plakat ein, das sie damals in Stuttgart gelesen hatte, kein Franzose und kein

Belgier sollten bedient werden. In dieser Hinsicht wenigstens waren die Menschen gleich. Sie musste sich jetzt aufraffen, diese Lähmung überwinden, die über sie gekommen war und sie auf dem Stuhl festhielt. Das war nicht nur Müdigkeit … Ihr kam es so vor, als ob ihr Körper sie schützen wollte vor der schockartigen Erkenntnis. Nein, sie brauchte sich nichts vorzumachen, es würde schwierig werden … und schlimm! Und vielleicht war der Weg, der hinter ihr lag, nichts im Vergleich zu dem, den sie noch zu gehen hatte: *»Depuis huit jours j'avais déchiré mes bottines aux cailloux des chemins …«* – »Acht Tage lang war ich auf Steinen ausgeschritten, mein Schuhwerk war zerfetzt …«

Schließlich nahm sie ihre Handtasche und erhob sich mühsam. Die Männer, die immer wieder zu ihr herübergelinst hatten, steckten jetzt die Köpfe zusammen und tuschelten. Madame kam und brachte drei Gläser und eine Flasche Wein. Bertha machte einen großen Bogen um sie herum. Es war vielleicht kindisch, aber es war die einzige Möglichkeit, ein bisschen Stolz und Würde zu bewahren. Hastig gezischelte Wortfetzen drangen an ihr Ohr, einiges verstand sie nicht, weil in der Sprache des Südens gesprochen wurde, aber dann fiel ein Wort … Madame hatte es gesagt, so klar und deutlich, dass Bertha es hören musste: *»boche«*.

Da war es also, das Wort, das ominöse, böse Wort. Sie hatte es zum ersten Mal von Kläri gehört, kurz bevor sie nach Straßburg gefahren waren. »Ein Schimpfname, ein ziemlich böser, soll sich bloß einer unterstehen, mich so zu nennen, dann setzt es aber was!« Was genau, hatte sie nicht gesagt. Ach, Kläri, es ist leicht so zu reden, wenn man zu Hause in der warmen Küche sitzt. Aber sie war nicht mehr zu Hause, da, wo ihr Liebster wohnte, da sollte das neue Zuhause sein.

Aber wie ging das, mit diesem Wort und allem anderen? Sie hatte nicht gewusst, dass ein Wort so wehtun konnte. Rimbaud hätte es gewusst, und auch Bruno, der im Übrigen wohl recht gehabt hatte.

Endlich war sie draußen. Die Hitze des Mittags lag noch brütend über dem Platz und sie ging hinüber zu einem der großen Kastanienbäume. Dort stand eine kleine Holzbank, auf der sie sich niederließ. Langsam belebte sich der Platz, quietschend wurden die eisernen Fensterläden zur Seite geschoben, Frauen mit Einkaufskörben schlenderten vorbei. Unter der Tür der Bäckerei erschien ein kleiner, kugelrunder Mann mit Glatze. Er trug ein weißes Unterhemd, karierte Hosen und eine nicht mehr ganz saubere Schürze. Das musste wohl der Bäcker sein. Monsieur Vincent, der nach Kundschaft Ausschau hielt. Niemand nahm Notiz von Bertha, nur ein paar Spatzen hüpften aufgeregt um sie herum.

»Ich habe nichts für euch«, sagte sie bedauernd. »Bin selbst ein armer Tropf.« Einige besonders mutige grau Gefiederte trippelten immer näher, bis sie fast auf Berthas Schuh saßen. »So ist's recht. Ihr habt Mut. Den sollte ich auch haben, Mut – und kein Selbstmitleid. Ich habe diese Liebe gewollt, habe um sie gekämpft, jetzt muss ich auch das andere ertragen. Man hat mich gewarnt. Kläri, Herr Pfäfflin und zuletzt Bruno. Aber ich hab gewusst, dass es richtig ist. Wie er da vor mir stand, im L'Éstaque, und wie er mich angeschaut hat und dann in der Nacht, als ich seinen Körper gespürt habe … nein, es ist alles richtig!«

Die Spatzen flatterten aufgeregt hoch und ließen sich dann wieder fallen. Ihr Getschilpe wurde lauter, gerade so, als wollten sie eine Unterhaltung beginnen. »In einem Punkt habt ihr's besser«, meinte Bertha nachdenklich. »Sprecht nur eine Sprache, eure Spatzensprache. Andererseits seid ihr auch nicht viel besser als die Menschen. Streitet euch um jeden Brosamen. Das nächste Mal bringe ich euch etwas mit.«

Das nächste Mal?, überlegte sie. »Ja, das nächste Mal«, sagte sie leise zu sich selbst. »Ganz bestimmt das nächste Mal.«

An der entgegengesetzten Seite des Platzes erschien ein Mann, der ganz langsam näher kam. Links und rechts trug er zwei unförmige Gegenstände. Bertha kniff die Augen zusammen, um besser sehen zu können. Das war Armand! Zweifellos war es Armand – und er trug ihre Koffer.

Beim Näherkommen musterte sie sein Gesicht. Es sah grau aus, grau und erschöpft, und die Lippen waren zusammengepresst, als leide er Schmerzen. Sie rückte etwas zur Seite und er ließ sich schwer atmend neben ihr nieder und stellte die Koffer sorgfältig neben sich. Drückendes Schweigen lastete auf ihnen, ein Schweigen, in dem vieles gesagt wurde.

»Theater!«, sagte er schließlich mit gepresster Stimme. »Sie macht ein solches Theater, das kannst du dir nicht vorstellen.«

Es sollte viel unbekümmerter klingen, als ihm zumute war, so, als teilten sie einen schon vertrauten Spaß. Aber sie hörte die dumpfe Verzweiflung heraus.

»Für sie ist es kein Theater«, sagte sie behutsam, »für sie ist es ganz und gar kein Theater.«

Er schien ihr gar nicht richtig zugehört zu haben. »Ich gehe da also hinauf in dieses Zimmer, in dieses ewig dunkle, muffige Zimmer, in das sie sich vergräbt. Die alte Bernadette war bei ihr, diese Betschwester, die mich ansah, als sei ich der Teufel persönlich. ›Du hast sie also hergebracht, wir haben es schon gehört‹, sagt sie. Ich will mit ihr reden, ganz ruhig, vernünftig, will ihr sagen, dass ich mit dir glücklich bin, also muss sie für ihren Sohn doch auch froh sein, oder nicht? Dann ist es doch egal, wo du herkommst. Aber sie lässt mich nicht ausreden. Spricht davon, dass ich dich zurückschicken soll – sofort! Sonst darf ich dieses Haus nicht mehr betreten. Mein Elternhaus! Ich sage: ›Nein, das mache ich nicht, Maman. Lass uns nicht mehr streiten. Akzeptiere es endlich. Ich will mit Berthe leben!‹ Sie steht nur da und sieht mich an. Sie muss doch auch wollen, dass ich glücklich bin, nach allem, was wir durchgemacht haben. Dann hebt sie ihre Hand, ganz langsam. ›Rede nicht weiter‹, sagt sie mit einer ganz merkwürdigen Stimme. ›Rede nicht weiter. Ich verfluche dich! Hier unter dem Bild deines Bruders verfluche ich dich!‹ Die alte Bernadette heult auf und ich denke, das ist ein Albtraum. Das kann alles nicht wahr sein. Die Bernadette schreit immer noch und plötzlich fällt meine Mutter um, wie ein alter Sack, den man umgestoßen hat, so fällt sie zu Boden. Die Bernadette kreischt jetzt: ›Du hast sie getötet!‹ Und dann kommen Papa und Jean-Marie, unser Lehrling, angerannt und sie tragen sie aufs Bett. Jean-Marie rennt los, um den Doktor zu holen, und ich packe die Koffer und gehe.«

Sie nahm seine Hand und spürte, dass sie zitterte. Armand lächelte mühsam und drängte sich an sie, als suche er ihre Kraft und ihre Wärme.

»Es wird schwer, Berthe, schwerer, als wir gedacht haben.«

»Das stimmt«, sagte sie leise und hielt sich ganz aufrecht, um dem Druck seines Körpers standzuhalten. »Dort«, sie deutete mit einer Kopfbewegung auf die Auberge, »dort hat man mich nicht bedient.«

»Was?« Armand sprang auf und zeigte mit dem Finger nach drüben, als könne er es nicht glauben.

»Reg dich nicht auf«, flüsterte sie leise und zog ihn auf die

Bank zurück. »Was haben wir denn erwartet? Wir müssen eben dafür bezahlen.«

Armand schüttelte den Kopf. »Bezahlen … wie sich das anhört …«

»Ja, bezahlen! So eine wunderbare und außergewöhnliche Liebe kriegt man nicht umsonst … Und unsere Liebe ist doch außergewöhnlich, nicht wahr, mein Liebster?«

»Ja, meine liebste Berthe. Bist du tatsächlich bereit, den Preis zu bezahlen?«

Er sah sie an und sie hielt seinen Blick fest. »Ja, das bin ich.«

Die Spatzen hüpften neugierig wieder näher heran.

»Wenigstens die scheinen uns zu mögen.« Bertha musste auf einmal lachen, sie wusste selbst nicht, warum.

»Siehst du, eine Hochzeitsgesellschaft haben wir auch schon beisammen. Komm, wir gehen.« Er stand auf und nahm die Koffer.

Bertha erhob sich langsam und strich ihren Rock glatt. »Wohin gehen wir denn?«

»Am liebsten würde ich in diese sogenannte Auberge gehen und denen ordentlich den Marsch blasen.«

»Tu das bitte nicht!«

»Keine Angst! Es würde jetzt sowieso nichts nützen. Die Gelegenheit kommt noch … Ich habe mir auf dem Weg hierher den Kopf zerbrochen, wo wir hinkönnen. Nach Hause, das geht ja nicht, auch wenn Papa ein Machtwort sprechen würde. Das tut er sowieso nicht. Er kommt gegen sie nicht an. Und ich könnte dir das gar nicht zumuten.«

»Und ihr auch nicht«, fügte sie leise hinzu.

Er war so wütend, so zornig. So lange hatte er Rücksicht genommen, hatte Geduld gehabt, hatte alles versucht. Und sie hatte ihn so bedrängt! Jetzt schien es fast umgekehrt zu sein. Sie hatte auf einmal ein schlechtes Gewissen. Diese traurige, alte Frau … wenn sie jetzt noch den anderen Sohn verlor. Fast schien es, als könnte er ihre Gedanken lesen.

»Sie tut mir nicht mehr leid, überhaupt nicht mehr. Du hast recht gehabt, mit allem, was du geschrieben hast.«

»Ach, Armand, ich weiß nicht …«

»Aber ich weiß es. Theater und Eifersucht. So viele Jahre vertan mit Trauer und Hass. Und ich habe mitgemacht, hab sein Leben gelebt. Aber jetzt ist Schluss damit!«

Er spie die Worte förmlich heraus. Als sei in ihm etwas zerbrochen, als verwandelte sich die Enttäuschung in Worte, die jetzt aus ihm herausbrachen. Er schimpfte weiter und sie fiel ihm entschieden ins Wort.

»Nicht, Armand, sag nicht solche Sachen. Sag mir lieber, wo wir hingehen.«

Er stürmte voraus. Das holprige Kopfsteinpflaster war nichts für ihre eleganten hohen Schuhe, die sie noch in Marseille gekauft hatte. Jetzt hinderten sie die Schuhe am Vorwärtskommen – wohin eigentlich? Sie wiederholte ihre Frage und endlich blieb er stehen, um auf sie zu warten.

»Zu Henri.« Er stellte die Koffer ab und schüttelte die Arme aus, als sei ihm jetzt erst bewusst geworden, wie schwer sie eigentlich waren.

»Wer ist Henri?«

»Henri Duchamps, ein Freund. Ein Schulfreund, um genau zu sein. Wir sind früher viel zusammen gewesen, haben oben in der Ruine gespielt.« Er grinste schief. »Was Jungs eben so spielen. Wir waren edle Ritter und haben aus Holzstücken Schwerter geschnitzt. Einmal haben wir die Bernadette fast zu Tode erschreckt, als wir mit wildem Geheul auf sie zugestürmt sind. Hatten uns ausgedacht, sie sei verzaubert und schließlich haben wir es wirklich geglaubt. An dem Abend habe ich nichts mehr zu essen bekommen, zur Strafe. Wobei sie wirklich so was wie eine alte Hexe ist.«

Sein Gesicht verdüsterte sich wieder, wohl in der Erinnerung an die Szene von vorhin. Deshalb fragte Bertha schnell: »Und was willst du von ihm, diesem Henri, meine ich?«

Armand nahm die Koffer wieder auf und ging weiter, diesmal langsamer. »Sein Vater ist vor ein paar Wochen gestorben. Hat in einem Zimmer im oberen Stock gewohnt, sogar eine kleine Küche ist dabei, weil die alte Madame Duchamps immer gesagt hat, ihre Schwiegertochter könne nicht kochen und lieber wolle sie verhungern, als bei ihr zu essen. Konnte die arme Madeleine absolut nicht leiden. Wie du siehst, hatte es Henri auch nicht leicht. Jedenfalls sind die Alten tot und ich will Henri fragen, ob er uns nicht das Zimmer überlässt.«

Und dann lachte er plötzlich wieder sein altes Armand-Lachen, dieses strahlende Lachen, das sie so sehr an ihm liebte. Er sah sie an und die widerspenstigen Haare fielen in seine Stirn.

»Ich würde mit dir überall schlafen, sogar auf der Bank oder im Gras. Aber die Nächte sind noch recht kühl und auf Dauer ist das doch unbequem. Also gehen wir zu Henri!«

»Und du meinst, er gibt uns das Zimmer?«

»Glaub schon. Henri ist ein guter Kerl. Ist ein bisschen langweilig geworden, vor allem seit er verheiratet ist. Arbeitet bei der Gemeinde, sitzt an irgendeinem Schreibtisch, keine aufregende Sache. Aber er hängt an mir, ab und zu gehen wir etwas trinken, und schließlich …« – Armand grinste breit – »… und schließlich hab ich ihn immer abschreiben lassen, vor allem im Rechnen, da war er schlecht.«

Bertha schaute ihn fasziniert an. Immer will ich dieses

Gesicht da vor mir sehen, dieses geliebte Gesicht. Egal, was kommt, wie hoch der Preis ist, ich will immer bei ihm sein.

»Also, gehen wir«, sagte sie, »ich bin schon gespannt auf diesen Henri.«

Die Familie Duchamps wohnte am Rande des Städtchens auf einer Seite, an der der Berg steil in eine Schlucht hinabfiel. Auch hier standen Kastanienbäume, ein Meer lichtgrüner Blätter breitete sich vor ihnen aus. Das Haus war das letzte in einer kleinen Straße, es schien neu verputzt und sah freundlich aus mit dem sonnengelben Anstrich und den dunkelblauen Fensterläden. Neben der Haustür war eine altmodische Glocke befestigt, an der Armand kräftig zog. Das Geschepper fuhr Bertha durch Mark und Bein. Wenn wir hier auch nicht erwünscht sind?, überlegte sie und verspürte wieder diesen unwiderstehlichen Drang zu lachen. Seltsam, dabei müsste ich eigentlich heulen. Ruhig bleiben, Bertha, ermahnte sie sich, ich darf Armand nicht noch mehr belasten. Für ihn ist es schlimmer als für mich. Verliert gerade seine Familie und vielleicht auch seinen besten Freund.

»War Henri im Krieg?«, flüsterte sie.

Armand schüttelte den Kopf und streckte den Arm aus, um noch einmal an der Glocke zu ziehen. »Komisch, er müsste doch zu Hause sein, im Rathaus haben sie schon lange Schluss gemacht. Und zumindest Madeleine müsste da sein. Nein, er war nicht im Krieg, obwohl er etwas älter ist als ich. Wurde ausgemustert, weil er ein schwaches Herz hat.« Er drehte sich zu Bertha und streichelte ihre Wangen. »Mach dich nicht verrückt. Es ist schlimm, dass du gleich eine so schlechte Erfahrung machen musstest. Von den Latours war meines Wissens auch niemand im Krieg. Nie hätte ich gedacht …«

Er stockte und auch Bertha hielt den Atem an. Die Tür wurde nämlich vorsichtig geöffnet und dann mit einem Ruck aufgerissen.

»Armand, alter Gauner, schön dich zu sehen!«

»Selber Gauner. Grüß dich, alter Freund.«

Der Mann, den Armand kurz umarmte, war fast einen Kopf kleiner und es sah lustig aus, wie sich Armand herunterneigte. Sie klopften sich so kräftig auf den Rücken, dass Bertha fürchtete, der kleine Henri müsse gleich umfallen. Er sah nicht schlecht aus, nur die Haare schienen ihm schon auszugehen, denn es gab nur noch einige dünne Strähnen, die er sorgfältig über den Kopf gekämmt hatte. Als sein Blick auf Bertha fiel, veränderte sich sein Gesichtsausdruck schlagartig. Seine Augen verloren ihren Glanz, der Blick wurde wachsam, neugierig, aber auch etwas abschätzig.

»Das ist sie«, sagte Armand, »das ist meine Berthe.« Er zog Bertha nach vorn und legte beide Hände auf ihre Schultern.

»Meine Berthe« – wie das klang! Sie musste sich gar nicht anstrengen, um ein strahlendes Lächeln aufzusetzen. Auch Henri lächelte, wenn auch verhalten, und drückte ihre Hand.

»Endlich lerne ich Sie kennen, er hat mir schon viel von Ihnen erzählt«, sagte er und wies mit der Hand einladend auf einen dunklen Flur, von dem mehrere Türen abgingen. Eine davon hatte sich jetzt geöffnet und eine Frau trat heraus.

»Madeleine, Armand ist gekommen und hat uns seine Berthe mitgebracht.«

Das klang alles recht freundlich, aber Bertha meinte doch Vorsicht herauszuhören, Vorsicht und Distanz, als wisse man noch nicht genau, was man von alldem halten sollte. Man wollte nichts überstürzen, denn schließlich ging es ja um Armand, den Freund. Oder bildete sie sich das ein? Sah sie Gespenster?

Die Frau, die Bertha gegenüberstand und ihr zögernd die Hand hinstreckte, war einen halben Kopf größer als Henri, sie war schlank und das dichte dunkelbraune Haar, kurz geschnitten, wie es jetzt Mode war, umrahmte wie eine Kappe ein schmales Gesicht. Hübsch war sie anzusehen, aber irgendetwas störte Bertha.

Madeleine Duchamps bat ihre Gäste in die Küche, in der sich Bertha gleich wohlfühlte. Sie erinnerte sie ein wenig an die Küche des Professors in Stuttgart und auch an die in ihrem Vaterhaus auf der Alb, mit dem steinernen Ausguss und einem großen, jetzt allerdings noch kalten Holzherd mit Wasserschiff und einem rings umlaufenden Messingrohr, an dem die Küchentücher zum Trocknen hingen. An der anderen Seite stand ein großes, dunkles Holzbüfett, das wohl das gute Geschirr enthielt. In offenen Regalen an der Oberseite waren die Teller aufgestellt, grün und rot bemalt, Mohnblumen und Blättergirlanden. Schön sah das aus. Das waren wohl Erbstücke der Duchamps, sorgsam gehütet. Ob es in jenem Haus am anderen Ende der Stadt auch ein solches Büfett gab, mit einem solchen Geschirr? Ob sie es jemals sehen dürfte, berühren? Ob es ihr einmal anvertraut werden würde, ihr, der Deutschen, der verhassten *boche?*

Sie nahmen an einem langen Tisch Platz, an dessen oberen Ende noch Reste einer Mahlzeit zu sehen waren … Brotkrümel, ein Wurstzipfel und ein paar Zwiebelschalen. Rasch räumte Madeleine alles weg und wischte die Krümel in die hohle Hand. Bertha betrachtete sie aus den Augenwinkeln. Jetzt wusste sie auch, was sie störte: Diese hübsche Frau hatte einen verkniffenen Mund. Sie hatte die Lippen nach innen gezogen, als unterdrücke sie einen tief sitzenden Schmerz, der schon zur Gewohnheit geworden war und sich in das Gesicht eingegraben hatte. Vielleicht litt sie an irgendeiner Krankheit? Ich muss Armand fragen, überlegte Berthe. Sie tut mir leid. Seltsam, dass einen nichts so sehr vom eigenen Kummer ablenkte wie der Schmerz der anderen.

Armand hatte in der Zwischenzeit zu erzählen begonnen. Henri und Madeleine hörten mit ausdruckslosem Gesicht zu. Als er davon berichtete, dass Bertha in der Auberge de Montfleury nicht bedient worden sei, hob Madeleine eine Augenbraue und der verdrießliche Ausdruck um ihren Mund vertiefte sich.

»Die Latours haben Verwandte im Norden«, warf sie plötzlich ein, als Armand kurz innehielt.

Bertha stockte der Atem. Was sollte das heißen? Und wie sie das sagte … Es klang so, als ob sie noch etwas hinzufügen wollte: Was habt ihr denn anderes erwartet?, beispielsweise. Verwandte im Norden … da hatte der Krieg die Bevölkerung besonders hart getroffen, hatte Georg erzählt. Die Deutschen hätten sich schlimm aufgeführt, es habe sogar Vergewaltigungen gegeben. Ach, diese Geschichten wurde man nicht los …

»Und, was soll das heißen?«, brauste Armand auf. »Das gibt ihnen noch lange nicht das Recht, einen Menschen, der nichts damit zu tun hat, so zu behandeln.«

»Armand, beruhige dich.« Henri legte eine Hand auf seinen Arm und stand dann schwerfällig auf, um von einem Brett an der Wand eine dickbauchige Flasche zu holen. »Hier, trinken wir erst einmal.« Er schenkte eine braune Flüssigkeit in kleine Gläser. »Das ist Kastanienlikör«, sagte er zu Bertha gewandt. »Du hast sicher schon gesehen, dass wir hier viele Kastanien haben.«

Sie prosteten sich feierlich zu und Bertha hätte am liebsten losgeheult. Was ist nur los mit mir? Ich muss heulen, weil sie so freundlich zu mir sind. Aber sie sind es Armand zuliebe, da mache ich mir nichts vor. Ihre Augen bleiben wachsam und ihr Lächeln ist nur höflich, und trotzdem …

»Und was sagt deine Mutter?«, fragte Henri leise. Und blickte angestrengt in sein leeres Glas, als könnte er dort eine Antwort finden.

Armand lachte kurz auf. Es war ein bitteres Lachen. »Sie hat mich verflucht!« Dann erzählte er mit fliegendem Atem die Geschichte.

»Und jetzt?«

»Was und jetzt? Der Doktor ist wohl gekommen, mehr weiß ich nicht.«

»Und was wollt ihr tun?«

Armand trank den Rest in seinem Glas in einem Zug aus. »Deshalb sind wir hier.« Er schob sein Glas über den Tisch und Henri schenkte noch einmal ein, schenkte randvoll ein.

»Willst du auch noch einen?«, fragte er an Bertha gewandt.

»Gern. Der Likör schmeckt sehr gut.«

Ihre Stimme klang seltsam hohl. Aber es stimmte, der Likör schmeckte wirklich. Er war nicht so süß, da war ein herber Beigeschmack, der noch eine Weile auf der Zunge lag und sich verwandelte.

»Er schmeckt … interessant«, fügte Bertha hinzu und ärgerte sich, dass sie kein anderes Wort dafür fand, aber Henri schien das ganz in Ordnung zu finden, denn er nickte zustimmend mit dem Kopf.

»Wir machen ihn selbst.« Er lächelte für einen Moment selbstvergessen. »Die Flasche hier ist noch von meiner Mutter.«

Für einen Moment lastete Schweigen auf den vier Menschen, die sich am langen Küchentisch gegenübersaßen. Sie wissen, was jetzt kommt, dachte Bertha resigniert. Man sieht's ihnen an. Diese Madeleine hat jetzt beide Augenbrauen gehoben … und wie sie ihren Henri ansieht.

Ohne Umschweife erklärte Armand, was sie wollten. »Ich zahl dir selbstverständlich auch Miete. Gleich morgen gehe ich zu meinem Vater. Er muss mir jetzt meinen vollen Lohn als Geselle zahlen. Es ist nur eine Übergangslösung, Henri, keine Angst.«

Vorsichtig fragte Madeleine: »Wollt ihr euch nicht etwas Größeres suchen? In der Rue Salaton wird bald etwas frei, habe ich gehört und …«

Armand lächelte. Bertha starrte ihn an. Ein solches Lächeln hatte sie noch nie an ihm gesehen. Es war ein zorniges Lächeln.

»Du verstehst mich falsch, Madeleine. Dies hier soll eine Übergangslösung sein, bis ich mit meiner zukünftigen Frau in mein Elternhaus ziehen kann.«

Henri und Madeleine tauschten wieder einen Blick, der schwer zu deuten war. Bertha achtete nicht weiter auf sie, vielmehr sah sie immer noch staunend Armand an. Schau an, sagte sie sich. Er ist geduldig. Sogar ein Zauderer, wie ich immer geschimpft habe, aber wenn es darauf ankommt, kann er plötzlich sehr entschlossen sein. Man muss ihn nur genügend ärgern. Das muss ich mir merken.

»Also, weißt du, Armand«, wandte Henri vorsichtig ein. Er wirkte wie einer, der weiß, dass er auf dünnem Eis geht.

»Reden wir nicht darum herum, alter Freund. Ja oder nein?«

»Die Wohnung ist sehr klein, das weißt du doch, Armand.

Es ist eigentlich gar keine Wohnung, sondern nur das Zimmer und die kleine Küche.« Madeleine unternahm einen letzten Versuch.

»Ja oder nein?« Armand blieb unerbittlich.

»Wirklich, Armand, ich würde alles für dich tun, das weißt du.«

»Hast du etwa Angst? Angst vor dem Gerede der Leute? Wer kann dir etwas tun? Du hast kein Geschäft, hockst im Rathaus. Oder hast du Angst vor meiner Mutter? Die kann dir auch nichts tun. Komm schon, mein treuer Ritter Tristan.«

Das schien ein alter Witz zu sein, ein Geheimnis, das beide teilten seit Kindertagen, denn Henri Duchamps lächelte plötzlich ein bisschen entrückt, als tauche er für einen Moment ein in alte Erinnerungen. Aber dann fasste er sich an die Stirn, als verscheuche er einen Traum, und meinte, ohne seine Frau anzusehen: »Selbstverständlich könnt ihr hier wohnen. Wenn wir gezögert haben, dann nur, weil es … nun ja, nicht sehr komfortabel ist.«

Bertha hörte, wie Madeleine scharf Luft einsog, als habe sie die letzten Minuten nicht geatmet.

»Das macht nichts«, rief Armand und klopfte dem Freund wieder auf die Schulter. »Hauptsache, wir haben ein Dach über dem Kopf, nicht wahr, Berthe?«

Er zog sie zu sich herüber und küsste sie herzhaft. Bertha war dieser Gefühlsausbruch etwas peinlich, denn Madeleine Duchamps saß stocksteif da und hatte die Augen zusammengekniffen.

»Vielen Dank«, flüsterte sie. »Ihr habt uns die Tür geöffnet, das werde ich nie vergessen.«

Henri sah sie erstaunt an. Armand pfiff ein paar Takte des

Pierrot-Lieds und rief dann lachend: »Wie im Lied vom Pierrot, versteht ihr? ›*Ouvre ma ta porte …*‹, das waren die ersten Worte, die Berthe auf Französisch gelernt hat.«

In Henris Blick glomm Verstehen auf. »Sie beherrschen unsere Sprache sehr sicher«, sagte er, und in seiner Stimme schwang Erstaunen mit. Jetzt erst schien ihm in den Sinn zu kommen, dass die Deutsche tatsächlich gut Französisch sprechen konnte.

Bertha nahm Madeleines Hand und lächelte sie zaghaft an: »Auch Ihnen vielen Dank.«

Madeleine erwiderte den Händedruck nicht, ihre Hand fiel schlaff herab, aber dann sah sie Bertha an und in ihren Augen blitzte auf einmal etwas auf. Als ob sich im Grunde ihrer Seele etwas bewegte. War es Neugierde, Überraschung oder vielleicht sogar ein ganz kleines bisschen Erwartung?

Später, nachdem sie noch ein Glas Likör getrunken hatten, stiegen sie hinauf. Ein großer, altväterlicher Schlüssel steckte oben in der Tür, die Henri feierlich öffnete. Man stand sofort in einem ziemlich großen Zimmer, in dem es abgestanden roch. Es war sparsam möbliert, so viel konnte man sehen, im Übrigen war es dunkel, auch weil die Läden noch geschlossen waren. Madeleine öffnete Läden und Fenster und sofort strömte frische Luft herein. Im Schein der langsam untergehenden Sonne konnte man jetzt auch etwas besser sehen. Ein großes Bett mit gedrechselten Pfosten, auf dem rotkarierte Matratzen aufgestellt waren, weiße Hüllen, unter denen wohl ein Tisch und vier Stühle verborgen waren, ein doppeltüriger Schrank mit Schnitzereien, die zum Bett passten, und eine alte Nähmaschine, mehr enthielt das Zimmer nicht. Die kleine Küche, die nur durch einen Vorhang abgetrennt war, erinnerte Bertha an Jacques' »Verschlag«, wie Bruno die Küche dort genannt hatte. Immerhin enthielt sie das Nötigste. Man konnte allerdings auch die dicke Staubschicht sehen, die überall lag.

Auf einmal wurden alle sehr geschäftig. Madeleine brachte Lappen und Besen, Henri und Armand öffneten den Schrank und holten die alten Kleider von Papa Duchamps heraus, sodass Bertha ihre Sachen verstauen konnte, und schließlich schleppte Madeleine noch Bettzeug her, das blütenweiß war und angenehm nach Lavendel duftete.

Später, nachdem Armand und Bertha unten in der Küche noch ein ausgiebiges Abendessen zu sich genommen hatten, standen sie am Fenster ihrer neuen Bleibe und schauten hinunter in die dunkler werdende Tiefe der Schlucht, in der man die Kronen der Bäume mehr erahnen als sehen konnte. Hier müsste ich mich eigentlich zu Hause fühlen können, dachte Bertha. Ein wenig ist es hier wie auf der Alb, nur größer, wuchtiger, beeindruckender. Vorhin hatte man noch die Kuppen riesiger Berge sehen können, über 1700 Meter messe der höchste, hatte Armand ihr erzählt. Da kommen wir auf der Alb nicht mit. Aber ich liebe jetzt schon diese Ruhe, und auch die Farben, die nicht so grell sind. Hier verbrenne ich mir meinen Feuerkopf nicht. Das Meer lag mir nicht – so unberechenbar und tückisch, genauso wenig wie die Hektik der Stadt. Das Land hier ist so wie der Likör von Henri, nicht zu süß, eher herb und schwer, man meint die Früchte zu riechen und die Erde, auf der sie wachsen, tief verwurzelt und verlässlich im Wandel der Zeit. Hier könnte es mir gefallen. Aber … Ja, dieses Aber, das stand da wie eine Mauer. Wie kam man dagegen an, gegen diese Gespenster einer leidvollen Vergangenheit?

»Du solltest nach deiner Mutter sehen«, sagte sie unvermittelt, denn das »Aber« hatte sie daran erinnert, was für Armand eigentlich das Nächstliegende war, jetzt, wo sie fürs Erste ein Dach überm Kopf hatten.

»Wozu?«, sagte er mürrisch und presste die Stirn gegen das Fensterkreuz. »Sie will mich doch nicht sehen.«

»Armand!«

»Gut«, sagte er schließlich. »Ich gehe. Aber nur um Papa mitzuteilen, wo ich bin. Und außerdem muss ich meine Sachen holen. Aber du gehst mit.« Erschrocken wehrte sie ab.

»Nicht ins Haus natürlich. Das kann ich dir nicht zumuten. Aber ich will's dir wenigstens von außen zeigen, das Haus und die Druckerei. An deinem ersten Tag hier sollst du dein künftiges Zuhause zumindest von außen sehen.«

Und so waren sie durch die abendliche Stadt geschlendert, Hand in Hand. Nur noch wenige Menschen begegneten ihnen. Die Nacht kroch in die Straßen und Gassen und Armand zeigte ihr im langsam verlöschenden Licht des Tages die Plätze seiner Jugend.

»Da drüben, das ist die Schule. Später bin ich ins Gymnasium gegangen, das ist dort oben, gleich neben der Kirche. Schau mal, dieser rötliche, große Bau, daneben steht das Kapuzinerkloster. Und dort unten, im Fluss, haben wir geangelt. Die alte Steinbrücke ist nach Ludwig XIII. benannt, da haben wir oft gehockt und haben Steine in den Fluss geworfen.«

Sie waren am Café Hélène vorbeigegangen, wo die Gymnasiasten, trotz strengen Verbots, in den Pausen gesessen und ihre ersten Zigaretten geraucht hatten.

»Kotzübel war mir beim ersten Mal«, erinnerte er sich. »Und mitten in der Sportstunde, wir hingen gerade am Reck, habe ich mich erbrochen. So etwas vergisst man nicht.«

Sie hatte sich umgeschaut und gestaunt. Das also war Armands Welt, eine kleine, überschaubare Welt. Größer als das Dorf auf der Alb und doch längst nicht so groß wie Stuttgart oder gar Marseille. Ja, hier könnte sie sich wohlfühlen.

Dann waren sie in eine schmale Straße eingebogen, die zum Rande des Städtchens führte, und da war es dann, das Haus, das irgendwann ihr Heim werden sollte. Seine Umrisse konnte man gut erkennen, es war ein massiges, graues Steinhaus, die einzelnen Quader sorgsam aufeinandergeschichtet, so, als wollten sie Zeugnis ablegen von den Menschen, die darin lebten, von ihrer Kraft, ihrer soliden Arbeit und ihrem Stolz. Vorn ragte ein dritter Giebel steil in den blauen Abendhimmel. Das sei ein Anbau des Großvaters, erklärte ihr Armand. Er habe das alte Bauernhaus renoviert und vergrößert, denn zu seiner Zeit hätten drei Generationen unter einem Dach gewohnt: seine Eltern und die Eltern seiner Frau, sie selbst und die Kinder. Jetzt war hier nur noch ihr Ältester, Armands Vater, und oben, im ersten Stock, geisterte die alte Frau herum und hing ihren zerstörten Hoffnungen und Erinnerungen nach. Man sah ein schwaches Licht an zwei der unteren Fenster. Das sei die Küche.

»Von dort führt eine Tür hinaus in den Garten. Großmama hat einen Kräutergarten angelegt, es riecht herrlich dort und wir haben eine ganze Menge Obstbäume, Äpfel, Kirschen, Birnen … und natürlich Walnüsse. Schau, dort …« Er drehte ihren Kopf sanft nach links. »Im Sommer saßen wir oft draußen, haben dort gegessen, unsere Schulaufgaben gemacht. Das war schön. Und dort, auf der anderen Seite …« Er drehte ihren Kopf wieder behutsam, diesmal nach rechts. »Dort ist die Werkstatt, es gibt einen separaten Eingang direkt zur Straße hin. Die hat Großpapa ebenfalls gebaut, denn er wollte kein Bauer sein wie unsere Vorfahren. Früher standen dort die Ställe für das Vieh und die erste Druckmaschine stellte er tatsächlich zwischen Heuballen auf, aber dann lief die Druckerei immer besser, er hat die Tiere verkauft und Stück für Stück die Landwirtschaft aufgegeben.

»Das war aber sehr mutig von ihm.«

»Das kannst du laut sagen. Er hätte auch böse auf die Nase fallen können. Sein Vater, mein Urgroßvater, war natürlich überhaupt nicht begeistert. Man erzählt sich, er habe fast ein ganzes Jahr kein Wort mehr mit ihm gewechselt. Zu der Zeit ging er nach Lyon, um das Handwerk zu lernen.« Armand machte eine Grimasse, von der man nicht genau wusste, ob sie traurig oder lustig sein sollte. »Es gibt also eine Art Familientradition. Aber als der Alte sah, dass der Sohn nicht lockerließ, hat er den Widerstand aufgegeben. Muss ihm wohl imponiert haben.« Wieder verzog Armand das Gesicht, diesmal sah es aber eindeutig böse aus, trotzig und auch verletzt.

Leise sagte Bertha: »Es scheint, dass man in eurer Familie um sein Glück kämpfen muss.«

Er drückte sanft ihren Arm. »Wir wollen hoffen, dass es bei uns so gut ausgeht wie bei meinem Großvater. Weißt du, er war einfach besessen von dem, was er tat. Er liebte bedrucktes Papier. Weiß der Himmel, woher das kam. Wir waren doch Bauern seit Generationen. Aber ich habe ihn manchmal dabei überrascht, wie er am Papier roch, ganz verzückt sah er aus, so wie ein Liebhaber das Parfüm seiner Geliebten riecht. ›Höre, Armand‹, pflegte er dann immer zu sagen, ›das ist ein Wunder! Bedrucktes Papier … Sieh dir die Buchstaben an, stehen alle stramm da, nichts kann verändert werden, halten alles fest, halten es fest für alle Menschen und für alle Generationen … Ist das nicht wunderbar?‹ Ich kann ihn immer noch hören. Dabei hat er vor allem Totenbildchen und Handzettel gedruckt und trotzdem war da eine Faszination, die mir fremd war. Als wir dann den *Boten der Ardèche* drucken durften, unser örtliches Käseblatt, ist er vor Freude beinahe übergeschnappt. Pierre spürte sie auch, diese Faszination, meine ich. Hat sogar davon gesprochen, die Druckerei zu vergrößern, um Bücher zu drucken. Er hätte das bestimmt geschafft.«

Bertha starrte hinüber zu dem geduckten Steinbau, der etwas abseits stand. Wieder fiel ihr ein, was der Professor oft gesagt hatte: Welche Verschwendung so ein Krieg sei, nicht nur an Menschenleben, sondern auch an Begabungen und Hoffnungen. Wann würde diese Wunde heilen? Wann würde sie in diesem Haus leben können mit ihren Kindern, die ihre eigenen Begabungen und Hoffnungen hineintragen würden? Wann würde die alte Frau verzeihen? Sie musste doch sehen, dass es weiterging mit der Familie und vielleicht auch mit der Tradition!

Vorn an der Giebelseite wurde eine Tür geöffnet und eine gedrungene Gestalt mit einer großen Tasche schlüpfte heraus.

»Das ist Doktor Ricaud«, flüsterte Armand. »Hat wohl noch einmal nach Maman gesehen.«

»Willst du nicht hineingehen und fragen, wie es geht?«

Nach einem kurzen Moment des Schweigens brummte Armand: »Also gut. Aber ich bleibe nicht lange. Ich bin nur noch Gast in diesem Haus, bis sie das zurücknimmt, was sie heute gesagt hat. Ich klopfe ans Küchenfenster. Papa wird dort sein. Er soll sich nicht noch mehr Sorgen machen.«

Er ging langsam hinüber, der Kies auf dem schmalen Weg, der von der Straße zum Haus führte, knirschte, und dann verschluckte ihn die Dunkelheit. Sie hörte einige aufgeregte

Stimmen, dann kam er überraschend schnell wieder zurück, in der Hand eine große Segeltuchtasche. Missmutig kickte er einige Steinchen nach rechts und nach links.

»Papa ist ziemlich aufgeregt. Kein Wunder. Maman gehe es schlecht, sie habe einen Schock erlitten. Einen Schock, dass ich nicht lache!«

»Hast du deinem Vater gesagt, wo du jetzt bist?«

»Jaja. Er wird sich schon wieder beruhigen. Ich kenne ihn. Weißt du, wir haben uns immer sehr nahegestanden. Pierre war mehr ein Mama-Kind. Trotzdem wollte er nach der Schule weg, am liebsten ins Ausland. Aber dann kam ja der Krieg. Maman war richtig froh. Ist das nicht ein Witz?«

Sie legte ihm behutsam die Hand auf die Wange und streichelte sie. »So viele Dinge sind auf merkwürdige Art verwoben … und vieles erkenne ich erst später. Komm, lass uns zurückgehen.«

Armand nahm ihre Hand. »Ja, gehen wir zur Nachbarin, die zu allem Überfluss auch noch brünett ist wie die im Pierrot-Lied!«

Mitten in der Nacht erwachte Bertha. Für einen Moment war sie völlig verwirrt. Wo war sie? Dann spürte sie Armands Arm über ihrer Brust und sie begann langsam wahrzunehmen, wo sie sich befand. Die muffige, abgestandene Luft war vertrieben und eine angenehme kühle, würzige Nachtluft füllte das Zimmer. Armand hatte seinen dunklen Schopf tief in die Kissen gewühlt. Er schlief fest, trotz der Schrecken dieses Tages. Ob der alte Monsieur Duchamps wohl in diesem Bett gestorben war? Was würde er sagen, wenn er jetzt sehen könnte, dass eine Deutsche darin schlief? Sie hatte vorhin noch einmal den Raum inspiziert und eine gerahmte Urkunde entdeckt, die in einem Winkel des Zimmers hing. Sie besagte, dass der Unteroffizier Maurice Duchamps, Angehöriger eines Kavallerieregiments, wegen besonderer Tapferkeit im Krieg von 1870/71 ausgezeichnet worden war. Hoch zu Ross war er wohl dahergeritten, der stolze Herr Unteroffizier, der so tapfer gegen die Deutschen gekämpft hatte. Und jetzt lag eine Deutsche in seinem Bett. Sie konnte nicht anders, sie musste auf einmal kichern. Neben ihr bewegte sich Armand unruhig im Schlaf, er murmelte etwas und sie streichelte seinen Arm.

»Warum schläfst du nicht?«, knurrte er undeutlich, sie hatte ihn wohl doch aufgeweckt.

»Ich muss dich etwas fragen.«

»Jetzt, mitten in der Nacht?«

»Du bist doch sowieso schon wach. Hast du den alten Monsieur Duchamps noch gekannt?«

»Ja, natürlich.«

»Ist er hier gestorben? In diesem Zimmer? In diesem Bett?«

»Keine Ahnung. Ich denke schon. Warum willst du das wissen?«

»Nur so.«

Er wühlte seinen Kopf in ihre Locken und flüsterte ihr ins Ohr: »Keine Angst, er tut dir nichts. Als Gespenst kann ich ihn mir schlecht vorstellen.«

Sie wollte ihn noch fragen, wie denn Monsieur Duchamps so gewesen sei und ob er etwas vom 70er Krieg erzählt hatte. Aber das wäre unvernünftig gewesen, denn Armand musste früh aufstehen. Er musste in die Druckerei gehen, in der sein Bruder wohl noch so lebendig war. Nicht als Gespenst, nein, das nicht, aber er war da, das war ihr jetzt klar geworden. Jetzt nicht nachdenken, tröstete sie sich. Am Morgen, im hellen Licht, wird alles viel besser. Immerhin liege ich jetzt im Bett eines französischen Kavalleristen. Mal sehen, was noch alles kommt. Vielleicht haben wir heute Nacht in diesem Bett unser Kind gezeugt. Es wäre gut möglich. Wir wollen ja Kinder haben, so schnell wie möglich, da sind wir uns einig. Also, Herr Unteroffizier, was würden Sie denn dazu sagen? Dann fiel ihr noch etwas ein.

»Armand!« Er schreckte auf und sie hatte für einen Moment ein ganz schlechtes Gewissen, aber das musste sie ihn unbedingt noch fragen.

»Warum nennst du deinen Freund Ritter Tristan?«

»Ach das. Wir haben früher die alten Rittergeschichten nachgespielt. Ich wollte immer König Arthus sein und er eben Ritter Tristan.«

Bertha kannte keinen König Arthus und auch keinen Ritter Tristan. Von diesen Geschichten hatte sie noch nie gehört. Deshalb bohrte sie weiter. »Du als König, das leuchtet mir ein.« Sie lachte leise, als er sie in die Seite knuffte. »Aber warum wollte er Tristan sein? Wer war das denn?«

»Ach, das ist eine ziemlich romantische Geschichte. Ein tapferer Ritter, der sich in die Frau seines Onkels verliebt. Gegen die Liebe kommt man einfach nicht an. Endet ziemlich tragisch, soweit ich mich erinnere. Beide sterben, Tristan und seine Liebste.«

Schau an, dachte Bertha. Und jetzt sitzt dieser Ritter Tristan an irgendeinem Schreibtisch im Rathaus von Villeneuve. Ob er manchmal noch an die alte Geschichte denkt? Vorhin, als ihn Armand so genannt hat, ist er ganz rot geworden. Seine Madeleine scheint er sehr zu lieben, so wie dieser Ritter. Da fiel ihr noch etwas ein.

»Warum ist Madeleine so traurig?«

Er stöhnte leise. »Wieso traurig?«

»Sie ist es, das ist mir gleich aufgefallen.«

»Woher willst du das wissen?«

»Sie hat so einen seltsamen Gesichtsausdruck.«

»Keine Ahnung. Vielleicht …«

»Ja?«

Armand drängte sie an sich und legte eine Hand auf ihren Mund. »Du hältst jetzt deinen Mund, meine liebste Berthe. Vielleicht liegt es daran, dass kein Kind kommt. Sie sind jetzt schon zwei Jahre verheiratet und nichts passiert. Es liegt wahrscheinlich in der Familie. Seine Eltern waren auch schon ziemlich alt, als er endlich kam. Aber ich weiß es nicht, sie reden nie darüber. Und jetzt schlafe endlich oder …«

»… oder?«

»Das wirst du dann schon sehen.«

# *»Les rousseurs amères de l'amour …«*

Sorgfältig schloss Bertha das Fenster und starrte hinunter in die wogende Pracht der gelbgoldenen und roten Blätter. Wie die Bäume leuchteten! Das war nun ihr zweiter Herbst in Villeneuve und wieder war sie vom Spiel der Farben überwältigt. Ein Glucksen und ein lang gezogenes Krähen verrieten ihr, dass Pierre aufgewacht war. Schnell trat sie an die Wiege, die neben dem Bett stand.

»Bist du aufgewacht, mein Schätzele? Gleich bekommst du deine Milch, nur einen kleinen Moment, bitte. Sie brauchen keine Schnute zu ziehen, mein kleiner Herr.«

Verzückt betrachtete sie ihren Sohn. Jedes Mal staunte sie, wenn sie ihn ansah. So klein, und alles war schon vorhanden, sogar das kleine Grübchen dort, das hatte er von Armand, und das kleine gezackte Muttermal am Handgelenk, das stammte von ihr. Ihr Kind – ein Teil von Armand, ein Teil von Bertha – und doch ein ganzer kleiner Mensch, etwas völlig Neues. Sie nahm ihn heraus, als er leise zu wimmern begann, und barg sein Köpfchen an ihrer Schulter. Dann ging sie hinüber in die kleine Küche, wo die Milchflasche schon vorgewärmt in einem Kochtopf stand. Sie konnte ihn nur noch einmal am Tag stillen, und so bekam er zusätzlich ein Gemisch aus Milch und Haferschleim und seit einiger Zeit auch etwas püriertes Gemüse, wie es Madame Duval empfohlen hatte, die

---

*»Das bittere Rostrot der Liebe …«*

Hebamme, die im Übrigen ihre Missbilligung nur schwer verbergen konnte. So als sei es ganz typisch für diese Deutsche, dass sie nicht einmal genug Milch für ihr Kind hatte. Dabei war Pierre schon ein dreiviertel Jahr alt. Allerdings hatte sie ihre Abneigung hinter der professionellen Routine verborgen, für die ihr Bertha dankbar war. Die Geburt war nicht ganz einfach gewesen, fast 20 Stunden hatte sie in den Wehen gelegen und Madame Duval hatte schon Überlegungen angestellt, vielleicht doch Doktor Ricaud hinzuzuziehen, da war Pierre plötzlich mit der letzten Presswehe gekommen.

»Hallo, hallo!«, hatte die Hebamme gerufen. »Erst geht gar nichts und jetzt so schnell. Nun ja, ihr Deutschen seid doch immer für Überraschungen gut.«

Diese und ähnliche Bemerkungen hatte sie sich nicht verkneifen können. Und dann hatte sie noch spitz hinzugefügt, als sie den Kleinen genommen und gesäubert hatte: »Im Übrigen hat er dunkle Haare.«

Bertha hatte ihr das nicht weiter übel genommen. Sie war so glücklich, ein gesundes Kind, einen Sohn, wie Armand es sich gewünscht hatte, zu haben. Und Hauptsache, er hatte keine roten Haare, er sollte nicht aussehen wie seine Mutter, eine *boche*. Später waren dann die Haare doch ausgegangen und sie hatte ihn sorgenvoll beobachtet, Tag für Tag, als neuer Flaum heranwuchs, ob er nicht rot war, unverkennbar rot. Armand hatte behauptet, sie sei übergeschnappt.

»Aber verstehst du denn nicht, was das bedeuten würde?«, hatte sie gerufen.

»Ich verstehe nur eines, dass wir ein gesundes Kind haben und das ist das Wichtigste.«

Aber sie hatte ihm dann doch angemerkt, dass er insgeheim froh gewesen war, als die Haare dunkel und kräftig kamen.

Eine ungebärdige Haarsträhne fiel ihm jetzt in die Stirn, genau wie bei seinem Vater, und sie betrachtete ihn in diesem Moment gerührt, als er an seiner Flasche nuckelte und sie dabei neugierig ansah.

»Bist ein ganz Hübscher«, flüsterte sie ihm zu, »wirst einmal aussehen wie dein Vater. Nur die Augen, die hast du von deiner Mutter, aber das ist nicht so schlimm. Hast etwas Gutes von jedem, so wie auch jeder in seiner Sprache mit dir sprechen wird, sollst beides lernen und verstehen.«

Sie wiegte ihn sanft und ging mit ihm im Zimmer herum, das überhaupt nicht mehr kahl, sondern im Gegenteil ziemlich vollgestopft mit Möbeln war. Diese Möbel … ihr Blick wanderte über die Kommoden, den Nussbaumsekretär und den prachtvollen Eichenschrank. Es waren wunderbare, alte Möbelstücke, ohne Zweifel, aber ihr kam es so vor, als dünsteten sie etwas aus, etwas, das zäh und klebrig im Zimmer hing und ihr manchmal das Atmen schwer machte. Diese Möbel und all die anderen Sachen, die in ihnen verstaut waren, das Geschirr, die Kerzenleuchter, die Wäsche mit den feinen Monogrammen, ach, was erzählten sie für Geschichten!

»Später werde ich dir einmal davon berichten, mein Kleiner«, wisperte sie ihm zu, »aber erst viel später, wenn du alt genug bist, um zu verstehen.«

Konnte man das überhaupt verstehen?

Die Tür ging leise auf und Madeleine Duchamps schlüpfte herein, ihre »gute Nachbarin«. Nein, sie war viel mehr, dachte Bertha und lächelte sie über den Kopf des Kindes an. Sie ist eine Freundin geworden, meine erste und einzige Freundin.

»Ich habe geklopft, aber du hast wohl nicht gehört«, meinte Madeleine und kam mit leisen Schritten näher.

»Wahrscheinlich weil ich mich gerade mit dem jungen Herrn hier unterhalten habe.« Bertha lächelte.

Madeleine streichelte sanft über Pierres Köpfchen. »Und worüber habt ihr euch unterhalten?«

»Oh, über dies und das«, antwortete Bertha ausweichend.

Madeleine betrachtete aufmerksam den Kleinen. »Ich glaube, er hat schon wieder ein bisschen zugelegt.«

»Stimmt. Wenn wir nicht aufpassen, wird er noch ein richtiger kleiner Fettkloß.«

»Na, hör mal, er ist ganz richtig. Kinder in diesem Alter brauchen ein wenig Speck, wegen der Krankheiten, und wenn sie laufen, geht das dann sowieso weg.«

Madeleine schien richtig empört. Woher sie ihre Weisheit hatte, verriet sie aber nicht. Sie schaute den Kleinen lediglich hingerissen an und streichelte jetzt die pummeligen Händchen, mit denen er ungeduldig herumfuchtelte.

Jedes Mal, wenn sie ihn ansieht, hat sie diesen merkwürdigen Blick. Ich weiß nicht, wie ich ihn nennen soll, es ist ein Blick so voller Sehnsucht, gerade so, als ob sie Hunger hätte. Arme Madeleine.

Am Anfang ihrer Schwangerschaft hatte Bertha befürchtet, dass die die aufkeimende Sympathie umschlagen könnte, es wäre verständlich gewesen. Die Deutsche, die noch nicht einmal verheiratet war, bekam ein Kind. Doch es war ganz anders gekommen. Von Beginn an schien es ihr, als sei Madeleine auch schwanger. Wie sie mitgelitten hatte, als Bertha sich übergeben hatte. Wie sie angefangen hatte, kleine Mützchen zu stricken, die leider etwas schief gerieten. Wie hingebungsvoll sie sich um sie gekümmert hatte. Und als der Kleine schließlich da war, überhäufte sie ihn mit einer Fürsorge, wie sie die leibliche Mutter nicht besser hätte zeigen können.

Auch jetzt stellte sie einen Topf mit Karotten auf den Tisch, sorgsam geschält und gewürfelt.

»Hier, die habe ich bei Bertrand gekauft, sind ganz frisch.«

Seit der Kleine Mischkost bekam, sorgte sie auch für das Gemüse.

»Wenn du willst, kann ich sie auch gleich noch kochen und stampfen.«

»Nein, nein«, Bertha schüttelte den Kopf, »das kann ich nachher machen. Was bin ich dir schuldig?«

Madeleine wedelte ungeduldig mit der Hand, als sei diese Frage gänzlich überflüssig. »Hör auf, schließlich bin ich seine Patentante.«

Gute, fürsorgliche Madeleine. Das war schon ein richtiges Ritual geworden, dachte Bertha. Nie im Leben würde sie Geld nehmen, aber ich muss doch trotzdem fragen. Wenn wir die beiden nicht hätten, Ritter Tristan und »die Frau Nachbarin« …

Einige Tage nach ihrem Einzug in das Haus der Duchamps war Armand am frühen Morgen gleich wieder heraufgekommen in ihre kleine Wohnung. Er hatte sich gerade verabschiedet, wollte zur Arbeit gehen, hinüber ins elterliche Anwesen.

»Was ist geschehen?«, hatte sie erschrocken gefragt. »Fühlst du dich nicht gut?«

»Es ist nichts«, hatte er ruhig gesagt, aber sein Gesicht war weiß gewesen, kalkweiß. »Gib mir Wasser, Seife und eine Bürste.«

»Sag mir sofort, was los ist!«, hatte sie erschrocken gerufen und war dann, von einer bösen Ahnung getrieben, zur Tür geeilt.

»Berthe, Berthe … nicht hinuntergehen!«, hatte er geschrien, aber die Sorge in seiner Stimme trieb sie erst recht hinunter. Die Haustür stand halb offen und sie konnte sie schon oben an der Treppe sehen, Buchstaben, quer über die Tür geschrieben. Die Tür war blau, blau wie der Himmel und an manchen Tagen das Meer, und die Buchstaben waren rot. Es war ein seltsames Rot, nicht purpurn wie bei Rimbaud, kein zorniges oder trunkenes Rot, es war ein bitteres Rot, und sie konnte nicht genau sagen, warum sie das so empfand. Hatte er nicht irgendwo vom »bitteren Rostrot der Liebe geschrieben«? Und war es nicht auch so mit ihrer Liebe, die vom Rost des Hasses überzogen war, diesem bitteren, bösen Hass? Ohne zu lesen, wusste sie gleich, welches Wort da stand: *»boche«* stand da, was sonst?

Henri war hinzugetreten, hinter ihm tauchte Madeleine auf. Bertha hatte in ihre Augen geblickt und darauf gewartet, dass sich etwas verändert. Dass die Freundlichkeit und die Zuversicht verschwanden, die doch schon in ihnen waren, wenn auch noch zurückgehalten und versteckt. Sie hatte erwartet, dass die Augen so böse wurden wie das Wort an der Tür. Aber Henris Blick hatte sich nicht verändert, allerdings konnte man Bestürzung in ihm lesen und auch Mitleid. Und Madeleine? Sie hatte sie nur kurz angesehen und dann in den Arm genommen und diesem kurzen Moment, diesem Augen-Blick im wahrsten Sinne des Wortes, hatte sie der »Augen veilchenblauer Strahl getroffen«, so wie Rimbaud es beschrieben hatte, und so war es nicht »Omega«, das Ende, gewesen, sondern der Anfang ihrer Freundschaft.

Madeleine hatte ihr dann auch geholfen bei ihren ersten tastenden Schritten in ihr neues Leben in Villeneuve. Zu Anfang waren es immer die gleichen Szenen gewesen, die sich unauslöschlich in Berthas Bewusstsein gegraben hatten: der erste Einkauf bei den Bertrands, dem größten Kolonialwarenladen der Stadt, dann beim Metzger und bei Monsieur Vincent, dem Bäcker. Neugierige, abschätzige Blicke, Getuschel, die Frauen mit Einkaufskörben und Henkeltaschen, vor ihr, hinter ihr, aber mit deutlichem Abstand. Eine Schlange, eine kleine nur, nicht so wie in Stuttgart, aber auch sie schob sich vorwärts, langsam und plötzlich stumm geworden, nur Zischeln und, ganz selten, ein kurz aufflackerndes Gekicher. *La Rouge* – die Rote – das reimte sich fast auf *boche*. Und so viel Zorn war in ihr gewesen, aber noch viel mehr Angst und auch Scham. Wenn sie dann endlich vorn an der Ladentheke gestanden hatte, ignorierte man sie einfach, tat so, als sei sie gar nicht da.

»Die Nächste bitte …«

Ein kurzer Blick nur, dann war sie Luft. Am Anfang hatte sie noch gewartet, hatte stur gewartet, aber dann war sie doch hinausgeschlichen mit gesenktem Kopf. Mit der Zeit hatte man sie dann bedient, vielleicht war man es auch einfach leid. Es kostete zu viel Anstrengung, böse zu sein. Monsieur Bertrand war einer der Ersten gewesen, aber sehr oft waren die Sachen, die sie verlangte, einfach nicht da, oder er gab ihr minderwertiges Zeug, welken Salat, verschrumpeltes Gemüse, angefaultes Obst …

Madeleine hatte sich das für kurze Zeit angesehen, dann bemerkte sie eines Tages Bertha, die wieder einmal mit halb leerer Tasche und gesenktem Kopf heimschlich.

»Jetzt reicht es aber«, hatte sie gerufen, wutentbrannt Berthas Tasche gepackt und war in Bertrands Geschäft gestürmt. Dort habe sie einen »Aufstand« gemacht, wie sie es nannte. Was genau sie gesagt hatte, konnte Bertha nicht in Erfahrung bringen, genutzt hatte es jedenfalls nicht viel. Zudem wurde

Madeleine jetzt von ein paar Leuten mehr gemieden, die behaupteten, sie sei schon immer komisch gewesen und der alte Duchamps habe schon gewusst, warum er sie nicht zur Schwiegertochter wollte. Allerdings kam es Bertha so vor, als sei es nach Pierres Geburt etwas besser geworden. Einige Leute nickten ihr sogar zu, wenn sie mit dem Kinderwagen vorbeiging. Und in letzter Zeit bildete sie sich ein, sogar die Andeutung eines Lächelns in Monsieur Bertrands Augenwinkeln zu sehen, wenn er den kleinen Pierre erblickte. Es wird besser, sagte sie sich, es ist so, wie ich's dem Professor manchmal gesagt habe, man muss Geduld haben und es wird besser. Freundlichkeit braucht Zeit, mit dem Hass ging es schneller und er war zäh wie Teer. Seltsamerweise konnten auch die hassen, die gar nicht betroffen waren. Wie sonst konnte man es sich erklären, dass sie auch bei denen auf Ablehnung stieß, die gar nicht vom Krieg betroffen waren und gar keine Deutschen kannten? Monsieur Casselle beispielsweise, der ein Bein verloren hatte, oder Jean Balazuc, der bei Verdun in den Gräben gekämpft hatte und durch das Gas blind geworden war, die konnte sie verstehen, von denen ganz zu schweigen, die den Sohn oder den Mann verloren hatten. Bruno hatte ganz recht gehabt, jeder hier hatte seine eigene Geschichte und jeder kannte sie und so musste man es wohl hinnehmen, dass sich alle verschworen hatten und zusammenhielten. Man war es den anderen schuldig. Aber es würde besser werden und irgendwann würde ihr Monsieur Bertrand »Guten Tag« sagen und ihr frisches Gemüse verkaufen. Die Schmierereien an der Tür hatten ja auch aufgehört. Henri hatte beim ersten Mal einen großen Topf Farbe gekauft, nachdem trotz aller Anstrengung das Wort nicht wegzuwischen war. Armand und er hatten dann jedes Mal die Tür gestrichen, begafft von den lärmenden Kindern, die sich das Wort kichernd zuriefen, bis Armand einmal den am nächsten Stehenden gepackt und ihm die größte Tracht Prügel seines Lebens angedroht hatte.

Sie legte Pierre in Madeleines Arme, die behutsam auf seinen Rücken klopfte, damit er sein Bäuerchen machen konnte. Eine Weile lief sie mit dem Kleinen auf und ab, dann blieb sie vor der Kommode am Bett stehen. Dort lagen oder standen Berthas Schätze: Brunos Muscheln, der Gedichtband von Rimbaud, ein kleines Schmuckkästchen und drei Fotografien. Das alte, schon ganz fleckige Bild ihrer Eltern war darunter, und ein neues, das ihre Halbschwester in einem silbernen Taftkleid zeigte. Daneben stand mit durchgedrücktem Rücken ihr Schwager in SA-Uniform. Paula hatte wie sie 1927 geheiratet, allerdings schon im Mai, kurz nachdem Bertha hierher nach Villeneuve gekommen war. Das Datum hatte wohl Kurt festgelegt, wie Paula geschrieben hatte, denn Anfang Mai war Gauparteitag der NSDAP gewesen und Hitler und Goebbels waren nach Stuttgart gekommen. Seine Idee sei es gewesen, kurz nach der Trauung mit seiner frischgebackenen Ehefrau zum »Führer« vorzudringen und sich höchstpersönlich beglückwünschen zu lassen. Das hatte wohl auch geklappt, wie Paula berichtet hatte. »Gerade als Hitler in den offenen Wagen einsteigen wollte, hat mich Kurt nach vorn gezogen und der Führer hat mir dann tatsächlich die Hand geschüttelt.«

Paula hatte das aber nicht so sehr beeindruckt, Kurt allerdings schien endlos über den durch Mark und Bein gehenden Blick aus blauen Augen schwadroniert zu haben. Über 2000 Parteigenossen hätten den Weg gesäumt und ihm sei es gelungen, die Glückwünsche des Führers zu erlangen! Im Übrigen war er sehr ungehalten, dass Bertha mit einem Franzosen zusammenlebte und ihn sogar heiraten wollte. Er sprach vom »Verrat am deutschen Volk«, der sie einmal teuer zu stehen kommen werde. Er hoffe, dass Armand wenigstens arisch und rasserein sei.

Als sie Armand den Brief vorgelesen hatte, war er eher amüsiert gewesen. »Rasserein? Ich bin doch kein Hund! Wir sind wie Romeo und Julia, keine Seite mag uns, nicht wahr, meine Liebste?«

Madeleine schien sich ebenfalls zu amüsieren, jedes Mal, wenn sie das Bild betrachtete, musste sie lachen, denn sie fand »diesen Typen zum Schießen«. Bertha dachte eher, dass sie das Bild traurig stimmte. Immer wieder überlegte sie, es in die Schublade zu stecken, aber etwas hielt sie davon ab. War es Mitleid oder noch ein Rest Familiensinn? Es war weniger die Uniform ihres Schwagers, die sie bedrückte, als das Gesicht ihrer Schwester. Sie lächelte zwar, aber das Lächeln wirkte aufgesetzt, so, als ob der Fotograf es nachträglich hineinretuschiert hätte. Das dritte Bild zeigte Tante Hedwig, die im letzten Juli plötzlich verstorben war. Ein durchgebrochener Blinddarm, hatte Paula berichtet. Trotz großer Schmerzen war sie nicht zum Arzt gegangen, hatte stattdessen ihre Kräutertees gebrüht und dann war es zu spät gewesen. Sie hatte etwas Geld auf dem sorgsam gehüteten Sparbuch hinterlassen, das sie den drei Nichten hinterließ: Bertha, Paula und Gertrud Straub, der Tochter ihrer Schwester. Wenn sie wüsste, wofür ich es verwendet habe, dachte Bertha und betrachtete Madeleine, die immer noch fasziniert auf die Kommode starrte. Was würde die Tante wohl dazu sagen? Ihr letzter Brief hatte sehr besorgt geklungen, besorgt und auch wütend.

*»Ausgerechnet ein Franzose!«*, hatte sie geschrieben.

Ausgerechnet ein Franzose … Ausgerechnet eine Deutsche … Sie waren wirklich ein besonderes Paar, so wie dieser Romeo und diese Julia, von denen sie jetzt wusste, dass sie beide gestorben waren. Aber wir werden leben, das schwor sie sich in diesem Moment, obwohl die vielen Möbel, die das Zimmer vollstellten, jetzt lange Schatten warfen, so, als kämen sie näher, immer näher, um ihr ihren Platz wegzunehmen.

»Schade, dass du kein Bild von deinem Bruder hast«, hörte sie Madeleine sagen.

Doch, ich habe eines, Madeleine, aber ich zeige es dir nicht, noch nicht. Schließlich steckte er in einer deutschen Uniform. Ich weiß nicht, ob unsere neue Freundschaft das schon aushalten würde. Sie kann es wohl erahnen, aber es zu wissen, ist doch etwas anderes. Auch ansonsten hatte Bertha nicht viel von ihm erzählt, nur, dass er in Spanien »arbeitete«, was immer das heißen mochte. Und dass sie sich Sorgen machte, weil er gar nicht schrieb. Deswegen sagte sie jetzt auch unaufgefordert: »Und geschrieben hat er mir immer noch nicht. Aber er hat ja auch noch nicht meine neue Adresse.«

Wenn er auf der Alb nachfragt, wird er sie erfahren, dachte sie. Wenn die alte verbitterte Frau dort ihm die Adresse gibt. Ihre Stiefmutter hatte sich schlichtweg geweigert, ihr zur Hochzeit zu gratulieren, geschweige denn ihr ein Hochzeitsgeschenk zu schicken.

*»Ausgerechnet ein Franzose … schämst du dich nicht!«*

Georgs Bild lag in der Schublade, bei den Briefen der Pfäfflins und Kläris. Pfäfflins hatten herzlich gratuliert und Geld geschickt, und das Geld hatten sie gut gebrauchen können, um Pierres Ausstattung zu kaufen, denn sie hatten ja nichts mehr.

»Männer sind doch so gedankenlos«, sagte Madeleine spontan. »Er meldet sich bestimmt bald.« Sie riss den Blick von der Kommode los, nicht ohne ihr übliches »Also, dass du Rimbaud liest …« loszuwerden. Sie sah Bertha an und runzelte die Stirn. »Diese Möbel da … ihr habt doch keinen Platz. Wenn der Kleine einmal läuft … überall stößt er sich an.«

Leise murmelte Bertha: »Du weißt doch, wie sehr Armand an ihnen hängt. Sie stammen von seinem Großvater und einige sind noch älter.«

»Ja, ich weiß. Aber …«

»Keine Diskussion darüber, Madeleine. Du kennst ihn.«

Madeleine Duchamps seufzte auf. »Ich ärgere mich eben jedes Mal, wenn ich sie sehe. Es ist eine böse Geschichte, Berthe.«

Da hatte sie recht. Kurz nach Tante Hedwigs Tod hatten sie endlich heiraten können. Die Papiere … immer wieder hatten Papiere gefehlt. Es sei alles kompliziert, hatte man ihnen erklärt. Schließlich sei Bertha Deutsche und sie wolle doch die französische Staatsbürgerschaft annehmen und überhaupt … Aber dann hatte sich Henri, Ritter Tristan, eingeschaltet, und es war auf einmal doch recht schnell gegangen. Bertha hatte schon gefürchtet, mit einem kugelrunden Bauch vor den Altar treten zu müssen, aber so hatte man kaum etwas gesehen und sie hatte nur einige Abnäher aus ihrem Straßburgkleid, wie sie es nannte, auftrennen müssen. Es war ihre Idee gewesen, dieses Kleid als Brautkleid zu verwenden.

»Es ist unser Glücksbringer«, hatte sie Armand erklärt, der etwas verdrießlich dreinsah und sie eindringlich fragte, ob sie nicht doch lieber ein richtiges Brautkleid haben wolle, mit Schleier und allem Drum und Dran.

»Aber nein. Wir müssen sparen, Armand. Wir erwarten

ein Kind und wir wissen nicht, wie alles werden wird. Ich trage doch keinen Schleier mit einem Kind im Bauch. Das wäre nicht richtig.«

So hatte sie Madeleine gefragt, ob sie nicht die alte Nähmaschine von Madame Duchamps benützen dürfe. Bertha hatte dann das Kleid zusätzlich noch etwas verändert. An den Kragen hatte sie Spitzen genäht, die sie von einem alten Nachthemd von Frau Pfäfflin abgetrennt hatte, und als sie sich an ihrem Hochzeitsmorgen im großen Wandspiegel im Schlafzimmer der Duchamps betrachtet hatte, stellte sie fest, dass sie »ganz passabel« aussah.

»Ganz passabel«, hatte Madeleine entrüstet widersprochen. »Du siehst wunderschön aus. Was du aus dem Kleid gezaubert hast!«

Henri hatte ihr im Garten Rosen abgeschnitten, eine davon hatte sie sich in die roten Locken gesteckt, und als Armand sie dann gesehen hatte, war er hingerissen gewesen. Sie hatten sich geschworen, dass nichts diesen Tag trüben dürfe. Auch wenn es nur zwei Gäste gab, die gleichzeitig Trauzeugen waren, und das Essen in der guten Stube der Duchamps eine eher schlichte Angelegenheit war. Nichts sollte diesen Tag trüben, da konnte Pater Denis sagen, was er wollte. Er hatte mit Armand geschimpft, weil er eine Evangelische heiraten wollte. Und sie hatte sich partout geweigert, überzutreten. Die Nationalität gab sie auf, aber nicht den Glauben. Es war egal, dass die Zeremonie im Rathaus eine sehr trockene Angelegenheit war, bei der der Beamte dienstbeflissen die üblichen Sätze herunterspulte. Es war egal, dass niemand Blumen streute, sie beglückwünschte, vor Rührung weinte und mit ihnen lachte. Endlich gehörten sie zusammen, vor der Welt und auch vor Gott.

Aber dann war es doch anders gekommen, in dieser Welt, in der ihre Liebe nicht gelebt werden durfte.

Sie hatten sich gerade zugeprostet mit einem Glas Champagner, den Armand leichtsinnigerweise doch gekauft hatte, als sie auf der Straße Rufe hörten. Die Fenster des Wohnzimmers waren weit geöffnet, denn der Tag war sehr heiß gewesen, deshalb konnte man gut verstehen, was geschrien wurde. Der Name Verrier fiel und Armand zuckte zusammen. Es gab mehrere Familien dieses Namens in Villeneuve, aber dann rief jemand etwas von »der Alten«, die »jetzt übergeschnappt« sei, von der »Hochzeit mit der Deutschen« und dass die Alte jetzt alles verschenke!

Armand war sofort aufgesprungen, der Stuhl fiel nach hinten, dann war er zur Haustür gestürzt und verschwunden. Henri und Madeleine hatten sich angesehen.

»Was ist da los?«, hatte Madeleine geflüstert und Henri hatte den Kopf geschüttelt. Dann hatte es Bertha nicht mehr ausgehalten. Sie war losgerannt, ohne auf die mahnenden Rufe der Duchamps zu hören. Sie bahnte sich ihren Weg durch die Menschen, die immer mehr wurden und alle in eine Richtung gingen. Sie rannte, keuchte, stieß mit den Ellenbogen gegen Arme, die den Weg versperrten, rannte und dachte auch nicht mehr an das Kind in ihrem Bauch. Sie hörte Lachen, Schreien, aber es drang nicht zu ihr durch, nur ein Gedanke trieb sie vorwärts: Sie musste zu Armand. Irgendetwas war geschehen! Und dann sah sie es: Vor Armands Elternhaus hatte sich eine gaffende Menschenmenge versammelt. Zwei Männer, vierschrötige Gestalten, trugen Möbel auf die Straße, Sessel, Sofa, Kommoden, Schränke … Dazwischen türmte sich Geschirr. Gerade schleppten sie eine große und wohl schwere Standuhr herbei.

Und oben, am Fenster, hatte Armands Mutter gestanden und gerufen: »Nehmt alles, nehmt es mit, es kostet euch nichts. Ich verschenke alles, besser ihr kriegt es, als die Deutsche. Nehmt nur …«

Der Professor hatte Bertha einmal von Rachegöttinnen erzählt, die nach den Vorstellungen irgendeines alten Volkes die Menschen, die Böses getan hatten, verfolgten und quälten. Sie hatte sich damals nicht so richtig etwas darunter vorstellen können, aber in diesem Moment dachte sie, dass diese Göttinnen so ausgesehen haben mussten wie die alte Frau oben am Fenster: von Zorn und Hass besessen, nur von einem Gedanken getrieben. Aber Rache wofür? Sie hatte doch nichts Böses getan, sie liebte doch nur! Wofür wurde sie denn bestraft?

Viele Menschen hatten zugeschaut, gezögert … dann aber waren einige näher gekommen, hatten mit den Fingern über das schimmernde Holz gestrichen, hatten genauer hingesehen, geprüft und waren dann mit Wägen gekommen, größeren, kleineren, und hatten angefangen, sie zu beladen. Inmitten des Trubels hatte Armand gestanden, sie angeschrien, hatte sich dazwischengestellt und versucht, die Menschen zurückzuhalten und ihnen das Geschirr aus den Händen gerissen, Teller fielen zu Boden, zerbrachen. Einige hatten sich rasch davongemacht, die Beute unter dem Arm und Armand tobte, schrie, weinte. Ja, er weinte. Ihr Armand im Hochzeitsanzug, dem einzigen guten, den er besaß und der viel zu weit geworden war, denn die Sorgen der letzten Monate hatten sich in ihn hineingefressen und ihn ausgezehrt. Sie hatte gemerkt, dass auch ihr die Tränen über die Wangen liefen, und sie versuchte, sich das Schluchzen zu verbeißen, und dann war sie nach vorn gelaufen, zu Armand. Aber es war ihr so vorgekommen, als nehme er sie gar nicht wahr, er sah durch sie hindurch.

Wer liebt, bezahlt, aber wie hoch ist der Preis? Und was hält die Liebe aus, bis sie stirbt?

Vielleicht wollte sie das, diese Frau oben am Fenster, die bei Berthas Anblick hohnlachend das Fenster zugeschlagen hatte.

Nach einiger Zeit hatten sich die Leute verlaufen. Einige schämten sich wohl auch, denn sie kamen mit abgewandten Gesichtern näher und legten schweigend die Gegenstände nieder, die sie mitgenommen hatten. Armand hatte in der Zwischenzeit die beiden Männer, die die Möbel nach unten getragen hatten, zur Seite gezogen und redete beschwörend auf sie ein. Dann zog er einige Geldscheine aus der Tasche und drückte sie ihnen in die Hände. Woher hatte er denn so viel Geld? Die bulligen Gestalten verschwanden und kurz darauf kamen sie mit einem großen Leiterwagen zurück, auf den sie die restlichen Möbel und Kisten packten.

Bertha hatte immer noch da gestanden. Alles kam ihr so unwirklich vor, bestimmt träumte sie. Aber dann hatte sie Madeleine sanft in den Arm genommen und Henri war leise neben sie getreten. Dies war also ihr Hochzeitstag. Sie stand hier vor dem Haus, das einmal ihr Zuhause werden sollte. In diesem Moment konnte sie sich nicht vorstellen, dass sie jemals seine Schwelle überschreiten würde. Bruno hatte recht gehabt, es war zu früh.

»Komm Berthe, wir gehen nach Hause«, hatte Madeleine geflüstert.

»Wo ist Armand?« Ihre Stimme gehorchte ihr kaum.

»Ich weiß nicht genau«, antwortete Henri. »Ich glaube, er versucht, so viel wie möglich wiederzubekommen.«

»Ich verstehe nicht, wo Monsieur Verrier ist. Dass er das zugelassen hat …«, hatte Madeleine gezischt.

Zorn hatte in ihrer Stimme gelegen. Dann hatten sie Bertha sanft, aber bestimmt in ihr Haus zurückgeführt, wo kurz darauf die beiden Burschen eintrafen, die dann die Möbel abluden. Henri und Madeleine waren sichtlich bestürzt. Sie hatten sich mit Bertha wieder ins Wohnzimmer gesetzt und wie erstarrt dagesessen.

Als sie damals in Stuttgart auf den Professor gewartet hatte, da hatte sie sich ähnlich gefühlt, doch das hier war viel schlimmer. Sie war so verzagt gewesen.

Dann war endlich Armand gekommen, atemlos, erschöpft, der Anzug beschmutzt. Sie hatte erwartet, dass er sie in den Arm nehmen würde, aber er hatte wohl noch ganz im Bann des Geschehenen gestanden. Müde hatte er berichtet, dass er vieles wieder beisammenhabe, aber es gebe doch einige, die wollten Geld haben!

»Gleich morgen gehe ich zur Bank und wir lösen die Sparbücher auf«, sagte er zu Bertha gewandt.

»Woher hattest du denn das Geld, mit dem du vorhin die beiden bezahlt hast?«, hatte Bertha leise gefragt.

Armand hatte sich auf den Stuhl fallen lassen und das Glas Wein, das Henri ihm gab, in einem Zug ausgetrunken.

»Das war unser Hochzeitsgeschenk von Papa. Er hat es mir gestern Abend heimlich in die Hand gedrückt, er hatte Angst, dass sie es merkt. Ich wollte dich heute Abend damit überraschen«, sagte er zu Bertha gewandt. »Ich hatte gedacht, dass wir vielleicht noch eine kleine Reise machen können, nur zwei, drei Tage … stattdessen müssen wir unsere Möbel zurückkaufen, unseren Familienbesitz, den meine Mutter an wildfremde Leute verschenkt.«

Er war völlig außer sich gewesen und sie hatte sich nicht getraut, ihn in den Arm zu nehmen. Sie fühlte instinktiv, dass ihm jetzt niemand zu nahe kommen durfte, auch sie nicht.

»Und wo ist dein Vater jetzt?«, hatte Madeleine mit harter Stimme gefragt.

»Hat sich in der Druckerei eingeschlossen. Er hat wohl noch versucht, sie zurückzuhalten, aber er konnte sich nicht gegen sie durchsetzen. Er konnte sich noch nie gegen sie durchsetzen. Sie hatte alles genau geplant. Hatte Michel und Albert schon einbestellt und die beiden haben gute Arbeit geleistet, wie wir gesehen haben. Zuverlässig und präzise wie ein Uhrwerk … Apropos Uhrwerk: Die alte Standuhr kann ich auch nicht mehr finden, Großvaters geliebte Standuhr. Ich sehe immer noch, wie liebevoll er sie sonntags immer eingestellt hat.«

Da war Bertha entschlossen aufgestanden und hatte seinen Arm genommen. Sie hatte das Schluchzen in seiner Stimme gehört. »Komm, wir gehen nach oben. Es ist genug für heute.«

Im Zimmer hatten sie dann gestanden, die Möbel und Kisten, noch ungeordnet und alles verstellend, riesige Schatten, die sie in einem geisterhaften Kreis umgaben, Gespenster, die sie bedrohten. Armand schien das ähnlich zu empfinden, denn er schloss gequält die Augen und zog sie aufs Bett. Dort hatten sie dann gelegen, eng aneinandergeschmiegt wie Kinder, die sich vor der Dunkelheit fürchteten. Stunde um Stunde hatten sie so dagelegen, in atemloser Stille, die nur durch das eintönige Schlagen der Kirchturmuhr unterbrochen wurde.

»Es tut mir so leid«, hatte er dann gesagt, »es tut mir so leid, auch dass ich so … außer mir war. Aber weißt du, ich bin stolz auf meine Familie und ihre Tradition. Ich will das doch einmal meinen Kindern hinterlassen. Es hängen doch so viele Erinnerungen daran, wenn Großpapa das erlebt hätte! Sie muss viel kränker sein, als ich gedacht habe.«

Ganz ruhig hatte Bertha dagelegen, seinen Kopf auf ihrer Brust. Sie schämte sich für ihre Zweifel von vorhin – kein Preis war zu hoch für diese Liebe und sie musste doch kommen, die Zeit die sie erträumten. Sie waren doch schon mittendrin, trotz allem. Das Kind war ein wichtiger Teil davon. Sie musste kommen, die Zeit …

Der kleine Pierre hatte endlich sein Bäuerchen gemacht und Madeleine legte ihn wieder in seine Wiege. Er schien ganz zufrieden zu sein und nuckelte an seinem Daumen.

»Ich muss jetzt wieder hinunter, Henri kommt gleich.« Madeleine blickte hinüber zur Nähmaschine. »Was machst du denn gerade?«

Bertha zeigte ihr das Kleid, an dem sie arbeitete.

»In einer der Modezeitschriften habe ich gesehen, dass die Taille wieder nach oben rutscht und die Röcke glockiger werden. Da habe ich mir dieses uralte Ding vorgenommen und gedacht: Mal schauen, was sich da machen lässt. Der Stoff ist nämlich noch in Ordnung und ich finde das Muster auch ganz interessant.«

Sie hielt das Kleid vor sich, und Madeleine stieß ganz undamenhaft einen Pfiff aus.

»Das sieht aber wirklich schön aus.« Bewundernd strich sie mit der Hand über die feine Oberfläche. »Das Blau wird dir gut stehen.«

»Vielleicht können wir ja mal wieder miteinander ausgehen, Armand und ich«, seufzte Bertha. »Er arbeitet so fleißig und wir sparen, sparen …«

»Ist er immer noch auf der Suche nach den restlichen Familienstücken?«

»Vor allem die alte Standuhr sucht er wie verrückt, die ist wie vom Erdboden verschwunden.«

»Das gibt es doch nicht.«

»Doch, leider.«

»Ach, Berthe …« Madeleine vollendete den Satz nicht. Bertha sah sie fragend an, aber Madeleine schien beschlossen zu haben, das Thema zu wechseln. »Was ich dich fragen wollte … Ich habe noch Stoffe von meiner Schwiegermutter. Einige davon sind recht schön. Traust du dir zu, ein Kleid ganz neu zu nähen und nicht nur zu ändern?«

Bertha überlegte. »Es käme auf einen Versuch an. Aber schimpfe nicht, wenn es nichts wird.« Sie war in der Tat selbst erstaunt, wie gut ihr das Nähen von der Hand ging. Die Stiefmutter auf der Alb hatte es gut gekonnt und sie hatte sich einiges abgeschaut. Manchmal kommt bei schlechten Dingen doch noch etwas Gutes heraus, dachte sie. Madeleine hatte eine Schwäche für Mode, dauernd kaufte sie sich irgendwelche Zeitschriften, in denen sehr elegante Damen abgebildet waren, die nach den »neuesten Entwürfen aus Paris« gekleidet waren. Die Damen erinnerten Bertha unweigerlich an Frau Pfäfflin, wie sie da mit schmachtenden Blicken mehr oder weniger geziert dastanden. Madeleine lieh ihr die Zeitungen immer großzügig aus und aus der letzten hatte Bertha auch die Weisheit von der sich ändernden Mode.

»Weißt du was«, sagte sie spontan, »ich riskiere es. Morgen schauen wir die Journale durch und ich versuche, ein Schnittmuster zu machen. Das habe ich mir bei der Näherin der gnädigen Frau Pfäfflin abgeguckt.«

Sie war auf einmal selbst ganz begeistert. Das war etwas

Nützliches und gleichzeitig Schönes und sie konnte Madeleine eine Freude bereiten.

In deren Augen glitzerte es. »Meinst du wirklich? Ist es nicht zu viel Arbeit?«

»Ach wo. Außerdem Madeleine, wir stehen sehr in eurer Schuld.«

Madeleine betrachtete sie mit einem unergründlichen Blick. »Ach, Berthe …«, nahm sie den angefangenen Satz von vorhin wieder auf, »du bist … etwas Besonderes.«

Berthas Blick schweifte von der Kommode mit den Fotos, den Muscheln und dem Rimbaud zu der Wand, wo das Bett stand. Einige Zeichnungen der Pfäfflin-Mädchen hingen da und mittendrin – im Licht der sinkenden Sonne rote und blaue Farbkaskaden sprühend – das Bild jenes Raoul, das ihr Jacques einst schenkte. Madeleine hatte zuerst geglaubt, es stamme auch von den Kindern, und konnte es nicht fassen, als Bertha sie aufklärte.

»Dass ein erwachsener Mann so etwas malt und, schlimmer noch, es auch noch verkauft!«, hatte sie sich empört.

Jetzt betrachtete sie das Bild nur kurz und starrte dann auf die Möbelstücke, die so seltsam fremd im Raum standen. Was sieht sie nur, überlegte Bertha, und warum bin ich etwas Besonderes? Kläri hatte einmal etwas Ähnliches gesagt. Dann merkte sie, dass Madeleines Blick auf ihr ruhte, offen und freundlich.

»Ach, Berthe, ich bin richtig froh, dass du gekommen bist!«

Eine Stunde später hörte Bertha Schritte auf der Treppe. Das war Armand.

»Papa kommt«, flüsterte sie Pierre zu, den sie gegen ein Kissen gelehnt auf den Boden gesetzt hatte und zu seinem großen Vergnügen seinen Stoffhasen ständig auf ihn zuspazieren ließ. Auch er war ein Werk ihrer fleißigen Hände, sie hatte ihn aus ein paar alten Fellhandschuhen genäht. Der Kleine schaute gespannt zur Tür, als habe er genau verstanden, was sie gesagt hatte.

Armand trat vorsichtig herein, küsste Bertha und ging dann zu seinem Sohn, der begeisterte Laute ausstieß. Er hielt ihn für einen Moment in die Höhe und Pierre jauchzte jetzt laut, dann setzte er ihn liebevoll wieder auf den Boden. Erst die Kleider wechseln und gründlich waschen, der Kleine sollte nicht mit dem Schmutz der Werkstatt in Berührung kommen. Aber den Geruch bekam er nicht so einfach weg, dachte Bertha immer wieder ... das Papier, die Druckerschwärze. Vielleicht sog der Kleine es auf wie sein Namensgeber, der es im Blut gehabt hatte. Ob man's ihm wünschen sollte? Ob es Armand ihm wünschte?

»Berthe«, Armand stellte sich direkt vor sie hin. Er sah irgendwie verändert aus, erhitzt, aufgeregt ...

»Ist etwas geschehen?«, fragte sie erschrocken.

»Ja, aber etwas Schönes. Vater steht draußen. Er möchte so gern den Kleinen sehen. Aber er will, dass du entscheidest, ob er hereinkommen darf.«

Für einen kurzen Moment blieb ihr die Luft weg. Ihr Herz schlug hoch in den Hals hinauf. Was war das für ein wunderbares Gefühl, das sie warm durchströmte. So wie bei jemandem, der läuft und läuft und dann endlich das ersehnte Ziel sieht. Nein, das Ziel war es noch nicht, ermahnte sie sich, aber doch so etwas wie eine Weggabelung, die zum Ziel führte.

»Aber natürlich soll er hereinkommen, er ist mir willkommen«, fügte sie mit schwankender Stimme hinzu.

Armand öffnete die Tür und ein Mann trat herein, den sie bislang nur von Weitem gesehen hatte. Er war nicht ganz so groß wie Armand, was wohl auch daran lag, dass seine Schultern nach vorn hingen und er leicht gebeugt ging. Ist auch eine schwere Last, die er trägt, dachte Bertha. Aber ansonsten sah er Armand sehr ähnlich, allerdings waren die Haare silberweiß, noch sehr dicht und eine widerspenstige Strähne fiel ihm in die Stirn. Spontan streckte sie ihm die Hand entgegen, die er sofort nahm und kräftig drückte. Sie sagte nur ein Wort: »Willkommen«, aber das genügte.

Er ließ sich schwerfällig vor dem Kleinen auf die Knie nieder und Pierre verzog das Gesichtchen, als ob er gleich zu Weinen anfangen würde. Aber dann sah er den alten Mann neugierig an und ein kleines, scheues Lächeln erschien.

»Dass ihr ihn Pierre genannt habt … Pierre …«

Er beendete den Satz nicht, aber Bertha und Armand verstanden ihn auch so. Es war sehr still im Zimmer, sogar der Kleine schaute jetzt ganz ernsthaft drein. Mit letzter Kraft schickte die Sonne ihr Licht herein und die Möbel leuchteten plötzlich auf, nicht mehr rostrot, sondern golden wie die Kastanienbäume im Tal.

# »Plus léger qu'un bouchon j'ai dansé sur les flots …«

Die Kirschen lagen glänzend rot und knackig in der Schüssel. Armand hatte sie gestern Abend noch gepflückt. »Das Obst verrottet im Garten«, hatte er geschimpft. »Wer sollte es auch ernten? Und wer essen? Ein Gespensterhaus ist das geworden. Mir tut nur Papa leid.«

Bertha seufzte und hielt für einen Moment inne. Es war angenehm kühl hier im Garten und sie konnte auf Pierre aufpassen und gleichzeitig die Kirschen entsteinen. Sie betrachtete ihre Finger, die rot vom Kirschsaft waren und dann streichelte sie mit dem Handrücken sanft über ihren hochgewölbten Leib. Das Kind sollte im September kommen. Hoffentlich hielt es sich auch daran. Pierre war damals etwas zu früh gekommen. Sie schaute hinüber in die Ecke des Gartens, wo Henri und Armand einen kleinen Sandkasten gebaut hatten, der von einem großen Walnussbaum beschattet wurde. Da stand ihr Sohn auf stämmigen Beinchen und goss hingebungsvoll Wasser aus Madeleines Gießkanne in eines der Sandlöcher, das er ausgegraben hatte. Mit den Förmchen Sandkuchen zu backen, war seine Sache nicht.

»Er ist eben ein kleiner Wilder«, hatte Henri lachend gemeint und das stimmte wohl.

Pierre liebte alles, was laut, schmutzig und verboten war. Manchmal meinte sie, Züge von Georg an ihm zu entdecken,

---

*»Ein leichter Korken tanzt ich dahin auf steiler Welle …«*

seinen Trotz und seine Eigenwilligkeit, und sie wusste nicht, ob sie darüber froh oder traurig sein sollte. Er war gescheit, ihr Kleiner, aber in ihm steckte auch das Ungebärdige. Nein, besser kein Gedanke an Georg, der schon seit Jahren nichts mehr hatte von sich hören lassen. Als ob er für uns gestorben wäre, dachte sie trübsinnig. Sie meinte eine sanfte Bewegung des Kindes zu spüren, ganz sanft, nicht so ungestüm wie bei Pierre. Ich bin schon so gespannt, dich kennenzulernen, mein kleines Menschlein, dachte sie. Wenn auch alles nicht so ist, wie wir es uns wünschen. Nur ein vollgestelltes Zimmer zur Miete und bald zwei Kinder. Einige der Möbel hatten sie zwar ausgelagert, aber es war immer noch sehr eng. Armands Vater hatte ebenfalls einige Möbelstücke geholt und sich im unteren Stockwerk seines Hauses, das nun fast leer stand, ein Zimmer eingerichtet. Mit »ihr« wolle er nicht mehr zusammenleben. Sie solle oben bleiben.

»Sie nimmt mir die Luft zum Atmen …«

In diesem Moment wurde ein Fahrrad quietschend gebremst und riss sie aus ihren Gedanken. Sie erkannte René Gurval, den Redakteur des *Boten der Ardèche*. Er strahlte sie an und schwenkte in der Linken eine zusammengefaltete Zeitung.

»Hier, für Sie, meine Liebe … frisch aus der Presse.«

Das war schon ein Ritual geworden, er brachte ihr am Freitagnachmittag das neueste Exemplar, um dann ein Schwätzchen mit ihr zu halten. Der *Bote* erschien einmal in der Woche und enthielt mehr oder weniger interessante Neuigkeiten aus der Region, garniert mit etwas Klatsch und Tratsch. Monsieur Gurval war ständig mit seinem altersschwachen Fahrrad unterwegs und besuchte Feuerwehrfeste, Parteiversammlungen, Gemeinderatssitzungen, Schulaufführungen und Hochzeiten, um darüber ausführlich zu berichten. Sein ganzer Stolz aber waren die ersten beiden Seiten, auf denen er die weltpolitischen Ereignisse der vergangenen Woche zusammenfasste und in ganz eigener Art darbot.

Er dachte wohl, das verleihe ihm und dem *Boten* eine besondere Form der Weltläufigkeit. Eigentlich hätte er bei den »großen Blättern« arbeiten können, vielleicht sogar in Paris, aber sein Platz sei nun einmal hier, hatte er Bertha anvertraut. In der Redaktion des *Boten* am Platz der Republik arbeiteten außer ihm noch eine altjüngferliche Sekretärin und ein junger, pickliger Bursche namens Alain, den René Gurval seinen *volontaire* nannte. Er sei allerdings total unzuverlässig und habe einen fürchterlichen Stil. Der Junge sei eine schwere Aufgabe für ihn, fügte er gern noch düster hinzu.

Bertha schätzte Monsieur Gurval sehr. Wenn Madeleine und Henri ihre ersten Freunde in Villeneuve waren, dann konnte man Monsieur Gurval getrost als ihren ersten Verehrer bezeichnen. Bertha hatte ihn kurz nach ihrer Ankunft kennengelernt, als der Redakteur wegen eines Problems im Drucksatz noch am Abend bei ihnen vorbeigekommen war, weil es sehr eilte. Er wusste natürlich, wer sie war, ohne dass Armand sie vorzustellen brauchte, und ihr war gleich seine freundlich-wohlwollende Haltung aufgefallen. Aber der Funke der Begeisterung war übergesprungen, als seine neugierigen Augen den Rimbaud auf der Kommode entdeckt hatten.

»Du liest Rimbaud?«, hatte er Armand, den er seit Kindertagen kannte, ungläubig gefragt und der hatte mit einem leisen Lächeln geantwortet: »Ich doch nicht. Aber meine Frau.«

Ein solches Ausmaß an Begeisterung hatte Bertha hier in ihrer neuen Heimat noch nicht einmal ansatzweise erlebt.

»Rimbaud … Sie lesen Rimbaud!«, hatte er immer wieder entzückt gemurmelt und dann hatten sie über ihre Lieblingsgedichte gesprochen. Er kannte nicht so viele wie Bertha, was seine Begeisterung noch steigerte. Sie waren sich schnell einig, dass das »trunkene Schiff« ein absolutes Meisterwerk sei, hingegen die »Sensation« einfach unglaublich schön.

»Rimbaud – ein Gott!«, hatte er enthusiastisch gerufen. »Aber in diesem Kaff kennt ihn ja keiner. Und nun kommen Sie, eine Deutsche – verzeihen Sie –, und wissen alles über ihn!«

Er hatte seine etwas plumpen Hände andächtig gefaltet und Bertha fürchtete schon, er würde vor ihr auf die Knie sinken. Dann er vertraute ihr noch an, er sei eine großer Liebhaber von Schiller und Goethe, vor allem aber von Heinrich Heine. Bertha musste beschämt gestehen, dass sie von diesen Autoren nicht so viel wusste. Wenn nur der Professor länger gelebt hätte, dann hätte sie noch mehr lernen können. Davon erzählte sie Monsieur Gurval allerdings nichts und der nahm diese Bildungslücken auch nicht weiter krumm. Das Band der Zuneigung war geknüpft und er war ein treuer Freund geworden.

Jetzt ließ er sich schwer atmend neben Bertha am Gartentisch nieder und wischte mit seinem karierten Taschentuch über das rundliche, schweißglänzende Gesicht. Man konnte schwer sagen, wie alt er war, aber er hatte eine faltenfreie, rosafarbene Haut. »Wie ein Kinderpopo«, pflegte Madeleine zu sagen. Dazu trug er seine dünnen, lockigen Haare ziemlich lang und so sah er aus wie ein zu groß geratenes, dickliches Kind.

»Scheußliche Hitze, nicht wahr?« Er versuchte, seinen Hemdkragen etwas zu lockern, mit der Folge, dass seine große, gepunktete Fliege verrutschte.

»Ja«, seufzte Bertha, »an die Sommerhitze werde ich mich wohl nie ganz gewöhnen. Und das Kleine soll ja erst im September kommen, da habe ich noch einige harte Wochen vor mir. Möchten Sie etwas zu trinken, Monsieur René?«

Er nahm dankend an und Bertha schenkte ihm etwas von der selbst gemachten Limonade ein, die in der Zwischenzeit schon recht warm geworden war.

Monsieur Gurval hob sein Glas. »Madame Berthe, auf Ihr Wohl und auf das des Kleinen und auf Pierres Wohl selbstverständlich auch.« Er prostete hinüber zum Sandkasten, aber Pierre goss weiter unbeirrt Wasser in seine Sandlöcher.

Bertha faltete die Zeitung auf, die Monsieur Gurval auf den Tisch gelegt hatte. Nachher würde Armand auch eine Zeitung bringen, aber er ließ es sich trotzdem nicht nehmen, ihr kurz zuvor das erste Exemplar zu überreichen. Das gebe ihm Gelegenheit zu einem Plausch mit seiner »Flamme«, lästerte Armand gern, der im Übrigen so tat, als sei er eifersüchtig auf ihren Verehrer.

»Leider steht nicht viel Gutes drin, Madame Berthe«, seufzte ihr Verehrer, der sehr auf Formen achtete, »die Zeiten sind schlecht, wie Sie wissen.«

»Paris, 29. Juli 1932 … Wieder ein Regierungswechsel … Die Finanzkrise hat Frankreich fest im Griff … Unruhen in der Hauptstadt … Streiks … Oje, das klingt wirklich nicht gut.«

»Seit in Amerika die Weltwirtschaft zusammengebrochen ist, geht es ganz Europa schlecht, dabei ist das schon fast drei Jahre her. Aber es wird immer schlimmer.«

Bertha nickte. Armand wurde in letzter Zeit immer bedrückter. Auch der Druckerei ging es nicht gut, gar nicht gut. Wer gab schon Werbezettel in Auftrag, wenn das Geschäft zusammenzubrechen drohte? Und *Der Bote* lief auch schlechter, daran sparten die Leute zuerst.

Monsieur Gurval deutete auf einen Artikel auf der zweiten Seite. »Aus ihrer alten Heimat gibt es leider auch keine guten Nachrichten – hier sehen Sie …«

Trotz allem musste Bertha lächeln. Der gute René brachte seit einiger Zeit immer wieder Nachrichten aus Deutschland. Das rührte sie sehr, obwohl Armand nicht mit frotzelnden Kommentaren sparte: »Das interessiert die Leute in der Ardèche natürlich brennend.«

»Sei nicht so engstirnig«, hatte sie lachend widersprochen.

»Was heißt hier ›engstirnig‹? … Immerhin macht er diese Seite nur für Madame Verrier. Wenn das keine Liebe ist … und für Spanien interessiert er sich neuerdings auch sehr.«

»Es ist keine ganze Seite …«

Aber es stimmte, seit sie ihm erzählt hatte, ihr Bruder »arbeite« in Spanien und sie mache sich große Sorgen, kamen neuerdings immer wieder auch Berichte über den südwestlichen Nachbarn.

Die Berichte aus Deutschland klangen wirklich sehr beunruhigend. Am 20. Juli hatte es Reichstagswahlen gegeben und das Ergebnis war für sie niederschmetternd – die Nationalsozialisten waren die stärkste Partei geworden.

»Das ist ja furchtbar«, sagte sie erschüttert und ließ die Zeitung sinken.

»Machen Sie sich nichts draus, der Reichstag wird sowieso bald wieder aufgelöst, so wie unsere Nationalversammlung.«

»Das ist ein schwacher Trost. Wie soll das nur weitergehen? 6 000 000 Arbeitslose gibt es dort schon, so viele wie noch nie. Jedenfalls steht das hier. Wenn es nicht bald besser wird, kommt der Hitler noch an die Macht.«

»Das wird nicht geschehen, Madame Berthe. Bei allem, was man so hört, ist er nur ein großer Schreihals. Sie sind eine so große Kulturnation …«

Darauf konnte und wollte Bertha nichts sagen. Paula hatte geschrieben, dass die Not in Deutschland groß sei. Es gebe jetzt viel mehr Suppenküchen und Armenspeisungen in Stuttgart, vor allem auch für die Kinder. Überhaupt sei die Stimmung sehr schlecht. Fast täglich käme es zu Straßenkämpfen und Prügeleien zwischen Kommunisten und Nationalsozialisten, sogar mit Toten.

Schließlich meinte sie etwas lahm: »Hoffentlich haben Sie recht, Monsieur René. Aber was nützt einem die Kultur, wenn der Bauch leer ist? Dieser Hitler verspricht viel.«

»Ich habe bisher noch gar nicht danach gefragt, meine liebe Madame Berthe, aber haben Sie noch Verwandte in Deutschland?«

Bertha biss sich auf die Unterlippe. Irgendetwas hielt sie davon ab, ihm von Paula und ihrem Schwager zu erzählen. Es ist nicht richtig, was ich tue, dachte sie, sagte aber trotzdem ausweichend: »Nur entfernt. Gelegentlich schreiben wir uns. Vor einiger Zeit habe ich noch gedacht, der Nazispuk sei vorbei. Sie haben mir geschrieben, dass sie kaum einer wählt und dass sie nur durch Krawalle auffallen.«

Das stimmte so zwar nicht ganz, aber Paula hatte ihr immerhin kurz nach ihrer Hochzeit, die am 8. Mai 1927 stattgefunden hatte, berichtet, Kurt sei völlig am Boden zerstört, denn eine Landesversammlung der NSDAP sei ein völliger Fehlschlag gewesen, denn die meisten Parteimitglieder seien lieber aufs Volksfest gegangen. Bertha hatte es damals gleich freudestrahlend Armand erzählt. »Bestimmt ist der Spuk bald vorbei.« Zwei Jahre später, mit Beginn der Wirtschaftskrise 1929, hatte es dann aber erst richtig angefangen …

»Gibt es auch Nachrichten aus Spanien?«, fragte sie und überflog die Seite mit den »internationalen Nachrichten«, wie René Gurval diese Rubrik großspurig nannte.

»Nein, leider nichts Neues.« Der Redakteur des *Boten* schüttelte bedauernd das Haupt. »Immer dasselbe … Aufstände, Streiks, genau wie bei uns. Ach, Madame Berthe, die Welt ist aus den Fugen. So gesehen kann man die Leute verstehen, die die Faschisten wählen. Es müsste etwas Neues her, etwas …«

»Das dürfen Sie aber nicht sagen, René«, fiel ihm Bertha ins Wort, die vor lauter Aufregung das »Monsieur« vergaß. »Schauen Sie, was dieser Mussolini in Italien macht. Etwas Neues? Von wegen, die Leute unterdrücken, das ist doch nichts Neues.« Das war sie dem Professor und Bruno schuldig.

»Sie haben ja recht, meine Liebe«, erschrocken wehrte René Gurval ab. »Das war nur so dahingesagt. Aber man ist so hilflos. Wollen wir hoffen, dass das kleine Menschenkind in besseren Verhältnissen aufwachsen kann.« Er deutete auf Berthas Bauch. »Und der kleine Mann da selbstverständlich auch. Übrigens, wie soll den das Brüderlein oder Schwesterlein heißen?«

»Das wissen wir noch nicht. Wir wollen erst einmal sehen, was es ist, Junge oder Mädchen. Mein Mann wünscht sich sehr ein Mädchen.«

»Sehr verständlich. Eine Mademoiselle, so hübsch und klug wie die Mama.«

Er war sichtlich stolz auf dieses Kompliment, verneigte und empfahl sich. Pierre, der seinen Aufbruch bemerkte, kam herübergerannt, denn er hatte folgerichtig geschlossen, dass es jetzt ein Bonbon gab.

»Mama«, sagte er, gegen Bertha gelehnt, die fortfuhr die Kirschen zu entsteinen, »dieser René ist sehr nett.« Er hatte das Papier jetzt entfernt und schob genussvoll das Bonbon in den Mund.

»Das heißt ›Monsieur René‹, Pierre, aber du hast recht. Er ist wirklich sehr nett.«

Es entzückte sie jedes Mal, wie leicht und selbstverständlich ihr Sohn das Deutsche beherrschte. Mit ihr sprach er ihre Sprache, mit Armand Französisch, so hatten sie es ausgemacht. Von jedem das Beste, hatte Armand gemeint, die Sprachen gehören dazu. War das nicht wunderbar, dass dieses Kind so leicht zwischen den Ländern und den Kulturen hin und her wechseln konnte! Allerdings ertappte sie sich dabei, dass sie auf der Straße oder in den Geschäften nur Französisch mit ihm sprach, was ihn wohl zuerst irritiert hatte, jetzt aber normal für ihn war. Wann würde der Tag kommen, wenn er zum ersten Mal das Schimpfwort hören würde, dieses *boche?* Ein Wort, das wie ein Geschwür in ihr saß. Er würde es wohl zuerst gar nicht verstehen. Aber der Tag würde kommen, davon war sie überzeugt. Er wird es aushalten, hatte Armand gemeint, er hat Eltern und Menschen, die ihn lieben. Sie würden es ihm erklären, so gut es geht. Er würde es aushalten …

»Bist du dir sicher, Armand?«, hatte sie gefragt und er hatte nichts mehr gesagt. Oh, mein Kleiner, wenn ich dich nur vor alldem beschützen könnte!

Sie zog ihn hoch und presste ihn an sich. »Hab dich lieb, mein Schätzele.«

Er kuschelte sich an sie und flüsterte: »Ich dich auch, Mama.«

Ein Windstoß kam und blähte die Zeitung auf. Berthas

Blick fiel noch einmal auf die Titelseite. »29. Juli 1932 …« Vor ziemlich genau sieben Jahren hatte sie Armand kennengelernt, in Straßburg, »im Zwischenland«. Es war am Nationalfeiertag gewesen. Sieben Jahre … was war alles geschehen! Warum hatte sie immer noch das Gefühl, es gehe nicht richtig vorwärts? War das ihre Ungeduld, ihr Feuerkopf? Die Zeiten waren schlechter als jemals zuvor und Armand und sie hausten in einem vollgestopften Zimmer und bald kam noch ein weiteres Kind hinzu. Und sie war noch nicht richtig angekommen, hatte keine Wurzeln geschlagen, sondern taumelte, wie von einer fremden Kraft bewegt, hin und her. Das »Treibgut« im Hafen von Marseille fiel ihr wieder ein. Dort ein freundlicher Blick, die Andeutung eines Grußes, manchmal sogar ein paar Worte und dann wieder Unhöflichkeit und Abneigung, das Wegdrehen des Kopfes, die bösen Blicke und das leise gezischelte Schimpfwort.

Sei geduldig, sagte eine andere Stimme in ihr, es braucht eben Zeit, vieles ist doch schon besser geworden. Und, sagte die Stimme weiter, vergiss eines nicht, du hast doch auch deine Erfolge, kleine Triumphe sogar. Daran war vor allem Madeleine schuld. Mit ihrem Zuspruch hatte sich Bertha immer wagemutiger in die zunächst noch etwas nebelhaften Gefilde des Schneiderns gewagt. Krönung ihrer Bemühungen war dann ein Ensemble gewesen, das Madeleine Pfingsten vor drei Jahren beim Kirchgang getragen hatte. Es bestand aus einer beigefarbenen Jacke und einem Faltenrock in einem etwas dunkleren Ton, dazu hatte sie einen Hut in der gleichen Farbe erstanden. Das alles passte wunderbar zu ihren braunen Haaren.

»Du siehst umwerfend aus«, hatte Bertha entzückt gemeint und sich insgeheim selbst beglückwünscht.

Nach dem Gottesdienst war Madeleine gleich zu ihr die Treppe hinaufgestürmt, noch bevor die Männer eingetroffen waren.

»Schade, dass du nicht dabei warst, evangelisch hin oder her. Die Blicke … einige hat es beinahe zerrissen vor Neid. Und jetzt kommt das Beste: Madame Trombat, du weißt schon, die so vornehm tut, hat mich gefragt, wo ich ›arbeiten lasse‹! Na, dann habe ich dein Loblied gesungen. Ob du auch andere Aufträge annehmen würdest?, hat sie mich gefragt. Mal sehen, habe ich gesagt, du hättest sehr viel zu tun. Sie könne aber nur abends, am besten wenn es dunkel ist, wegen der Leute. Ihr Mann sitzt doch im Stadtrat. Das macht nichts, habe ich gesagt, und jetzt kommt sie Donnerstagabend, falls du Zeit hast. Klar hast du Zeit, was meinst du?«

Ihr Feuerkopf hatte zuerst rebelliert! Heimlich wollte man sich zu ihr schleichen, als ob man sich schämte, aber dann hatte die andere Stimme sich durchgesetzt. Vor allem aber Madeleines strahlendes Gesicht hatte den Ausschlag gegeben. Nach Madame Trombat waren andere gekommen und etliche hatten den Weg die Treppe hinauf auch am Tag nicht gescheut und es waren mehr geworden … Nur Armand murrte manchmal, wenn jemand zur Anprobe da war und er hinunter zu Henri und Madeleine musste. Außerdem passte es ihm nicht, dass seine Frau arbeitete. Aber sie hatte ganz vernünftig gemeint, das Geld könnten sie gut gebrauchen und etwas anderes war noch wichtiger, die Vernunftstimme sagte es ihr immer wieder: Siehst du, es wird besser, du wirst es schaffen! Frauen verstehen sich untereinander in ganz anderer Weise. Das ist die Bresche, die du schlagen kannst …

Einige Tage später saßen sie beim Abendbrot. Armand sprach gerade davon, dass seine Tochter – davon war er fest überzeugt – wohl gerade rechtzeitig zur Kastanienernte auf die Welt kommen würde. »Die Natur feiert ein Fest und die Menschen feiern mit, denn überall gibt es die Kastanienfeste. Das ist ein schöner Zeitpunkt, um als Kind der Ardèche auf die Welt zu kommen.«

»An dir ist wirklich ein Dichter verloren gegangen.« Bertha lachte.

In diesem Moment hörte man unten an der Haustür ein energisches Klopfen und dann erregte Stimmen.

»Du hast doch niemanden zum Anprobieren bestellt, so spät?«, fragte Armand unwillig.

Im gleichen Moment wurde die Tür aufgerissen und Jean-Marie, der Lehrling, stand da.

»Monsieur Armand, Sie müssen gleich kommen! Ihrem Vater geht es sehr schlecht, er ist vorhin zusammengebrochen, gerade als er die Druckerei abschließen wollte. Man hat schon nach dem Doktor geschickt. Bitte, kommen Sie schnell!«

Armand sprang auf, sein Gesicht war ganz bleich geworden. »Ich komme gleich! Du bleibst hier«, sagte er zu Bertha gewandt. »Du darfst dich nicht aufregen. Ich lasse dir Bescheid geben.«

Der kleine Pierre verzog sein Gesichtchen und begann zu schluchzen, als ob er spürte, dass etwas Schlimmes vor sich ging. Etwas, das auch sein Leben verändern würde.

Wie soll ich mich nicht aufregen, dachte Bertha. Sie brachte Pierre trotz seiner Proteste ins Bett und blieb bei ihm sitzen, bis er eingeschlafen war. Dort hatte sein Großvater in den letzten Jahren oft gesessen, hatte seinem Enkel Geschichten erzählt, seine Händchen gehalten und seinen Schlaf bewacht, bis er wieder hinübergeschlichen war in das große, graue, leere Haus, in dem eine alte Frau einen Toten bewachte. Es hatte ihm gegraut davor, das hatte Bertha genau gemerkt, aber er hatte nicht darüber gesprochen. Er war nur so oft wie möglich in dieses Zimmer gekommen, wo inmitten seiner alten Möbel das neue Leben begann.

Lautlos ging die Tür auf und Madeleine trat geräuschlos herein. »Schläft der Kleine?«, flüsterte sie, und als Bertha nickte, setzte sie sich auf den Stuhl vor der Nähmaschine. »Henri ist hinübergegangen, er will Armand beistehen. Dein Schwiegervater hat mir die letzte Zeit überhaupt nicht gefallen, er wirkte so müde und sah so grau aus.«

»Das habe ich auch bemerkt, aber er hat sich so sehr auf das Kleine gefreut«, murmelte Bertha.

»Es war nicht leicht für ihn.«

»Nein, ganz und gar nicht. Er war so … zerrissen.«

»Vielleicht ist es auch nicht so schlimm. Wir reden über ihn, als ob er schon tot wäre. Besser, du legst dich jetzt hin«

Ungeduldig schüttelte Bertha den Kopf. »Das kann ich jetzt nicht, am liebsten wäre ich bei Armand. Aber das ist ja nicht möglich.«

»Nein, aber Henri ist bei ihm.«

Der gute Ritter Tristan. Er ließ den Freund nicht im Stich. Aber ich muss dich jetzt allein lassen, Armand, mein Liebster. Und was geschieht, wenn dein Vater stirbt?

# *»... ballotant sur mes bords les querelles ...«*

Anne, wo bist du denn?«

Bertha blickte sich suchend um. Wo steckte die Kleine nur wieder? Vor ihr breitete sich der Garten aus, der in den letzten Jahren sein Aussehen gründlich geändert hatte. Die Obstbäume standen noch, aber die Wiese war jetzt immer gründlich gemäht und ein großer Gemüsegarten erstreckte sich an der linken Seite vor dem Kücheneingang. Den Kräutergarten der Großmutter gab es noch, aber er war größer geworden und tadellos gepflegt. In die hinterste Ecke hatte Armand einen kleinen Stall gebaut, denn kurz nach Annes Geburt vor vier Jahren hatten sie sich eine Ziege angeschafft.

Ziegenmilch war gesund und billig, und die Ziege ernährte sich vor allem von Gras, es gab genug davon. Die Ziege Colette war nicht nur eine pünktliche Milchlieferantin, sondern auch der Liebling der Kinder. Jetzt stand sie friedlich kauend unter einem Kirschbaum, an dem die Früchte langsam rot wurden.

Ein wenig erinnerte Bertha der Garten an das Gütle auf der Alb. Und wenn sie die Salatköpfe betrachtete, die akkurat wie eine Kompanie Soldaten aus dem Beet wuchsen, erfüllte sie das mit grimmiger Freude, denn sie war nicht mehr auf das Gemüse der Bertrands angewiesen. Obwohl man ihr jetzt allerbeste Ware verkaufen würde.

---

*»... Gezänke habe ich an Bord genommen ...«*

Bertha ließ sich auf der Bank vor der Küche nieder und nahm das Messer in die Hand, um Lauch und Karotten klein zu schneiden, ließ aber gleich darauf die Hände wieder müßig sinken. Hier fühlte sie sich wohl, in ihrem kleinen, selbst geschaffenen Paradies. Immer wieder musste sie beim Anblick des Kräutergärtchens an Kläri denken, die wäre stolz auf sie, die gelehrige Schülerin gewesen. Kläri kochte jetzt in einem Offenburger Gasthaus und es gefiel ihr gar nicht, wie sie immer wieder schrieb: »So laut und hektisch und gar nicht persönlich. Meine Pfäfflins fehlen mir, sogar die Gnädige vermisse ich. Sooft es geht, fahre ich nach Gengenbach …« Berthas Augen wurden feucht. Sie musste an Herrn Pfäfflin denken, der im letzten Jahr verstorben war. Der Kummer habe ihn aufgefressen, hatte Kläri gemeint, denn die Geschäfte seien seit der letzten Wirtschaftskrise immer schlechter geworden. »Dünn ist er geworden, egal, was ich gekocht habe, und dann hat der Doktor gemeint, dass es hoffnungslos ist. Der Krebs war am Schluss überall. Und man musste ihm Morphium geben, bis zu seinem Ende.«

Ach, Herr Pfäfflin, immer würde sie ihn im Gedächtnis behalten, wie sie ihn zum ersten Mal gesehen hatte, damals im Marquardt. So ein freundlicher und wahrhaft vornehmer Herr! Das Geschäft war jetzt aufgelöst, das Anwesen verkauft. Frau Pfäfflin hatte mit den Mädchen im oberen Stockwerk einer Villa außerhalb der Stadt eine Wohnung genommen. Viel übrig geblieben war wohl nicht. Nur noch eine Zugehfrau komme ab und an. Charlotte besuchte eine Handelsschule und Luise, die gescheit sei, ging auf das Gymnasium. Sie werde bestimmt einmal studieren … wenn das Geld reichte. Von der französischen Verwandtschaft sei nichts zu erwarten, die hätten selbst nicht mehr viel. Aber der Fritz, der sei drauf und dran, ein wohlhabender Mann zu werden. Drei Lastwagen würden jetzt für ihn fahren und es ginge ihm gut unter der neuen Regierung wie vielen anderen Leuten auch, denn es gebe keine Arbeitslosen mehr. Trotz allem hielt Kläri immer noch nicht viel vom »Führer« und seinen Gesinnungsgenossen. Das konnte man zwischen den Zeilen lesen. Laut zu sagen, was man dachte, traue man sich allerdings nicht mehr, das hatte sie gleich nach der »Machtergreifung« ziemlich unverblümt geschrieben. Jetzt war sie vorsichtiger geworden. Schrieb von den Leuten, vor allem von Fritz, und ihre Briefe endeten stets mit einem unausgesprochenen Vorwurf: »Wenn ich die Gerda aufgeputzt an seiner Seite sehe, könnte ich platzen vor Wut. Du weißt schon, warum.«

Ja, Kläri, das weiß ich wohl. Aber es ist richtig so, trotz allem. Ihr Blick huschte verstohlen zu den Fenstern im oberen Stock hinauf. Seit einiger Zeit hielt sich die alte Frau, für die sie beim besten Willen keinen anderen Namen hatte, auch in den beiden rückwärtigen Zimmern auf. Von dort war es ihr möglich, alles zu beobachten, was im Garten geschah. Ab und an konnte Bertha dann dieses weiße, starre Gesicht sehen, wie es heimlich hinter der Gardine hervorspähte. Wenn sie daran dachte, wurde ihr das Herz so schwer. Jetzt lebten sie schon vier Jahre hier, kurz vor der Geburt von Anne und gleich nach dem Tod ihres Schwiegervaters waren sie hergezogen. Nie würde sie den Tag vergessen, an dem sie zum ersten Mal über diese Schwelle getreten war. Es hatte nach Tod gerochen, das hatte sie gleich wahrgenommen. Und es war ja auch kein Wunder gewesen, denn der Tod war im Haus. Im Wohnzimmer, das fast kahl war, hatte der Sarg gestanden, umgeben von Kränzen. Wahrscheinlich waren es der Duft der Blumen, die in der Spätsommerhitze schnell verwelkten, und der Duft des Weihwassers gewesen, die diesen ganz speziellen süßlichen Geruch verursachten. Seltsam fremd hatte ihr Schwiegervater auf sie gewirkt. Viel zu kurz war die Spanne seines Lebens gewesen, in der sie sich kennenlernen durften, und trotz aller Distanz waren sie sich freundlich zugetan gewesen. Mehr noch, er hatte seiner Frau getrotzt, hatte Streit und Unfrieden in Kauf genommen, um sein Enkelkind und auch sie zu sehen, aber zu mehr hatte seine Kraft nicht gereicht. Wenn man diese Frau ansah, die tränenlos und mit verkniffener Miene hinter dem Sarg stand, spürte man den eisenharten Willen. »Hass nährt und hält am Leben«, so ähnlich hatte Kläri es einmal formuliert und in diesem Falle stimmte es wahrhaftig.

Zum ersten Mal hatte sie ihrer Schwiegermutter gegenübergestanden, aber sie hatte es nicht vermocht, ihr in die Augen zu sehen, hatte nur eine kleine Verbeugung gemacht und war dann an den Sarg getreten. Sie hatte für Papa Verrier gebetet, dass er seinen Frieden finden möge, und vielleicht gab es ja ein Wiedersehen mit seinem Ältesten. Wie ungerecht es doch war, dass er jetzt sterben musste, hatte sie gedacht, er war doch noch gar nicht so alt gewesen und er hatte unbedingt noch das zweite Enkelkind sehen wollen. Auch Armands Mutter war nicht alt, aber sie wirkte so.

In der Nacht war Armand heimgekommen, um Pierre noch zu holen, aber bei seiner Rückkehr war es schon vorbei und der schlaftrunkene Pierre hatte fürchterlich weinen müssen, denn er hatte sich gefürchtet vor dem fremden Haus, der schwarz gekleideten Frau und dem Mann da im Bett.

»Gar nicht Opa«, hatte er seiner Mutter ins Ohr geflüstert, als ihn sein Vater im Morgengrauen wieder zurückbrachte.

Bertha hatte dann beim Anblick des Toten verstanden, was er gemeint hatte. Das Gesicht war so eingefallen, dass man meinte, die Haut sei direkt über die Knochen gespannt. Der Todeskampf musste schlimm gewesen sein. Aber das war es nicht allein gewesen, in dem Gesicht hatte eine Qual gelegen, die vom Leben rührte und die jetzt an die Oberfläche gekommen war und sich im Gesicht widerspiegelte. Armer Papa Verrier, auch er war noch ein Opfer des Krieges.

Drei Tage nach der Beerdigung hatten sie in eben diesem Wohnzimmer gesessen, auf den herübergeschafften Küchenstühlen, Armand, seine Mutter und Bertha. Im Wesentlichen hatte Armand gesprochen, in kurzen Sätzen und mit einer Stimme, in der die Wut nur mühsam gebändigt war.

»Ich weiß nicht, ob du dir darüber im Klaren bist, was du Papa mit deinem Verhalten angetan hast. Von Berthe und mir will ich in diesem Zusammenhang nicht sprechen. Aber es hat keinen Sinn, darüber zu diskutieren. Papa hat gewollt, dass ich die Druckerei übernehme, das ist übrigens auch einmal dein Wunsch gewesen, und das Haus soll mir gehören, so ist es geschrieben. Du hast Wohnrecht, daran will ich nicht rütteln. Wir ziehen also ein, Berthe, Pierre und ich, in die untere Etage, du bleibst oben. Die Möbel und die anderen Sachen, die noch bei den Duchamps stehen, lassen wir zurückbringen. Berthe und ich haben übrigens vieles von unserem Geld zurückkaufen müssen. Ich erwarte, dass wir hier friedlich zusammenleben, wenigstens das sind wir Papa schuldig, und dass du meine Frau, die Mutter deiner Enkel, respektierst. Hast du gehört, Mutter? Sonst …«

Das »Sonst« war im Raum hängen geblieben, als eine unsichtbare, nicht klar definierte Drohung, die in der Luft lag wie ein fauler Gestank. Wie er mit seiner Mutter spricht, hatte sie damals gedacht, er droht ihr sogar. Aber ich kann ihn verstehen, bin ja selbst voller Zorn. Es ist vergiftet zwischen uns und sie wird keine Ruhe geben. Sie wird nicht offen gegen mich vorgehen, das wagt sie nicht, aber sie wird sich etwas ausdenken. Das Haus steckt voller Unfrieden …

Sie hatte sich damals alles Mögliche überlegt, wollte gewappnet sein, aber was sich die alte Frau dann ausdachte, überstieg alle ihre Befürchtungen …

»Mama!«

War das nicht Anne? Bertha fuhr sich über die Augen, denn unwillkürlich waren ihr die Tränen gekommen.

»Anne, wo bist du denn?«

Zwei Beinchen in geringelten Söckchen schoben sich vorsichtig aus ihrem Salatbeet, dann erschien eine kurze blaue Hose und schließlich der ganze kleine Mensch, ihre Tochter Anne. Die Kleine richtete sich auf und kam langsam näher, beide Hände ausgestreckt.

»Anne, wie schaust du denn aus?«, rief Bertha.

Das Gesicht und das einstmals weiße Blüschen waren dreckverschmiert und auch in den kastanienroten Locken hingen kleine Erdklumpen. Sie war das Ebenbild ihrer Mutter, aber das Rot der Haare war ein dunkleres Rot und ihre Augen waren die von Armand. Sie war der große Liebling ihres Vaters, den sie um den Finger wickeln konnte. Auch Bertha konnte ein Lächeln nicht unterdrücken.

»Was hast du denn da, Anne?«

Stolz zeigte die Kleine, was sie in den Händen hielt: Es waren die zwei Teile eines Regenwurms.

»Anne will heil machen«, vertraute sie ihrer Mutter an und

wickelte dann die Regenwurmstücke in Blätter, die sie wohl vorher schon abgepflückt hatte.

Es waren Salatblätter, wie Bertha feststellte. Anne achtete sehr genau darauf, dass die beiden Enden exakt zusammenpassten. »Heilmachen« war Annes Passion, egal, ob zerstückelte Regenwürmer, Mäuse ohne Schwanz, von der Sense durchschnittene Frösche – alles wurde zum Objekt ihrer medizinischen Bemühungen. Sie hatte ein kleines Lazarett, das war Berthas Frühbeet, in dem sie ihre Salatschösslinge zog. Abends, wenn sie zu Bett gegangen war, schlich sich Armand heimlich in den Garten, um die verendeten Tiere hinter der Gartenmauer zu vergraben. Sie machten Anne weis, die Tiere seien über Nacht gesund geworden und hätten wieder nach Hause gewollt, was Anne einleuchtete.

»Komm, mein Schätzele, wir ziehen frische Sachen an.«

Sie nahm ihre widerstrebende Tochter an die Hand und ging mit ihr in die Küche. Anna, oder auch Anne, hatten sie sie genannt, nach Berthas Mutter. Armand hatte sich zunächst gesträubt, hatte auf Denise beharrt, nach seiner Großmutter, aber Bertha war hart geblieben: »Pierre heißt wie alle Erstgeborenen in der Familie, aber wir haben auch so etwas wie eine Familientradition. Deshalb soll sie Anne heißen.«

Sie säuberte ihre Tochter unter dem Wasserhahn und zog ihr frische Sachen an. Dabei fragte sie Anne nach ihrem Bruder.

»Weiß nicht«, antwortete die Kleine und schüttelte das Köpfchen. »Im Stall, glaube ich.«

Bertha stöhnte innerlich auf. Das war eine Sorge, die täglich größer wurde. Pierre vergrub sich immer mehr. Eigentlich sollte er doch mit den anderen Jungen unten beim Fluss sein oder oben auf der Ruine, sollte Ritter spielen oder Indianer, stattdessen hockte er in einem Ziegenstall. Was er die ganze Zeit dort tat, hatte sie noch nicht herausgefunden. Er hatte eine große Kiste darin stehen, die er irgendwo im Keller gefunden hatte. Diese Kiste war abschließbar und er trug den Schlüssel stets bei sich. Manchmal hatte sich Bertha schon überlegt, ob sie ihm diesen Schlüssel nicht einfach abnehmen sollte, wenn er fest schlief. Aber was, wenn er es doch bemerkte? Sie wollte ihr Verhältnis doch nicht noch mehr belasten.

»Mama, was hast du?«, fragte Anne und patschte ihr zärtlich ins Gesicht. »Ist es wegen Pierre?«

Die Kleine litt ja auch unter dem Verhalten ihres Bruders und wusste wahrscheinlich besser Bescheid, als sie dachten. Zum Beispiel redete sie Bertha nur dann mit dem deutschen »Mama« an, wenn Pierre nicht dabei war.

»Nein, nein«, antwortete Bertha ausweichend, »lass uns wieder nach draußen gehen. Gleich kommt Papa und wir essen. Ich erzähle dir so lange noch eine Geschichte.«

»Au ja!« Die Kleine freute sich und rannte wieder nach draußen.

Bertha gab die Karotten und den Lauch in den Topf, nachher sollte es Lammfleisch mit Gemüse geben. Dann ging auch sie wieder in den Garten und setzte sich auf die Bank. Anne, die gerade noch einmal nach ihren Patienten gesehen hatte, kuschelte sich an sie.

»Soll ich dir die Geschichte von Peter Munk und dem Holländer Michel erzählen?«, fragte Bertha.

Sie wusste, dass ihre Tochter dieses Märchen sehr liebte. Sie begann zu erzählen, so wie sie es damals Charlotte und Luise erzählt hatte, und sie genoss es, ihre Sprache zu sprechen. Diese Augenblicke musste sie sich förmlich stehlen, denn Pierre duldete es nicht, dass sie in Deutsch mit ihnen sprach. Er schrie, stampfte mit den Füßen auf, einmal hatte er sogar nach ihr getreten. Eigentlich war sie völlig verzweifelt. Sie wollte doch so gern, dass ihre Kinder auch ihre Sprache verstanden, wollte ihnen etwas mitgeben von dem, was sie kannte und als Kind so geliebt hatte, die Lieder, die Märchen … Früher hatte Pierre das alles so gern gehört, hatte schon so gut sprechen können, manches sogar auswendig gewusst: »Schatzhauser im grünen Tannenwald« … Diese alte Frau da oben mit ihrem steinernen Herzen, denn das hatte sie, da konnte Armand sagen, was er wollte, nahm ihr den Sohn. Als Ausgleich dafür, dass man ihr den Sohn genommen hatte, nahm sie ihr, der Deutschen, den Sohn … Was für eine perfide und perfekte Rache! Und Armand sah das nicht, wollte es nicht sehen. Sie musste so aufpassen, dass der Groll gegen Armand nicht wuchs wie ein Krebsgeschwür, das wucherte und alles erstickte.

»Mama, du bist doch traurig. Warum weinst du?«, fragte Anne ganz erschrocken, und Bertha merkte plötzlich, dass ihr die Tränen in Strömen über die Wangen liefen. In diesem Moment konnte man das scheppernde Geräusch einer Fahrradklingel hören. War das René Gurval? Das passte jetzt überhaupt nicht.

»Tante Madeleine!«, rief Anne und rannte wie ein Blitz zur Gartenpforte.

Madeleine Duchamps schob ihr neues Fahrrad durch das Türchen. Sie hatte es sich vor einiger Zeit angeschafft, damit sie schnell bei ihnen sein konnte.

»Puh, ist das heiß heute, für Juni viel zu heiß«, rief sie schon von Weitem. »Bertrand hat heute Öl und Zucker im Angebot. Ich hab was für euch mitgebracht.« Aufatmend setzte sie sich neben Bertha und fächelte sich mit dem Taschentuch Kühlung zu. »Was hast du da, mein Liebling?«, fragte sie zu Anne gewandt, die ihr stolz den eingewickelten Wurm präsentierte. »Pfui, Anne, warum spielst du denn nicht mit den Puppen, die ich dir geschenkt habe?«

In der Tat saßen auf dem Bänkchen im kleinen Kinderzimmer eine ganze Reihe wunderhübscher Puppen, Säuglingspuppen, die »Maman« krähen konnten, solche mit Hut und Locken, auch ein Bub war darunter mit kurzen Höschen. Aber keine hatte je das Interesse von Anne erregt.

»Puppen sind dumm«, sagte Anne jetzt folgerichtig, aber nicht besonders höflich zu ihrer Patentante, die ihr das aber nicht übel zu nehmen schien. Sie lachte sogar.

»Dieses Kind! Was soll nur aus ihr werden?«

»Anne, geh einmal in den Stall und schaue nach Pierre«.

Die Kleine gehorchte ohne Widerspruch und rannte hinüber zum Stall, gefolgt von Colette, die meckernd ihre Aufmerksamkeit auf sich lenken wollte.

»Gibt es wieder Ärger mit Pierre?«, fragte Madeleine mit unterdrückter Stimme und nahm dankbar das Glas kaltes Wasser, das Bertha ihr reichte.

»Ärger … was heißt Ärger? Es ist immer dasselbe. Ach, Madeleine, ich komme an meinen Jungen nicht mehr heran. Er hasst es, wenn ich Deutsch spreche. Ich muss aufpassen wie ein Luchs, damit er mich nicht mit Anne dabei erwischt. Und wie er mich ansieht … dieser stumme Vorwurf in seinen Augen. Vorwurf! Weswegen, Madeleine?«

»Wir wissen doch, wer daran schuld ist«, sagte Madeleine langsam. »Ich kann es nicht glauben. Ich kann es wirklich nicht glauben! Was tut sie nur? Was macht sie mit ihm da oben? Er erzählt immer noch nichts?«

»Nein, überhaupt nichts. ›Das ist eine Sache zwischen Großmama und mir‹, sagt er. Das hat sie ihm bestimmt eingebläut. Wenn ich noch daran denke, wie er am Anfang geweint hat. ›Eine Stunde am Sonntagmorgen‹, hat sie zuerst verlangt. Eine Stunde, das sei doch nicht zu viel verlangt, hat Armand gemeint. ›Wer weiß, vielleicht werden die Gefühle für ihn so stark, dass sie sich wieder versöhnt, vielleicht ist er ein Trost für sie.‹ Und so habe ich meinen weinenden Jungen nach oben gelassen, er hat die Hände nach mir ausgestreckt, hat gebettelt, er wolle bei uns bleiben! Nie werde ich das Bild vergessen. Aber ich habe nicht widersprochen. Es sei doch seine Großmutter, hat Armand immer gesagt. ›Er wird sich schon daran gewöhnen.‹ Er hat sich daran gewöhnt, aber um welchen Preis! Jetzt bleibt er freiwillig schon den ganzen Sonntagvormittag und auch sonst geht er zwischendurch nach oben. Sie stopft ihn mit Unmengen Süßigkeiten voll, das weiß ich. Zeigt ihm die Familienalben … Du weißt schon, Familienstolz und Tradition! Dass er Drucker werden wird, hat sie ihm auch schon eingeredet. Armand findet das alles nicht so schlimm.«

»Bist du böse auf Armand?« Madeleine vermied es, sie anzusehen.

Für einen kurzen Augenblick schwieg Bertha. Das hatte sie sich ja auch schon gefragt. Dann formten ihre Lippen den Satz, vor dem sie selbst erschrak: »Ja, ich bin böse auf ihn.«

Jetzt war es ausgesprochen. Es ging ein Riss durch ihre Liebe, das war nicht mehr schönzureden. Die Worte drängten jetzt aus ihr heraus. »… dass er nicht sieht, was er damit anrichtet. Wir müssen doch zusammenhalten, aber manchmal habe ich das Gefühl, seine Familie und alles, was damit zusammenhängt, sind ihm wichtiger. Er sucht zum Beispiel immer noch nach dieser blöden Standuhr. Vielleicht will er auch gar nicht, dass die Kinder Deutsch lernen …«

Madeleine drückte ihre Hand. »Es ist nicht einfach, ich weiß. Obwohl doch so vieles besser geworden ist. Manchmal denke ich, du gehörst jetzt fast dazu. Die Jungen wissen doch nicht mehr viel vom Krieg, für die bist du Madame Verrier von der Druckerei. Und die Alten? Wie viele hast du schon gewonnen! Monsieur Vincent lässt dir übrigens Grüße ausrichten, er backt morgen wieder sein Spezialbrot für dich. Die Nachfrage steige ständig, sagt er, und die Idee mit dem Roggenmehl sei wirklich gut. Ach ja, und der junge Bertrand ist geradezu ein Verehrer von dir. Fragt mich immer nach dir aus.«

»Schöner Verehrer.« Bertha lächelte mühsam. Madeleine versuchte, sie zu trösten.

»Gut, er sieht nicht besonders aus, und dazu diese unmögliche Brille. Aber er scheint sehr geschäftstüchtig zu sein. Bildet sich viel auf seine Lehrzeit in der Nähe von Paris ein. ›Wir Großstädter‹, sagt er immer. Was wollte ich eigentlich sagen? Ach so … Berthe, wenn man sich überlegt, was in der Welt so alles vor sich geht, ist das doch ein kleines Wunder, dass so viele Leute dich jetzt schätzen, oder nicht?«

Sie wusste, worauf Madeleine mit ihrer Bemerkung anspielte. Vor drei Jahren, genauer gesagt am 30. Januar 1933, war Armand am späten Nachmittag von der Werkstatt herübergekommen. Es war lausig kalt gewesen und er hatte die Hände unter die Achselhöhlen gesteckt, denn er hatte in der Eile keine Jacke angezogen.

»Gerade habe ich es im Radio gehört, ich wollte es dir unbedingt sagen.«

In der Werkstatt stand ein Radioapparat, dem Gaston und Jean-Marie, Geselle und Lehrling, in den Pausen Tanzmusik entlockten.

»Was hast du gehört?«

»Dieser Hitler ist Reichskanzler, das wollte ich dir sagen. Und dass du dich nicht aufregen sollst, Berthe. Das ist nur ein Spuk, der vorbeigeht. Du siehst doch, wie schnell bei uns die Regierungen wechseln.«

Da hatte er recht. Seit 1929 herrschte ein fürchterliches Durcheinander in Frankreich. Schlimmer noch als die raschen Regierungswechsel waren die anderen Nachrichten gewesen, die aus Paris herunterschwappten. Sogar von Bürgerkrieg war die Rede gewesen. Andauernd hörte man von Straßenkämpfen und Generalstreiks. Armand war es in der Zwischenzeit leid geworden.

»Ich gehe jetzt gar nicht mehr zur Wahl«, hatte er das letzte Mal geschimpft. »Wozu auch, das Land versinkt doch im Chaos.«

Aber er war trotzdem gegangen, hatte die gemäßigten Sozialisten gewählt, vor allem weil sie sich, wie die meisten linken Parteien, deutlich gegen den Faschismus ausgesprochen hatten. Das war ihm umso wichtiger, weil dieser Mussolini vor einem Jahr völlig unvermutet ein Land in Afrika, Abessinien, überfallen und besetzt hatte. Bertha ärgerte sich jedes Mal, dass sie als Frau nicht wählen durfte. In Deutschland hätte sie es gekonnt, aber was hätte das genutzt? Bei diesen Zuständen, die jetzt dort herrschten?

Wenn das der Professor hätte erleben müssen, war immer wieder ihr erster Gedanke gewesen, und dann, im zweiten, dass es jetzt wieder schlimmer würde für sie. Dieser Hitler mit seinen hetzerischen Reden gegen den »Schandvertrag«.

Aber so schlimm war es dann gar nicht gekommen, und darauf spielte Madeleine nun an.

»Weißt du«, sagte Bertha nachdenklich zu ihr, »ich habe 33 wirklich geglaubt, das sei der Weltuntergang. Aber in der Zwischenzeit denke ich, dass es sogar ein paar Leute hier gibt, die finden den ›Führer‹ ganz sympathisch. Dein junger Bertrand beispielsweise.«

»Wie ich immer sage, Dummköpfe gibt es überall.«

»Dabei hast du gerade noch verkündet, er sei geschäftstüchtig.«

»Das schließt sich nicht aus.«

Bertha musste lachen. In einem Punkt hatte Madeleine recht, der junge Bertrand erkundigte sich immer sehr neugierig nach ihren Beziehungen nach Deutschland. Sie habe nur noch entfernte Verwandte dort, sagte Bertha dann jedes Mal ausweichend. Paula und den Schwager unterschlug sie einfach und manchmal plagte sie deswegen das schlechte Gewissen.

»Wissen Sie«, hatte der vielversprechende Erbe der Bertrand'schen Kolonialwarenhandlung letzthin zu ihr gemeint, »ich beneide die Deutschen, Madame Verrier. Ganz ehrlich, ich beneide sie. Sehen Sie sich die Zustände bei uns an, jetzt haben wir sogar eine Volksfrontregierung unter diesem Blum ... Ein Jude, was sonst. Der deutsche Führer hat seinem Land Ordnung und Stabilität gebracht und nach allem, was man so hört, weist er auch die Juden endlich in die ihnen gebührenden Schranken zurück.«

Wie der Mensch spricht, hatte Bertha entnervt gedacht, und gehofft, dass bald ein neuer Kunde käme. Er hörte sich an wie ihr Schwager.

»Was haben Sie denn nur immer mit den Juden?«, war sie

ihm energisch über den Mund gefahren. »Wenn ich an Monsieur Goldstein mit seinem Uhrengeschäft denke oder an Madame Kohn, die so reizende Töchter hat, warum sollten diese netten Menschen denn in ihre Schranken gewiesen werden?«

Er hatte etwas von »Verschwörung« und »Knechtung des Mittelstands« gefaselt, und Bertha war der Kragen geplatzt.

»Immerhin hat Ihr Herr Hitler seit einem Jahr vertragswidrig eine Armee und im März hat er das Rheinland besetzt. Damit beleidigt er doch das französische Volk! Was sagen Sie dazu?«

Das hatte ihn aber nicht aus dem Konzept gebracht. Ganz richtig sei das, jedes Volk müsse die Möglichkeit haben, sich zu verteidigen. Und er hoffe auf gute Beziehungen zum französischen Volk, das viel vom Führer lernen könnte. Da hatte sie dann ihre Tasche gepackt und war mit einem kurzen »Adieu« hinausgegangen.

»In einem Punkt hoffe ich aber wirklich, dass der junge Bertrand recht hat«, sagte sie jetzt nachdenklich.

Madeleine sah sie fragend an.

»Dass er die neue Armee, die Wehrmacht, wirklich nur zur Verteidigung braucht.«

»Wenn man der Zeitung glauben will … wir haben doch auch in Frankreich seit einem Jahr eine zweijährige Dienstpflicht.«

»Und ich hoffe so sehr, dass die Welt friedlicher geworden ist, bis mein Pierre einmal so weit ist. Ich mag gar nicht dran denken.«

Madeleine sagte nichts mehr, sie wirkte jedoch nicht besonders zuversichtlich.

Am Abend fiel Bertha auf, dass Pierre blass aussah und kaum etwas aß. Sie fühlte seine Stirn und erschrak. »Du bist ja ganz heiß, Pierre. Du hast Fieber. Tut dir irgendetwas weh?«

Er schüttelte erst abweisend den Kopf, aber dann brach es kläglich aus ihm heraus: »Der Kopf, Maman, mir tut der Kopf so weh.«

Sie ließ sich neben dem Stuhl nieder, auf dem er saß, und drückte ihn fest an sich. »Du glühst ja richtig. Maman kocht dir jetzt einen Tee und bringt dich zu Bett. Und dann machen wir Wadenwickel und es geht dir bestimmt gleich wieder besser.«

Anne war in der Zwischenzeit hinzugekommen und betrachtete mit einem angebissenen Brot in der Hand neugierig ihren Bruder, als sei er einer ihrer Patienten aus dem Garten.

»Muss Pierre jetzt sterben?«, erkundigte sie sich gespannt und mit kühler Objektivität.

Pierre begann zu weinen und Bertha wies Anne heftig zurecht, sagte aber zu sich selbst, dass die Kleine noch gar nicht wisse, was das ist. Armand nahm Pierre auf den Arm. Sie merkte, dass er ziemlich aufgeregt war, wie immer, wenn einem seiner Kinder etwas fehlte.

Sie trugen ihn hinüber ins Kinderzimmer und Armand fragte sie leise: »Was könnte es sein?«

Ebenso leise erwiderte sie: »Keine Ahnung. Windpocken hat er schon gehabt, und auch Masern, vielleicht ist es Mumps oder auch nur eine Sommergrippe.«

»Soll ich Doktor Ricaud holen?«

»Wir wollen die Nacht abwarten. Wenn das Fieber nicht heruntergeht, muss er kommen. Setze bitte Wasser auf und bring Anne ins Bett, sie soll heute Nacht bei uns schlafen.«

Sie zog Pierre ganz vorsichtig aus, denn jede Bewegung

schien ihn zu schmerzen. Dann brachte Armand den Tee und ein Gefäß mit Essigwasser. Während sie behutsam seine Beine mit Tüchern umwickelte und immer wieder mit einem kühlen Lappen über das fieberheiße Gesicht strich, dachte sie, dass er zum ersten Mal seit längerer Zeit wieder ganz ihr gehörte. Im gleichen Atemzug schalt sie sich selbst wegen dieses dummen Gedankens. Er gehört mir nicht, er gehört sich ganz allein. Dennoch, trotz aller Sorgen, genoss sie diesen Moment. Er lag erst ganz ruhig da, schlug dann die Augen auf, diese schönen Armand-Augen, und sah sie an.

»Geht es dir besser?«, fragte sie. »Tut der Kopf noch sehr weh?«

»Nicht mehr so arg wie vorhin.«

»Das ist gut, da bin ich froh, mein Schätzele.«

Sie sagte das letzte Wort, den vertrauten deutschen Kosenamen, ganz langsam und mit Bedacht. Sie sah, wie er zusammenzuckte.

»Du magst es nicht, wenn ich dich so nenne, Pierre. Nicht mehr …«, wisperte sie in sein Ohr und hielt seine Hand fest, die sich aus der ihren lösen wollte. »Du weißt doch, so hab ich dich immer genannt, als du noch ein ganz kleiner Bub warst.«

»Bin kein kleiner Bub mehr …«

»Aber immer noch mein geliebter Pierre.«

Er drehte den Kopf weg, dass er sie nicht mehr ansehen musste.

»Warum willst du das Wort nicht mehr hören? Ist es, weil es ein deutsches Wort ist?«

Bin ich denn verrückt, dachte sie. Mein Junge ist krank und ich drangsaliere ihn so. Aber wir sind uns jetzt so nah … Ich muss doch ergründen, was in ihm vorgeht.

»Ich mag keine deutschen Wörter«, stieß er hervor.

Dann schwieg er eine Weile. Sie spürte, dass er noch etwas sagen wollte.

»Hat Großmama mit dir darüber gesprochen?«

Sie streichelte sanft seine Wange. Er durfte sich nicht zu sehr aufregen, sollte vor allem nicht merken, wie aufgewühlt sie war.

»Es ist, weil ich ein tapferer Franzose bin!«

»Und die sprechen keine deutschen Wörter?«

»Sie sind Feinde und mein Onkel Pierre ist im Krieg gegen sie getötet worden. Du bist doch jetzt auch Französin, Maman. Ich will auch nicht, dass die anderen über mich lachen und mir dieses … Wort nachrufen.«

Bertha war entsetzt. Hatte nicht Monsieur Castellet, sein Lehrer, ihr immer wieder versichert, Pierre werde nicht gehänselt? Vielleicht gäbe es ein paar wenige, aber die meisten Kinder wüssten gar nicht, dass Pierres Mutter aus Deutschland komme.

»Sind Sie sicher?«, hatte sie damals trocken gemeint. »Wenn es nur ein paar wenige wissen, dann wissen es jetzt alle.«

Nein, Monsieur Castellet, Sie sind bestimmt ein netter junger Mann, aber allzu viel wissen Sie von Ihren Schülern auch nicht. Sie durfte ihm jedoch keinen Vorwurf machen. Wie schlimm es war, hatte sie als Mutter bis zu diesem Augenblick doch auch nicht gewusst.

Sie hakte nach: »Was machen sie denn noch alles? Ich meine, sie rufen dieses Wort …?«

»Ich prügle mich dann mit ihnen. Wenn einer dieses Wort ruft, dann verhaue ich ihn. Dir habe ich immer erzählt, ich sei hingefallen …«

Sie hatte das gern glauben wollen. Hatte sich eingeredet, es sei alles gar nicht schlimm, Jungs sind eben so …

Sie merkte, dass er sie mit großen, fieberglänzenden Augen ansah. »Deshalb sollen wir also nicht mehr Deutsch reden?«

»Ja, Maman, wir sind doch Franzosen.«

Und du willst dazugehören, das verstehe ich. Und trotzdem, es tut so weh. Von jedem das Beste, hatte Armand gemeint, aber es funktioniert nicht. Das Kind hockt zwischen allen Stühlen.

»Also gut, Pierre, kein Wort mehr auf Deutsch … Kein Nachtgebet mehr, kein Märchen, kein Lied … und vor allem auch kein ›Schätzele‹ mehr.«

»Du bist mir nicht böse, Maman?«

»Aber nein. Versuch jetzt ein bisschen zu schlafen.«

Sie blieb neben dem Bett sitzen, bis seine regelmäßigen Atemzüge ihr verrieten, dass er eingeschlafen war. Dann erhob sie sich schwerfällig, als trüge sie eine große Last, und ging hinüber in ihr Schlafzimmer, um nach Anne zu sehen. Sie hatte sich wie üblich freigestrampelt und sorgfältig deckte sie sie wieder zu. Was mache ich nur mit Anne?, überlegte sie. Ob ich weiter heimlich mit ihr Deutsch spreche? Nein, das muss ganz aufhören. Damit würde ich Anne etwas aufbürden, das nicht gut für sie ist. Kein Deutsch mehr in diesem Haus! Ich muss es ihr erklären, irgendwie. Also auch kein »Schatzhauser im grünen Tannenwald« mehr.

Armand war nirgends zu sehen, deshalb ging sie in den Garten. Ein wunderbarer Sternenhimmel wölbte sich über den Kronen der Bäume, an denen schon die Früchte angesetzt hatten. Müde ließ sie sich auf die Bank fallen. Hier fühlte sie sich zu Hause, wie sie sich in manchen Augenblicken, die immer mehr wurden, auch in Villeneuve zu Hause fühlte. Sie fühlte sich zu Hause in der geliebten Sprache, sogar im Dialekt, den man hier sprach. Nur das Haus, das blieb ihr noch fremd … Und jetzt? Was war mit Pierre? Was war mit Armand? Auf einmal schienen die Sterne ganz weit weg zu sein. Sie stand wieder auf und schaute nach Colette, schloss dann sorgfältig den Stall ab und holte Annes Patienten aus dem Frühbeet. Im Schein des Küchenlichts konnte sie sehen, dass beide Wurmteile bewegungslos zwischen den Blättern lagen. Trotzdem tappte sie vorsichtig hinüber zum Salatbeet, kratzte etwas Erde weg und legte die beiden Teile sorgfältig in die Erdkuhle. Vater hatte immer gesagt, dass die Teile eines Regenwurms selbstständig überleben konnten.

»Merk dir, Bertha, das ist zwar nur ein Wurm, aber er ist sehr nützlich. Und er kann vieles aushalten, kann sogar als Teil weiterleben. Welches andere Lebewesen kann das schon!«

Sie kam sich in diesem Moment selbst wie ein Wurm vor, schlechter noch, denn für wen war sie nützlich? Für ihren Sohn war sie eine Belastung, und Armand? Der verstand sie vielleicht auch nicht mehr richtig.

Armand trat aus der Küchentür, in der Hand hielt er eine Flasche Wein. »Lass uns noch ein Glas zusammen trinken, die Nacht ist so schön. Ich habe noch einmal nach Pierre gesehen, er schläft ganz fest. Ich glaube, das Fieber ist zurückgegangen.«

Sie holte zwei Gläser und Armand zündete währenddessen die Kerze in der alten schmiedeeisernen Laterne an, die auf dem Treppenabsatz stand.

»Schau, die Sterne …« Er legte den Arm um sie.

»Schön … aber sie sind weit weg.«

»So bitter, Berthe? Aber das ist ja kein Wunder.« Er verfiel für einige Minuten in ein brütendes Schweigen. »Ich fürchte, ich habe einen Fehler gemacht.«

Bertha sah ihn gespannt an. Im flackernden Schein der Kerze konnte sie sein Gesicht nicht genau erkennen.

»Ich hätte Pierre nicht hinauflassen sollen zu ihr. Zumindest nicht allein. Ich habe das unterschätzt, Berthe. Heute Abend habe ich zufällig mitgehört, als du mit ihm gesprochen hast. Ich war … ich war wie vor den Kopf gestoßen. Es war ein Fehler, Berthe, es tut mir leid.«

Sie nahm einen Schluck Wein, der warm und schwer durch ihre Kehle rann. »Jetzt ist es zu spät, Armand. Vielleicht geht es auch gar nicht anders.«

»Was meinst du?«

»Ich kann nicht zulassen, dass die Kinder zerrissen werden. Also kein Deutsch mehr in diesem Haus. Sonst verliere ich meinen Sohn und später vielleicht auch meine Tochter.«

»Aber er liebt dich, Berthe. Er würde nie …«

»Verstehst du denn nicht Armand? Gerade weil er mich liebt, darf ich ihn dem … nicht aussetzen. Ich weiß nicht, was sie ihm in den Kopf gesetzt hat, aber er steckt in einem tiefen Zwiespalt. Deshalb habe ich diese Entscheidung gefällt und damit genug!«

»Du klingst so hart, Berthe.« Er nahm ihre Hand und sah sie an. »Sei ehrlich, du bist wütend auf mich. Du hast auch allen Grund dazu, also sprich es aus, dass wir es aus der Welt schaffen können. Es würde mich unendlich traurig machen, wenn etwas zwischen uns stehen bleibt.«

Sie sah ihn an, sah in die Armand-Augen, die sie nicht genau sehen konnte, aber sie meinte zu spüren, wie furchtsam sein Blick war.

»Ich gebe zu, dass ich sehr wütend bin. Aber wir müssen doch zusammenhalten. Es ist ja auch für dich nicht einfach, bist auch ein Zerrissener …«

Sie lächelte ihn mühsam an und er küsste sie, immer stürmischer … Und nach einer Weile kam es ihr so vor, als seien die Sterne wieder ein bisschen näher gerückt.

Zwei Tage später kam Madeleine vorbei, randvoll mit dem neuesten Klatsch aus der Stadt.

»Rate mal, wer bald heiraten wird?«

Bertha lächelte. »Lass mich mal überlegen … Yvonne Blanc vielleicht?«

Madeleine war sprachlos. »Woher weißt du das?«

»Weil sie hier war.«

»Sie war hier … hier in diesem Haus?«

Jetzt musste Bertha laut lachen. Madeleine sah so verdutzt aus, wie sie dastand, mit dem halb offenen Mund. Ihre Überraschung war allerdings verständlich, denn bei Yvonne Blanc handelte es sich um die ehemalige Verlobte von Pierre, die nach dem Wunsch der alten Frau dann Armand hätte heiraten sollen. Sie hatte ein hübsches Gesicht und auch eine sehr ansehnliche Figur, obwohl sie schon jenseits der 30 war. Am Anfang hatte Yvonne jedes Mal ostentativ die Straßenseite gewechselt, wenn sie Bertha von Weitem sah.

Kurz nach der Geburt von Pierre hatte Bertha beschlossen, ihre recht lang gewachsenen Haare wieder abschneiden zu lassen, denn es war beschwerlich, jeden Morgen die Haare aufzustecken, wenn der Kleine im Hintergrund brüllte. Sie war deshalb in den Frisiersalon von Monsieur Vallon gegangen und stand unversehens der blonden Yvonne im weißen Kittel gegenüber, die hier offensichtlich arbeitete. Wahrscheinlich wird sie mir eine Glatze schneiden, hatte sie resigniert gedacht. Yvonne hatte sie aber einwandfrei begrüßt, nach ihren Wünschen gefragt und ihr die Haare recht ordentlich geschnitten. Sie hatten nicht viel gesprochen, nur das Übliche: »Noch etwas kürzer? Die Ohren frei? …«

Aber dann beim Hinausgehen hatte Yvonne gemurmelt: »Ich finde es schön, dass Sie ihn ›Pierre‹ genannt haben.« Dabei hatte sie Bertha einen Herzschlag lang durchdringend angesehen.

Bertha konnte viel in diesem Blick lesen und sie verstand alles. So waren sie sich weiterhin auf Abstand, aber freundlicher begegnet, und gestern war Yvonne Blanc gekommen, um ihr Brautkleid ändern zu lassen. Sie hatte sehr befangen gewirkt.

»Ich war schon lange nicht mehr hier«, hatte sie leise mehr zu sich selbst gesagt. »Die Küche … hier haben immer alle gesessen. Sie sieht fast noch so aus wie damals.«

Sie hatte das dunkle Eichenbüfett gemustert, in dessen Fächer Bertha das alte Familiengeschirr aufbewahrte, bemalt mit dunkelblauen Girlanden und weißen Margeriten. Ob Yvonne früher da gestanden und sich überlegt hatte, dass das einmal ihr gehören würde? Yvonne hatte dann den Zweck ihres Kommens genauer erläutert. Aus einer großen Tasche hatte sie ein in Seidenpapier eingepacktes Kleid herausgenommen.

»Ich habe es mir damals machen lassen, als Pierre eingezogen wurde. Wir dachten ja, der Krieg sei bald vorbei, und wir wollten gleich heiraten, nachdem er wieder heimgekommen war. Ich habe es heimlich machen lassen, es sollte eine Überraschung sein.« Sie hatte sanft die glänzende Oberfläche gestreichelt. »Ich habe es dann aufgehoben, konnte es nicht weggeben. Und nun habe ich mich entschlossen, doch noch zu heiraten. Maman ist jetzt zwei Jahre tot und man ist doch allein … Ich möchte gern in diesem Kleid heiraten, oder finden Sie das … übertrieben? Schließlich bin ich nicht mehr so jung.«

Sie muss in meinem Alter sein, hatte Bertha überlegt, 36 oder so, dann ist sie damals 18 gewesen … noch voller Träume und Pläne.

»Nein, nein überhaupt nicht«, hatte sie Yvonne aus tiefstem Herzen versichert. »Es ist ein wunderschönes Kleid und es ist ganz richtig, dass Sie es doch noch verwenden.«

»Man muss es allerdings ändern. Damals … damals … war ich sehr schlank. Jetzt passt es nicht mehr richtig. Meinen Sie, dass Sie da etwas machen können?«

Bertha hatte das Kleid genau geprüft. Der Stoff war noch sehr gut, fließende Seide, dazu ein Spitzenkragen und gebauschte Ärmel … Sie hätte wie eine Prinzessin darin ausgesehen. Plötzlich überkam sie ein so heftiges Mitleid, dass sie Yvonne Blanc am liebsten in den Arm genommen hätte.

»Meinen Sie, dass es richtig ist?«, hatte Yvonne beim Abschied noch einmal mit banger Stimme gefragt.

Und Bertha hatte gedacht, dass sie sich Pierre wohl noch immer verbunden fühlte, dass sie Angst hatte, ob sie ihn nicht verrät … nach so langer Zeit!

Sie hatte sich mehrere Male räuspern müssen und dann mit fester Stimme gesagt: »Es ist absolut richtig. Pierre hätte das bestimmt auch so gesehen. Er wollte doch, dass Sie glücklich sind.«

Diese Behauptung hatte dann ihren Zweck erfüllt. Yvonne Blanc strahlte über das ganze Gesicht.

»Hören Sie, Yvonne, ich darf Sie doch Yvonne nennen? Ich

werde das Kleid so verändern, dass es Ihnen wie angegossen passt. Haben Sie etwas dagegen, wenn wir es ein bisschen moderner machen?«

Dann hatte sie einige Vorschläge gemacht und noch einmal dem heftigen Impuls widerstanden, die Braut fest an sich zu drücken.

Das alles erzählte sie Madeleine, die ihr gespannt zuhörte.

»Da möchte man am liebsten heulen. Hoffentlich wird sie jetzt glücklich, unsere ›eiserne Jungfrau‹. Sie hätte es verdient.«

»Wer ist denn der Bräutigam? Ich habe nicht nachgefragt. Kenne ich ihn?«

Madeleine sah sie kurz an. »Das pfeifen doch schon seit Langem die Spatzen von den Dächern: Charles Goldstein vom Uhren- und Schmuckgeschäft.«

Bertha war verblüfft. »Herr Goldstein, der mir meine Uhr kostenlos repariert hat? Er ist Kunde bei uns, lässt Werbezettel drucken und annonciert im *Boten*.«

»Genau der. Er ist schon seit vielen Jahren Witwer und hat lange um Yvonne geworben.«

»Ist er nicht viel älter als sie?«

»Nur ungefähr zehn Jahre. Und er sieht noch sehr gut aus.«

»Herr Goldstein ist doch Jude? Da kann sie das Kleid nur im Rathaus tragen, nicht in der Kirche. Oder heiraten sie in der Synagoge? Yvonne ist doch katholisch.«

»Nein, Goldstein ist schon lange übergetreten, wegen seiner ersten Frau damals. Yvonne wird ihr Kleid in der Kirche tragen.«

In diesem Moment war Armand gekommen. »Hier, für dich. Aus Marseille. Vom guten alten Jacques.«

Erstaunt nahm Bertha das kleine Paket. Jacques sandte zu

Weihnachten und ein- bis zweimal im Jahr seine Grüße. Er war alt geworden, wie er immer wieder betonte, und bald müsse er das L'Éstaque wohl verkaufen. Er berichtete Bertha von den Menschen, die sie damals kennengelernt hatte: Der war gestorben … der hatte geheiratet … die meisten Ziegeleien hatten geschlossen … den Leuten ging es schlechter. Und von überallher kämen jetzt Flüchtlinge, nicht mehr nur aus Italien, sondern vor allem aus Deutschland … Juden, Kommunisten, Künstler … Nur von Bruno wusste er nichts. Kurz nachdem sie gegangen war, sei auch er verschwunden, irgendwohin nach Norden, Paris wahrscheinlich. Seine Spur hatte sich verloren. Sie wog das Päckchen in der Hand. Seltsam, was er ihr wohl schickte?

Madeleine verabschiedete sich und Bertha musste versprechen, ihr unbedingt das fertige Kleid zu zeigen.

Als sie gegangen war, musterte Armand sie derart erstaunt, dass Bertha lachen musste. »Was siehst du mich so an? Hab ich einen Fleck auf der Nase?«

»Du nähst das Brautkleid für Yvonne?«, fragte er in einem Ton ungläubigen Erstaunens.

»Ich ändere es. Sie will das Kleid anziehen, das sie für die Hochzeit mit Pierre schneidern ließ.«

Es war sehr still in der Küche, von draußen konnte man das Meckern von Colette und die Rufe der Kinder hören. Anne hatte wohl wieder einen Patienten gefunden. Zu ihrem Erstaunen nahm Armand sie in den Arm und küsste sie sanft. »Du weißt gar nicht, was das bedeutet, Berthe, für dich und für mich und für andere auch …«

»Doch«, sagte sie leise, »ich glaube, ich weiß es.«

Armand ging wieder hinüber in die Werkstatt. Sie betrachtete das Päckchen, dann holte sie ein Messer, schnitt die

Bindfäden durch und entfernte das Papier. Es war ein Buch. Jacques schickte ihr ein Buch! Sie nahm den zusammengefalteten Brief, der dabeilag und las: »Das Buch ist von Bruno, er hat es mir geschickt, weil er deine Adresse nicht weiß. Es geht ihm gut. Er lebt tatsächlich in Paris und übersetzt alles Mögliche, auch Bücher. Das ist wohl eines davon. Ich soll es dir schicken, mit vielen Grüßen. Du wüsstest schon Bescheid …«

Ihr Herz schlug auf einmal viel schneller. Also hatte er das wahr gemacht, was er geplant hatte. Ein Lebenszeichen von Bruno … Der Autor des Buches hieß Ignazio Silone. Diesen Namen hatte sie noch nie gehört. Er war wohl Italiener … und tatsächlich, auf der ersten Seite stand: »Aus dem Italienischen übersetzt von Bruno Ricanelli.« Der Titel des Romans war auf den ersten Blick nicht verständlich – *Fontamara*. Quer über die erste Seite hatte Bruno etwas geschrieben. Mühsam entzifferte sie: »Für Berthe … Sie weiß schon, warum!«

Reglos blieb sie sitzen. Was wollte er ihr damit sagen? Sie würde dieses Buch lesen, dessen Titel schwer verständlich war. Es war vermutlich ein Name … Sie war schon so gespannt. Aber das Beste war, dass es Bruno wohl gut ging, dass er das tun konnte, was er sich wünschte. Das waren viele gute Nachrichten, trotz allem.

Armand kam wieder herein, das Gesicht ungewöhnlich ernst. »In Spanien hat ein Bürgerkrieg begonnen. Ein General Franco hat eine Revolte angezettelt, die aufs ganze Land übergreift. Befürchtet hat man es wohl schon lange, aber jetzt ist es passiert. Es gibt Krieg, Berthe, Krieg in Spanien.«

# Krieg

Der September 1939 wird einmal in die Geschichte eingehen, so viel ist sicher. Fragt sich nur, wofür er stehen wird …«, sinnierte René Gurval und umklammerte mit beiden Händen die dampfende Schale Kaffee, die Bertha vor ihm hingestellt hatte.

Draußen war es eisig kalt, eine dünne gefrorene Schneedecke bedeckte Straßen und Hausdächer. In 14 Tagen war Weihnachten, Armand hatte heute Morgen davon gesprochen, dass er in dieser Woche noch einen Weihnachtsbaum besorgen wolle. Allerdings war niemandem weihnachtlich zumute, aber wegen der Kinder musste alles so normal wie möglich aussehen. Dabei denken wir alle nur noch an den Krieg, seit September sind wir wieder im Krieg, und ich habe dazu noch meine ganz eigene Last zu tragen, im wahrsten Sinn des Wortes.

Bertha trank in langsamen Schlucken ihren Tee, Kaffee vertrug sie nicht mehr. Vor vier Monaten war sie zu Dr. Ricaud gegangen und hatte ihn besorgt gefragt, ob sie denn schon in den Wechseljahren sei.

Doktor Ricaud hatte sie konsterniert angeschaut. »Sie sind doch noch keine 40! So etwas kommt zwar vor, aber es ist doch sehr ungewöhnlich. Wie kommen Sie überhaupt darauf?«

Sie hatte ihm die Symptome geschildert, die Augenbrauen des Doktors wanderten hoch und höher, dann hatte er sie mit einer Handbewegung unterbrochen.

»Und, Herr Doktor?«, hatte sie mit angehaltenem Atmen gefragt.

Doktor Ricaud hatte auf einmal gelächelt. Er hatte sie untersucht, und als sie dann auf der Liege saß und die Bluse wieder zuknöpfte, hatte sich sein Lächeln noch vertieft. »Es sind tatsächlich die Hormone, liebe Madame Verrier, aber es verhält sich ganz anders, als Sie gedacht haben. Sie sind schwanger!«

Wie vom Donner gerührt hatten sie dagesessen. »Aber das ist unmöglich! Ich bin doch schon 39.«

»Na und«, hatte der Doktor gebrummt, »Sie sind eine gesunde Frau. Wechseljahre, dass ich nicht lache … Also, stellen Sie sich darauf ein, ungefähr im April habt ihr euer Drittes! Und jetzt gehen Sie heim und erzählen Sie es Armand, und dann freut euch! Kinder sind ein Segen!«

Sie hatte sich hastig verabschiedet. Hinter des Doktors etwas brummigem Abschied steckte Sorge, das hatte sie genau gespürt. Sorge, weil er wusste, dass sie schon eine andere Last zu tragen hatte. Und dann war im September der Krieg gekommen! Alle hatten sie so sehr gehofft, dass der jetzt genug hatte, der deutsche Führer. Er hatte doch alles bekommen, was er wollte! Erst im März hatte man die Tschechoslowakei geopfert … für den Frieden. Aber er hatte immer noch nicht genug, das wusste man jetzt. Sie bemerkte, dass Monsieur Gurval sie immer noch gespannt ansah und zwang sich zu einem Lächeln.

»Ich fürchte, der September 1939 steht für den Beginn eines großen Krieges, Monsieur René«, sagte sie langsam. »Ich hätte es nicht mehr für möglich gehalten, aber es ist so. Vor 25 Jahren hat der erste große Krieg angefangen, und wir haben danach alle geglaubt, dass so etwas nie wieder passieren würde. Und jetzt steht Frankreich wieder im Krieg mit Deutschland … von den anderen Ländern ganz zu schweigen.«

»Jaja, die armen Polen! Und jetzt auch noch die Finnen und die baltischen Staaten … Dieser Stalin will auch seinen Anteil … Man weiß nicht, wer der größere Teufel ist.«

Bedächtig antwortete Bertha: »Mein Vater hat immer gesagt, wer mit dem Teufel isst, braucht einen langen Löffel. Wir werden sehen, wer von den beiden den längeren Löffel hat.«

»Auf jeden Fall ist unser Krieg ein *drôle de guerre,* ein ›komischer Krieg‹, wie die Leute sagen, er zerrt an den Nerven. Was wird geschehen? Wir hocken da und warten ab, was der Hitler mit uns vorhat.«

»Und die Preise steigen und steigen. Die Sachen werden immer knapper und teurer. Ich habe schon einen Vorrat an Mehl und Zucker und Konserven angelegt, das machen jetzt alle. Und wenn ich an die Familien denke, die einen Sohn oder einen Mann wegschicken mussten. Wie fühlen die sich erst?«

»Ja, die jungen Männer sind alle weg. Die Situation macht einen fertig. Ich komme mir vor wie eine Maus in einer Falle … man sieht und hört nichts anderes mehr, wagt vor lauter Angst kaum zu atmen, sogar unsere kühle Winterluft kommt mir dumpf und schwer vor … und man wartet, bis jemand die Falle öffnet … und dich zerschmettert«.

Bertha schwieg. Der Vergleich war gar nicht schlecht. Die Leute warteten tatsächlich mit angehaltenem Atem, überall war eine große Lähmung. Und sie hatte wieder ein Kind im

Bauch! Besser man dachte nicht weiter als bis zum nächsten Tag. Aber das ging nicht so einfach. Die Sorgen kreisten in ihrem Kopf wie ein Karussell … wenn Armand auch noch eingezogen würde? Er sei zu alt, hatte er gemeint. Und Doktor Ricaud hatte ihm letzthin ins Gewissen geredet, er solle nicht mehr so viel rauchen, irgendetwas stimme mit der Lunge nicht. Er machte sich eben Sorgen um das Geschäft, es kamen kaum mehr Aufträge. Jean-Marie, der schon lange ausgelernt hatte, konnte nicht mehr weiter beschäftigt werden. Sie konnte sich doch nicht wünschen, dass ihr Mann krank würde, damit er nicht in den Krieg musste. Und wenn der Krieg gar so lange dauerte, dass sie Pierre noch holten? Ach, was für ein Blödsinn! Pierre war doch erst elf. Nicht weiterdenken, nicht daran denken, dass vielleicht bald wieder Deutsche auf Franzosen schießen, Franzosen auf Deutsche …

Sie merkte, dass ihr René Gurval ein zerknülltes, nicht mehr ganz sauberes Taschentuch in die Hand drückte. Erschrocken fuhr sie sich über die Augen, sie hatte gar nicht gemerkt, dass sie weinte.

»Ach herrje«, sagte René zerknirscht. »Ich bin ein unverbesserlicher Schwätzer. Hocke hier herum und mache Ihnen das Herz schwer, dabei haben Sie doch wahrlich genug Sorgen. Wie geht es denn oben?« Er machte eine Kopfbewegung zur Zimmerdecke hin und sah sie bekümmert an.

»Wie soll es schon gehen? Immer gleich.«

Sie starrte hinüber zum Herd, wo das Feuer prasselte und eine angenehme Wärme verbreitete. Trotzdem war ihr innerlich kalt, manchmal kam es ihr so vor, als würde sie von einem Punkt in ihrem Körper aus erkalten, weil eine Angst sich ihrer bemächtigt hatte, wie sie sie nie zuvor in ihrem Leben gespürt hatte. Der Krieg, das dritte Kind und die alte

Frau, die gelähmt auf ihrem Bett lag und nun auf ihre Hilfe angewiesen war …

Vor ziemlich genau zwei Jahren – Armand war gerade hinübergegangen zur Werkstatt und sie war eben zur Haustür hereingekommen, weil sie Anne zum Kindergarten begleitet hatte – hörte sie von oben einen dumpfen Schlag. Bestimmt hat sie etwas umgeworfen, hatte sie noch gedacht. Die alte Frau sah in der letzten Zeit nicht mehr so gut. Armand hatte gemeint, lang könne man sie nicht mehr allein lassen, und Bertha hatte immer wieder mit bangem Herzen überlegt, was das wohl bedeuten würde. Nach dem Geräusch war es still geblieben, beunruhigend still. Sie war zur Treppe geschlichen und hatte mit angehaltenem Atem gehorcht. Nichts, nur das leise Pfeifen des Windes, der an den Fensterläden rüttelte. Sollte sie hinaufgehen, zum ersten Mal die Räume betreten, in denen die alte Frau hauste wie der Drache aus den Rittergeschichten, die Pierre so liebte? Schließlich hatte sie es nicht mehr ausgehalten, war zur Werkstatt hinübergerannt und hatte Armand geholt. Als er dann mit aufgeregter Stimme gerufen hatte, man solle Doktor Ricaud verständigen, wusste sie, was das bedeutete. Die alte Frau hatte einen Schlaganfall erlitten, aber anders als der Schwiegervater starb sie nicht gleich daran. Halbseitig gelähmt lag sie nun im Bett, das Gesicht seltsam verzerrt, als lache sie … und sie brachte kein Wort mehr heraus. Wenigstens das, hatte Bertha damals gedacht, jetzt kann sie meinem Jungen nichts mehr erzählen, nicht mehr diesen Unsinn vom tapferen Franzosen, der vor allem den Hass auf alles Deutsche einschloss. Jetzt kann sie ihn nicht mehr zum Werkzeug ihrer Rache machen! Es war gehässig, böse, das wusste sie, aber dieser Gedanke beherrschte sie trotzdem.

Er beherrschte sie auch, als sie zum ersten Mal durch die Räume oben gegangen war, diese dunklen, muffigen, staubigen Räume. Das ehemalige Zimmer von Pierre war wohl noch genauso erhalten, wie er es vor vielen Jahren verlassen hatte, sogar ein achtlos weggeworfenes Hemd lag noch über dem Fußende des Bettes, jetzt war es vergilbt und brüchig. Auf der Kommode war eine Art Altar aufgebaut: Bilder von Pierre – als kleiner Junge, im Kommunionsanzug, in der Uniform. Dazu kleine Gegenstände – ein Füllfederhalter, ein Kinderbesteck, zwei Bücher. Reliquien für die alte Frau, Erinnerungen an den Toten, den sie nicht loslassen konnte. Und überall Kerzen und Heiligenbilder!

In ihrem spartanisch eingerichteten Schlafzimmer war sie dann gelegen, nur noch eine leblose Hülle … Aber die Augen, die waren lebendig geblieben, waren ihr unablässig gefolgt, wohl in unbändigem Zorn darüber, dass sie jetzt der verhassten *boche* ausgeliefert war. Sie steht kurz vor dem letzten Schritt, hatte Bertha damals gedacht, es musste doch so etwas wie Versöhnen und Erbarmen in ihr Raum finden, etwas, das sie doch selbst brauchen würde. Stattdessen loderten diese Augen weiter im Feuer des Zorns – und nie würde sie den Moment vergessen, als sie sie zum ersten Mal berühren musste, ihr sorgfältig die beschmutzte Kleidung auszog, um sie dann zu waschen. Bei diesen Tätigkeiten hatte sie versucht, alle Empfindungen auszulöschen, aber es gelang nicht immer. Manchmal war die Versuchung übermächtig, ihr wehzutun, auch um zu sehen, wie sie reagierte. Aber sie tat es nicht, redete sich ein, dieser Klumpen Fleisch habe nichts mit ihr zu tun, sie erfülle lediglich eine Pflicht für Armand, ansonsten habe sie keinen Anteil daran. Es bereitete ihr allerdings eine wilde Genugtuung, wenn sie Pierre vom Bett fortscheuchen konnte, wo er oft lange ausharrte und die Hand seiner Großmutter hielt. Die Augen der alten Frau veränderten sich dann, man konnte den Schmerz darin sehen, und es war klar, dass sie den Jungen auf ihre Art sehr liebte.

Anne dagegen existierte für sie nicht. Armand hatte die Kleine ein paarmal mit hinaufgenommen, da hatte sie immer den Kopf weggedreht. Die roten Haare, hatte Bertha gedacht. Die roten Haare der Mutter … Wenn ich nur wüsste, was sie meinem Jungen früher alles erzählt hat und was er in der Kiste aufbewahrte! Seine Ablehnung all dessen, was mit der deutschen Herkunft seiner Mutter zu tun hatte, war in der letzten Zeit noch größer geworden. Jetzt gab es offene Feindschaft, klar und fest umrissen, und er wollte doch dazugehören, zur anderen, zur richtigen Seite, ihr kleiner, tapferer Franzose.

Sie bemerkte, dass Monsieur Gurval sie immer noch erwartungsvoll ansah. Sie war heute so unhöflich, dauernd wanderten ihre Gedanken in alle möglichen Richtungen, und er wartete geduldig auf eine genauere Antwort.

»Für mich ist es allerdings ein bisschen besser geworden«, erwiderte sie. »Einmal in der Woche kommt die Gemeindeschwester und hilft bei den gröberen Arbeiten. Doktor Ricaud hat dafür gesorgt, seit wir wissen, dass das Dritte unterwegs ist. Ich darf ja nicht mehr schwer heben. Mein Mann hilft natürlich auch und Madame Duchamps und Madame Goldstein stehen mir auch zur Seite. Ich kann Ihnen gar nicht sagen, wie dankbar ich ihnen bin. Seit die alte Bernadette auch bettlägerig geworden ist, bin ich froh über jede Hilfe. Zu mir war sie zwar immer sehr unfreundlich und ich fand sie auch etwas unheimlich, wie sie hier bei uns herumgeschlichen ist, aber sie hat uns manches abgenommen. Hat für meine Schwiegermutter gekocht. Erst wollte sie ja gar nichts essen, was von mir stammt, aber jetzt bleibt ihr nichts anderes übrig. In letzter Zeit isst sie sowieso fast nichts mehr.«

»Bekommt sie eigentlich noch etwas mit von dem, was geschieht?«, fragte Monsieur Gurval gespannt.

Bertha hob die Schultern. »Wir wissen es nicht. Pierre erzählt ihr alles Mögliche.«

Für einen Moment hörte man nur das Knistern des Feuers im Ofen, dann sagte René Gurval langsam: »Muss schlimm sein, so zu sterben. Ich meine, es ist immer schlimm, aber so … Und sie ist immer noch so bitter und unversöhnlich?«

Bertha nickte. Aber sie ist der ausgeliefert, die sie hasst, das ist noch schlimmer. Ich hätte mir so sehr gewünscht, dass es anders gekommen wäre. Aber was bedeuten schon unsere Träume und Hoffnungen? Unsere kleinen Leben sind wirklich wie leichte Korken auf der Welle … damals in Marseille hab ich noch gedacht, mit meiner Kraft könnte ich alles bewegen. Jetzt bin ich nur noch müde.

Zu Monsieur Gurval gewandt, sagte sie: »Sie kann sich ja nicht mehr verständlich machen, aber ich glaube nicht, dass das etwas ändern würde. Wir hoffen, dass sie nicht mehr allzu lange leiden muss … und dass es vielleicht irgendwo ein Wiedersehen mit ihrem Mann und ihrem Sohn geben wird.«

René Gurval nickte. Er nahm Schal und Hut und zwängte sich in seine Wolljacke. »Diese Nacht wird es wieder sehr kalt. Sehen Sie, es fällt Schnee. Für die Kinder freut man sich. Vielleicht können sie bald Schlitten fahren. Also, danke für den Kaffee und das Gespräch. Adieu, Madame Berthe.«

Sie nickte ihm freundlich zu. In der Tür blieb er aber noch einmal stehen und drehte sich um. »Was ich Sie noch fragen wollte … Haben Sie neue Nachrichten von Ihren Angehörigen aus Deutschland?«

Immer wieder fragte er sie danach. Es war gerade so, als könne er nicht glauben, was berichtet wurde. Sein Deutschland, das Land Goethes und Schillers, die »Kulturnation«, war der Ort einer beispiellosen Barbarei geworden. Er wusste immer noch nicht genau, welche Art von Verwandten Bertha jenseits des Rheins hatte, genau genommen war es ja nur noch Paula. Die Stiefmutter auf der Alb war vor drei Jahren gestorben, das Gütle verkauft worden. Paula hatte ihr den Anteil als Scheck übersandt. Das andere Drittel für Georg läge auf der Sparkasse, Kurt habe das alles organisiert. Bertha hatte den Verdacht gehabt, dass nicht alles mit rechten Dingen zugegangen war, der Erlös schien ihr doch recht gering. Aber sie wollte nicht streiten. Und die Alb war so fern. Zu den anderen Verwandten hatte sie keinen Kontakt mehr, der Onkel Straub hatte sie einmal als »Franzosenhure« bezeichnet, wie Tante Hedwig noch berichtet hatte, und das genügte.

Seit der Kriegserklärung im September war kein Brief mehr von Paula eingetroffen. Vielleicht beförderte man auch keine Post mehr von Erbfeind zu Erbfeind. Schon vorher waren die Briefe immer einsilbiger geworden. Kurt sei jetzt die rechte Hand des Gauleiters von Württemberg und habe sogar ein eigenes Büro im sogenannten »Braunen Haus«. Er bekleidete irgendeinen hohen Rang, die Bezeichnung konnte sich Bertha absolut nicht merken. Es sei jetzt endlich Ruhe eingekehrt in Stuttgart, schrieb Paula immer wieder etwas nebulös, und Kommunisten und Juden gäbe es kaum noch, und so gesehen könne man froh sein, dass Georg irgendwo im Ausland sei. Und das Kaufhaus Tietz gehöre gar nicht mehr der Familie

Tietz, sondern einer arischen Familie, wie viele andere jüdische Firmen auch. Sie erzählte das alles ohne Kommentar, schrieb nur vom guten Bild, das Deutschland jetzt abgebe: »... überall Fahnen und Ordnung und Sauberkeit ...« Und dass sie ein Dienstmädchen habe und Kurt einen Chauffeur und während der Olympiade seien sie in Berlin gewesen, da hätten sogar die Franzosen mit dem Hitlergruß gegrüßt.

Fahnen und Ordnung und Sauberkeit ... und überall Uniformen und Gleichschritt marsch. Manchmal, wenn sie mit Armand ins Kino ging, eine der wenigen Vergnügungen, die sie sich leisteten, sahen sie in der Wochenschau die Bilder aus ihrer früheren Heimat. Und es kam ihr dann so vor, als seien das Nachrichten von einem anderen Planeten, auf dem ganz andere, unbekannte Gesetze galten. Aber es gab wohl Menschen, die das gut fanden, wie der junge Bertrand beispielsweise, obwohl er seit der Kriegserklärung zurückhaltender geworden war. Wahrscheinlich hatten ihn die Alten ermahnt. Die Briefe von Kläri waren etwas deutlicher, auch die von Luise und Charlotte, die ihr immer noch zu Weihnachten und zum Geburtstag schrieben. Aber hinter den Worten lauerte etwas, das sie nicht greifen konnte ... Waren es Angst, Erschrecken, Entsetzen?

»Wer widerspricht, ist gleich weg, und die Juden trifft es sowieso«, hatte Kläri gleich nach der »Machtergreifung« geschrieben. »Und Sonderlager gibt es jetzt überall, Konzentrationslager nennt man sie.« Dann hatte sie ein Jahr später berichtet, dass man die jüdischen Männer von Gengenbach in ein solches Lager in der Nähe von München geschickt habe, Dachau hieß der Ort. Bloß weil sie Juden waren! »Ehrbare Leute sind das, du erinnerst dich sicher noch an die Valfers und Herrn Bloch?« Im letzten Jahr hatte Kläri dann von den brennenden Synagogen im Badischen berichtet. »Und keiner macht etwas, du weißt schon, warum, und viele sagen auch, dass es jetzt keine Arbeitslosigkeit mehr gibt und dass endlich Ruhe ist …«

An diesen Brief musste Bertha denken, als sie Monsieur Gurval auf seine Frage antwortete. »Es gibt wohl einige, die schätzen es, dass es Arbeit gibt und Ruhe und Ordnung herrscht«, sagte sie jetzt. »Aber es geschieht wohl auch viel Unrecht, vor allem gegen die Juden. Ich verstehe das nicht, Monsieur René, ich verstehe das einfach nicht. Und jetzt haben wir wieder Krieg … das kann doch keiner wollen.«

René Gurval zog die Jacke über seiner Brust fest, als fröstle ihn. »Nichts ist so erfolgreich wie der Erfolg, Madame Berthe. Er hat ja bislang Erfolg gehabt, dieser Herr Hitler. Ich hoffe, dass ihn endlich jemand aufhält. Unsere große Armee beispielsweise. So bedauerlich es ist, dass Franzosen und Deutsche vielleicht wieder gegeneinander kämpfen … aber wenn es sein muss. Hoffentlich ist der Spuk bald vorbei. Nochmals Adieu, meine liebe Madame Berthe.«

Sie begleitete ihn bis vor die Tür und setzte dann den Topf mit der Suppe auf. Gleich würden die Kinder heimkommen, durchgefroren und hungrig. Ob sie nachher etwas mit ihnen bastelte, ein paar Weihnachtssterne? Armand hatte vorhin Papierreste gebracht. Pierre hatte davon gesprochen, seiner Großmutter solche Sterne an die Fensterscheiben zu kleben. »Damit sie etwas Schönes sieht, sie kann doch nur noch schauen.«

Er war so ein guter Junge. Die anderen ließen ihn jetzt in Ruhe, aber wie lange noch? Bisher merkten sie noch nicht viel von den politischen Geschehnissen. Zwei, drei Kundinnen, die bei ihr nähen ließen, kamen nicht mehr, aber für die meisten war sie nach wie vor Madame Verrier. Warum nur wurde trotzdem das Gefühl des Fremdseins wieder stärker? Schauten nicht doch einige wieder weg, wenn sie ihr begegneten? Einer der Veteranen hatte letzthin direkt vor ihr auf die Straße gespuckt.

»Hirngespinste«, sagte Armand. »Du bildest dir das ein, weil du Angst hast. Aber die ist unbegründet, glaub mir. Die Leute kennen dich doch!«

War das wirklich so? Sie brauchte doch diese neue Heimat mehr denn je zuvor, nachdem ihr die alte wohl endgültig genommen worden war. Es kam ihr so vor, als ob das Deutschland, wie sie es kannte, gar nicht mehr existierte. Als sei es untergegangen wie damals im wörtlichen Sinne ihr Professor.

Anne kam hereingestürmt, das Gesicht gerötet vom Frost. »Mama, es schneit! Es kommen schon ganz dicke Flocken, schau her.« Sie deutete zum Fenster.

»Ja, tatsächlich.« Bertha sah schwere, nasse Flocken gegen die Fensterscheiben fallen, wo sie dann als schmale Wasserrinnsale ihre Spuren zogen. Wie Tränen, dachte sie unwillkürlich. All die ungeweinten Tränen und vielleicht auch die zukünftigen.

»Wo ist Pierre?«, fragte sie und half Anne, den dicken Wollschal aufzuknoten.

»Der kommt gleich. Weißt du, Mama«, sie senkte ihre Stimme geheimnisvoll, »da draußen steht nämlich ein Mann und schaut die ganze Zeit zum Haus herüber. Pierre beobachtet ihn. Er hat gesagt, du darfst dich nicht aufregen. Wenn der Mann nicht verschwindet, holt er einen Stock und …«

»Um Himmels willen, auf was für Ideen kommt er denn!« Trotz des Schreckens war Bertha gerührt. Sie trat unter die

Küchentür und hielt Ausschau nach ihrem Sohn. Gerade noch konnte sie Pierre in Richtung Ziegenstall huschen sehen, wahrscheinlich um diesen Stock zu holen. Er bewahrte dort mehrere Exemplare auf, an denen er ständig herumschnitzte, um sie als Ritterschwert einsetzen zu können. Ihr Blick glitt weiter suchend über den Garten und dann sah sie eine schemenhafte Gestalt vor der Gartentür. Anne hatte recht, da stand jemand, zweifelsohne ein Mann! Im grauen Dunst des Schneegestöbers war er zwar nur undeutlich zu erkennen, aber es war klar, dass da jemand fast bewegungslos verharrte. Wer konnte das sein?

Sie nahm ihren Mantel vom Haken und rief mit unterdrückter Stimme nach Pierre. Der kam tatsächlich mit einem großen Prügel herangeschlichen und legte den Zeigefinger an den Mund, als er seine Mutter sah.

»Maman, geh hinein. Ich werde ihn vertreiben. Er stand schon da, als wir von der Schule kamen, die ganze Zeit stand er da und hat zum Haus geguckt, vielleicht ist es ein Spion. Ich …«

»Du machst gar nichts, Pierre. Ich gehe jetzt hinüber zur Werkstatt und hole Papa und Gaston.«

Plötzlich löste sich die Gestalt aus dem Schneegestöber und kam näher. Wie er geht, dachte Bertha, und starrte atemlos auf den näher kommenden Mann, wie er geht! Sie wagte es nicht zu denken, starrte nur weiter auf diesen Mann und merkte kaum, dass Pierre seine kalte Hand in ihre schob. Dann stand er vor ihr, ein magerer Mensch in verschlissener Kleidung, er hatte weder Hut noch Mütze, und sie konnte jetzt sein Gesicht gut erkennen. Aber das war doch nicht möglich … es konnte doch nicht sein … es war ihr Bruder Georg! Ohne Zweifel, das war Georg!

Die eingefallenen Wangen waren zwar von einem struppigen Bart bedeckt, der schon grau schimmerte, und die raspelkurzen Haare sahen aus, als habe er sie selbst geschnitten, aber es war unzweifelhaft Georg. Sie sah ihn an, versuchte, in diesen Zügen etwas von dem geliebten Bruder wiederzufinden. Ihrem Georg! Sie suchte seinen wachen, kecken Blick. Aber seltsam, diese Augen erinnerte sie an die der alten Frau dort oben, sie schienen ohne Leben zu sein und nur noch ein Funke glomm in ihnen.

Dennoch, es war Georg!

»Georg!«, rief sie und dann: »Wo kommst du denn her?«

Gerade so, als ob er nur ein paar Stunden weg gewesen wäre. Aber sie vergaß sich völlig in diesem Moment, merkte auch gar nicht, dass sie Deutsch sprach.

»Guten Tag, Bertha«, sagte er mit unsicherer Stimme. »Du bist es also wirklich. Ich stehe schon eine Weile da drüben, weil ich nicht genau wusste, ob ich hier richtig bin.«

Erst jetzt bemerkte sie, dass er zitterte. Er musste völlig durchgefroren sein.

»Komm herein«, sagte sie. »Schnell, komm herein ins Warme.«

Erst jetzt registrierte sie, dass Pierre noch neben ihr stand. Er sog die kalte Luft scharf ein und fragte dann: »Wer ist das, Maman? Warum sprecht ihr Deutsch? Ist das ein Spion?«

»Aber, Pierre, wo denkst du denn hin? Stell dir vor, das ist dein Onkel Georg. Ich habe ihn schon viele Jahre nicht mehr gesehen.«

Und zu Georg gewandt sagte sie: »Macht es dir etwas aus, wenn wir miteinander Französisch sprechen. Es ist besser so, wegen der Kinder.«

Georg schüttelte den Kopf und sagte in etwas holprigem,

aber gut verständlichen Französisch: »Überhaupt nicht. Ich habe schon lange kein Deutsch mehr gesprochen. Und ich will es auch gar nicht. Es ist jetzt die Sprache der Faschisten. Und du hast ganz recht, man muss vorsichtig sein in diesen Zeiten.«

Sie war so verwirrt, dass sie gar nicht darauf achtete, was er sagte. Sie gab Pierre die Anweisung, schnell in die Werkstatt zu laufen und Papa zu holen.

»Und du komm herein, Georg. Hier hinüber, da ist die Küche. Komm, da ist es warm. Das war eben mein Ältester, Pierre. Und das ist Anne, unsere Tochter. Ich habe sie nach Mutter genannt.«

Kurze Zeit später saßen sie am Tisch und Georg löffelte die heiße Suppe. Er musste völlig ausgehungert sein, dennoch aß er sehr beherrscht. So war er schon immer gewesen.

Anne hatte sich ihm direkt gegenüber gesetzt und musterte ihn eindringlich, als sei er einer ihrer tierischen Patienten. Armand stand gegen das Küchenbüfett gelehnt und beobachtete mit unergründlicher Miene den bis dahin unbekannten Schwager.

Bertha hatte sich neben Anne gesetzt und versuchte immer noch, in diesem Mann ihren Bruder wiederzufinden. Es war seltsam, aber er war ein Fremder! Bestimmt lag es daran, dass er so abgemagert war, tröstete sie sich. Er hat auch bestimmt viel Schlimmes erlebt. Und wir haben uns so lange nicht gesehen! Aber das war es nicht allein, und sie ahnte es.

Pierre hatte sich an das andere Ende des Tisches verzogen. Seine Miene hatte sich etwas aufgehellt, als Georg von der Sprache der Faschisten sprach. Trotzdem, man hatte einen *boche* im Haus. Ihm war deutlich anzusehen, dass er diesen Zwiespalt nicht ganz auflösen konnte.

Als Georg den Teller mit dem letzten Stück Brot ausgewischt hatte, lehnte er sich aufatmend zurück und nahm dankend das Glas Wein und die Zigarette, die Armand ihm anbot.

»Das ist gut. Danke. Es ist lange her, dass jemand so freundlich zu mir war. Um es kurz zu machen, ich will euch nicht lange zur Last fallen. Vielleicht ein, zwei Tage, etwas Kraft schöpfen, dann geht es weiter.«

»Langsam, Georg, erzähle doch erst einmal, was alles passiert ist. Ich habe dich schon … lass mich überlegen … ich habe dich schon über 17 Jahre nicht mehr gesehen! Das ist eine lange Zeit, Georg, und ich habe dich auch gesucht, am Anfang zumindest …«

Ihre Stimme brach. All der Kummer und die Sorge waren plötzlich wieder da. Anne nahm ihre Hand und schmiegte sich an sie.

Georg schwieg. Im Zimmer war es fast dunkel geworden, aber niemand machte Licht, nur der rot glühende Schein des Feuers drang aus der halb geöffneten Ofentür, warf zuckende Lichter an die Wand und streifte auch Georgs Gesicht, das für einen Moment wieder vertrauter wirkte. Als ob eine Hand zärtlich darübergestrichen hätte und die Konturen weicher geworden wären. Erinnerte er sich? An ihre Kindheit? An ihre gemeinsame Zeit auf der Alb?

Endlich sagte er etwas mühsam: »Eine lange Zeit, nicht wahr, Bertha? Aber ich musste aus Deutschland fliehen.«

»Was um Himmels willen hast du denn damals gemacht, bevor du untergetaucht bist, Georg? Wir haben uns solche Sorgen gemacht.«

Er grinste schief. »Eisenbahnschienen blockiert, damit die Transporte der Reichswehr nicht mehr möglich waren. Die

Genossen in Sachsen und Thüringen hatten Aufstände organisiert, wir wollten ihnen helfen.«

»Aber dann hätten doch Züge entgleisen können, und Menschen wären vielleicht getötet oder zumindest verletzt worden«

Warum grinste er denn? Das erschreckte sie.

»Es ist ja nichts passiert. Aber viele Genossen hat man geschnappt und in Schutzhaft gesteckt, wie das so schön hieß. Deshalb bin ich abgehauen.«

»Ich weiß.« Sie erzählte ihm von Madame Forrestier und Straßburg und auch von Marseille.

Er pfiff durch die Zähne. »Deine Frau hat Schneid«, sagte er zu Armand. »Den hat sie schon immer gehabt. Alle Achtung, Bertha.«

Aus den Augenwinkeln sah sie, dass Pierre zusammenzuckte, wenn Georg sie Bertha nannte. Bertha auf Deutsch ... in der Sprache der Faschisten. Sie musste Georg nachher sagen, dass er sie Berthe nennen sollte. Aber eine Frage lag jetzt viel näher.

»Warum Spanien, Georg? Warum ausgerechnet Spanien?«

»Die Frage ist so falsch gestellt, Bertha. Ich wollte dort dabei sein, wo die Sache am Kippen war, wo man noch etwas bewegen konnte. In Italien hatten die Faschisten gesiegt und saßen fest im Sattel, und Deutschland war ein zu heißes Pflaster für mich. In Marseille haben wir mit vielen gesprochen, die die Lage in Spanien genau kannten. Die Lage der Arbeiter dort ist erbarmungswürdig, schlimmer als in Deutschland. Ausbeutung, Erniedrigung ... Menschen werden wie Sklaven gehalten. Überall herrscht unbeschreibliche Not. Sollte dieses Land auch faschistisch werden? Ich bin mit ein paar Genossen erst auf eine Insel gefahren, Mallorca heißt sie. Dort haben sich viele Antifaschisten getroffen, Genossen von überallher, auch viele Juden waren darunter. In der Wikiki Bar haben wir jeden Tag gesessen und überlegt, wie es weitergehen soll. Einige wollten bleiben, es ist wunderschön dort und weit und breit gab es keine Nazis … damals wenigstens. Aber ich wollte aufs Festland, Agitation, verstehst du, die Leute aufklären, sie zum Widerstand anstacheln. So bin ich in den Norden gegangen, nach Katalonien, wo es viele aufständische Arbeiter gab. Ja, und dann macht dieses Faschistenschwein, dieser Franco, einen Putsch, und der Krieg war da! Aber davon will ich lieber nichts erzählen, es ist nichts für die Kinder«, sagte er mit einem Blick auf Anne, die ihn mit großen Augen ansah. »Nur eines noch. Das ›Inselparadies‹ wimmelte plötzlich von Faschisten. Von dort flogen die Maschinen der Legion Condor zum Festland mit Sprengbomben, Splitterbomben und Brandbomben. Und auf der Insel saßen sie in der Falle. Wer kein Visum mehr bekam, musste entweder nach Deutschland zurück oder in die Kerker der Frankisten … Genug davon, erzählt mir von euch! Ich habe also einen Neffen und eine Nichte und wenn ich dich so ansehe, ist irgendetwas noch unterwegs.« Sein Blick streifte Berthas Bauch.

Aber das Gespräch stockte. Anne und Pierre waren befangen und Armand schwieg. Und Georg schien sehr müde zu sein. Deshalb brachte Bertha die Kinder ins Bett.

»Das ist aber ein komischer Onkel«, meinte Anne, als Bertha ihr das Nachthemd überstreifte.

»Wieso komisch?«

»Er sieht komisch aus. Gar nicht nett. Und er hat überhaupt nichts mitgebracht. Ich habe gedacht, ich habe keinen Onkel und keine Tante. Keine richtigen jedenfalls, denn ich habe ja Tante Madeleine und Onkel Henri, und jetzt habe ich doch einen Onkel und der ist komisch. Er sollte Bonbons mitbringen und Schokolade.«

Meine praktische, kleine Anne, dachte Bertha. Irgendwie hat sie ja recht.

»Du bist kindisch«, behauptete Pierre. Das war der Vorwurf, der Anne am härtesten traf. »Er hat gegen die Faschisten gekämpft. Der hat keine Zeit für solchen Kinderkram.«

Innerlich atmete Bertha auf. Pierre schien die Tatsache zu akzeptieren, dass er einen deutschen Onkel hatte. Immerhin war es einer, der gegen die Faschisten kämpfte, egal, wo sie herkamen.

Anne und Pierre zankten sich immer noch mit unterdrückter Stimme, als sie das Licht löschte und wie so oft daran dachte, dass das Zimmer für die beiden viel zu klein war. Und wenn jetzt noch das Dritte kam … Oben standen Zimmer leer, aber es war sinnlos, daran zu denken.

Als sie wieder die Küche betrat, steckten Armand und Georg mitten in einer hitzigen Diskussion. Die Müdigkeit schien wie weggeflogen.

»Eine Schande, dass Frankreich und England im letzten Monat die Regierung Franco anerkannt haben … Und wer hat uns im Bürgerkrieg geholfen? Nur die Sowjetunion!«

»Du vergisst, dass wir gleich nach dem Putsch von Franco 1936 der Volksfrontregierung in Madrid geholfen haben.«

»Schöne Hilfe! Was habt ihr denn gemacht? Und jetzt, wo Franco gewonnen hat, fällt euch nichts Besseres ein, als ihn gleich anzuerkennen. Nun ist Frankreich von Faschisten umzingelt. Und ihr befindet euch im Krieg, trotz allem. Weil ihr immer geglaubt habt, die Kommunisten seien schlimmer. Und weil viele auch insgeheim mit den Braunen und Schwarzen sympathisieren.«

Armands Stimme klang jetzt scharf. »Darf ich dich daran erinnern, dass im August euer Genosse Stalin mit Herrn Hitler einen Pakt geschlossen hat, der den Krieg überhaupt erst möglich gemacht hat?«

»Um sein Land zu schützen … Kein anderer wollte doch ein Bündnis mit ihm schließen.«

Bertha trat geräuschlos näher und schenkte jedem noch ein Glas Wein ein. Sie würden sich doch hoffentlich nicht streiten! Georgs Gesicht war jetzt ganz rot und die Augen glänzten fiebrig. Er trank sein Glas in einem Zug aus. »Nicht wahr, Schwager, du kannst die Kommunisten nicht leiden, oder?«

»Da möchte ich auch sagen: Frage falsch gestellt. Es geht nicht um ›leiden können‹. Ihr macht mir Angst, genauso wie die von der anderen Seite. Dieses Alles oder Nichts, dieser Fanatismus. So habt ihr Frankreich an den Rand des Abgrunds gebracht … und Deutschland auch.«

»Wir … wir sind daran schuld!« Georg lachte, aber das Lachen klang seltsam hohl und blechern. »Jetzt will ich dir etwas erzählen, Schwager. Als klar war, dass Franco gewonnen hat, sind wir geflohen, einige Genossen und ich. Wenn uns die Frankisten in die Hände bekommen hätten … Wir sind zu Fuß über die Pyrenäen, im April. Was das heißt, brauche ich euch nicht zu sagen. Wir haben es geschafft, halb tot sind wir über die französische Grenze gekommen. Und wisst ihr, was dann passiert ist? Die Franzosen haben uns festgenommen! Deine Landsleute, Armand! In ein Lager haben sie uns gesteckt, Gurs heißt es. Man hat uns behandelt, als ob wir Verbrecher seien. Ich bin geflohen. Ich wollt's euch eigentlich nicht sagen, um euch keine Angst zu machen. Keine Sorge, wie gesagt, ich werde nicht lange bleiben, ich will euch keinen Ärger machen.«

»Aber wo willst du denn hin?«, flüsterte Bertha. Hörte das denn gar nie auf?

»Ich werde versuchen, mich nach England durchzuschlagen. Ich kenne einige Leute, die dort im Exil sind und die mir bestimmt helfen werden.«

Armand stand auf. »Sei mir nicht böse, Georg. Aber ich gehe zu Bett. Ich bin müde. Du bist der Bruder meiner Frau und mir deshalb willkommen, trotzdem wäre ich dir dankbar, wenn du deinen Aufenthalt nicht allzu lange ausdehnen würdest. Ich muss an meine Familie denken. Es ist schwer genug für uns in dieser Zeit. Gute Nacht.«

Georg erhob sich ebenfalls. »Gute Nacht, Schwager. Es tut mir leid, dass wir uns unter diesen Umständen kennengelernt haben. Du hast recht, es ist leider nicht die Zeit für Freundlichkeiten. Aber ich danke dir, ich danke dir sehr.«

Armand nickte und schüttelte ihm die Hand.

Wenigstens das, dachte Bertha. Wenigstens das. Konnte sie es Armand verargen, dass er so reagierte?

»Georg …« Sie nahm seine Hand und drückte sie fest. »Lass mich etwas ganz Privates fragen. Hast du jemanden zurückgelassen? Ich meine, gibt es einen Menschen, also, gibt es einen Menschen in deinem Leben, der dir etwas bedeutet?«

Sein Gesicht verdüsterte sich. Er starrte auf die Tischplatte, wo das Rotweinglas einen feuchten Ring gebildet hatte.

»Es gab einmal eine Frau …«

»Und, was ist mit ihr?«

»Sie wurde erschossen. Die Frankisten haben ihr Dorf überfallen. Haben alle, die sie finden konnten, auf dem Marktplatz zusammengetrieben und dann erschossen. Die Menschen im Dorf haben die Republikaner und die Kommunisten unterstützt. Als wir zu Hilfe kommen wollten, war es schon zu spät. Sie hatten sie in einem Wäldchen beim Dorf verscharrt. Wir haben sie wieder ausgegraben und anständig beerdigt. Sie hieß Filipa«, fügte er nach einem kurzen Moment des Zögerns hinzu.

Bertha brachte kein Wort heraus. Mitleid schnürte ihr die Kehle zu. Was führst du nur für ein Leben, Georg? Wenn ich dich nur verstehen könnte! Aber auch andere Fragen drängten sich auf, Fragen, die sie sich nicht getraute, auszusprechen. Wie viele Menschen hast du getötet, Georg? Der Krieg macht die Menschen schlecht, hast du immer gesagt. Was hast du alles getan?

Es war, als ob er ihre Gedanken lesen könnte. Ein geisterhaftes Lächeln zuckte um seine Lippen. »Wahrscheinlich bist du jetzt entsetzt, Bertha. Entsetzt über das Leben, das ich führe. Aber ich kann nicht anders. Und lass dir eines gesagt sein: Euch wird es auch so ergehen. Ein fürchterlicher Kampf hat begonnen, und ihr seid mittendrin. Die Juden … die Kommunisten … aber nicht wir, so denken die meisten. Ein Fehler – der Faschismus bedroht alle. Das weiß auch Genosse Stalin, trotz allem, was man redet. Und dein Armand wird es auch noch erfahren.«

Wie er redet, dachte sie. Aber vielleicht hat er sogar recht. Dann fiel ihr ein, was sie ihn noch unbedingt fragen wollte: »Wie bist du überhaupt an meine Adresse gekommen?«

»Ich hatte bis vor ein paar Jahren Kontakt mit Madame Forrestier. Jetzt nicht mehr, jetzt wäre es zu gefährlich. Die hat mir damals deine Gengenbacher Adresse gegeben. Da hab ich vor einiger Zeit einmal hingeschrieben und um deine neue Anschrift gebeten, falls du nicht mehr dort arbeitest. Eine Frau Pfäfflin hat sie mir geschickt. Ich wollte dir immer schreiben … aber immer kam etwas dazwischen. Diese Frau

Pfäfflin hat geschrieben, dass du in Frankreich verheiratet bist. Schau an, hab ich mir damals gedacht, schau an, meine kleine Schwester. Hübsche Kinder hast du. Die Kleine, Anne, sieht aus wie unsere Mutter. Und dein Mann ist ganz in Ordnung, auch wenn wir politisch nicht einer Meinung sind.«

Sie versuchte, das Schluchzen zu unterdrücken, das ihr jetzt in die Kehle stieg. »Ach, Georg, willst du nicht endlich irgendwo bleiben?«

»Hast du denn nicht gehört, was ich dir gerade gesagt habe, Bertha?«

Sie nickte erschöpft. Er hatte beschlossen dieses Leben zu führen und dagegen kam sie nicht an. Aber eine Sache interessierte sie noch: »Kennst du einen Ignazio Silone? Das ist ein Dichter.«

»Der Name sagt mir nichts. Weißt du, ich bin nicht mehr viel zum Lesen gekommen in den letzten Jahren. Hatte anderes zu tun. Was ist mit ihm?«

»Ich habe eines seiner Bücher geschenkt bekommen. *Fontemara* heißt es. Das ist der Name eines Dorfes in Italien. Ein … ein Bekannter hat es mir geschickt.«

Georg sah sie neugierig an. Sie wusste eigentlich gar nicht, warum sie ihm von dem Roman erzählte. Bruno wollte ihr mit dem Geschenk etwas sagen, aber sie wusste nicht, was. Das Buch enthielt eine Botschaft, aber sie konnte sie nicht verstehen. Schlagartig wurde ihr klar, warum sie Georg davon erzählte. Er erinnerte sie ein wenig an Bernardo Viola, den Helden der Geschichte. Sie berichtete ihm, dass dieser Silone von Menschen erzählte, die furchtbar arm und unwissend waren. Ganz schlimm wird es, als die Schwarzhemden an die Macht kommen. Vor allem der Großgrundbesitzer, dem alles gehört, aber auch andere treiben ihr Spiel mit ihnen, denn sie sind, wie gesagt, sehr ungebildet. Bis einer von ihnen sich das nicht länger gefallen lässt und versucht, eine Widerstandsgruppe zu organisieren.

»Und … gelingt es?«

»Nein, es geht sehr traurig aus. Der Mann kommt um, nachdem man ihn gefoltert hat, genauso wie seine Geliebte, Elvira. Er konnte sie nicht heiraten, weil er kein Land hatte.«

»Solche Geschichten gehen meistens sehr traurig aus. Ich wette, er ist ziemlich allein geblieben mit seinem Widerstand. Aber warum erzählst du mir das?«

»Ich glaube, dass Bruno, so heißt mein Bekannter, mir etwas sagen wollte. Aber ich weiß nicht, was.«

»Aber, Bertha, das ist doch sehr einfach. Wir müssen uns wehren gegen Unterdrückung jeder Art. Wir müssen zusammenhalten, müssen die Menschen gewinnen, dann werden wir auch den Kampf gewinnen. Die haben wahrscheinlich alles falsch angepackt in diesem *Fontemara* oder wie das heißt. Das ist übrigens etwas, was auch dein Mann noch nicht kapiert: Wir können nicht hoffen, einfach durchzukommen. Kopf einziehen und wegducken, das geht nicht mehr. Das ist die Botschaft, Bertha.«

Bertha wusste nicht so richtig, was sie sagen sollte. Auf den ersten Blick klang es ganz logisch, was Georg sagte. Aber irgendetwas sträubte sich in ihr. Das war es nicht, was Bruno hatte sagen wollen! Sie hatte das Buch in zwei Nächten durchgelesen und es ließ sie seitdem nicht mehr los. Sie sah, dass Georg gegen den Schlaf kämpfte, und stand auf.

»Ich habe dir ein Bett im Wohnzimmer gerichtet. Das Sofa ist ganz bequem, etwas kurz vielleicht, aber es wird schon gehen.«

»Ich bin so müde, ich könnte auch auf dem Boden schlafen.

Hauptsache, ein festes Dach über dem Kopf, keine Scheune mehr und kein Stall, wo die Mäuse auf dir tanzen und wo du fürchten musst, dass dich der Bauer am nächsten Tag aufstöbert.«

Er blieb nur zwei Nächte, ein schweigsamer Gast, der sehr zurückhaltend und sehr höflich war. Er fragte die Kinder nach der Schule, unterhielt sich mit Bertha über die Familie auf der Alb, wobei er es als besonderen Witz empfand, nun einen Nazischwager zu haben. Mit Armand redete er über das Wetter und über die Geschäfte. Am letzten Abend, als er mit Bertha wieder allein in der Küche saß, sagte er beiläufig: »Morgen früh bin ich fort. Schreiben kann ich dir vorläufig nicht, aber sobald es geht, melde ich mich bei dir.«

Trotz ihres Erschreckens spürte sie auch Erleichterung. Er wurde ja gesucht, er war immerhin ein Gefangener. Auch Armand hatte Angst, das spürte sie deutlich. Und dann gab es diese Distanz zwischen ihnen, die wohl nicht mehr aufhebbar war. Zu viel hatte jeder erlebt, ohne dem anderen davon erzählen zu können. Richtig zu erzählen, sodass man es verstand. Es tat so weh, diese Kluft zu spüren, deshalb war sie beinahe froh, dass er wieder ging.

Er mochte wohl ahnen, was sich in ihr abspielte, denn er nahm plötzlich ihre Hand und sagte mit der vertrauten Georgstimme: »Das hätten wir nie gedacht, Bertha, dass wir einander einmal so gegenübersitzen, nicht wahr?«

Sie nickte nur, antworten konnte sie nicht.

»Weißt du, woran ich immer wieder denken muss? Das Erste, was du auf Französisch konntest, war das Pierrot-Lied, das ich dir beigebracht habe. Weißt du noch?«

Wieder nickte sie.

Da begann er auf einmal unvermittelt zu singen. Ganz leise, es war mehr ein Hauchen: »*Au clair de la lune …*«

Unwillkürlich stimmte sie ein und so saßen sie in der Küche und sangen leise. Für einen Moment waren sie sich wieder ganz nah, wie auf der Bank unter dem Apfelbaum.

»Danke, dass du mir deine Tür geöffnet hast«, flüsterte Georg und drückte sie an sich. »Und grüße mir morgen alle.«

Ihre Hand glitt suchend in die Schürzentasche, sie nahm ein Kuvert heraus und drückte es ihm in die Hand.

»Was ist da?«

»Etwas Geld. Nicht viel, nur das, was ich erübrigen kann.«

Er wollte abwehren, aber sie legte ihm die Hand auf den Mund. »Das ist mein Nähgeld. Ich habe es selbst verdient und kann damit machen, was ich will.«

Er setzte sich wieder auf Küchenbank. »Ich gehe nicht schlafen, ich warte noch zwei, drei Stunden, bis alles ganz ruhig ist. Ich werde versuchen, so schnell wie möglich nach Montélimar zu kommen. Dort kann ich mit dem Zug weiterfahren. Ich hoffe, es gibt keine Kontrolle auf den Bahnhöfen. Jetzt sehe ich ja ganz manierlich aus.«

Armand hatte ihm auf einer Karte den Weg gezeigt. Die Nacht war mondhell und der Frost war auch nicht mehr so stark, es gab sogar Südwind. Er würde es schaffen … er musste es schaffen.

Zwei Tage später kam der Gendarm Nicholas Meunier, ein alter Bekannter von Armand, und berichtete mit bekümmerter Miene, es läge eine Anzeige vor. »Ihr sollt einen deutschen Spion beherbergen.«

»Wer erzählt solch einen Unsinn?«, fragte Armand kurz angebunden.

»Die Anzeige war anonym«, sagte Nicholas, dem das alles sichtlich unangenehm war.

Armand regte sich fürchterlich auf, schwor Stein und Bein sie hätten niemandem Unterkunft gewährt. Ein Hausierer habe vor ein paar Tagen um ein warmes Essen gebeten, das man ihm auch gegeben habe, wie es Christenpflicht sei. Schließlich zog der Gendarm erleichtert ab.

»Wer könnte es gewesen sein?«, fragte Bertha, deren Herz immer noch so laut klopfte, dass sie meinte, Nicholas müsste es gehört haben.

»Keine Ahnung. Vielleicht ist den Kindern etwas herausgerutscht.«

»Ich habe sie eindringlich ermahnt, nichts zu sagen. Sie sollen nicht lügen, aber sie sollen auch nichts erzählen.«

»Anne ist noch so klein«, brauste Armand auf. »Sie weiß doch noch gar nicht, was das bedeutet. Ein deutscher Onkel … das genügt und schon spielen alle verrückt.« Er stürmte hinaus und schlug die Tür laut und vernehmlich zu.

Zwei Tage später, am frühen Morgen, meinte Bertha, ein Klopfen an der Eingangstür zu hören. Vielleicht wieder ein Gendarm … man hat Georg aufgegriffen! Sie hielt ihre Hände vor den Bauch, als müsste sie das Kleine schützen. Dann tappste sie zur Tür. Niemand stand draußen. Als sie sich umdrehte, sah sie es dann: *»Boche«* stand quer über der Tür geschrieben, diesmal nicht in Rostrot, sondern in einem obszönen grellen Orange. Die Farbe war noch ganz frisch. Sie rannte zur Küche, holte Bürste, Seife, Eimer … Armand rumorte im Schlafzimmer, die Kinder schliefen noch. Nur weg damit, weg, bevor sie es sahen. Aber die Farbe verschmierte, es bildete sich ein großer Fleck, ein schmutzig-farbiger Kreis, auf dessen Untergrund sie meinte, immer noch die Buchstaben lesen zu können …

Am 10. Mai des Jahres 1940 brachte sie morgens gegen 5:00 Uhr ihr drittes Kind, einen Sohn, zur Welt. Die Geburt war sehr leicht gewesen, so, als ob der Kleine beabsichtigt hätte, keine allzu großen Umstände zu machen. Nachdem Madame Duval nicht ohne ihre üblichen Ermahnungen gegangen war, betrachteten Bertha und Armand eingehend ihren Sohn. Auf seinem Kopf spross zarter Flaum, der eindeutig rot war.

»Armer Kleiner«, flüsterte Bertha und küsste ihn sanft auf das Köpfchen.

»Was heißt hier armer Kleiner?«, widersprach Armand. »Er ist bildschön.«

»Vielleicht verändert sich die Farbe noch, das ist doch oft so. Was meinst du?«, fragte sie verzagt.

»Hör auf! Er ist gesund, dir geht es gut, das ist die Hauptsache.«

Am Nachmittag kam er herüber von der Werkstatt, nahm den Kleinen, den sie gerade gestillt hatte, auf den Arm und sagte, ohne sie anzusehen: »Heute Morgen gegen 5:30 Uhr hat der deutsche Angriff begonnen. Der Krieg kommt nach Frankreich, Berthe.«

Am 14. Juni, dem Tag, an dem Paris kampflos von den deutschen Truppen besetzt wurde, starb die alte Frau. Sie schlief einfach ein und wachte nicht mehr auf. Am 18. Juni, dem Tag ihrer Beerdigung, bat Marschall Pétain, der neue Regierungschef, um Waffenstillstand. Die Beerdigung der alten Madame Verrier war ein großes Ereignis, obwohl sie viele Jahre kaum mehr in der Öffentlichkeit gesehen wurde und doch recht wunderlich geworden war, wie man sich zuraunte. Allein die Sache mit den Möbeln! Aber man wusste, was man ihr schuldig war. Sie war eine Mutter, die ihren Sohn auf dem Schlachtfeld verloren hatte. Und der andere … hatte eine *boche* geheiratet. Bertha sah die vielen gesenkten Köpfe, die schwarz gekleideten Menschen, die in einer langen Reihe geduldig warteten. Die meisten drückten Armands Hand, einige nickten ihr zu, aber es gab doch viele, die achtlos an ihr vorübergingen, als sei sie gar nicht vorhanden.

# 1944

Bertha schreckte hoch. Da war doch gerade ein Geräusch gewesen! Armand murmelte etwas im Schlaf und drehte sich herum. Vielleicht hatte sie geträumt … ein Albtraum, wie so oft in diesen Zeiten. Aber nein, da war es wieder. Jemand klopfte gegen die Tür und dann hörte sie ihren Namen.

Jemand rief ihren Namen: »Armand, Berthe … macht auf … um Himmels willen macht auf!«

Das war Madeleines Stimme! Sie schlug die Bettdecke zurück, vergaß in der Aufregung sogar, in ihre Pantoffeln zu schlüpfen, und rannte barfuß und im Nachthemd zur Eingangstür. Draußen stand Madeleine Duchamps, das Gesicht tränenüberströmt, das konnte man im fahlen Schein des Flurlichts erkennen. Auch sie war im Nachthemd, hatte nur einen Mantel übergeworfen, den sie nicht einmal zugeknöpft hatte.

Bertha zog die Freundin herein. »Madeleine, was um alles in der Welt ist passiert? Komm, komm in die Küche, da ist es noch warm.«

Madeleine zitterte am ganzen Körper. Sie blieb stocksteif in der Diele stehen und presste einzelne Wörter heraus: »Henri … sie haben ihn geholt … vorhin …«

»Wer hat ihn geholt, Madeleine? Wer war es?« Aber sie wusste die Antwort schon.

»Männer in schwarzen Uniformen …«

»Die SS, Madeleine?«

Sie konnte nicht mehr sprechen, sie nickte nur noch.

»Wohin haben sie ihn gebracht? Haben sie irgendetwas gesagt?«

Madeleine schüttelte verneinend den Kopf.

»Jetzt komm doch herein, du kannst hier nicht stehen bleiben.«

Sie zog sie mit aller Kraft in die Küche. Kurz bevor sie einen Stuhl erreicht hatten, sackten Madeleine die Beine weg und Bertha konnte sie nicht mehr halten. Die Freundin fiel zu Boden. Wie aus dem Nichts war Armand auf einmal da und half ihr, sie auf die Küchenbank zu legen.

»Schnell, leg ihr ein Kissen unter den Kopf. Ich hole den Cognac.« Er stürzte hinüber ins Wohnzimmer.

Bertha lauschte an der Tür. Oben blieb es ruhig. Gott sei Dank, die Kinder hatten noch nichts gemerkt. Die Stille tat ihr dennoch weh, es war eine laute, dröhnende Stille, die Entsetzliches verhieß. Sie waren aufgeflogen! Jeden Moment mussten die Männer in den schwarzen Mänteln hier sein!

Armand brachte den Cognac und flößte Madeleine etwas davon ein. Sie verschluckte sich und hustete, aber dann schlug sie wieder die Augen auf und begann, sich langsam mit Berthas Hilfe wieder aufzurichten.

»Madeleine, kannst du erzählen, was passiert ist?«, fragte jetzt auch Armand.

Sie hustete immer noch und berichtete schließlich mit flacher Stimme, die zu kippen drohte: »Sie haben geklopft, gegen die Tür gehämmert. ›Wir machen nicht auf‹, hab ich zu Henri gesagt. Wir waren schon im Bett. ›Zieh dir etwas an und flieh durch die Gartentür‹, hab ich ihn angefleht, aber er hat gemeint, dass das nichts mehr nützt. Er hat sich etwas übergezogen und dann die Tür geöffnet. Sie haben ihn gepackt und gleich in den Wagen verfrachtet. Irgendjemand hat etwas zu ihm gesagt, aber ich habe es nicht verstanden. Er hat doch nur ein dünnes Hemd an, und es ist doch noch kalt, jetzt im März. Ich habe noch geschrien: ›Wo bringt ihr ihn hin?‹, aber sie waren ganz schnell weg. Und dann … und dann bin ich zu euch gelaufen. Er wird sich erkälten, in dem dünnen Hemd …«

Die letzten Worte wiederholte sie ein paarmal, und Armands und Berthas Augen trafen sich.

»Lass sie reden, es ist der Schock«, flüsterte Armand.

Madeleine begann zu weinen, sie weinte lautlos und wiegte sich hin und her wie ein kleines Kind. »Was können wir tun? Wir müssen doch irgendetwas tun«, wimmerte sie.

»Madeleine.« Bertha nahm ihre Hände und streichelte sie. »Wir können nichts tun, wir müssen warten …«

Warten worauf? Sie konnten doch nicht warten … Sie nickte Armand zu und bedeutete ihm mit einer Kopfbewegung, mit ihr nach draußen zu gehen.

»Wir sind gleich wieder da, Madeleine. Wir holen nur etwas Holz …«

Sie schien gar nicht gehört zu haben, was Bertha zu ihr sagte, brabbelte nur unverständliches Zeug vor sich hin.

Draußen packte Bertha Armands Arm. »Du musst weg, hörst du! Und du nimmst Pierre mit! Henri … er wird das nicht durchstehen … Sie werden bald kommen. Armand, bitte!«

Er zog sie an sich und legte seine Wange an ihre Stirn. »Wo sollen wir denn hin, Berthe?«

»Versteckt euch in den Wäldern!«

»Und was geschieht dann mit dir und Anne und dem Kleinen? Nein, Berthe, wir können nur hoffen.«

»Aber worauf willst du hoffen? Du weißt doch genau, was geschehen wird. Wer in einer solchen Nacht- und Nebelaktion geholt wird, kommt nach Lyon. Sie werden ihn foltern, Armand, sie werden Henri foltern, wie sie's mit den anderen auch gemacht haben. Und er wird alles erzählen.«

»Das glaube ich nicht. Henri ist klug – er wird ihnen etwas erzählen, irgendetwas. Lass uns wieder zu Madeleine hineingehen, vielleicht erfahren wir doch noch mehr.«

»Aber, Armand, unter der Folter …«

Armand nahm ihre Hand und zog sie mit sich. Wie konnte er so ruhig bleiben?

Die Märznacht war wolkenverhangen, nur ein blasser Mond blitzte ab und zu zwischen Wolkenfetzen hervor. Vor dieser Nacht hatte sie sich gefürchtet, hatte gebetet, dass sie nie kommen möge. Der Krieg war doch schon fast zu Ende, die deutschen Soldaten sagten das doch auch, heimlich zwar, aber voller Überzeugung. Und die meisten hofften auch, genau wie sie …

Madeleine schien sich etwas gefasst zu haben. Armand setzte sich zu ihr an den Tisch und versuchte, ganz ruhig mit ihr zu sprechen. Nur zwei kreisrunde rote Flecken auf ihren Wangen verrieten ihre innere Aufregung.

»Henri hat etwas gespürt. Er konnte es nicht richtig erklären … der Bürgermeister, dieser Idiot, benahm sich so seltsam. Henri fühlte sich beobachtet und er hat gemeint, dass die Informationen, die er an die Résistance weitergegeben hat, letztlich verräterisch seien. Manches wussten nur er und der Bürgermeister. Ihr wisst schon, Maßnahmen gegen Verdächtige, Listen noch nicht verhafteter Juden … das ging über seinen Schreibtisch. Und wir hatten auch ein paarmal Kuriere im Haus. Selbstverständlich nur nachts. Aber vielleicht hat jemand etwas gesehen … Wem kann man schon trauen?«

»Und dann besitzt sein bester Freund eine Druckerei! Wenn sie jetzt zwei und zwei zusammenzählen, können sie sich doch denken, wo die Flugblätter herkommen.« Bertha lachte, aber es war das bittere Lachen der Verzweiflung.

»Bis jetzt waren wir aber überhaupt nicht verdächtig, Bertha.«

»Bis jetzt«, sagte Bertha düster, »bis jetzt.«

In den letzten Jahren war es ihr so vorgekommen, als stünden sie am Rande eines wilden Strudels, dessen ungeheure Sogkraft sie jederzeit herabziehen und verschlingen könnte. Jetzt, in diesem Augenblick, wurde ihr bewusst, dass der Strudel sie schon erfasst hatte. Sie waren bereits mittendrin und kämpften verzweifelt um ein bisschen Luft zum Weiterleben. Gut, am Anfang hatte sie auch nichts gewusst, Armand hatte sie schützen wollen, wie er sagte. Als die Deutschen nach Frankreich einmarschiert waren, hatte sich vordergründig auch für sie nicht viel geändert. Schlimm war zunächst vor allem die Gewissheit, dass die Große Armee innerhalb weniger Wochen besiegt worden war, schmählich besiegt. Das Land war schutzlos den Feinden ausgeliefert, das hatte wehgetan. Monsieur Gurvals Fliege hing noch trauriger herunter, immer öfter roch er morgens schon nach billigem Rotwein. Oft redete er wie im Fieber, so, als könne er die Realität gar nicht mehr wahrnehmen, dann brütete er wieder dumpf vor sich hin. Das Land schien im Todeskampf zu liegen, aber noch wehrte sich sein Körper und zuckte unter unbändigem Schmerz. Diese Wochen im Sommer des Jahres 1940 waren wie ein langer, nicht enden wollender Tag. Dann der nächste Schock … So viele Tote gab es zu beklagen, man sprach von über 120 000 Franzosen, und es gab viele Gefangene, wie viele, wusste man am Anfang noch gar nicht. Aber sie hatten versucht, weiterzuleben wie bisher, soweit es möglich war. Sie hatte jetzt drei Kinder zu versorgen, von denen eines damals noch ein Säugling war. Sie fuhr auf dem alten, klapprigen Fahrrad, das Armand für sie besorgt hatte, durch die Stadt und die benachbarten Dörfer, immer auf der Suche nach Nahrungsmitteln. Versuchte, das tägliche Leben zu organisieren, so gut es eben ging. Aber die Lebensmittel wurden knapper und immer teurer. Die Besatzer saßen wie Kraken im Land, die alles an sich rissen. Schon nach kurzer Zeit gab es keine Wolle, kein Leder, keine Seide mehr. Und dann hatte sie immer wieder die Angst umgetrieben, man gebe ihr, der *boche,* nichts. Denn das war sie ja wieder. Aber die Macht der Gewohnheit schien stärker gewesen zu sein, sie war trotz allem Madame Verrier geblieben. Trotzdem lauerten überall die alten Gespenster … das *»boche«* stand noch ein paarmal an der Tür, Nähkundinnen blieben weg, was auch deshalb für sie schmerzlich war, weil sie das Nähgeld gut hätte gebrauchen können. Allerdings kamen auch einige Frauen, die noch nie zuvor bei ihr waren. Sie wollte ihre alten Kleider auftrennen, um neue Bekleidung daraus nähen zu lassen, zum Beispiel für die Kinder. Aber von denen verlangte sie nichts. Sie machte es selbst genauso. Pierre und Anne wuchsen so schnell, und sie war unablässig dabei, alte Hosen von Armand und Röcke und Kleider von sich umzuarbeiten.

Auch Armand kämpfte ums Überleben der Druckerei, aber das kannten sie ja nicht anders. Nur wurde es jetzt viel schlimmer. Der *Bote* erschien noch, aber streng zensiert, und

Monsieur Gurval hatte man aufs Altenteil gesetzt. Überall hingen die Bilder dieses greisen Marschalls von Frankreich, der jetzt in Vichy saß und den Süden, den unbesetzten Teil, regierte. Es gab also nun zwei Frankreich … das besetzte und eines, von dem man nicht genau wusste, was es darstellen sollte. Ein »neues Frankreich« sollte es sein, behauptete der alte Marschall Pétain, der Hitler im Oktober 1940 mit Handschlag begrüßt hatte. Die Bilder hatten es festgehalten und auch im *Boten* war eines erschienen.

Der junge Bertrand war natürlich begeistert gewesen. »Endlich … das ›neue Frankreich‹«, hatte er gejubelt. »Endlich herrscht wieder Ordnung bei uns … ›Arbeit, Familie, Vaterland‹ – eine herrliche Parole!«

Ordnung – wenn sie das schon hörte.

»Madame Verrier«, hatte Bertrand bei ihrem letzten Gespräch zu ihr gesagt, »was sagen Sie dazu? Unsere Länder versöhnen sich. Wie viel Gutes können wir voneinander lernen!«

Sie hatte ihn angeschaut und sich gefragt, ob er das wirklich ernst meinte. »Und der Waffenstillstand im Wald von Compiègne? Sie haben den gleichen Eisenbahnwaggon genommen wie damals, als die Deutschen die Verlierer waren. War das nicht eine schäbige Inszenierung, eine Demütigung?«

Genauso hatte es Armand genannt – eine schäbige Inszenierung.

Aber den jungen Bertrand hatte das nicht angefochten. Im Juli 1943 war er dann plötzlich verschwunden. Er sei nach Paris gegangen, hieß es, in ein Rekrutierungsbüro der »SS-Sturmbrigade Frankreich«, um sich für die Aufnahme in die SS-Division Charlemagne zu bewerben. Bertha konnte es zunächst nicht glauben. Ein Franzose, der freiwillig zur SS geht!

»Henri sagt, dass es schon über 1500 Freiwillige sind«, hatte ihr Madeleine damals erzählt. »Ich weiß, ich sollte nicht so denken, aber ich wünsche mir für ihn, dass er nicht mehr wiederkommt.«

Später hatten sie gehört, dass die Division zum »Abwehrkampf gegen den Bolschewismus« in Ostpreußen eingesetzt wurde. Bertha war dann ab und zu wieder in Bertrands Laden gegangen. Die alte Frau Bertrand tat ihr leid, wie sie mit rot geränderten Augen hinter dem Ladentisch stand und Sorge um einen Sohn hatte, um den sie sich eigentlich gar nicht sorgen durfte. Als ob man plötzlich in einem ganz falschen Leben wäre … so mochte sie sich wohl vorkommen. Bertha kannte das. Deshalb fragte sie gelegentlich Madame Bertrand, wenn gerade keine anderen Kunden im Laden waren, ob sie etwas von ihrem Sohn gehört habe.

»Leider nein«, pflegte diese dann bedrückt zu sagen, und in letzter Zeit fügte sie mit düsterer Stimme hinzu: »Die Russen sind auf dem Vormarsch. Es muss fürchterlich dort zugehen. Deshalb kann er wohl auch nicht schreiben, was meinen Sie, Madame Verrier?«

Bertha hatte dann stets zugestimmt und wie so oft gedacht: Was für ein Irrsinn! Aber es tat Madame Bertrand gut, darüber sprechen zu können, das merkte sie. Mit wem konnte sie sonst darüber reden?

Das »neue Frankreich« – die »neue Ordnung« – hatte sich dann ganz schnell als das entpuppt, was es wirklich war: ein Marionettentheater, in dem der deutsche Führer die Fäden in der Hand hielt.

Hatten sie zunächst noch geglaubt, irgendwie so normal wie möglich weiterleben zu können, in der *zone libre*, wurden sie schnell eines anderen belehrt. Dass es wirtschaftlich sehr schlecht ging, war man gewohnt, aber dann ging es noch immer schlechter. Wenn man wenigstens unbehelligt hätte weiterleben können, sich hätte wegducken können, wie es Georg genannt hatte. Armand hatte fest daran geglaubt. Aber dann hatte Henri berichtet, dass auch im »neuen Frankreich« die Juden registriert würden genau wie im besetzten Teil, und Yvonne Goldstein hatte ihr kurz darauf schluchzend anvertraut, in Charles' Pass sei jetzt ein Wort eingestempelt worden: *Juif!*

»Was sollen wir nur tun, Madame Verrier? Charles hat Verwandte in Amerika, die würden uns sicher helfen. Ich will weg hier, ich habe Angst. Er ist zwar Katholik geworden, aber das ist denen egal. Jude bleibt Jude. Mein Mann will nichts davon hören. ›Ich gebe das Geschäft nicht auf‹, sagt er, ›es ist seit Generationen in Familienbesitz. Es wird schon nicht so schlimm werden.‹ Aber was man so hört … Ich habe solche Angst, Madame Verrier.«

Sie hatte damals ihr Brautkleid mitgebracht und es Bertha angeboten. »Nehmen Sie es. Anne hat doch bald Kommunion und nirgends gibt es mehr Stoffe. Ich will es nicht mehr. Es erinnert mich daran, dass ich kein Glück habe. Zwei Männer … einen habe ich schon an die Deutschen verloren und um den anderen muss ich jetzt zittern.«

»Sie sollten so nicht denken und reden«, sagte Bertha gegen ihre eigene Überzeugung. Aber Trost konnte sie auch keinen spenden. »Nehmen Sie das Kleid wieder mit und bewahren Sie es auf. Sie würden sich bestimmt einmal ärgern. Für Anne habe ich noch Stoff. Meine Schwiegermutter hat einen Ballen Seide hinterlassen.«

Sie hatte sogar schon gedacht, die Seide auf dem Schwarzmarkt einzutauschen. Aber Armand wollte das nicht. »Von irgendetwas müssen wir aber leben«, hatte sie gesagt. Das schien ihr damals die Hauptsache zu sein, die Familie durchzubringen und sich durchzuwursteln, irgendwie. Und sie hatte gar nicht gemerkt, dass sie sich längst im Mahlstrom der Geschichte befanden.

Und Armand hatte irgendwann beschlossen, sich nicht mehr wegzuducken und Widerstand zu leisten.

»Ich gehe jetzt nach Haus«, sagte Madeleine in diesem Augenblick entschlossen und richtete sich wieder auf. Erschöpft war sie für eine kurze Zeit auf der Bank eingenickt. »Vielleicht kommt Henri am Morgen … Ich muss da sein, wenn er kommt.«

Bertha und Armand sahen sich an. Sie stand unter Schock, konnte gar nicht mehr klar denken.

»Du kannst nicht nach Hause, Madeleine, nicht in diesem Zustand. Versuche, ein wenig zu schlafen. Henri weiß, wo er dich findet«, sagte Armand mit fester Stimme.

Sie wollte widersprechen, aber sie fühlte wohl selbst, dass sie keine Kraft mehr hatte. So ließ sie sich willig ins Wohnzimmer bringen, wo Bertha sie auf das Sofa bettete. Nach einer Weile schien sie fest eingeschlafen zu sein.

»Wir lassen die Tür offen, ich bleibe in der Küche«, flüsterte Armand leise. »Versuch, noch ein bisschen zu schlafen.«

»Glaubst du, ich bekomme auch nur ein Auge zu? Ich warte mit dir.«

»Worauf warten, Berthe?«

»Frag nicht so, auf dasselbe wie du. Ich lasse dich jetzt nicht allein.«

Er sah sie an und lächelte. »Es hat wohl keinen Sinn, dir zu widersprechen, meine Berthe, mein Feuerkopf.«

Sie musterte ihn aufmerksam. Wir haben uns schon so lange nicht mehr angesehen, nicht mehr richtig angesehen. Wir laufen nur noch wie Automaten nebeneinanderher. Er sieht so erschöpft aus … die zwei Falten an den Mundwinkeln sind neu … und wie müde er geworden ist. Und er hustet wieder so arg. Diese vielen Zigaretten. Graue Strähnen hat er auch bekommen, kein Wunder.

»Was siehst du mich so streng an?«, fragte er.

»Gar nicht. Ich habe darüber nachgedacht, dass wir immer noch nicht unsere Hochzeitsreise gemacht haben. Die holen wir aber nach, sobald der Krieg vorbei ist.« Sie ging zum Herd und setzte Wasser auf. »Was meinst du?«

»Auf jeden Fall. Ich möchte so gern noch einmal ans Meer. Das hat mir gut gefallen, damals in Marseille. Aber wahrscheinlich lag es daran, dass ich dich wiedergesehen habe.«

»Ja, lass uns ans Meer fahren.«

Sie schüttete Teeblätter in das kochende Wasser. Wir reden wie zwei Menschen, die keine anderen Probleme haben als die Frage, was es morgen zum Mittagessen gibt – aber es tut gut. Es hilft mir, und bestimmt hilft es auch Armand.

Die Zeit verging im Takt der Wanduhr, deren Ticken das Einzige war, das die Stille durchbrach. Sie wagte nicht, zum Fenster hinüberzuschauen, bestimmt war alles noch schwarz, und sie hoffte so sehr, dass bald der rötliche Streifen der Morgendämmerung am Horizont auftauchen würde. Denn sie kamen nur nachts. Sie schloss die Augen und legte den Kopf auf ihren Arm. Einmal wieder schlafen können, ohne Angst. Und wieder miteinander reden können und lachen und sich freuen an den Dingen des Alltags. Wann hatten sie das zuletzt gemacht? In der Zeit des Zweifels und des Misstrauens, die vor einem halben Jahr begonnen hatte, dachte sie auf einmal, dass ihr Armand fremd geworden war. Sie hatte solche

Angst gehabt, dass der Krieg ihre Liebe zerstörte mit dem Gift des Misstrauens und des Zweifels. Und sie hatte nicht gewusst, ob das wieder nur neue Gespenster waren oder ob es die Wirklichkeit war. So viele Dinge geschahen um sie herum, die sie nicht verstehen, nicht einordnen konnte. Nie wieder wollte sie an ihm zweifeln, schwor sie sich jetzt in der Stunde der höchsten Gefahr. Sie wollte doch alles mit ihm teilen! Mit einem Ruck richtete sie sich auf und sah ihn an.

»Wann hast du eigentlich genau beschlossen, bei der Résistance mitzumachen? Begann es schon in dem Moment, als die Wehrmacht gekommen ist?«

Sie hatte damals gedacht, dass dies wohl der schlimmste Augenblick ihres bisherigen Lebens sei, als nun auch die »freie Zone« besetzt worden war. Im November 1942 war das gewesen, als die deutsche Armee auch in den Süden einmarschiert war. Die Rufe »Die Deutschen kommen …«, nicht laut, sondern flüsternd, als teile man ein Geheimnis mit, das doch allen offenbar war, verfolgten sie immer noch. In einem langen Konvoi waren sie herangefahren, mit dreckverschmierten Geländewagen, die durch die vom Herbstregen aufgeweichten Wege fuhren, dass links und rechts Fontänen des morastigen Wassers aufspritzten. Auf dem Marktplatz hatten sie gehalten, ein Major war ins Rathaus geeilt, hatte irgendwelche Anweisungen erteilt und der Bürgermeister und viele andere Angestellte hatten zackig salutiert, obwohl sie in Zivil waren. Henri hatte das später erzählt. Es gab sogar Arbeit für die Druckerei, amtliche Bekanntmachungen, Plakate, die überall angeschlagen wurden. Armand war mittags mit bleichem Gesicht nach Hause gekommen.

»Einige Soldaten sind drüben und kontrollieren alles. Klar, eine Druckerei ist immer verdächtig.«

Sie war verstohlen zur Tür geschlichen und hatte einen Mannschaftswagen gesehen, an dem zwei Soldaten lehnten und rauchten. Da hatte sie es zum ersten Mal wieder gehört … deutsche Wörter. Wörter in ihrer Muttersprache, die sie manchmal doch schmerzhaft vermisst hatte, sodass sie abends, wenn sie allein in der Küche oder im Garten saß, mit sich selbst sprach … Nur um die Laute der vertrauten Wörter wie eine lang vermisste Speise zu kosten und zu probieren. Es hatte sie erschreckt, dass sie manchmal schon nach Wörtern suchen musste. Aber jetzt empfand sie den Klang ihrer Muttersprache wie einen Schmerz, eine Verletzung, die man ihr zufügte.

»Hört auf!«, hatte sie rufen wollen. »Ich will es nicht mehr hören, ich habe nichts mehr damit zu tun.«

Sie fühlte Armands Blick. »Woran denkst du jetzt?«

»Beantworte erst meine Frage.«

»Erst will ich wissen, was dir durch den Kopf geht, du siehst so … so unendlich traurig aus.«

Da sagte sie es ihm, sprach von ihren Gefühlen damals und den Gespenstern, die immer zahlreicher wurden.

Er nickte. »Ich habe mir oft überlegt, was du fühlst. Aber ich habe mich nicht getraut, mit dir darüber zu sprechen. Ich dachte, es tut dir weh. Verrückt, nicht? Dabei hat dir mein Schweigen viel mehr wehgetan. Aber es ist alles verrückt in dieser Zeit. Und dann war ich noch zu dieser Geheimniskrämerei gezwungen, das hast du dann natürlich falsch verstanden. Aber um auf deine Frage zurückzukommen – es gab keinen genauen Zeitpunkt für meinen Entschluss. Ich mache ja erst seit gut einem Jahr mit.«

»Dass etwas nicht stimmt, habe ich ziemlich schnell gemerkt. Ich werfe mir noch heute vor, nicht richtig mitbekommen zu haben, was in dir vorging. Aber es muss doch einen konkreten Anlass gegeben haben.« Er ließ sich Zeit mit der Antwort, schien zu überlegen, dann sagte er bedächtig: »Nach der Niederlage 1940 haben wir viel BBC gehört, wie du dich erinnerst. Es gab ja keine vernünftigen Nachrichten mehr bei uns, auch nicht in unserem wunderbaren ›neuen Frankreich‹. Gleich im September hielt ein deutscher Schriftsteller, er hieß Thomas Mann, dort eine Rede. Er hat sich an das deutsche Volk gerichtet. Die meisten Deutschen konnten oder durften ihn nicht hören, aber er hat trotzdem gesprochen, das hat mir imponiert. Und was er gesagt hat …«

Er hielt inne, als wolle er sich noch einmal alle Einzelheiten der Rede vergegenwärtigen.

»Er hat von der Vernichtung des jüdischen Volkes gesprochen und welch ungeheure Verbrechen die Deutschen auf sich luden. Nicht nur die Deutschen, habe ich damals gedacht, wir alle, die wir zusehen oder gar mitmachen. Aber was kann man tun? Ich habe mich an das erinnert, was dein Bruder gesagt hat … das vom Wegducken und dass es uns alle trifft. Er hatte recht, Berthe. Ja, und dann hat immer wieder General de Gaulle gesprochen, für das ›freie Frankreich‹. Das hat mich sehr berührt, du weißt, dass ich stolz auf mein Land bin. Hier wurden die Menschenrechte verkündet … die jetzt zertreten werden von diesen Stiefeln, diesen unablässig marschierenden Stiefeln. Erinnerst du dich noch an die Bilder in den Wochenschauen? Und dann musste ich an die Toten denken … und die Stiefel marschierten immer weiter. Wohin soll das führen? Und dann die Meldungen über Massaker an den Juden … Gerüchte über Lager im Osten. Denkst du noch daran, wie entsetzt wir waren, als im Juli '42 allein in Paris 12 000 Juden deportiert wurden?«

Sie starrte ihn an. Bilder wurden wieder lebendig, Berichte, Erzählungen … »Und die Geiselerschießungen, damals '41 in Nantes, wo 50 Franzosen von der Straße weggeholt und erschossen wurden als Vergeltung für den Tod eines deutschen Offiziers. Tagelang konnte ich nicht mehr schlafen, weil ich daran denken musste, dass uns das auch passieren könnte.«

Er drückte ihre Hand. »So ging es mir auch, Berthe. Und ich wusste immer, dass du mich verstehen würdest. Jede Nachricht war ein Stich in mein Herz. Wie lange hältst du das aus?, habe ich mir gedacht. Aber da war ja immer die Sorge um euch. Und dann hat man im letzten Sommer Charles Goldstein weggebracht und kurz darauf die anderen Juden aus Villeneuve. Madame Kohn, die mir früher oft ein Bonbon geschenkt hat, Menschen, die ich schon kenne, seit ich ein Kind war. ›Wohin werden sie gebracht?‹, habe ich Henri gefragt. ›Nach Gurs‹, hat er gesagt. Ist das nicht verrückt, dort wo dein Bruder war! Dahin kämen übrigens auch die Juden aus dem Süden Deutschlands. ›Und dann?‹, habe ich ihn gefragt. ›Dann kommen die Züge, nach Osten … ins Verderben, in den Tod.‹ Dabei hat er mich angesehen, nie werde ich den Blick vergessen, und hat dann ganz leise zu mir gesagt: ›Wenn du etwas tun willst, Armand, ich hätte etwas für dich.‹ Er war nämlich schon länger beim Widerstand, mein kleiner, zarter Henri. Ja, so fing es an.«

Bertha schüttelte den Kopf. »Ich konnte es damals auch nicht glauben. Wie mutig ihr wart! Ihr habt Flugblätter gedruckt, Aufrufe zum Widerstand, gefälschte Passierscheine … die dann von Kurieren abgeholt wurden.«

»Gaston war natürlich eingeweiht. Und dann ist mir Pierre auf die Schliche gekommen! Wollte unbedingt mitmachen.

Glaube mir, ich habe versucht, es zu verhindern, aber er ließ sich nicht davon abbringen. Blut und Wasser habe ich geschwitzt.«

Armand schien diese Gefühle noch einmal zu durchleben, denn er sah plötzlich grau und erschöpft aus. Ein Mann, der alles gegeben hatte und nun nicht mehr weiterkonnte. Er flüsterte: »Seit vier Wochen sind nun alle Aktionen gestoppt! Man fürchtet Verräter und vor allem hat man auch Angst vor der französischen Miliz, die den Deutschen willig ergeben ist. Dass sie Henri geholt haben, zeigt, wie vorsichtig wir sein müssen.«

»Aber ihr werdet weitermachen?«

»Bitte, versuche mich zu verstehen, Berthe. Ich weiß, dass ich euch alle einer großen Gefahr ausgesetzt habe. In dieser Nacht fühle ich es besonders.«

Er sah sie an und seine Augen schienen ganz schwarz zu sein und tief in ihren Höhlen zu liegen. Dann stahl sich ein flüchtiges Lächeln um seinen Mund: »Die Kameraden haben übrigens gemeint, dass du, ohne es zu wissen, von unschätzbarem Vorteil warst. Eine Deutsche als Ehefrau, und dann deine Bekanntschaft mit den deutschen Soldaten … Ich schäme mich fast ein bisschen, es zu sagen, aber das hat geholfen. Aber vor den Denunzianten ist man trotzdem nicht sicher.«

Bertha verschränkte ihre Hände im Schoß. Ihre Finger umklammerten sich so fest, dass es fast wehtat. Jetzt musste sie die richtigen Worte finden. »Als du es mir vor drei Monaten gesagt hast, hat es sehr wehgetan. Dass du mich nicht eingeweiht hast! Ich habe mir eingebildet, dass du gar kein Vertrauen mehr zu mir hast, dass du vielleicht sogar bereust, eine deutsche Frau zu haben.«

Er nahm sie in die Arme. »Du weißt jetzt, dass das nicht stimmt. Nicht eine Sekunde habe ich das gedacht. Und falls du meinst, dass ich dich benutzt habe, quasi als Alibi, dann tut mir das unendlich leid.«

Sie lächelte unter Tränen. »Du weißt, wie heikel das für mich war, diese ›Bekanntschaft mit den deutschen Soldaten‹. Es war ja reiner Zufall. Yvette hat sie ins Haus gebracht.«

Armand lachte abfällig: »Dieses leichtsinnige, oberflächliche Ding.«

Yvette war Bedienung in der Auberge de Montfleury, die Nachfolgerin von Odile mit den flinken Augen, die in der Zwischenzeit geheiratet hatte. Der deutsche Major hatte des Öfteren dort gespeist und Yvette hatte mit seinem Fahrer angebändelt. Sie war nicht die Einzige in der Stadt. Armand nannte diese Frauen nur »die Weiber« und Pierre hatte noch schlimmere Namen für sie. Auch jetzt verlieh Armand seiner Verachtung Ausdruck, indem er eine drastische Bezeichnung verwandte.

»Yvette ist nicht so schlimm und du kannst nicht alle über einen Kamm scheren, Armand. Die Pasteur hat sich beispielsweise mit einem Deutschen eingelassen, weil sie mit ihren vier Kindern fast am Verhungern war. Ihr Mann ist in Deutschland als Zwangsarbeiter. Die Soldaten haben doch alles, vor allem können sie das Wenige, das es noch gibt, mit ihrem günstigen Wechselkurs kaufen.«

»Und das verstehst du …?«

»Als Mutter verstehe ich das.«

»Es gibt aber noch genügend andere, die es ohne Not tun. Schau dich nur um im Café Hélène …«

Henris einstiges Lieblingslokal war zu einer üblen Kaschemme verkommen. Der Sohn des früheren Besitzers war einer der schlimmsten Kollaborateure der Stadt, er bezog billigen Alkohol aus dunklen Quellen und sein Lokal war der hauptsächliche Treffpunkt für deutsche Soldaten und junge Französinnen. Jeden Abend konnte man draußen das Gelächter und das Kreischen der Mädchen hören, dazu die Stimme von Maurice Chevalier, dessen Chansons das Grammofon unermüdlich spielte, zusammen mit den anderen Liedern, die jetzt besonders populär waren: *J'attendrai* und *Parlez moi d'amour.* Immer wieder Liebe, die unendliche Liebe. Hatte das überhaupt etwas mit Liebe zu tun?

»In bestimmter Weise kann ich sie sogar verstehen«, sagte sie nachdenklich zu Armand. »Sie sind jung … was haben sie bislang vom Leben gehabt? Sie leben ständig mit der Entbehrung und dem Tod. Da sehnt man sich doch nach ein bisschen Liebe und Zärtlichkeit.«

»Liebe?« Armand schnaubte empört.

Bertha schwieg. Es war besser, dieses Thema nicht mehr zu vertiefen. Einem französischen Mann tat das weh. Es waren ja schmucke Burschen, die Deutschen in ihren Uniformen. Und vor allem waren sie Sieger! Vielleicht war es auch das, was die Männer hier so schmerzte.

Im Sommer 1944, es war ein wundervoller Augustabend gewesen, hatte sie im Garten gesessen. Die großen Kinder hatten Ferien und durften länger aufbleiben. Anne saß in der Küche und las, und Pierre hockte wieder hinten im Ziegenstall und bastelte etwas. Der kleine Henri lag schon oben und schlief. Endlich hatten sie genug Platz, ein Zimmer für jedes Kind. Sie hatten alle Räume oben renoviert, wochenlang gelüftet, bis Bertha meinte, jetzt sei der böse Geist der alten Frau vertrieben. Nur Pierre trug die Erinnerung an sie weiter, in seinem Zimmer hingen auch noch die Bilder seines

Onkels. Da hörte sie plötzlich an der Gartentür Geräusche, Kichern, Lachen, die hohe Stimme einer Frau und die tiefe eines Mannes. Befremdet erhob sie sich.

»Madame Verrier«, rief die hohe Stimme, »Madame Verrier, erschrecken Sie nicht. Ich bin es, Yvette. Ich habe jemanden mitgebracht. Er will Sie unbedingt kennenlernen.« Sie prustete los: »Willi heißt er, er ist so süß.«

Yvette und der Mann traten in den Schein der Lampe, die auf dem Tisch stand. Allmächtiger, hatte Bertha gedacht. Ein Soldat in Wehrmachtsuniform! Und Yvette, die dunkelblonden Locken hochgesteckt, wie es gerade Mode war, in einem tief ausgeschnittenen roten Kleidchen. Sie hatte offensichtlich einen Schwips.

»Da staunen Sie«, sagte der junge Mann und trat noch einen Schritt näher, »ich bin nämlich ein Landsmann. Komme aus dem Württembergischen. Als mir Yvette erzählte, dass hier eine Deutsche lebt, die aus dem Süden kommt, wollte ich Sie unbedingt kennenlernen. Ich hoffe, Sie sind mir nicht böse.«

»Nein«, sagte Bertha rasch. »Setzen Sie sich doch.«

Sieger beleidigte man nicht, außerdem war ihre Neugierde geweckt, der junge Mann sprach ein Schwäbisch, wie sie es von der Alb kannte. Sie bot ihnen etwas zu trinken an, aber zu ihrem Erstaunen lehnten beide ab.

»Müssen gleich wieder gehen«, sagte der junge Mann. »Um 22:00 Uhr muss ich zurück sein.«

»Zurück«, das war die ehemalige Fabrik, in der früher kandierte Maronen hergestellt wurden. Nach der Wirtschaftskrise hatte sie Bankrott angemeldet. In der früheren Fabrikantenvilla residierte der Major mit seinen Offizieren. Es stellte sich dann heraus, dass der Junge gar nicht weit von Berthas Dorf zu Hause war. Der Name seines Heimatortes war ihr sogar bekannt. Sie hatte ihn dauernd anstarren müssen. So ein junges Gesicht, noch ganz frisch und unverbraucht, weizenblonde Haare, militärisch kurz geschnitten, und ein breites, offenes Lachen. Ein wenig erinnerte er sie an Wiesers Jakob. Und seltsam, im Laufe des Gesprächs fand sie auf einmal wieder Freude daran, Deutsch zu hören. Was ist nur mit mir los?, hatte sie verwirrt gedacht. Lag es vielleicht daran, dass ihr nach so langer Zeit wieder das Schwäbische ins Ohr kam? Der Junge erzählte von seinem Vater, der auch eine Landwirtschaft betreibe, und den Stumm kannte er auch, da arbeitete ein Onkel. Yvette saß nur da und kicherte und verstand nichts. Er wolle gern wiederkommen, sagte der junge Mann, ob er auch einen Kameraden mitbringen dürfe? Der käme aus Bayern und würde sich bestimmt auch freuen, eine Süddeutsche hier zu treffen.

Bertha hatte verzweifelt überlegt, was sie tun sollte. Sie konnte doch nicht Nein sagen. Und wenn jetzt auch noch Pierre kam … Schlimm genug, dass Anne am Küchenfenster stand und alles sah.

Er war mit seinem Kameraden wiedergekommen, der sich als ein rundlicher 30-Jähriger mit beginnender Glatze entpuppte. Er stamme aus Augsburg, sei also eigentlich ein bayerischer Schwabe und habe einen kleinen Sohn. Stolz hatte er Bilder gezeigt. Die beiden freuten sich unverhohlen, eine »Landsfrau« zu treffen, wie der Augsburger sagte. Aber sie steckte in einem gefährlichen Zwiespalt. Denn die Besuche wurden im Ort registriert, bald machten Gerüchte die Runde, die Deutsche kollaboriere mit ihren Landsleuten, was ja kein Wunder sei, und bekomme dafür Unmengen an Lebensmitteln.

»Ich nehme doch gar nichts, im Gegenteil, sie essen meinen

Ziegenkäse und trinken unseren Wein«, hatte sie verzweifelt zu Madeleine gesagt. »Ich kann sie doch nicht einfach vor die Tür setzen. Nachher denken sie, ich hätte was zu verbergen. Aber die Leute reden … und Pierre ist wieder so verstockt. Ich habe ihn händeringend gebeten, höflich zu sein. Weißt du, was er gesagt hat? ›Noch bin ich höflich, wegen Anne und Henri und Papa …‹ Ach, Madeleine, ich hocke wieder zwischen allen Stühlen.«

Madeleine hatte auch keinen Rat gewusst, Armand aber hatte gemeint, er habe nichts gegen den Besuch. Jetzt wusste sie, warum.

Dann aber kam kurz vor Weihnachten 1943 der Ältere, der Gefreite Josef Zirngiebel, und packte mit verlegener Miene einige Konservendosen aus, legte eine Tafel Schokolade für die Kinder dazu und sagte mit einem traurigen Lächeln: »Ich hoffe wenigstens, Sie nehmen das an, Frau Bertha, es ist nämlich nicht nur ein Weihnachtsgeschenk, sondern es ist auch ein Abschiedsgeschenk. Es ist besser, wir beide kommen nimmer.« Er hatte sich verstohlen in der Küche umgeschaut, in der sich außer Bertha nur der kleine Henri aufhielt, der in einer Ecke mit seinen Bauklötzchen spielte.

»Der Willi sieht's zwar nicht ein, aber es ist besser so. Der Krieg ist nämlich bald verloren, da können die mit ihrer Propaganda sagen, was sie wollen, und Sie müssen hier weiterleben. Wir bringen Sie nur in Schwierigkeiten.«

»Wie kommen Sie denn darauf, dass der Krieg bald vorbei ist?«, hatte sie erstaunt zurückgefragt.

Er hatte den Finger vor den Mund gelegt. »Zu niemandem etwas sagen. Das wär gefährlich. Aber man hört so manches. Dauernd fallen Bomben in Deutschland, die Engländer kommen nachts und die Amerikaner tagsüber. Hauen alles zusammen. Ich habe solche Angst um meine Emmi und den Kleinen. Und im Osten ... also, der Iwan ist auf dem Vormarsch. Die Alliierten hocken schon in Italien. Frau Bertha, das geht nimmer lang.« Und düster fügte er hinzu: »Wir haben eine Heidenangst, dass wir an die Ostfront müssen, neue Offensive ... Denken Sie an uns. Also, ein herzliches Dankeschön ...«

Er hatte ihre Hand geschüttelt, als sei sie ein Pumpenschwengel, und war dann rasch gegangen, ohne sich umzudrehen. Sie hatte die Konserven zusammengerafft und in ihr Notversteck im Keller geschafft. Pierre und Armand durften nichts davon wissen. Sie hatte auf einmal ein ganz schlechtes Gefühl gehabt, sie wusste nicht genau, warum. Weil ihr die beiden Männer so leidtaten? Weil sie sie ins Herz geschlossen hatte? Weil sie Deutsch mit ihnen gesprochen hatte? Vielleicht hatte es an dieser Zerrissenheit gelegen, dass wieder so viele Gespenster da waren.

Armand beachtete sie gar nicht ... er war mit den Gedanken ganz woanders ... er war manchmal noch nachts in der Druckerei ... bestimmt bereute er es, sie geheiratet zu haben. Sie spionierte hinter ihm her, und dann, eines Nachts, erwischte sie ihn! Er war gegen 3:00 Uhr in der Frühe aufgestanden und sie war ihm nachgeschlichen. Dann sah sie ihn an der Tür zur Druckerei stehen. Er war nicht allein, jemand stand dicht neben ihm, unzweifelhaft eine Frau. Beide verschwanden. Da setzte es bei ihr aus – der Feuerkopf kam durch und sie rannte hinüber. Die Tür war abgeschlossen, sie hämmerte dagegen.

»Macht auf, macht sofort auf!«

Plötzlich zog sie jemand hinein. Es war fast dunkel. Nur ganz hinten gab es eine Lichtquelle. Sie sah die große Druckmaschine und in dem Augenblick war ihr unsinnigerweise eingefallen, dass die Maschine ein deutsches Fabrikat war, eine »Mergenthaler«. Insgesamt waren fünf Leute im Raum. Zwei Männer und diese Frau und dann Armand und Pierre, ausgerechnet Pierre. Armand hatte sie beschwörend bei den Schultern gepackt.

»Berthe, beruhige dich, ich erkläre dir alles …«

Sie hatte dann zugehört, mit wachsendem Zorn. »Seit wann bist du dabei, und was tut Pierre hier?«

Der hat ihr ruhig geantwortet: »Erst seit ein paar Wochen. Papa kann nichts dafür, ich habe ihn überrascht und überredet, dass ich mitmachen darf. Ich bin fast 16, Maman.«

»Die Deutschen stellen auch fast 16-Jährige an die Wand.«

»Das ist mir egal, Maman. Wir müssen unser Land verteidigen.«

Ich bin ein tapferer Franzose, hallte es in ihr nach. Ja, Pierre, das bist du, hatte sie gedacht.

Die Uhr tickte plötzlich lauter. Bertha schreckte hoch. Sie war wohl für einen Moment eingeschlafen. Im Haus war immer noch alles ruhig. Armand war nicht da, vielleicht holte er Holz, das Feuer war fast niedergebrannt. Sie hatte gerade etwas geträumt … verzerrte Gesichter wie Masken, in denen das Leid festgebrannt war … Pierre und Armand, irgendwo in den Folterkellern von Lyon … Charles Goldstein, eingepfercht im Todeszug … Willi und Josef, zerrissen von Bomben … Manchmal wünschte sie sich, auch ein Herz aus Stein zu haben, so wie Peter Munk. Nicht um Reichtum zu erlangen, das gewiss nicht, aber um keine Angst und keine Schmerzen mehr zu empfinden.

Armand kam herein und trug den Holzkorb vor sich her.

Von Ferne hörte man Motorengeräusche. Bertha zuckte zusammen.

»Ruhig, Berthe, das ist das Molkereiauto. Es ist jetzt 5:00 Uhr.«

Dann würden sie nicht mehr kommen, zumindest nicht mehr in dieser Nacht. Vielleicht morgen?

Er setzte sich neben sie. »Weißt du, welches Bild sich mir eingeprägt hat? Bei all dem Schlimmen ist es ausgerechnet dieses Bild, das mich ärgert wie eine persönliche Beleidigung. Wir haben es beide im Kino gesehen.«

Sie sah ihn fragend an.

»Hitler, wie er in Straßburg vor dem Münster steht, wie er ins Münster hineingeht. Dieser Verbrecher in unserem Straßburg … Dass die Wände nicht über ihm zusammengestürzt sind!«

»Es sind andere Wände eingestürzt, Armand. An das Bild erinnere ich mich. Im Juli hat damals in Straßburg die Synagoge gebrannt.«

Er drückte sie an sich. »Das klingt jetzt vielleicht ein wenig pathetisch, Berthe, aber irgendwann wird es ihn erwischen, ihn und die anderen … Und dann sollen ihn alle Feuer, die er gelegt hat, auf einmal verschlingen. Es ist richtig, was wir tun, Berthe, hörst du? Wir haben diese Nacht überstanden, wir werden alle anderen auch überstehen, mit Gottes Hilfe. Wir beide, du und ich, meine geliebte Berthe.«

Und zum ersten Mal seit sehr langer Zeit klang dieses »Berthe« so, wie sie es liebte, wie ein leise verklingender Hauch, wie eine Frage und wie eine kleine erwartungsvolle Freude.

Drei Tage später kam eine Nachbarsfrau der Duchamps am frühen Morgen zu ihnen.

»Das soll ich Ihnen von Madame Duchamps geben«, sagte sie und bedachte Bertha mit einem abschätzigen Blick. Dabei wanderten ihre Augen durch die Küche, als erwarte sie, dort die Köstlichkeiten aus deutschen Armeebeständen zu sehen.

Bertha bedankte sich und nahm den Briefumschlag, den sie ihr entgegenstreckte. Armand kam herein und Bertha drückte ihm den Brief in die Hand. »Hier, von Madeleine. Lies du!«

Drei Tage hatten sie gebangt und gehofft. Nichts war geschehen. Henri hatte offensichtlich nichts verraten, vielleicht ging es ihm gar nicht so schlecht. Vielleicht kam er doch bald wieder. Madeleine war jeden Tag auf das Bürgermeisteramt gerannt. Man wisse nicht, wo ihr Mann sei, man könne ihr nicht helfen … Geduld … er werde sich schon melden.

Langsam öffnete Armand den Brief und las. Ängstlich sah Bertha ihn an. Er wurde kreideweiß. Ihr Herzschlag setzte aus.

»Ist es … ist etwas mit Henri?«

»Henri ist tot«, sagte er mit zitternder Stimme. »Wir sollen gleich kommen.«

Die Knie brachen ihr weg. Sie ließ sich fallen, hockte auf dem Küchenboden und schlang die Arme um den Leib, als müsse sie sich schützen. Aber es gab keinen Schutz. Sie weinte hemmungslos, bis sie ein Händchen berührte und eine zaghafte Stimme an ihrem Ohr leise »Maman« sagte.

»Mein Kleiner« – er durfte sich doch nicht erschrecken –, »mein Kleiner, Maman geht es gut. Mir hat nur gerade etwas wehgetan.«

Sie wischte sich die Tränen aus dem Gesicht und stand mühselig auf, dann nahm sie den Kleinen auf den Arm. Sie wühlte ihr Gesicht in seine brandroten Locken, Haare wie die seiner Mutter, aber er war so lieb und so geduldig und sanft. Er war wie sein Patenonkel Henri. Ursprünglich hatte sie ihn George nennen wollen, aber das war Armand nicht recht gewesen. Ein Onkel, der nie da war, nicht einmal schrieb.

Armand hatte sich hingesetzt, den Brief noch in der Hand, die kraftlos herunterhing.

»Komm, mein Lieber«, sagte sie ruhig, »lass uns schnell zu Madeleine gehen, sie braucht uns«.

Madeleine saß wie eine Statue in der Küche, in der Bertha zum ersten Mal in Villeneuve freundlich empfangen worden war.

»Sie haben telegrafiert«, sagte sie tonlos, ohne sie anzusehen. »Er sei an Herzversagen gestorben. Man könne die Leiche abholen. Ich habe Monsieur Vallière geschickt, er bringt ihn hierher.«

Monsieur Vallière war der Besitzer des örtlichen Bestattungsunternehmens. Er kam am späten Nachmittag. Madeleine hatte die ganze Zeit dagesessen. Sie wollte keinen Menschen sehen, nur Berthe und Armand durften bei ihr bleiben und der kleine Henri. Pierre und Anne schauten vorbei, nahmen sie fest in den Arm, bis Bertha sie dann wieder nach Hause schickte. Immer wieder kamen Nachbarn und Verwandte vorbei, die sich tuschelnd und mit missbilligenden Blicken im Flur herumdrückten. Ausgerechnet die Deutsche durfte bleiben … Hatte Madeleine denn den Verstand verloren? Irgendwann stand sie auf und ging zu ihnen hinaus.

»Verschwindet, sofort. Ich höre wohl, was ihr sagt. Einer von euch hat ihn verraten, einer von euch war es, und jetzt haut ab.«

Als Monsieur Vallière vorfuhr, gingen Bertha und Armand

hinaus, um ihn zu empfangen. Er hatte als einer der ganz wenigen Bürger noch ein Auto, die Särge transportierte er in einem kleinen schwarzen Anhänger. »Bin mit dem letzten Tropfen Benzin hierhergefahren«, flüsterte er Bertha zu. »Die Burschen in Lyon haben mir noch etwas gegeben, sonst wäre ich gar nicht mehr heimgekommen. Guter Witz, was?«

Mit Armands Hilfe und der zweier kräftiger Nachbarn trug er den Sarg in das Wohnzimmer.

»Machen Sie den Sarg auf«, befahl Madeleine mit erstaunlich fester Stimme.

»Madame Duchamps«, stotterte der Bestattungsunternehmer, »das darf ich nicht! Ausdrückliche Anweisung. Er ist zudem abgeschlossen. Glauben Sie mir, es ist besser so.«

»Sie machen sofort den Sarg auf!« Madeleines Stimme hatte jetzt einen hysterischen Unterton.

»Aber Madame Duchamps …«

So ging es eine Weile hin und her. Berthas und Armands Blicke trafen sich. Schließlich packte Armand Monsieur Vallière am Arm.

»Sie öffnen jetzt den Sarg, auf meine Verantwortung.« Es muss sein, signalisierte sein Blick, und Bertha verstand.

»Wenn ich Ihnen aber sage, dass ich keinen Schlüssel mehr habe …«

»Gut, wenn Sie es so wollen. Madeleine, wo ist das Werkzeug, wir brechen den Sarg auf.«

Monsieur Vallière verließ mit einem empörten Schnauben den Raum. »Ich habe Sie gewarnt …«

Dann sahen sie Henri, er lag da in seinem dünnen Hemd, das blutgetränkt war. Sein Gesicht war unförmig geschwollen und hatte dunkle Blutergüsse, die schon fast schwarz waren. Die Nägel an den Händen waren blutunterlaufen. Madeleine stand da und schien nicht mehr zu atmen. Dann beugte sie sich herab und küsste ihn sanft auf die zerschundene Stirn.

Bertha hatte entsetzt den Blick abgewandt. Dieses Bild werde ich nie wieder los, aber es war richtig gewesen, ihn anzuschauen. Gewissheit ist immer besser. Und sie war es Henri schuldig. Adieu, Ritter Tristan, du warst so tapfer, viel tapferer als dein Vater, der stolze Kavallerist. In deinem schmächtigen Körper wohnte das Herz eines Löwen. Leb wohl, mein Ritter …

Drei Monate später begann die Invasion der Alliierten in der Normandie, und am 25. August 1944 marschierten die Truppen General de Gaulles und der Alliierten in Paris ein.

# *Das Brot des Lebens*

Hier, Maman, ein Brief für dich, vom Bürgermeisteramt. Sieht richtig amtlich aus. Mit Wappen und allem. Ich hab ihn gleich herübergebracht.«

Pierre Verrier stand unter der Tür, und immer, wenn Bertha ihn sah, spürte sie einen kleinen Stich im Herzen. Er sieht genauso aus wie Armand, sogar die Haltung ist gleich, nur der Blick, der ist in sich gekehrt, wachsam, nicht so keck wie bei seinem Vater in jungen Jahren. Genau das ist ja mein geheimer Schmerz. Der Junge hat so viel durchmachen müssen, hat am meisten mitgekriegt. »Der Junge« war in der Zwischenzeit schon 37 Jahre alt und Vater zweier Kinder. Sie hatte gerade das Frühstücksgeschirr abgeräumt und zu spülen angefangen, deshalb trocknete sie sich die Hände ab und nahm dann erst den Brief entgegen.

»Was wollen die denn von mir?«

»Mach ihn auf. Vielleicht bekommst du einen Orden?« Pierre lachte und blickte sich suchend um. »Ist noch Kaffee da?«

»Dort drüben steht er. Wie läuft's bei euch?«

Das war die alltägliche Frage, die sie schon stellte, ohne groß nachzudenken. Als Armand damals die Druckerei an Pierre übergeben hatte, stellte er diese Frage jeden Morgen, wenn Pierre im Laufe des Vormittags rasch auf einen Kaffee vorbeikam, und jetzt fragte eben sie.

Er nahm einen kräftigen Schluck. »Ganz gut. Der *Bote* will die Auflage erhöhen, hat Monsieur Ricœur vorhin am Telefon mitgeteilt. Und der neue Lehrling macht sich gut.«

»Das ist schön.«

Sie nahm auch eine Tasse und setzte sich zu ihm. Dann kam der nächste Satz, der genauso selbstverständlich war wie der morgendliche Sonnenaufgang: »Wenn das Vater noch erlebt hätte.«

»Ich denke, er wäre zufrieden. Vielleicht stelle ich noch einen Gesellen zusätzlich ein.«

»Drei Leute … ist das nicht ein bisschen viel?«

»Mal sehen. Ich muss kalkulieren, Maman. Die neue Maschine arbeitet natürlich schneller und effizienter. Ich muss das durchrechnen. Aber jetzt mach endlich deinen Brief auf.«

»Was wird schon drinstehen?«, murmelte Bertha.

Umständlich setzte sie sich die Lesebrille auf. An dieses Ding würde sie sich nie gewöhnen. Sie war immer so stolz gewesen auf ihre guten Augen.

»Villeneuve, den 20. Mai 1965«, las sie bedächtig, aber dann schwieg sie. Sie starrte auf den Brief. Die Buchstaben ergaben gar keinen richtigen Sinn.

»Was ist denn, Maman? Du siehst auf einmal so … so seltsam aus. Hast du etwas angestellt? Aber dann bekommt man andere Briefe.«

»Da, lies du. Ich versteh's irgendwie nicht.« Sie reichte ihm das Schreiben.

Pierre überflog den Brief, dann sah er seine Mutter an. »Das mit dem Orden war nicht einmal so verkehrt. Hier steht, dass du eine neu gestiftete Medaille der Stadt bekommst, und es soll einen Festakt geben, bei dem du der Ehrengast bist.«

»Aber warum denn, Pierre?«

»Sie schreiben etwas von ›weiterer Festigung der deutsch-französischen Freundschaft‹ und dass es eine Städtepartnerschaft mit einer deutschen Stadt geben wird, mit Jugendaustausch und allem Drum und Dran, und du sollst für deine Verdienste geehrt werden.«

»So etwas!«

Von dieser neuen deutsch-französischen Freundschaft hörte man allenthalben, seit 1963 General de Gaulle mit dem deutschen Kanzler Adenauer einen Vertrag geschlossen hatte. Villeneuve hatte sich wohl mit irgendeiner Stadt im Rheinland zusammengetan. Sie konnte es manchmal gar nicht glauben, wenn sie das alles las, denn immer noch kam es ihr so vor, als sei der Krieg erst gestern gewesen.

»Aber was habe ich denn damit zu tun?«, fragte sie erstaunt. Sie war doch nur Berthe Verrier, Witwe des früheren Druckereibesitzers Armand Verrier, eine ganz einfache Frau.

»Aber, Maman, verstehst du denn nicht? Erst einmal war Papa im Widerstand und du hast ihm geholfen. Das ist schon etwas Besonderes. Aber darum geht es hier gar nicht, ihr seid so etwas … ich weiß nicht, wie ich es sagen soll … Pioniere. Leute, die sich in ein unbekanntes, feindliches Terrain vorwagten. Ich weiß ja, wovon ich rede. Viele Menschen sehen das jetzt, und mehr noch, sie bewundern es. Ist das nicht großartig? Ich muss gleich hinauf und Simone davon erzählen. Und wir schreiben heute noch an Henri und Anne. Wann ist diese Feier noch einmal? Ah, am Nationalfeiertag … wie passend!«

Er wollte schon hinausgehen, aber dann drehte er sich noch einmal um und nahm seine Mutter, die immer noch bewegungslos am Küchentisch saß, in den Arm.

»Maman, jetzt freue dich doch! Hättest du das für möglich

gehalten, damals, als wir im August 1944 im Garten waren und darauf gewartet haben, dass sie kommen?«

»Nein, mein Junge«, flüsterte sie, »nie im Leben!«

Was waren das für Momente gewesen! Nun, sie wurden dann doch überlagert von all dem Guten, das auch geschehen war, aber diese speziellen Momente hatten sich tief eingegraben und drangen immer wieder an die Oberfläche ihres Bewusstseins – und taten weh. Die Befreiung stand unmittelbar bevor. Von Norden her kamen die Alliierten, und am 15. August 1944 waren alliierte Truppen an der Riviera gelandet. Dann marschierte General de Gaulle in Paris ein.

Alles im Ort war in Auflösung begriffen. Wer hatte denn nun das Sagen? Was würde geschehen? Die Deutschen waren auf einmal weg, sie seien abgezogen worden, hieß es. Dann kam am Morgen ein alter Armeewagen vorgefahren, darin saßen einige Männer aus der Stadt und auch der Gendarm. Sie seien noch im Auftrag der Vichy-Regierung unterwegs. Aber die gab es doch gar nicht mehr, sagte man ihnen. Egal, sie kämpften für das »neue Frankreich«, dessen Vertreter sie seien, erklärten sie kurz und bündig. Dann nahmen sie Armand fest. Aber warum denn?, hatte der gefragt. Er hatte das gar nicht ernst genommen. Er sei ein Verräter, sagte man ihm. »Das ist wohl ein Witz«, hatte er noch gerufen, dann hatte man ihn weggeschleppt.

Bertha war völlig aufgelöst in die Stadt gerannt. Die Leute von der Résistance seien unterwegs, hieß es, die wollten jetzt das Heft in die Hand nehmen, aber niemand wusste etwas Genaues. Auf dem Marktplatz standen Menschengruppen, skandierten Sprechchöre, es lag etwas in der Luft, etwas Beängstigendes, dem sie keinen Namen geben konnte. Auf einmal war René Gurval aufgetaucht, hatte sie in eine Seitenstraße gezogen und sie angefleht: »Gehen Sie schnell nach Hause und verstecken Sie sich. Es wird etwas passieren. Sie sind in Gefahr … schnell!«

Dann war das Gebrüll angeschwollen, sie hatten vorsichtig um die Ecke gespäht, glücklicherweise war die Seitenstraße menschenleer. Man zerrte Yvette in die Mitte des Platzes, ebenso andere Frauen, auch Madame Pasteur war darunter. Der Menschenring schloss sich wieder, man konnte nicht genau sehen, was vor sich ging, aber Monsieur Gurval flüsterte: »Sie schneiden ihnen die Haare ab, dann treibt man sie durch die Stadt. Überall macht man es jetzt so. Vielleicht reißt man ihnen auch noch die Kleider herunter und wirft mit Steinen nach ihnen. Sie hätten Frankreichs Ehre beschmutzt … ›Horizontale Kollaboration‹ nennt man es.« Er lächelte verzerrt. »Sie sind unsere Sühneopfer, wissen Sie. Und jetzt laufen Sie, verstecken Sie sich.«

Sie war nach Hause gerannt, ohne Atem zu holen, so kam es ihr vor. Dann hatte sie nach Anne gerufen. »Du gehst jetzt mit Henri in den Keller und rührst dich nicht, egal, was passiert, hörst du! Wo ist Pierre?«

»Weiß nicht … aber Maman, was ist los?«

»Frag nicht. Schnell Anne, geh.«

Sie war in den Garten gerannt, ziellos, planlos. Wo sollte sie hin, was sollte sie denn tun? Wenn sie das mit mir machen, dann ist alles aus! Dann kann ich nicht mehr hierbleiben, nicht mehr mit Armand und meinen Kindern zusammenleben … dann ist alles aus! Lieber Gott, ich habe doch nichts getan. Aber Millionen Menschen hatten auch nichts getan! Der Hass griff sich die Menschen, wie es ihm gefiel. Was wirft man mir vor? Die deutschen Soldaten, daraus dreht man mir einen Strick, und ich bin eben doch die *boche* …

Dann hatte auf einmal Pierre da gestanden. Er war aus dem Ziegenstall gekommen und hielt eine Flinte in der Hand.

»Pierre, wo hast du die her? Es ist doch streng verboten, Waffen zu besitzen.«

Er hatte ganz ruhig gewirkt, geradezu unheimlich ruhig für einen Jungen von 16 Jahren. »Die war in der Kiste. Großmama hat sie mir geschenkt. Sie hat meinem Onkel Pierre gehört. Ich hab auch noch sein Fahrtenmesser. Ich soll es aufbewahren, weil ich doch ein tapferer Franzose bin. Jetzt geh in den Stall, Maman, ich passe auf!«

Sie hatte widersprechen wollen, aber dann sah sie sie kommen, die Meute. Leute aus der Stadt, die sie kannte. Auch Frauen waren darunter, die früher bei ihr nähen ließen, vertraute Gesichter, die seltsam verändert schienen. So als gehorche keiner mehr sich selbst, sondern einer unbekannten Macht, die Besitz von ihnen ergriffen hatte.

Als sie Pierre mit dem Gewehr sahen, hielten sie abrupt an.

»Keinen Schritt weiter«, sagte er, »keinen Schritt auf unser Grundstück. Das ist Besitz der Familie Verrier, wie ihr alle wisst, und ohne unsere Erlaubnis kommt hier niemand herein. Ich schieße, wenn auch nur ein Einziger es wagt, weiterzugehen.«

Bertha hatte vor dem Ziegenstall gestanden, unfähig sich zu rühren. Sie wollte zu ihrem Jungen gehen, wollte ihm das Gewehr aus der Hand reißen. Er sollte sich nicht für sie in Gefahr bringen! Aber sie konnte kein Glied rühren. Dann geschah das Wunder, so empfand sie es jedenfalls. Alle wichen zurück. Die Situation war zum Zerreißen gespannt … Wenn doch noch einer nach vorn ging? Pierre konnte nicht alle auf einmal in Schach halten. Wenn sie ihn überrannten? Auf einmal hörte man von Ferne ein lautes Hupen, das wie eine Explosion den Spuk auflöste. Irgendjemand schrie: »Die Leute von der Résistance kommen.«

Alle drehten sich um, Jubel wurde laut, dann fuhr ein Lastwagen vor, auf dem auch Armand saß. Er erfasste die Situation sofort.

»Haut ab, aber schnell!«, rief er. »Ihr seid wohl verrückt geworden.« Dann ging er zu seinem Jungen und nahm ihn in den Arm. Und gemeinsam gingen sie zu Bertha. »Meine Liebste, hab keine Angst mehr, es ist vorbei.«

»Es ist vorbei, hat dein Vater damals gesagt«, murmelte Bertha. »Aber vieles ist noch nicht vorbei.«

»Du hast recht. Aber jetzt sollen die Wunden heilen, Maman. Weißt du, was wir machen? Wir geben an dem Tag ein großes Essen bei uns, gleich nach dem offiziellen Teil. Wen willst du einladen?, überleg mal. Hier steht ja auch, dass du Gäste deiner Wahl mitbringen darfst. Ich bespreche das jetzt gleich mit Simone.«

Er drückte seiner Mutter einen Kuss auf die Stirn, dann ging er hinaus.

Sie blieb noch eine Weile sitzen, unfähig, ihre Gedanken zu ordnen. Sie war doch eine einfache Frau. Jetzt sollte sie plötzlich im Mittelpunkt stehen … so viele unbekannte Menschen! Vielleicht musste sie sogar etwas sagen? Sie musste das jetzt Armand erzählen, wie sie das immer tat. Er war zwar immer bei ihr, aber wenn sie etwas Besonderes auf dem Herzen hatte, ging sie hinüber zum Friedhof. Dort störte sie niemand. Denn ins Haus und in den geliebten Garten kam ständig jemand, der etwas von ihr wollte.

»Maman, kannst du nicht …?«

»Mamie, schau mal …!«

Aber es war ja schön, es war ein Privileg, mit einem ihrer Kinder und dessen Familie unter einem Dach leben zu können, dessen war sie sich bewusst. Vor allem seit Armand gestorben war. Als Pierre vor zehn Jahren die zwei Jahre jüngere Simone Dubois ins Haus gebracht hatte, war sie zunächst enttäuscht gewesen. Ihr bildhübscher Ältester … und dieses unscheinbare Mädchen! Gut, sie hatte eine ordentliche Figur, aber ansonsten wirkte alles an ihr blass, die wassergrauen Augen, das mausbraune, kurz geschnittene Haar, das sie trug, wie es in Berthas Jugend Mode gewesen war. Pierre hatte sie kennengelernt, als er auf einem Lehrgang für Buchhaltung in Montélimar gewesen war. Armand hatte sich gewünscht, dass er daran teilnimmt.

»Du musst nicht nur etwas von deinem Handwerk verstehen, sondern auch ein guter Geschäftsmann sein«, hatte er gemeint.

Simone war Sekretärin an der Schule gewesen. Aber ihre Enttäuschung hatte Bertha nie gezeigt, und sie war auch rasch verschwunden und die Gefühle waren umgeschlagen in Wohlwollen und sogar Zuneigung. Denn Simone war ein tüchtiges Mädchen, »ohne Allüren«, wie Armand gern sagte. Und Simone hatte absolut nichts dagegen gehabt, dass die Schwiegereltern im Hause wohnen blieben, sie teilten sogar die Küche, die der Mittelpunkt der Familie war und in der Bertha schaltete und waltete. Nach Armands Tod hatte es so gutgetan, junges Leben um sich zu haben, und die Enkel – der achtjährige Armand und die sechsjährige Liliane – waren ihr ganzer Trost gewesen. Pierre war übrigens von der Familientradition abgewichen.

»Es wird Zeit, dass etwas Neues beginnt«, hatte er zu ihr gesagt, »mein Erstgeborener heißt Armand!«

Simone hatte sich für Liliane entschieden, immerhin hieß die Kleine Liliane-Berthe, was die Großmutter sehr stolz machte. Armand konnte seine Enkel noch erleben, zumindest die beiden Großen, das war ein Trost gewesen. Jean-Pierre, den Sohn von Anne, hatte er nicht mehr kennengelernt, er war erst nach seinem Tod auf die Welt gekommen. Anne hatte sich Zeit gelassen mit ihrem ersten Kind, sie war Ärztin geworden. Das immerhin hatte er noch mitbekommen, wie Anne an der Universität in Lyon feierlich ihre Examensurkunde überreicht bekam, auf der tatsächlich stand, dass Dr. Anne Verrier eine richtige Ärztin sei. Ihre strahlende, wunderschöne Anne!

Kurz vor ihrem Abitur hatte Bertha sich ein Herz gefasst und gefragt: »Anne, du hast dir sicher schon Gedanken über deine Zukunft gemacht? Pierre wird ja die Druckerei übernehmen, das ist sein Wunsch und Wille. Papa und ich haben etwas zurückgelegt für deine Aussteuer, aber du sollst auch einen guten Beruf erlernen. Denn du bist wirklich sehr gut in der Schule …«

»Aber, Maman!« Anne hatte hell aufgelacht. »Aussteuer … ich will keine Aussteuer! Ahnst du denn nicht, was ich wirklich will?«

Wie wenig man doch von seinen Kindern weiß, hatte Bertha damals gedacht. Anne lief immer so nebenher, sie war so unkompliziert, und stets hatte sie Pierre im Auge gehabt, ihr Sorgenkind, und dann eben den Kleinen.

»Verzeih mir, Anne«, hatte sie reumütig gesagt, »ich mache mir große Vorwürfe. Ich habe mich nicht richtig um dich gekümmert, und jetzt weiß ich so wenig von dir.« Sie hatte sogar weinen müssen und Anne hatte sie ganz erschrocken in den Arm genommen.

»Aber, Maman, du bist die beste Mutter, die es gibt … etwas ganz Besonderes. Ich war immer so stolz auf meine außergewöhnliche Maman.«

»Das bin ich doch gar nicht.«

»Doch, das bist du. Und jetzt verrate ich dir meinen größten Wunsch: Ich will Ärztin werden!«

»Ärztin? Aber das geht doch nicht … du meinst Krankenschwester?«

Anne hatte wieder lachen müssen. »Aber, Maman, wo lebst du denn? Warum sollte das nicht gehen? Ich möchte endlich menschliche Patienten haben, keine Regenwürmer und Mäuse mehr.«

Auf der Universität hatte Anne einen Medizinstudenten kennengelernt, Jean-Baptiste, den sie gleich nach dem Examen heiratete. Auch er war zunächst eine Enttäuschung für Bertha gewesen. Ein schmaler, stiller Mensch mit einer seltsamen Brille, der passte doch gar nicht zu ihrer quirligen, bildhübschen Anne.

»Ach was«, hatte Armand geknurrt, »was du immer hast. Schön sind unsere Kinder selbst, was sie brauchen, sind tüchtige anständige Menschen, und die haben sie bekommen.«

Jetzt wohnten Anne und Jean-Baptiste in Grenoble, wo sie in einem großen Krankenhaus arbeiteten. Und sie waren glücklich, wie es schien, das Einzige, was Bertha bedauerte, war, dass sie sie so selten sah.

Sie ging hinüber in ihr Schlafzimmer, wo die Nähmaschine stand und ein großer Wandspiegel befestigt war. Sie trat dicht davor und musterte sich. Ihre Figur war noch ganz passabel, wenige Falten im Gesicht, das lag in der Familie. Aber die Haare waren jetzt grau, das Rot hatte sich in ein schönes Silbergrau verwandelt, ansonsten war ihr Haar immer noch dicht und lockig. Für eine Frau von 65 Jahren konnte sie sich sehen lassen.

»Überlegst du schon, was du anziehst zu deinem großen Auftritt?« Unter der Tür stand lächelnd Simone, ihre Schwiegertochter. »Aber im Ernst, Maman, ich freue mich so und gratuliere dir.« Sie umarmte sie herzlich.

»Ich gehe für eine Stunde auf den Friedhof, du verstehst schon«, sagte Bertha, und Simone nickte nur.

Sie nahm die Gießkanne mit, die letzten Tage waren trocken gewesen. Zuerst ging sie zum Grab von Monsieur Gurval, um das sie sich kümmerte, weil keine Verwandten mehr da waren. Er hatte die Befreiung Frankreichs und den Zusammenbruch der Naziherrschaft noch erleben dürfen, aber geholfen hatte ihm das nicht mehr. Seine Überzeugungen und seine Ideale hatten sich als brüchig erwiesen und er fand sich nicht mehr zurecht. Eigentlich erging es ihm so wie dem Professor damals. Wahrscheinlich sprach er deshalb immer mehr dem Rotwein zu. Nur an einen magischen Begriff klammerte er sich noch bis zum Schluss, das war der »Fortschritt«. Wobei er nicht genau sagen konnte, was er eigentlich darunter verstand, ob es die neuen Küchengeräte waren, die jetzt aus den USA kamen, oder die Autos, die auch hier immer mehr wurden, oder gar die Atombombe, von der er mit tiefster Überzeugung behauptete, sie werde den Frieden sichern. An einem kalten Dezembermorgen, sieben Jahre nach Kriegsende, hatte man ihn erfroren neben der Brücke gefunden. Er hielt eine leere Weinflasche umklammert. Wahrscheinlich hatte er es nicht mehr nach Hause geschafft.

»Und Monsieur René, was sagen Sie nun?«, flüsterte sie, während sie das Efeu goss, das in einem Topf auf der grauen Steinplatte wuchs. »Ist das nicht der richtige Fortschritt, was meinen Sie?«

Dann stand sie vor Armands Grab, dem Familiengrab der Verriers, auch der Name seines Bruders war dort eingraviert, obwohl er in einem Massengrab im Norden lag. Sie hatte auch die zwei Muscheln von Bruno eingegraben, er sollte, wenn auch nur symbolisch, ein Grab haben und einen Ort, an dem sie seiner gedenken konnte. Sie hatte nie mehr etwas von ihm gehört, auch Jacques nicht, der ebenfalls nicht mehr lebte. Wie gern hätte sie noch einmal mit Bruno gesprochen, ihn nach dem Geheimnis seiner letzten Botschaft gefragt.

»Adieu, mein Lieber, auch du bist untergegangen im Mahlstrom der Geschichte, wie all die vielen namenlosen Toten.«

Nachher würde sie noch zu Henri hinübergehen. Aber jetzt musste sie Armand alles erzählen.

Der große Tag kam dann mit einem Gewitterregen. Simone, Pierre und die anderen hatten am Abend die große Festtafel im Wohnzimmer aufgebaut. Ursprünglich war geplant gewesen, im Garten zu feiern. Aber die Wetterlage sei zu unsicher, hatten die Kinder gemeint. Anne, Jean-Baptiste und der Kleine waren gestern gekommen; ihr Jüngster, Henri, war schon seit einigen Tagen da. Seine roten Locken trug er seit Neuestem für Berthas Geschmack viel zu lang und ihrer Meinung nach kleidete er sich auch recht unordentlich. Diese amerikanischen Hosen, Jeans hießen sie, und dazu unmögliche Hemden! Ansonsten fand sie es immer wieder erstaunlich, dass er so aussah wie sie und sich mit seinen roten Haaren offenbar unbekümmert abgefunden hatte. Im Gegenteil, er betonte seine roten Locken noch durch das Tragen extravaganter Farben.

»Er ist eben unser Künstler«, hatte Pierre grinsend erklärt, als sie ihn einmal darauf angesprochen hatte. »Finde dich lieber damit ab.«

Noch erstaunlicher fand sie die Tatsache, dass die Mädchen hinter ihm her waren und er überhaupt nichts dagegen hatte. Für sie war er eben immer noch das Nesthäkchen. Jetzt hatte er wieder eine mitgebracht, eine andere als im Mai, zu seiner Geburtstagsfeier, eine Cathérine oder so ähnlich, die einen so langen schwarzen Pony trug, dass Bertha befürchtete, sie würde ständig hinfallen, weil sie nichts sah. Am allererstaunlichsten aber fand sie die Tatsache, dass ihr jüngster Sohn Literatur in Straßburg studierte … deutsche Literatur! Und dass er nebenbei Gedichte schrieb, in beiden Sprachen, nur so zum Spaß. Einige wurden sogar schon in Fachzeitschriften veröffentlicht. Als er gerade einmal sieben Jahre alt war, hatte sie ihn einmal dabei ertappt, wie er in seinem Zimmer gehockt und fürchterlich geheult hatte. Eigentlich weinte er ganz selten.

»Was hast du, mein Kleiner?«, hatte sie ganz erschrocken gefragt.

»Ich weiß nicht, wie man das ausspricht«, hatte er heulend erklärt und auf ein aufgeschlagenes Buch gezeigt, das sie nur allzugut kannte.

Es war das Schwarzwälder *Märchen- und Sagenbuch* aus dem Besitz der Pfäfflins. Charlotte und Luise hatten es kurz nach dem Krieg geschickt. Frau Pfäfflin war an einer schweren Lungenentzündung gestorben, denn es gab keine Medikamente. Ihre Töchter lösten deshalb den restlichen Besitz auf. Bertha hatte das Buch ganz hinten im Bücherregal versteckt, aber irgendwie hatte Henri es gefunden, und er versuchte wohl, diese fremde Sprache zu lesen, wie er überhaupt alles las, was ihm in die Hände kam.

»Ich weiß nicht, wie man das ausspricht«, hatte er geschluchzt, und sie hatte sich neben ihn gesetzt und ihm etwas vorgelesen. Die Geschichte von Peter Munk, ausgerechnet! So hatte er Deutsch gelernt. Leicht und mühelos. Manchmal hatte sie erschrocken zu Pierre geblickt, wenn in der Küche die deutschen Worte hin und her flogen, denn Henri liebte ihre Sprache. Aber er hatte nichts gesagt. Und jetzt war ihr Jüngster ein Dichter, der in beiden Sprachen schreiben konnte.

»Da schlägt dein Rimbaud durch«, hatte Armand immer wieder gescherzt.

Der Rimbaud – jetzt fiel er ihr wieder ein! Sie schlüpfte aus dem Bett. Es war noch sehr früh, alles schlief. Schon so lange wollte sie wieder darin lesen. Sie hatte das Buch ewig nicht mehr in der Hand gehabt. Oft hatte sie gedacht, sie könne nie wieder ein Gedicht von ihm lesen. Es kam ihr so vor, als habe sie den Sinn dafür verloren, so wie man den Geschmacksinn oder Geruchssinn verlieren konnte und nicht mehr in der Lage war, früher selbstverständliche Dinge zu tun. Sie wusste selbst nicht, woher das kam. Aber heute Morgen wollte sie ein paar Gedichte lesen, dem Professor zu Ehren, der nicht dabei sein konnte und der sicher sehr glücklich gewesen wäre. Und auch wegen Armand.

»*Je ne parlerai pas, je ne penserai rien. Mais l'amour infini me montera dans l'âme …*« – »Ich denke nichts, ich spreche nichts: Ich träume nur, unendliche Liebe gibt mir das Geleit …«

Das war sein Lieblingsgedicht gewesen, darüber hatten sie sich bei ihrem ersten Treffen unterhalten. Ach, Armand, dass du so früh sterben musstest … Nicht weinen, Bertha, ermahnte sie sich, er hätte das nicht gewollt und außerdem bekommst du davon geschwollene Augen. Aber sie waren so voller Hoffnung gewesen, damals, als sie gerade in das neue Jahrzehnt hineingefeiert hatten. Alles sollte jetzt besser werden. Die Druckerei lief gut, Pierre verstand sein Geschäft, er hatte es wohl auch »im Blut«. Die ersehnten Enkelkinder waren da … Es war gerade so, wie man es sich wünschte.

»Jetzt haben wir ein bisschen Geld, Berthe, jetzt denken wir auch einmal an uns. Wir machen Reisen, lassen es uns gut gehen. Wir haben es uns verdient …«

Armand hustete immer noch, aber das war man gewohnt, er sah nicht schlecht aus und rauchte auch viel weniger. Dann hatte er eine böse Grippe bekommen, der Husten wurde schlimmer und schlimmer.

»Hören Sie, Madame Verrier«, hatte der junge Doktor, der Nachfolger von Doktor Ricaud, gesagt, »Ihr Mann gefällt mir gar nicht. Er muss ins Krankenhaus, dort kann man ihn genauer untersuchen.«

In Lyon hatten sie schnell festgestellt, dass er Krebs hatte, Lungenkrebs. Wie ihre Mutter … Aber Bertha klammerte sich daran, dass die Medizin jetzt viel weiter sei.

»Tun Sie alles, was möglich ist«, hatte sie zu den Ärzten gesagt, »egal, was es kostet.« Sollte das ersparte Geld dabei draufgehen, wenn nötig auch das Firmenkapital … Armand sollte leben!

Aber er verfiel schnell. Die Ärzte hatten Bestrahlungen und eine besondere Therapie angeordnet, die ihn viel Kraft kostete. Man könne ihr keine großen Hoffnungen machen, wahrscheinlich müsse sie sogar in Monaten rechnen.

An einem Nachmittag, als Armand gerade schlief, war sie

durch Lyon geschlendert, um einmal herauszukommen aus dem tristen Alltag des Krankenhauses. Sie schlenderte an den Schaufenstern vorbei, und an einem blieb sie stehen, in dem waren Bilder ausgestellt. Seltsame Bilder waren das gewesen. Menschen mit zwei Nasen und dem Gesicht auf dem Rücken, auf manchen konnte man gar nicht mehr erkennen, was es darstellen sollte. Und dann hatte sie es gesehen! Ein Bild, das fast genauso aussah wie das von Raoul. Sie betrat den Verkaufsraum, ein geschniegelter junger Mann kam eifrig herbei, nahm dann aber sein Lächeln wieder zurück, als er ihren abgetragenen Mantel sah.

»Sie wünschen … Madame?«

»Das Bild da, können Sie mir sagen, wer es gemalt hat?«

Sein Lächeln kam wieder, allerdings abfällig und herablassend. »Das? Das ist ein Dufy, ein Original.«

»Ein Dufy? Raoul Dufy?«

»Gewiss.«

»Was kostet es denn? Ich habe nämlich auch so eines, ein ähnliches.«

Jetzt gefror das Lächeln. Man konnte deutlich sehen, was der junge Mann dachte … Die nimmt mich auf den Arm!

»Sind Sie sicher?«, fragte er hochnäsig.

»Aber ja, sein Name steht auf dem Bild. Ich habe es von jemandem geschenkt bekommen, der ihn kannte.«

Jetzt wurde er unsicher, das merkte sie. Er holte Monsieur Thiers, den Chef.

Der kam dann auch gleich, ein dicklicher Mann mit Fliege, der sie an René Gurval erinnerte. Er starrte sie genauso ungläubig an wie sein Angestellter. Sie erzählte ganz unbefangen, woher sie das Bild hatte. Als sie den Namen L'Éstaque erwähnte, veränderte sich das Verhalten der beiden Herren schlagartig. Man bot ihr einen Platz an, einen Kaffee und bat sie dringend, das Bild bei ihrem nächsten Besuch mitzubringen. Sie brachte es dann auch mit, eingepackt in einem alten Kopfkissenbezug, eine Tatsache, die Monsieur Thiers schwer zu verkraften schien. Dann aber betrachtete er das Bild mit einer Andacht, als stehe er vor einem Altar.

»Aus der frühen Periode, aus der Zeit der ›Fauves‹«, flüsterte er ergriffen, und er und sein Angestellter sahen aus, als wollten sie gleich auf die Knie fallen.

»Ist er denn jetzt berühmt?«, fragte Bertha gespannt und Monsieurs Thiers hatte ausgesehen, als würde ihn gleich der Schlag treffen.

»Berühmt! Madame, er hat seinerzeit für die Pariser Weltausstellung das größte Bild der Welt gemalt! Seine Werke ...«

Aber das interessierte Bertha nicht mehr. Sie wollte wissen, wie viel Monsieur zu zahlen gedenke, und als er ihr eine Summe nannte, war sie froh, dass sie schon saß.

»Wo hast du denn das viele Geld her?«, hatte Armand verblüfft gefragt, als sie ihm den Umschlag mit den Banknoten auf die Bettdecke legte. Sie erzählte ihm die Geschichte und beide amüsierten sich köstlich.

»Ich wollte das Geld unbedingt in bar haben, und er musste extra zur Bank schicken. Vielleicht hätte ich noch ein bisschen handeln sollen, aber ich war so froh. Sie haben mir auch ein Bild aus seiner späten ›Schaffensperiode‹ gezeigt, wie sie es nannten. Denk dir, er hat gemalt wie unsere Lili, wie ein Kind, ganz fröhliche Bilder. Er muss ein glücklicher Mensch gewesen sein. Danke, Raoul, und danke, Jacques! Jetzt können wir eine wunderbare Reise machen, mein Liebster, und Pierre können wir etwas für die neue Druckerpresse geben. Weißt du, was wir machen? Georg hat uns doch schon ein paarmal eingeladen. Wir besuchen ihn in Berlin und dann fahren wir an die Nordsee. Die Luft dort soll sehr gut sein!«

Ihr Bruder Georg war nämlich ein wichtiger Mann geworden! Gleich nach dem Krieg war endlich ein Brief von ihm gekommen. Er sei die letzten Kriegsjahre in Moskau gewesen, dort habe er sich zusammen mit anderen Genossen darauf vorbereitet, nach der Niederlage der Hitlerfaschisten ein »demokratisches Deutschland« aufzubauen. Er berichtete dann regelmäßig vom »Aufbau des Sozialismus«, an dem er mitwirken dürfe. Diese ersten Briefe hatten Bertha bedrückt, er schrieb so eigenartig, nur gestanzte und gedrechselte Sätze, da war gar nichts Echtes, Persönliches dabei. Später gewöhnte sie sich daran. Er war ein ziemlich hoher Funktionär geworden, in der Partei, die in Ostberlin regierte.

»Dieser Staat da, von dem er immer redet, das ›richtige Deutschland‹, also ich kann mir nicht helfen, Berthe, das ist nichts als ein großes Gefängnis. Die Leute dürfen nicht sagen, was sie denken. Von wegen ›Aufbau der Demokratie‹, das ist doch eine einzige Lüge. Wo ist denn der Unterschied zu Hitler?« Das war Armands feste Überzeugung gewesen.

Aber Bertha wollte ihren Bruder unbedingt wiedersehen, trotz allem. Armand wurde Ende Juli 1961 nach einer erneuten Behandlung aus dem Krankenhaus entlassen und es schien ihm viel besser zu gehen. Sie schöpften neue Hoffnung. Am Abend des 13. August saßen sie in der Küche und gingen noch einmal die Liste der Dinge durch, die sie unbedingt mitnehmen wollten. Denn diese Reise wollten sie antreten, Armand war so optimistisch gewesen.

»In Ostberlin wird uns sogar ein Fahrer vom Flugplatz abholen. Zum ersten Mal im Leben werden wir fliegen, Armand. Ich freue mich wie ein kleines Kind! Und Georg hat alles organisiert. Ist das nicht großartig?«

Armand setzte gerade zu einer Bemerkung an, von der sie fürchtete, dass sie nicht allzu positiv ausfallen würde, da kam Pierre mit ernstem Gesicht herein.

»Kommt doch bitte einmal ins Wohnzimmer und schaut euch an, was die in den Nachrichten bringen.«

Vor Kurzem hatte sich Pierre einen Fernsehapparat angeschafft, und Bertha hatte für sich gedacht, dass der Fortschritt auch bei ihnen unerbittlich Einzug gehalten hatte. Bilder flimmerten über den Schirm, die sie erschreckten, Bilder aus Berlin … Stacheldraht, Panzersperren und die Anfänge einer Mauer, die man jetzt wohl mitten in der Stadt errichtete.

Abrupt war Armand aufgestanden. »Wir fahren nicht! Nicht in dieses Gefängnis, denn das ist es jetzt wirklich. Ein Land, das seine Leute einsperrt … telegrafiere ihm ab.«

Das hatte sie dann auch gemacht, wenngleich mit Trauer, nicht so sehr weil sie jetzt Georg nicht sehen konnte, sondern weil er dort mitmachte. Was ging nur in seinem Kopf vor? Das würde sie wohl nie ergründen.

Dann sollte es eben nur die Nordsee sein, und sie hatten gerade die Fahrkarten für die Eisenbahn geholt, als Armand zusammenbrach. Es ginge jetzt sehr schnell, hatten die Ärzte gemeint, sie sollten sich auf das Schlimmste vorbereiten.

»Jetzt kommen wir nicht mehr ans Meer«, hatte er gemurmelt, »fahr du allein.«

»Bist du verrückt?«, hatte sie unter Tränen gestammelt. »Das wäre ja wie Suppe ohne Salz.«

In den letzten Tagen hatten sie ihn nach Hause geholt, der Doktor schaute vorbei, um ihm etwas gegen die Schmerzen zu geben.

»Ich möchte Annes Geburtstag noch erleben … und die Geburt ihres Kleinen …«

Sie hatte ihn getröstet. »Anne kommt auf jeden Fall zu ihrem Geburtstag, sie wird hier feiern, mit uns, und Henri kommt auch.«

Aber dann hatte er es nicht mehr geschafft. Einen Tag vor Annes Ankunft hatte sie ihm eine Tasse Tee gebracht, er hatte ihre Hand gehalten und sie lange angesehen. »Hast du es nie bereut, Berthe?«, hatte er sie gefragt.

Sie hatte gezögert … Es hatte dunkle Momente gegeben, und manches war sehr schwer gewesen. Wenn sie ehrlich ihr Herz befragte?

»Nein«, sagte sie schließlich aus tiefster Überzeugung, »es war alles richtig und gut.«

Zu ihrer Überraschung hatte er sie dann gebeten, nach draußen zu gehen, weil er ein bisschen schlafen wollte. Sie war gekränkt gewesen. Warum schickte er sie denn weg? Sie blieb doch oft bei ihm, bis er eingeschlafen war. Er hatte das sogar gern. Sie war in den Garten gegangen, ziellos umhergeschlendert, als sie plötzlich eine furchtbare Ahnung überkam. Sie stürzte zurück ins Schlafzimmer, und er hatte friedlich dagelegen, lächelnd, wie es schien. Jetzt wusste sie, warum er sie hinausgeschickt hatte. Er konnte nicht gehen, solange sie bei ihm war. Und er wollte jetzt gehen, er war zu müde geworden. September in der Ardèche, die Kastanien waren bald reif, eine gute Zeit für ein Kind der Ardèche, um geboren zu werden. Aber zu sterben? Dennoch, es war ihm leicht gefallen, das war ein schwacher Trost.

In der Erinnerung daran seufzte Bertha auf. Sie presste die Stirn gegen die kühle Fensterscheibe. Der Regen hatte jetzt ganz aufgehört, und die Sonne brach durch die Kronen der

Bäume und ließ sie in einem hellen Grün aufleuchten. Jetzt war sie auf einmal wieder in Straßburg, in dem kleinen Lokal unten den Kastanienbäumen, sie hörte den Akkordeonspieler und Armands Lachen, sein erstes »Berthe«, und spürte den ersten Kuss. Am 14. Juli 1925 war das gewesen. Jetzt war der 14. Juli 1965, genau 40 Jahre später.

Draußen hörte sie eine Stimme. War das nicht Paula? So früh schon! Paula übernachtete in der Auberge de Montfleury, die inzwischen von den jungen Latours geführt wurde, die allerdings auch schon über 50 Jahre alt waren. Sie würden heute Mittag das Essen liefern … »Aber gern, Madame Verrier! Für Sie nur das Beste, Madame Verrier!«

Armand würde sich köstlich amüsieren.

Es klopfte und Paula streckte den Kopf herein. »Schon wach? Ich bin extra früh gekommen, um dich schön zu machen für deinen großen Tag.«

»Ich bin doch keine Braut. Guten Morgen übrigens. In meinem Alter braucht man das nicht mehr.«

»Rede nicht so. Madeleine und ich werden uns nachher deiner annehmen. Madeleine bringt auch ein paar Hüte mit.«

»Ich setze keinen Hut auf!«

»Das werden wir schon sehen.«

Beide lachten und Paula zog behutsam die Tür zu. Wie früher war sie immer noch zu stark geschminkt und die sehr blonden Haare trug sie in einer modernen Frisur. »Auftoupiert«, wie sie es nannte. Aber Bertha verstand sich jetzt gut mit ihr. Fünf Jahre nach dem Krieg hatte sie sich von Kurt getrennt. Er widere sie an und wie er »durchgeschlüpft« sei, fand sie empörend.

»Ein Lügner und Heuchler, jetzt ist er plötzlich nur ein kleines Licht bei den Nazis gewesen. Hat einen ›Persilschein‹

von einigen alten Volksgenossen bekommen, die jetzt schon wieder fest im Sattel sitzen. Und die haben ihm auch seinen neuen Posten zugeschoben. Abteilungsdirektor, irgendetwas mit Maschinenbau. ›Du bist so ein Miststück‹, habe ich ihm gesagt. Und dauernd machst du mit deinen Sekretärinnen rum, so wie früher mit den BDM-Weibern.‹

›Dann geh doch‹, hat er gebrüllt. ›Aber nur mit Geld, mit viel Geld‹, das hab ich ihm gleich klargemacht. Und er hat geblecht. Ich wusste nämlich, wo sein Geld herkam, das meiste aus jüdischem Besitz, und er wollte nicht, dass das an die große Glocke gehängt wurde.«

Von diesem Geld hatte sie sich ein kleines Häuschen am Stuttgarter Killesberg gekauft und besuchte Bertha regelmäßig. Vor allem an ihrer Nichte und ihren Neffen hatte sie, die Kinderlose, eine große Freude.

Es klopfte wieder, diesmal war es Simone, die die weiße Bluse brachte, die sie extra aufgebügelt hatte. Bertha zog sich an. Dunkelblaues Kostüm und weiße Bluse, das sah immer gut aus. Und dann die Brosche, die sie von den Pfäfflins bekommen hatte. Schade, dass Luise und Charlotte nicht hier sein konnten. Sie bedauerten das auch, aber sie mussten arbeiten. Luise war Lehrerin geworden und Charlotte arbeitete als Sekretärin an der Freiburger Universität. Gut, dass sie nicht nur die »Erziehung für höhere Töchter« genossen hatten.

»Wollt ihr gar nicht heiraten?«, hatte Bertha einmal in einem ihrer Briefe gefragt.

Es war eine heikle Frage, Charlottes Bräutigam war im Krieg gefallen, aber das Leben musste doch weitergehen, und es waren so hübsche und nette Frauen. Es gäbe keine Männer, die für sie infrage kämen, hatte Luise melancholisch geantwortet. Eine ganze Generation fehlte, aufgelöst im Mahlstrom der Geschichte – genauso wie Kläri, die zu ihrem Bruder nach Freudenstadt gezogen war und dort 1945 beim Einmarsch der Franzosen in einem brennenden Haus umgekommen war. So viele Linien kreuzten sich und verwoben sich … Kläri, die stets das Beste gegeben hatte, auch sie hatte einen unverrückbaren Platz in Berthas Geschichte.

Sie fuhren zum Rathaus, Bertha saß neben Pierre, und als sie ausstieg, sah sie mit Erschrecken die vielen Leute, die vor dem Rathaus standen. Du lieber Gott, und ich soll eine Rede halten … wo hab ich nur den Zettel? Gestern Abend hatte sie noch mit Henri geübt. Mit klopfendem Herzen ging sie an der Seite des Bürgermeisters hinein in den Festsaal.

Alle waren sie da! Madeleine, elegant wie immer, die Haare dezent getönt, hielt schon das Taschentuch in der Hand. Ganz ruhig, Bertha, ermahnte sie sich, du darfst auf keinen Fall weinen. Ganz vorn saß Yvonne Goldstein, die ganz schmal geworden war und jetzt immer etwas gebeugt ging, als trage sie die Last ihrer Vergangenheit im wörtlichen Sinne. Sogar die alte Madame Bertrand war gekommen, und Monsieur Vincent, auch schon weit über 70. Sie sah auch andere Gesichter, einige wenige nur noch, aber das genügte. Wie hatte Paula gesagt … Lügner, Heuchler … Armand hatte sie Verräter genannt. Damals habt ihr mitgemacht, wolltet immer auf der richtigen Seite stehen – und jetzt auch wieder. Aber gegen Leute wie euch ist wohl kein Kraut gewachsen. Und ganz vorn, das musste die deutsche Delegation sein. So viele junge Menschen, jetzt stiegen ihr doch die Tränen in die Augen. Ein Schülerchor sang, der Bürgermeister sprach, pries ihren Mut und würdigte sie und Armand als Helden des örtlichen Widerstands und als Vorboten der neuen Freundschaft. So große Worte … das passte doch gar nicht.

Wie in Trance ging sie dann vor zum Rednerpult und erhielt ihre Medaille. Alle klatschten. Später sollte noch auf dem Marktplatz eine Tafel aufgestellt werden, auf der der Beginn der Städtepartnerschaft festgehalten wurde. Dann sprach der deutsche Bürgermeister, und sie hatte immer das Gefühl, sie sei ganz woanders. Sie nestelte ihren Zettel heraus, ging noch einmal nach vorn und sprach. Den Zettel brauchte sie gar nicht mehr, sie erzählte einfach ihre Geschichte. Armands und ihre Geschichte. Seltsamerweise war es für einen Augenblick totenstill, aber dann erhoben sich alle und klatschten und hörten gar nicht mehr auf zu klatschen. Später wurde sie von allen möglichen Leuten umringt, die von der deutschen Delegation sprachen auf sie ein. Sie hatten einen lustigen Dialekt, wie sie fand. Endlich gab es einen Moment des Atemholens, sie zupfte Pierre am Ärmel.

»Ich muss für einen Moment allein sein. Mach dir keine Sorgen, es geht mir gut. Fangt ruhig schon mit dem Essen an.«

Er nickte, sah sie aber besorgt an.

Sie huschte unbemerkt hinaus, ging ziellos durch die Stadt und fand sich auf einmal vor der Kirche wieder. Nach Armands Tod kam sie öfter hierher, evangelisch hin oder her. Vor allem das Kerzenmeer vor der Muttergottes mochte sie sehr. Es war irgendwie tröstlich, die Lichter und das gelassene Gesicht der Madonna anzusehen. Gelegentlich kam sogar der junge Priester und unterhielt sich mit ihr. Er war nicht so streng wie Pater Denis.

Aufatmend ließ sie sich auf der Bank nieder. Eigentlich sollte ich jetzt glücklich sein … und stolz. Meine Rede hat, glaube ich, allen gefallen. Manche haben sogar geweint. Aber in mir ist auf einmal eine solche Bitterkeit … Ich weiß gar nicht mehr weiter. Sie fühlte, dass sie beobachtet wurde, sah auf und Pater Maurice stand vor ihr. Er lächelte sie an.

»Sie hier, Madame Verrier, ganz allein? Und das an ihrem Ehrentag? Aber wahrscheinlich ist Ihnen der Trubel zu viel.«

»Das auch«, sagte sie zögernd, »aber es ist noch etwas anderes. Haben Sie einen Moment Zeit?«

»Aber selbstverständlich«, sagte er und ließ sich neben ihr nieder.

Sie sprach von ihren Gefühlen, die sie selbst so verwirrten.

»Das ist ganz normal an so einem Tag. So viele Erinnerungen kommen hoch, und Sie haben viele, auch sehr schlechte.«

»Es kommt mir auf einmal so vor, als sei mein Leben vertan«, gestand sie ihm, ohne auf seinen Einwand einzugehen. »Das ist doch alles gar nicht wahr, was man gesagt hat. Es ging doch gar nicht um mich. Vieles stimmte auch nicht. Die Leute beschönigen die Vergangenheit. Und dafür soll ich herhalten! Wissen Sie, ich bin nur eine einfache Frau, habe mich durchgekämpft und auch verloren, zuletzt meinen Mann. Eigentlich war immer alles ein Kampf. Vor vielen, vielen Jahren hab ich angestanden für Brot. Es war in der Inflationszeit bei uns in Deutschland und Brot war sehr teuer, fast unerschwinglich. Oft hatten wir Hunger. Keine Not mehr leiden zu müssen, das war unser aller Ziel, aber ich wollte mich immer auch wahrhaft nützlich machen, wollte heraus aus der Enge meines Daseins und dabei die Schönheit des Lebens erfahren. Es musste doch mehr geben als Arbeit und Sorge ums tägliche Brot. Was ist aus meinen Träumen geworden? Wissen Sie, mein Leben lang hab ich kämpfen müssen, auch gegen Bosheit und Ablehnung, und ob ich wahrhaft nützlich war? Anne, meine Tochter, die führt ein nützliches Leben. Sie ist Ärztin, sie kann Wunderbares vollbringen. Und die Schönheit des Lebens? Es gab Momente, mehr nicht …«

Erschöpft hielt sie inne. Es war seltsam, aber es hatte gutgetan, es auszusprechen.

Pater Maurice neben ihr schwieg, sie fühlte, dass er nach Worten suchte. »Sie vergessen etwas«, sagte er dann behutsam. »Sie haben etwas reichlich bekommen, Sie sehen es nur nicht.«

Fragend sah sie den Priester an.

»Nun, Sie sprachen von Brot, vom täglichen Brot, aber es gibt noch ein anderes Brot, das wir genauso brauchen, nennen wir es das ›Brot des Lebens‹. Ah … Sie verstehen mich nicht, Madame Verrier, nicht wahr? Dann lassen Sie es mich so sagen: Das Brot des Lebens besteht nicht aus Mehl, Hefe und Wasser, sondern aus Verständnis, Güte und Liebe. Sie haben von diesem Brot bekommen und Sie haben es weitergegeben, in großer Fülle und mit übervollem Herzen. Und das vor allem in Zeiten, in denen auch dieses Brot besonders knapp und teuer war. Ein solches Leben ist wahrhaft nützlich und schön.«

Sie starrte ihn an, lange, sehr lange, dann sagte sie langsam: »Ich glaube, ich habe jetzt gerade etwas verstanden. Ein Freund hat mir vor langer Zeit ein Buch mit einer Widmung geschenkt. Für mich enthielt es eine Botschaft, aber ich wusste nicht, wie sie lautete. Wissen Sie, der Freund und ich, wir haben in Zeiten gelebt, in denen man widerstehen musste, das Brot, von dem Sie gesprochen haben, war wirklich sehr knapp. Wir mussten darum kämpfen. Aber der Widerstand gegen das Böse darf nicht vom Hass geleitet werden, sondern von der Liebe. Dann erringen wir auch die Freiheit, die der

Nährboden für alles ist und auf dem das Brot des Lebens wachsen kann. Ich danke Ihnen sehr.«

Freundlich nickten sie sich zu. Dann ging sie nach Hause. Jetzt war ihr leichter ums Herz und jetzt kam auch, ganz zaghaft, die Freude. Schon von Ferne hörte sie Gelächter und Gläserklirren.

Pierre stand in der Tür und hielt Ausschau. Drüben im Garten grasten gemächlich die fünfte Colette und ihre Gefährtin Ninette, denn seit einiger Zeit hielten sie zwei Ziegen. Die Obstbäume trugen reiche Früchte, die Kirschen waren reif, und der alte Apfelbaum, den Pierre letzthin abholzen wollte, weil er angeblich morsch sei, brach schier zusammen unter der Last der noch kleinen grünen Äpfelchen.

»Wo warst du denn, Maman? Alle fragen nach dir.«

»Nur eine kleine Reise in die Vergangenheit … und dabei habe ich eine Erkenntnis mit nach Hause genommen.« Sie lachte verschmitzt. »Sag mir eines, war es sehr schlimm für dich?«

Er verstand sofort. »Es gab eine Zeit, da hat es mich fast zerrissen. Aber jetzt ist es gut. Es gehörte zu meinem Leben, aber es ist vorbei. Um nichts in der Welt wollte ich eine andere Mutter haben.«

»Anne hat immer gesagt, dass du viel besser Deutsch verstehst, als du zugibst.«

Er lächelte. »Das mag schon sein.«

Da sagte sie auf Deutsch: »Also, bist du wirklich versöhnt, mein Junge?«

Er beugte sich herab und küsste sie. »Ja, Mama, mein Schätzele.«

# *Das Pierrot-Lied*

*Au clair de la lune, mon ami Pierrot*
*Prête-moi ta plume, pour écrire un mot.*
*Ma chandelle est morte, je n'ai plus de feu.*
*Ouvre-moi ta porte, pour l'amour de Dieu.*

*Au clair de la lune, Pierrot répondit:*
*»Je n'ai pas de plume, je suis dans mon lit.*
*Va chez la voisine, je crois qu'elle y est*
*Car dans sa cuisine, on bat le briquet.«*

*Au clair de la lune, l'aimable Lubin*
*Frappe chez la brune, elle répond soudain:*
*»Qui frappe de la sorte ?«, il dit à son tour.*
*»Ouvrez votre porte pour le Dieu d'Amour.«*

*Au clair de la lune, on n'y voit qu'un peu.*
*On chercha la plume, on chercha du feu.*
*En cherchant d'la sorte je n'sais c'qu'on trouva.*
*Mais je sais qu'la porte sur eux se ferma.*

Im Mondschein, mein Freund Pierrot
leihe mir deine Feder, um ein Wort zu schreiben.
Meine Kerze ist erloschen, ich habe kein Licht.
Öffne deine Tür für mich, um der Liebe Gottes willen.

Im Mondlicht antwortet Pierrot:
»Ich habe keine Feder, ich bin in meinem Bett,
Geh zur Nachbarin, ich glaube sie ist da,
Denn in der Küche macht jemand Feuer.«

Im Mondlicht klopft der freundliche Lubin
An die Tür der Brünetten, sie antwortet unvermittelt:
»Wer klopft auf diese Weise?« Er sagt seinerseits:
»Öffnen Sie die Tür, für den Gott der Liebe.«

Im Mondlicht ist die Sicht schlecht,
Man suchte die Feder, man suchte das Feuer,
Bei solch einem Suchen weiß ich nicht, was man fand,
Aber ich weiß, dass die Tür hinter ihnen geschlossen wurde.

# *Nachwort*

Es gab eine Bertha, deren Geschichte die Inspiration für dieses Buch lieferte. Ich durfte sie auch noch persönlich kennenlernen. Ihr gilt mein erster und größter Dank, vor allem für ihren Mut und ihre Kraft, die sie befähigten, eine außergewöhnliche Liebes- und Lebensgeschichte zu meistern. Die Freundschaft zwischen dem deutschen und dem französischen Volk ist heute selbstverständlich und erscheint mir dennoch vor dem Hintergrund unserer gemeinsamen, vielfältigen Geschichte wie ein Wunder. Menschen wie Bertha und Armand haben mit ihrer Liebe und ihrer Beharrlichkeit das Fundament für jene Entwicklung gelegt, die vor nunmehr fünfzig Jahren in Reims begann.

Viele Menschen haben mir mit ihren Kenntnissen und Erfahrungen bei diesem Buch geholfen. Ihnen allen gilt mein großer Dank und ich bitte um Verständnis dafür, dass ich keinen einzeln erwähne. Jeder hat auf seine Art zur Entstehung des Romans beigetragen.

Ein letzter und sehr herzlicher Dank geht an den Thienemann Verlag, an all die großartigen Thiene-Leute, die auch dieses Buchprojekt unterstützt und begleitet haben, speziell auch an meine Lektorin Heike Brillmann-Ede.

Ich lege Wert auf die Feststellung, dass dieser Roman trotz der realen Bezüge ein Produkt meiner Fantasie ist und dass auch die darin vorkommenden Personen ausschließlich fiktive Geschöpfe sind.

Inge Barth-Grözinger

## *Ein Interview mit Inge Barth-Grözinger*

*Gab es eine echte Bertha?*
Ja, es gab eine Bertha. Sie stammt aus der Familie meines Mannes und ich hatte noch die große Freude sie kennenlernen zu dürfen. Ihre Geschichte hat mich zu diesem Buch inspiriert und einige Ereignisse sind natürlich auch eingearbeitet. Ich lege aber Wert darauf, festzustellen, dass dies dennoch ein Roman ist und die Bertha, die darin vorkommt, ein Geschöpf meiner Fantasie ist.

*Wenn man den Roman »Geliebte Berthe« liest, bekommt man das Gefühl, dass Sie Frankreich sehr gut kennen. Waren Sie selbst schon einmal länger dort?*
Nur für kurze Zeiträume als Touristin. Ich freue mich aber, dass Sie das so empfinden. Ich verlasse mich in diesen Fällen immer auf meine Imaginationskraft, die selbstverständlich gespeist wird aus einer intensiven Beschäftigung mit Land und Leuten, ihrer Geschichte und ihrer Literatur.

*Wie kamen Sie auf den Dichter Rimbaud?*
Gleich am Anfang, als Berthas Geschichte Gestalt annahm, wusste ich, dass ich sie sozusagen dichterisch-literarisch unterfüttern will. Irgendetwas Poetisches sollte sie begleiten, einmal als Ausdruck ihrer Liebe zur französischen Kultur, zum anderen sollte ihr Leben seinen Ausdruck in einer speziellen Poesie finden, so ähnlich wie die Romantiker ihr

Lebensgefühl an literarischen Bildern festgemacht haben. Relativ schnell kam ich auf Rimbaud, den ich bis dahin nur flüchtig kannte. Sein Sprachfeuer hat mich beeindruckt, auch die Tatsache, dass er deutsche Lyriker beeinflusst hat und deshalb für eine großartige Tradition des europäischen kulturellen Austausches steht. Er passte einfach.

*Die deutsch-französischen Beziehungen sind ein viel diskutiertes Thema und 2012, durch das Jubiläum »50 Jahre deutsch-französische Versöhnung«, ist zudem ein sehr aktuelles Jahr. War das ein Grund für diese Epoche?*
Das ergab sich zwangsläufig aus der Bertha-Geschichte. Aber es freut mich natürlich ganz besonders, dass das Erscheinen des Buches mit diesem Jubiläum zusammenfällt.

*Bertha ist eine Deutsche im Feindesland und unterstützt gleichzeitig den Widerstand. War diese Vielschichtigkeit Ihrer Figur eine inhaltliche Herausforderung für Sie?*
Ich würde es so formulieren: Bertha sitzt zwischen allen Stühlen. Sie wird in ihrer neuen Heimat abgelehnt, weil sie eine *boche* ist, in der alten, weil sie einen Franzosen geheiratet hat. Sie hängt an ihrer Heimat und will ihre Wurzeln nicht verleugnen, aber sie muss es zwangsläufig tun. Das Ganze spitzt sich dann zu, als die Deutschen Frankreich besetzen. Diese Widersprüche darzustellen, vor allem auch *glaubhaft* darzustellen, war in der Tat eine Herausforderung. Aber ich liebe vielschichtige Figuren. Sie machen eine Geschichte interessant.

*Ist die »Geliebte Berthe« für Sie mehr ein historischer oder ein Liebesroman?*
Sagen wir es so: Am persönlichen Schicksal, zu dem insbesondere auch die Liebe gehört, spiegelt sich die allgemeine Weltgeschichte wider. So können wir Glück und Tragik der Menschen in ihrer jeweiligen Epoche verstehen.

*Sitzen Sie beim Schreiben allein und fleißig tippend vor Ihrem Computer?*
Ich sitze allein am Tisch, bevorzugt dem Küchentisch, und schreibe alles nieder. Bei mir fließen die Gedanken vom Kopf in die Hand und gelangen dann aufs Papier. Das heißt also, ich schreibe ganz altmodisch zunächst alles von Hand nieder. Anders geht es nicht, warum, weiß ich auch nicht.

*Glauben Sie, dass so eine »Romeo und Julia«-Geschichte wie bei Armand und Berthe zu Kriegszeiten immer möglich ist?*
Ja, davon bin ich überzeugt. Es mag ein wenig kitschig klingen, aber ich glaube, dass die Liebe viel stärker ist als die Kraft der Zerstörung.

*Briefe spielen in »Geliebte Berthe« eine wichtige Rolle. Mal ehrlich, schreiben Sie selbst im E-Mail-Zeitalter nach wie vor noch Briefe?*
Ja, das tue ich, und sogar ausgesprochen gern.